Wunder in der Warteschleife

Mari Désirée

Wunder in der Warteschleife

Eine Reise durch die Welt
der ungewollten Kinderlosigkeit

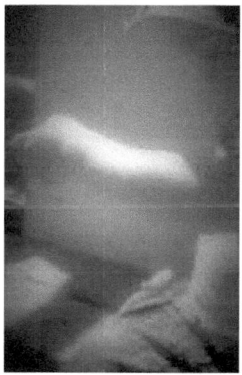

Bibliografische Information der Deutschen Nationalbibliothek:
Die Deutsche Nationalbibliothek verzeichnet diese Publikation
in der Deutschen Nationalbibliografie; detaillierte bibliografische Daten sind im Internet über http://dnb.dnb.de abrufbar.

ISBN: 978-3-7481-8182-8

Wunder in der Warteschleife

Die junge Erzieherin Maureen Schilling ist frisch verheiratet und hat einen Herzenswunsch: Mit ihrem Mann Karsten eine kleine Familie zu gründen.

Dann der Schock: Auf natürlichem Weg werden sie keine Kinder bekommen können. Für Maureen bricht eine Welt zusammen.

Als sie sich mit ihrem Mann auf die scheinbar unendliche Reise durch die Welt der ungewollten Kinderlosigkeit begibt, die sie zu ihrem Wunder führen soll, werden Neid und Trauer in dieser Zeit zum ständigen Begleiter, denn um sie herum werden scheinbar alle problemlos Eltern. Auch durch ihre Arbeit wird Maureen ständig mit Schwangeren und Babys konfrontiert – während sie und Karsten in Kinderwunschzentren zahlreiche teure Behandlungen vergeblich über sich ergehen lassen und dabei von ihrem seelischen Schmerz fast zerfressen werden.

Inmitten dieses Strudels der Gefühle verliert sich das Liebespaar beinahe und Maureen sucht in ihrer Verzweiflung Halt bei einem alten guten Freund.

Letztendlich steht die Frage im Raum, ob sie ihre Liebe retten kann und jemals ein Kind mit Karsten bekommen wird oder ein unmoralisches Angebot annehmen soll, um ihre große Sehnsucht nach einem eigenen Baby doch noch zu erfüllen...

Die Autorin Mari Désirée schrieb in ihrem Roman „Wunder in der Warteschleife" ihre eigene Kinderwunschgeschichte nieder.

Alle medizinischen Aspekte in diesem Buch, die den Kinderwunsch betreffen, entsprechen der Wahrheit und sind tatsächlich so geschehen. Die Namen der Figuren hingegen, sowie die Gespräche oder Wortwahl und sogar einige Figuren selbst, sind zum Teil oder ganz frei erfunden und dienen lediglich der Lebendigkeit der Geschichte und dem Spannungsaufbau

Vorwort

Liebe Leserin, lieber Leser.

Egal ob Sie Kinderwunschpatient(in) sind oder einfach interessierte(r) Leser(in) – lehnen Sie sich zurück und tauchen Sie ein in eine spannende Geschichte über Liebe und Leid, Zuversicht und Hoffnungslosigkeit und über die vielen kleinen Dinge im Leben, die so oft zu einem falschen, manchmal aber doch genau zum richtigen Zeitpunkt geschehen.

Dieses Buch erzählt eine Kinderwunschgeschichte von einem jungen Paar, welches sich nichts sehnlicher wünscht als ein Baby. Die Geschichte zeigt, wie hart der Weg sein kann, aber dass es sich in so vielen Fällen dennoch lohnt, ihn zu beschreiten.

Wenn Sie dieses Buch in Ihren Händen halten, befinden Sie sich womöglich kurz vor oder nach, oder auch mitten in einer Kinderwunschbehandlung. Vielleicht sind Sie unsicher, was auf Sie zukommen mag. Vielleicht aber haben Sie auch schon eine längere Zeit der ungewollten Kinderlosigkeit hinter sich und stellen fest, dass Sie an Mut und Kraft verlieren.

Wo auch immer Sie sich auf Ihrem Weg befinden, der häufig lang und steinig ist – denken Sie daran, dass Sie nicht allein sind. Es gibt nicht nur unzählige Paare, denen es ähnlich oder genauso geht wie Ihnen, sondern auch vielfältige Möglichkeiten, sich während Ihrer Behandlung professionelle Hilfe zu holen. Zusätzlich soll Ihnen dieses Buch als Unterstützung in dieser schweren Zeit dienen.

Verlieren Sie unterwegs nicht Ihren Mut und glauben Sie daran, dass alles gut werden kann. Die heutige Medizin und Forschung ist weit und hilfreich, aber eine große Rolle spielt auch Ihre Zuversicht.

Ich wünsche jedem Kinderwunschpaar von Herzen genügend Kraft und Mut, um zu kämpfen – bis Sie am Ende Ihr persönliches kleines Wunder im Arm halten und damit das allergrößte Geschenk auf Erden – das Elternsein – erleben dürfen.

Alles Gute für Ihren Weg!

Mari Désirée

Inhalt

Kapitel 1 – Traum vom Wunder

Kapitel 2 – „Wunderzentrum"

Kapitel 3 – Püppi und Estelle

Kapitel 4 – Sackgasse

Kapitel 5 – Pause

Kapitel 6 – Schluss mit lustig

Kapitel 1 – Traum vom Wunder

Der Traum

Februar 2015.

Mein warmes und weiches kleines Bündel.

Ich streichle liebevoll über die zarte Wange und ein Lächeln umspielt meine Lippen. Mein Baby liegt an meiner Brust. Wie schön es trinkt. Und es geht ihm genauso gut wie mir. Glück, Liebe, Geborgenheit – es ist mir so warm ums Herz. Dass das Muttersein so wunderschön ist…

Plötzlich sehe ich nicht mehr klar… Nebelschwaden um uns herum… Was ist das…? Mir wird heiß und kalt, ich höre Stimmen… Jemand nimmt meine Hand… Eine Nebelwolke hängt in der Luft, meine Arme greifen ins Leere… Wo ist mein Kind?! Wer hat mein Kind?! Wo ist es?!...

Als ich langsam die Augen öffne, wird mir klar, wo ich bin. Ich liege nicht in meinem Wohnzimmersessel mit meinem Kind im Arm. Sondern in einem kleinen weißen Raum auf einem grünen Liegerollstuhl. Zugedeckt. Müde.

Mein Mann Karsten sitzt neben mir auf einem Stuhl und hält meine Hand. „Maureen, mein Engel – ist alles okay?"

Ich nicke und er bietet mir einen Schluck Wasser an. Mein Hals ist trocken nach der Narkose und ich nehme das Glas mit zittrigen Händen entgegen. Dieses Mal haben sie das

Narkosemittel ziemlich stark dosiert… mir fällt es schwer wieder ganz ins Hier und Jetzt zurückzukehren. Vielleicht aber auch, weil dieser Traum einfach zu schön war, um jemals wahr zu werden…

Als ich mich leicht aufrichte, um einen Schluck Wasser zu nehmen, durchfährt ein stechender Schmerz meinen Unterleib. Ich zucke zusammen und verschütte ein wenig Wasser. Karsten nimmt mir das Glas wieder ab. „Lehn dich noch einmal zurück. Dr. Neumann kommt gleich mit den Zahlen." Er macht eine Pause und versucht zu lächeln, doch ich sehe ihm an, dass es gespielt ist.

„Diesmal wird alles gut, mein Engel."

Ich lächle zurück, aber spüre einen dicken Kloß im Hals. Versuche ihn hinunterzuschlucken. Und unweigerlich schießen mir dabei Tränen in die Augen.

„Hast du Schmerzen?", fragt Karsten besorgt.

„Ein wenig", lüge ich. Die Schmerzen in meinem Bauch sind zwar erträglich. Aber der viel schlimmere Schmerz in meinem Herzen lässt sich nicht in Worte fassen.

Um zu erklären, wo dieser unsägliche Schmerz herrührt, muss ich weit ausholen… gehen wir zurück ins Jahr…

*****

2009.

Es ist ein verregneter Oktobertag. Ich sitze in der Mittagspause im Aufenthaltsraum der Kindertagesstätte. Meine Chefin Uletta, Leiterin der Einrichtung, kommt hinzu und möchte ebenfalls Pause machen.

„Ach Maureen. Wenn ich nochmal so jung wäre wie du…"

Ich schlucke einen Bissen von meinem Mittagessen herunter und schiele zu ihr hinüber. „Worauf willst du hinaus?" Ein leises Lächeln huscht über mein Gesicht. Uletta wird bald 50.

„Du hast noch dein ganzes Leben vor dir mit deinen 22 Jahren. Hast du einen Plan?" Sie lächelt auch. Aber ihr Lächeln wirkt müde.

„Was meinst du damit?", frage ich. „Einen Plan fürs Leben? Also, ich bin frisch verheiratet… ich habe Arbeit… vielleicht kann ich diese Stelle hier ja fest haben. Dann denke ich, werden wir als nächstes ein Kind bekommen…" Ich räuspere mich. „Darf ich sowas überhaupt sagen oder mindert es meine Chancen, fest ins Team aufgenommen zu werden?" Ich lache verlegen.

Auch Uletta muss leise lachen. „Du weißt, dass ich das nicht entscheide, Maureen." Sie starrt plötzlich auf den Tisch vor uns und ihr Lächeln erlischt. „Aber selbst wenn es so wäre – du bekämst eine Festanstellung. Egal ob hier oder woanders. Glaubst du, du kannst danach solche festen Pläne schmieden?" Uletta schaut zu mir auf. Mit ernster Miene. Und ich weiß nicht, was ich von dieser Frage halten soll… Was meint sie verdammt nochmal für Pläne?

Aber ich möchte nicht, wie ein verwirrtes kleines Mädchen wirken, sondern antworte: „Na klar! Ich habe gerade den tollsten Mann dieser Welt geheiratet! Wir werden eine Familie gründen und wer weiß, vielleicht bauen wir auch ein hübsches kleines Häuschen zusammen und bekommen dann noch ein oder zwei Kinder mehr." Ich grinse sie fröhlich an.

Uletta lächelt nun auch wieder. Aber sie schüttelt dabei sanft den Kopf. Dann stellt sie noch eine merkwürdige Frage: „Was wäre, wenn ihr keine Kinder bekommen könntet?"

Mein Grinsen verschwindet prompt wieder aus meinem Gesicht und ich ringe nach einer Antwort… aber wieso fragt sie so etwas?! Für mich ist es so sonnenklar. Natürlich werden wir eine Familie gründen! Was wäre, wenn ich keine Kinder bekäme… So ein Quatsch!

„Also weißt du, ich bin 22, mein Mann 24 – wir sind jung und gesund. Wieso sollten wir denn keine Kinder bekommen?!"

Ulettas Blick durchbohrt mich beinahe. „Ich möchte nur, dass du es dir vorstellst. Manchmal kommt im Leben alles anders als man denkt."

Ich bin fast froh, dass die Mittagspause herum ist, schiebe meinen Stuhl nach hinten und greife meinen Teller. „Das möchte ich mir nicht vorstellen", sage ich. „Das Leben ist schon schwer genug – ich finde, man muss positiv in die Zukunft schauen." Mit diesen Worten stehe ich auf und verabschiede mich. „Bis später."

Irgendwie habe ich Mitleid mit Uletta und frage mich, ob sie schon immer so negative Gedanken hatte oder ob es einen bestimmten Grund gibt, weshalb sie so verbittert ist und mich solche Dinge fragt. Für mich jedenfalls steht fest: Ich werde demnächst einen festen Vertrag bekommen und dann werden wir die Verhütung an den Nagel hängen. Und in den folgenden Monaten werden wir schwanger und bald ein kleines süßes Baby im Arm halten und eine glückliche Familie sein.

Mama und Papa sein – das größte Wunder in den Armen halten zu dürfen, welches diese Welt für uns Sterblichen bereithält – das ist so eine wunderschöne Vorstellung! Und ich glaube fest daran, dass es nicht mehr allzu lange dauern wird...

Wartezeit

Mai 2010.

Ich sitze im Warteraum der Arbeitsagentur. Ein wenig frustriert, dass es mit einem festen Vertrag in diesem Sommer nicht funktionieren wird...

Uletta hatte mir vor einigen Wochen einen Termin im Personalbüro bei der Gemeinde Mühlborg angekündigt. Bei diesem Gespräch wurde mir schließlich mitgeteilt, dass es für eine Festanstellung zur Zeit keinen „Raum" gebe und die Leitung sich dazu ausgesprochen hätte, ich würde zudem nicht perfekt ins Team passen...

Uletta – obwohl ich sie mag, frage ich mich nun, ob es ihr nicht in den Kram passt, dass ich noch so jung bin und mein ganzes Leben vor mir habe, während sie und der Rest des Teams alle schon 50 oder zumindest kurz davor sind. Natürlich passt das irgendwo nicht.

Außerdem weiß sie ja nun, dass ich plane, Mutter zu werden... Gefällt ihr eventuell der Gedanke nicht, dass ich dann ein Jahr ausfallen würde oder auch zwei?

Vielleicht aber ist es noch etwas anderes – und dieser Gedanke lässt mich nicht mehr los... Vor einigen Wochen kam mir zu Ohren, dass Uletta in jungen Jahren vergeblich versucht hatte, mit ihrem Lebensgefährten ein Kind zu bekommen. Lässt man diesen Gedanken zu, eröffnet sich einem gleich ein völlig anderes Bild von ihr und ihren Gründen, weshalb sie mich nicht im Team haben möchte. Vielleicht schmerzt es sie, zu sehen, dass ihre junge Kollegin einem Lebensplan nachkommt, den sie selbst zuvor erfolglos aufgeben musste...

Nun gut. Diese Grübelei bringt mich nicht weiter. Und was meinen eigenen Kinderwunsch betrifft, sehe ich es mit einem weinenden und einem lachenden Auge. Wir sind ja wirklich noch jung und können so noch ein oder zwei weitere Jahre unser Leben als ungebundenes Paar zu zweit genießen.

Als Erzieherin ist es in der heutigen Zeit leider generell schwierig, einen unbefristeten Vertrag zu bekommen. Aber ich werde schon noch die richtige Stelle finden. Allzu lange kann es nicht mehr dauern. Da Karsten und ich beide jung und gesund sind, stelle ich es mir außerdem einfach vor, wenn wir einmal loslegen – und dann werden wir bald Eltern werden, da bin ich ganz optimistisch!

*****

Mai 2012.

Zwei weitere Jahre sind ins Land gezogen. Ich habe in einer Kinderkrippe gearbeitet und bin inzwischen fünfundzwanzig Jahre alt. Und habe erneut keinen Festvertrag bekommen... Es überkommt mich wieder eine Frustration, diesmal stärker als vor zwei Jahren...

Niedergeschlagen lege ich den Hörer auf, nachdem ich einen neuen Termin bei der Agentur für Arbeit ausgemacht habe und kehre ins Wohnzimmer zurück, wo Karsten sich gerade mit der Fernbedienung auf die Couch begeben möchte.

„Es ist so unfair...", jammere ich und lasse mich seufzend neben ihn auf die Couch fallen. „Diese andere Tussi hat sofort einen Festvertrag bekommen und wird auch noch direkt schwanger! Schon irgendwie komisch, oder?! Sie ist genauso jung wie ich, kommt ein halbes Jahr NACH mir ins Team, bekommt eine Festanstellung und ist ein paar Wochen danach wegen Schwangerschaft raus?! Irgendwas stimmt doch da nicht...!"

Karsten schüttet sich ein Glas Wasser ein und schaut mit einem schiefen Lächeln zu mir herüber. „Wann war das Leben schon mal fair, mein Engel?"

„Mann, ich möchte auch schwanger werden, das weißt du doch! Nur ohne einen Festvertrag ist das doch Mist. Keiner nimmt mich schwanger oder mit Kind nachher noch an. Ich wollte VORHER den Vertrag..."

Das alles regt mich tierisch auf. Zwei Jahre zuvor wurde ich nicht angenommen, weil die Chefin mich vermutlich nicht schwanger sehen mochte und nun werde ich rausgeekelt, weil jemand anders schwanger ist. Soll das ein Witz sein?! Wann bin ICH dran, an mich oder uns und unsere Zukunft zu denken? Wann bin ich dran, diesen von Uletta so genannten *„Plan meines Lebens"* nicht nur zu schmieden, sondern auch zu leben?!

Plötzlich sieht Karsten mich eindringlich an. „Weißt du was, mein Engel?", sagt er und rutscht näher an mich heran,

16

um mir einen Kuss auf die Wange zu geben. „Wieso versuchen wir es nicht einfach?" Noch ein Kuss.

Ich verstehe nicht sofort, was er meint. „Was versuchen? Nochmal versuchen, einen festen Vertrag zu bekommen? Allmählich bin ich es ehrlich gesagt Leid… jedes zweite Jahr spätestens sitz ich ja doch wieder beim Amt…" Ich verschränke meine Arme und lehne mich zurück.

„Das meine ich nicht", sagt Karsten und schüttelt den Kopf. „Wir möchten eine Familie gründen. Ich genauso wie du. Wieso warten, bis wir alt sind? Ich meine – zumindest ICH habe eine Festanstellung. Ich verdiene nicht die Welt, aber hey – es reicht für uns und so einen kleinen Wonneproppen. Komm, wir versuchen es!" Er grinst und kommt noch ein Stückchen näher. „Lass uns ein Baby machen, Maureen!"

Der Gedanke gefällt mir… es ist nicht so, dass er mir nicht schon einmal selbst gekommen wäre – aber ich habe es nie gewagt, ihn zu Ende zu denken oder gar auszusprechen… Karsten nun schon.

Ich erwidere seinen Kuss und mein Körper wird durchflutet mit einem nie da gewesenen Mut, eine gewagte Entscheidung zu treffen: Jetzt ist Schluss mit der Warterei auf unser Baby! Entweder jetzt oder nie! Wir beschließen, auf der Stelle die Verhütung zu beenden…

Das letzte Pillenpäckchen wird in den nächsten Tagen verbraucht und wir lassen dem Ganzen ab sofort einfach freien Lauf. Plötzlich ist es mir egal, ob ich eine feste Arbeit habe oder nicht. Es kann nicht immer alles nach Plan laufen… aber der Teil des Plans, Eltern zu werden, möchten wir hier und jetzt verfolgen. Der Wunsch, Mutter zu werden, spukt schon ziemlich lange in meinem Kopf herum. Es ist mein größter Wunsch, seit ich denken kann. Schon IMMER wollte ich diese kleine glückliche Familie. Und Karsten hat Recht: Worauf warten wir noch? Wir sind jung und stehen mitten im Leben! Der Rest gibt sich von selbst. Also gehen wir es jetzt endlich an….

Familienplanung

Juni 2012.

Ich stehe im Supermarkt an der Kasse und mein Blick fällt auf die Packung Tampons in meinem Einkaufswagen. Ich werfe sie auf das Fließband und seufze tief...

Andererseits – bei wem klappt es schon im ersten Zyklus? Das war schließlich der erste Zyklus nach Absetzen der Pille, die ich sechs Jahre lang ununterbrochen eingenommen habe und er ist auch irgendwie ein paar Tage länger geworden, als er eigentlich sein sollte... Vermutlich spielen meine Hormone nach dieser langen Einnahmezeit ein wenig verrückt und das muss sich erstmal wieder einpendeln. Kein Grund zur Beunruhigung!

„Hey, Mauri!" Eine Hand legt sich von hinten auf meine Schulter und ich drehe mich ein wenig erschrocken um. „Sami!" Ich umarme sie kurz uns fest.

Samira ist meine allerbeste Freundin seit ich denken kann. Sie sieht sofort, dass ich aus irgendwelchen blöden Gedanken gerissen wurde und deutet auf die Tampon Packung... „Hat nicht sofort geklappt, richtig?"

Ich senke den Blick, um meine vielleicht nicht ganz nachvollziehbare Enttäuschung zu verbergen. „Nee... aber hey, es kann ja nicht alles gleich im ersten Anlauf klappen!" Ein gespieltes Lächeln auf meinen Lippen soll diese Aussage unterstreichen, aber Samira erkennt sofort, was wirklich in mir los ist.

„Ach Süße. Nicht verrückt machen. Nächstes Mal klappt es bestimmt. Ihr seid noch so jung!" Sie streicht mir aufmunternd über den Arm und lächelt lieb. „Ich muss noch ein paar Sachen holen. Schönes Wochenende euch noch!" Und weg ist sie wieder.

Samira ist immer so... durch und durch positiv! Wie macht sie das bloß?! Wenn irgendetwas schiefläuft, gibt es für sie immer eine plausible Erklärung und sie hat sofort neuen

Mut, es weiter zu versuchen – egal worum es geht! Auch in diesem Fall hat sie mir sofort wieder gezeigt, dass sie an meiner Stelle nach vorn schauen würde – nächstes Mal klappt es… und eigentlich hat sie Recht. Jedenfalls hat sie mich mit ihrer positiven Stimmung angesteckt!

Einmal ist keinmal – auf in den nächsten Zyklus!

*****

August 2012.

Es ist wieder einmal eine aufregende Zeit. Nach den zwei arbeitsreichen Jahren in der Krippe, beginne ich eine neue Stelle in einer Kindertagesstätte – diesmal als Integrationskraft. Ich darf ein kleines Mädchen intensiv betreuen, sie sprachlich fördern und ihr helfen, sich sozial in die Gruppe einzugliedern. Eine neue herausfordernde Aufgabe für mich, die ich dankend annehme.

Diesmal ist es nur eine Halbtagsstelle. Alle anderen Angebote waren nicht ansprechend für mich.

Die Kita ist eher klein und gemütlich, die Leiterin sehr freundlich und das Team insgesamt super nett. Ich werde mit offenen Armen aufgenommen und meine beiden Gruppenkolleginnen Mona und Ingrid sind so lieb zu mir, dass ich mich von Anfang an richtig wohl fühle!

Das hier ist ein echter Glückstreffer für mich – wenn man fast jährlich das Team wechseln muss, ist es sowieso schon schwierig genug, sich ständig auf alles Neue einzulassen. Ich zumindest für meinen Teil kann mich daran nicht gewöhnen. Solch ein guter Einstieg mit positiver Aufnahme ins Team erleichtert diese ersten Schritte enorm.

*****

Auch in diesem dritten Zyklus nach Absetzen der Pille bleibt es dabei, dass ich zunächst einmal nicht schwanger werde. Der vierte Zyklus kündigt sich an…

19

Vermutlich braucht mein Körper doch noch ein wenig mehr Umstellungszeit. Ich bin zwar erneut etwas enttäuscht, aber andererseits denke ich mir, dass es vielleicht sogar gut so ist. Schließlich habe ich eine tolle neue Arbeitsstelle. Und sobald sich meine Hormone wieder eingependelt haben, wird das schon und wir werden bald unser kleines geliebtes Baby im Arm halten können. Wir müssen positiv denken, sonst wird es erst recht nichts. Alles wird gut. So etwas braucht Zeit und man muss es mit Ruhe angehen. In der Ruhe liegt bekanntlich die Kraft!

*****

September 2012.

Der vierte Zyklus neigt sich dem Ende zu.
An einem sonnigen Sonntagmorgen öffne ich die Augen und blinzle zu Karsten hinüber.
„Guten Morgen, mein Schatzi!" Ich gähne und strecke mich und habe dabei plötzlich ein unwohles Gefühl im Bauch. Es zieht und drückt. Ich überlege kurz... könnte es vielleicht sein, dass ich... dass es diesmal geklappt hat?
Ich richte mich im Bett auf. „Sag mal... welches Datum haben wir heute?" Plötzlich steigt eine helle Aufregung in mir hoch, während Karsten neben mir sich erst noch ganz verschlafen die Augen reibt.
„Morgen, mein Engel. Kein Plan... Der 23., glaub ich. Wieso?"
Ich lächle in mich hinein. Und denke bereits darüber nach, ab welchem Tag ohne Periode ich den Kauf eines Schwangerschaftstestes in Erwägung ziehen könnte... „Unwichtig", sage ich noch, während ich schon aufstehe und ins Badezimmer husche. Kaum sitze ich auf dem Klo, sehe ich rot – im wahrsten Sinne des Wortes...
Ein Tränenschleier legt sich ungewollt über meine Augen und ich muss blinzeln, um mir klar zu machen, was ich da

wieder einmal sehe. Eine Träne landet auf meinem Bein – und ich ahne: Es wird nicht die letzte bleiben...

„Was bist du denn so mies gelaunt?", fragt Karsten mich kurz darauf beim Frühstück. Ich schaue ihn über den Rand meiner Tasse an. „Frag lieber nicht."

Er kratzt sich grübelnd am Kopf und dann scheint er drauf zu kommen. „Oh... ist schon wieder ein Monat um?"

Ich seufze tief und nicke.

„Ach Engelchen, nicht traurig sein! Wir haben doch gesagt, wir lassen es ruhig angehen. Und wie lange probieren wir es jetzt? Vier Monate? Oder fünf? Das ist doch noch gar nichts! Andere Paare warten Jahre lang auf ihr Baby. Warte ab, es kommt noch schneller als wir gucken können!" Er drückt mir einen Kuss auf die Wange und schmunzelt. „Außerdem können wir dann jetzt noch eine Weile schön üben!"

Ich muss unweigerlich lächeln. „Spinner! Ihr Männer denkt auch nur an das Eine!"

Aber er hat Recht. Ich sollte mir nicht die Laune verderben lassen. Viele Paare warten bis zu einem ganzen Jahr auf eine Schwangerschaft. Ich muss lernen, mich in Geduld zu üben.

Obwohl ich mich mit Mona und Ingrid super verstehe und wir uns auch privat sehr viel austauschen, sage ich ihnen vorerst nichts von unserem Kinderwunsch. Als Kolleginnen würden sie vielleicht nicht gern hören, was ich plane und dass ich dann ausfallen könnte – da bin ich seit dem Gespräch damals mit Uletta etwas vorsichtiger geworden...

Trotzdem habe ich das Gefühl, dass sie merken, dass mit mir etwas nicht stimmt. Zumindest Mona, die nur wenige Jahre älter ist als ich, schaut mich oft fragend an und merkt auch in diesen Tagen meiner Periode, dass ich nicht so gut drauf bin...

„Na Maureen, hattest du ein schönes Wochenende?", fragt sie mich eines Morgens als wir uns in der Küche beim Tee kochen begegnen.

Ich schaue zu ihr auf, wende mich aber schnell wieder ab und nehme eine Tasse aus dem Küchenschrank. „Joa. Normales Wochenende. War ja nicht so schönes Wetter..." Ich zwinge mich zu einem Lächeln. Mona ist so lieb. Trotzdem zögere ich, ihr von unseren privaten Plänen und den bisher erfolglosen Versuchen, schwanger zu werden, zu erzählen...

„Und bei dir?", frage ich sie, um von mir abzulenken.

„Maureen, hör mal. Wenn du was auf dem Herzen hast, kannst du immer zu mir kommen. Okay? Wir sind doch ein Team."

Ich weiß nicht, wo ich hinschauen oder was ich sagen soll... „Okay... wieso betonst du das so? Es ist alles gut!" Wieder versuche ich ein fröhliches Lächeln auf meine Lippen zu zaubern und verlasse schnell mit meiner noch leeren Tasse die Küche...

Ich schaffe es nicht, mich ihr zu öffnen – andererseits entsteht in mir allmählich immer mehr der Wunsch, mich jemandem anzuvertrauen...

Daher sitze ich nur wenige Tage später mit Samira im Zentrum von Mühlborg bei *Bosco* – in unserem Lieblingscafé. Samira ist abgesehen von Karsten die einzige Person, mit der ich über alles reden kann. Wir haben eine innige Frauenfreundschaft, da wir uns seit der ersten Klasse der Grundschule kennen – und unser Leben danach in parallelen Bahnen verlief. Auch sie ist Erzieherin, aber arbeitet zurzeit als selbstständige Tagesmutter.

„Weißt du, vielleicht musst du offen mit den beiden über deine Pläne reden", sagt sie, „sonst ist es bald soweit und sie sind eventuell auch noch ärgerlich, dass du es nicht angekündigt hast... vielleicht wollen sie ja rechtzeitig jemand Neues einarbeiten?" Sie nimmt einen Schluck von ihrem Latte Macchiato.

„Ach was. Ich weiß doch gar nicht, wann es klappt mit der Schwangerschaft... vielleicht dauert es ja noch ewig." Ich senke den Blick, weil ich an das letzte Wochenende denken muss – und daran, dass ich doch ziemlich enttäuscht war, als

22

ich die Blutung sah... viel mehr, als ich eigentlich zugeben möchte.

Doch Samira sieht auch heute wieder bis tief auf den Grund meiner Seele. „Maureen? Wir hatten das Thema doch letztens erst... du kannst nicht erwarten, dass du die Pille absetzt und es macht klick und du hältst dein Kind im Arm. Gib deinem Körper ein wenig mehr Zeit!"

„Ich weiß, dass ich ungeduldig bin – aber ich fühle mich so machtlos! Es muss doch irgendetwas geben, das mir hilft, meinen Wunsch zu erfüllen! Ich habe ihn jetzt schon mehrere Jahre zur Seite geschoben, nur weil ich keine feste Arbeit bekommen habe! Das kann's doch nicht sein! Ich möchte auch mal dran sein, nur an mich denken und meinen Traum leben... und jetzt, wo wir endlich einfach die Verhütung aufgeben und es zulassen, klappt es nicht! Aber ich will JETZT Mama werden, Sami!"

Samira seufzt. „Ich weiß, Geduld war noch nie deine Stärke... hast du schon mal diese LH-Tests ausprobiert? Diese Dinger, die anzeigen, wann du deinen Eisprung hast? Das zeigen die doch immer in der Werbung. Vielleicht könnt ihr dann gezielter herzeln..." Sie hebt fragend die Schultern. „Was anderes fällt mir auch nicht ein."

„Ja, vielleicht keine schlechte Idee. Aber ich weiß nicht, ob dieser Kalendersex nicht der absolute Killer für das Liebesleben ist... Ich sag dir nur eins: Wenn ich bis Ende des Jahres nicht schwanger bin, sitze ich bei Dr. Alves!"

*****

Oktober 2012.

Bald müsste wieder ein neuer Zyklus beginnen. Ich atme tief durch und versuche es erneut mit vielen positiven Gedanken. Wir versuchen es erst seit einem halben Jahr. Und wenn man sich die Statistiken anschaut, kann man deutlich erkennen, dass es bei den meisten Paaren nicht sofort klappt, sondern ziemlich viele über ein halbes Jahr oder sogar bis zu einem ganzen Jahr brauchen, bis sich das kleine Wunder einstellt.

Ich versuche es jetzt mal von einer anderen Seite zu beleuchten: Je länger wir warten, desto länger können wir uns freuen. Es ist eigentlich so, als hätten wir eine viel längere Vorfreudezeit als all diejenigen, die sofort schwanger geworden sind! Fast wie eine Verlängerung der Schwangerschaft, nur ohne Beschwerden! Ja, so möchte ich es sehen.

Meine Ungeduld jedoch wächst mit jedem Tag ins Unermessliche. Ich muss zugeben: In meinem Beruf mit den Kindern, werden meine Nerven tagtäglich auf die Probe gestellt. Und da zeige ich erstaunlich viel Geduld. Wie ich das in dem Bereich mache, ist mir bis heute unklar.

Aber was mich und meinen Körper angeht, bin ich ein sehr ungeduldiger Mensch. Und wenn mein Körper nicht tut, was ich möchte, suche ich nach Möglichkeiten, ihn zu kontrollieren und ihn dazu zu bringen, zu „gehorchen“.

Jetzt möchte ich schwanger werden. Komm schon – wir finden eine Lösung, das Ganze ein wenig zu beschleunigen!

Ich recherchiere. Und lese viel bei Google, wenn der Tag lang ist. Dort lerne ich etwas Interessantes kennen, das in den nächsten Monaten zu meinem Freund wird: Das digitale Fieberthermometer – oder auch: *„Mumumeter“,* wie Karsten diesen neuen Freund liebevoll nennt, da man die Temperaturbestimmung am besten vaginal durchführen soll…

Die morgendliche Basaltemperatur zu bestimmen, wird zu einem liebgewonnenen Ritual. Jeden Morgen messe ich und trage die Temperatur in eine Kurventabelle ein. Diese Methode nennt sich *„NFP“* („Natürliche Familienplanung“) und die Temperaturkurve zeigt mir – nach ein paar Monaten des Ausprobierens – wann ich meinen Eisprung habe und ich kann berechnen, wann ich daraufhin das nächste Mal in etwa meine Periode bekommen müsste.

Nun scheint alles viel überschaubarer. Und ich verliebe mich in meine Kurven aufgrund der dadurch gewonnenen Kontrolle: Ich sehe die Eisprünge… Ich meine, während andere nur vermuten können, dass da ein Eisprung gewesen sein könnte, SEHE ich meinen Eisprung! Wie cool ist das denn bitte?!

Ich beschließe, das ab sofort immer zu tun. Ich werte die Kurven aus und freue mich über einen schönen Anstieg und über eine Temperaturhochlage, die lange genug andauert, um eine Einnistung zu ermöglichen. Die Hochlage dauert bei mir fast immer genau zwölf Tage. Am dreizehnten Tag sinkt die Temperatur – mal deutlich, mal nur ein wenig. Und die Blutung setzt an diesem Tag mit ziemlicher Gewissheit ein.

Diese Methode gibt mir Sicherheit. Ich weiß, wann ich einen Tampon dabei haben muss, aber vor allem weiß ich ganz genau, an welchem Tag ich gewappnet sein muss, mich mal wieder nicht unterkriegen zu lassen, wenn ein neuer Zyklus und damit das ganze Spiel von vorn beginnt…

*****

Dezember 2012.

Es ist nur wenige Tage vor Weihnachten. Draußen wird es immer kälter und ich sitze am Fenster mit einer warmen Tasse Kakao. Karsten setzt sich zu mir und legt seinen Kopf von hinten auf meine Schulter. „Alles okay, mein Engel?"

Ich beobachte die grauen Wolken am Himmel und überlege, ob ich auf diese Frage mit der Wahrheit antworten sollte… „Ja", sage ich. „Ich habe morgen einen Termin bei Dr. Alves."

Karsten hebt den Kopf und blinzelt mich von der Seite an. „Hast du? Bist du etwa… ich meine, denkst du, du bist schwanger?!"

Ich verpasse ihm einen Seitenhieb und lache. „Blödmann! Glaubst du wirklich, ich würde dir das nicht anders erzählen, wenn es endlich geklappt hätte?!"

„Schade. Okay, aber warum willst du dahin? Geht's dir nicht gut?" Er küsst mich sanft auf die Stirn.

„Alles in Ordnung eigentlich. Aber ich bin der Meinung, acht Monate dürften fürs Erste reichen, um sich mal untersuchen zu lassen, findest du nicht? Vielleicht hat der Arzt eine Erklärung – ich will ausschließen, dass bei mir etwas nicht stimmt, bevor er für dies Jahr zumacht." Ich mache eine kurze Pause und überlege. „Du könntest das übrigens auch mal tun! Hattest du nicht in deiner Kindheit so einen tollen Urologen, der dir immer Spritzen verpasst hat?" Ich kneife ihn in den Oberschenkel und muss grinsen. „Da solltest du mal hingehen, zu deinem Urologen des Vertrauens!"

„Hey, das waren wichtige Hormonspritzen! Mach dich nicht darüber lustig, der Arzt hat meine Eier gerettet!" Wir müssen beide laut lachen.

„Was hat er eigentlich bei dir behandelt?", frage ich plötzlich.

„Ach, irgendwas war mit meinen Hoden", sagt Karsten und steht plötzlich auf, um in die Küche zu gehen. Ich habe den Eindruck, er möchte mir ausweichen... darum folge ich ihm in die Küche, wo er am Kühlschrank steht und hineinstarrt.

„Irgendwas mit deinen Hoden? War es was Ernstes?" Karsten schließt den Kühlschrank wieder. „Ach Maureen, ich war erst elf oder so, ich weiß das doch nicht mehr... warum ist das denn wichtig, das ist Ewigkeiten her!"

Aber ich kann nicht locker lassen und bohre weiter. „Karsten, du hast mir das nie genauer erzählt! Ich weiß nur, dass du Spritzen bekommen hast, aber nicht wozu. Und bisher hat mich das auch nicht interessiert, aber jetzt... sieht die ganze Situation anders aus – wir wünschen uns ein Baby. Hast du schon mal daran gedacht, dass vielleicht bei dir was nicht stimmt und ich deshalb nicht schwanger werde?"

Er schaut mich mit ernster Miene an. „Willst du damit etwa sagen, ich bin unfruchtbar?!"

„Ich will überhaupt nicht sowas sagen, aber ich finde, dass du dich auch untersuchen lassen solltest!"

Karsten starrt mich an. Er wirkt gekränkt. Oder in seiner Männerehre verletzt. „Ich hab da aber keinen Bock drauf", sagt er schließlich wie ein kleiner bockiger Junge. „Ich bin

Gärtner, bin den ganzen Tag draußen im Grünen. Ich esse dein Gemüse, das du mir auftischst und habe reichlich Bewegung. Ich bin gesund, Maureen. Also nerv mich nicht mit sowas, okay?" Mit diesen Worten dreht er sich um und lässt mich mit meiner Kakaotasse in der Küche stehen...

Am nächsten Nachmittag ist der Gynäkologen Besuch überstanden. Laut Dr. Alves bin ich augenscheinlich gesund – aber er sagte, da wir es schon ein bisschen länger versuchen und mein Zyklus nicht ganz regelmäßig ist, könnte man etwas nachhelfen, die Sache zu beschleunigen...

Nun sitze ich in meinem Auto vor der Praxis mit einem Rezept für Clomifen – Hormontabletten, die einen Eisprung sicherstellen sollen oder sogar begünstigen, dass es pro Zyklus mehr als nur einen einzelnen Eisprung gibt...

Ich bin inzwischen so ungeduldig und möchte so unbedingt etwas unternehmen, dass ich auf der Stelle zur Apotheke fahren möchte, um diese Tabletten zu holen...

Aber ich zögere. Das Gespräch mit Karsten geht mir nicht mehr aus dem Kopf. Ich bin nicht die Einzige, die sich untersuchen lassen sollte – weshalb soll ich mich voreilig mit Hormonen vollpumpen, wenn es eventuell eine andere Ursache gibt, weshalb es nicht gleich klappt? Ich muss unbedingt noch einmal in Ruhe mit ihm reden, bevor ich etwas überstürze...

Ich packe also das Rezept in meine Handtasche und fahre anstelle der Apotheke erst einmal nach Hause. Schon von weitem sehe ich Karstens Renault vor dem Haus stehen. Scheinbar ist er früher von der Arbeit nach Hause gekommen... Während ich meinen Wagen parke, schlägt mir mein Herz bis zum Hals.

Ich möchte ihn nicht verletzen oder ihm weiter mit diesem Thema zu nahetreten... aber irgendwie muss ich es noch einmal vorsichtig ansprechen, damit ihm klar wird, dass auch er sich untersuchen lassen sollte.

Als ich vor der Tür zu meinem Schlüssel greife, öffnet sich diese und Karsten steht vor mir...

„Maureen." Er sieht mich ernst an und nimmt meine Hand. „Wir müssen nochmal reden." Bei diesen Worten schaut er zu Boden. Er dreht sich um und geht hinein, hält dabei immer noch meine Hand fest...

„Karsten, ich wollte auch mit dir nochmal reden!", platzt es aus mir heraus. „Es tut mir leid, wenn ich dich gestern mit diesem Thema überrannt habe, ich wollte dich nicht zu irgendetwas drängen. Aber..."

„Jetzt warte doch erstmal und hör zu, was ich dir zu sagen habe, mein Engel", unterbricht er mich sanft und wir setzen uns im Wohnzimmer auf die Couch. Ich habe nicht einmal Jacke und Tasche abgelegt.

„Also", beginnt er zögerlich. „Ich habe mit meiner Mutter telefoniert. Du weißt schon, wegen dieser Sache mit den Spritzen beim Urologen." Er atmet einmal tief durch und schaut mich dabei fest an. Ich blicke fragend zurück, bevor er weiterspricht. „Ich hatte als kleines Kind einen Hodenhochstand. Der wurde aber nicht rechtzeitig entdeckt und so wurde ich erst später behandelt, als ich schon älter war. Zehn oder elf, glaube ich. Ich weiß nicht, ob es etwas Schlimmes bedeutet. Meine Mutter sagt, sie kann sich nicht erinnern, dass der Arzt jemals irgendetwas in Richtung Unfruchtbarkeit angedeutet hätte. Wahrscheinlich müssen wir uns keine Sorgen machen. Mir geht es doch gut. Und – hey, du musst zugeben, dass der da unten uns im Bett noch nie hängen gelassen hat!" Er grinst mich frech an.

Ich muss leise lachen, doch wir beide wissen, dass das natürlich nichts mit Fruchtbarkeit zu tun hat... und lege meine Tasche zur Seite.

Irgendwie macht sich Erleichterung in mir breit. Vermutlich, weil dies bei Karsten auch der Fall zu sein scheint.

„Okay. Wenn das so ist, dann... gibt es diesen Urologen noch?"

„Ja, ich glaube schon. Wieso fragst du?"

„Na, dann können wir doch da anrufen und ihn fragen, ob er noch eine Untersuchung für nötig hält. So können wir auf Nummer sicher gehen."

Karsten verdreht leicht genervt die Augen. „Mann, ich dachte, das Thema wäre hiermit erledigt!"

„Das ist doch nur eine kleine Untersuchung, Schatzi! Ich habe das auch gemacht, obwohl ich mich nicht krank fühle! Aber dann wissen wir es genau. Und ich verspreche dir, dass ich dich danach damit in Ruhe lasse. Wenn alles okay ist bei dir, können wir es beruhigt weiter versuchen!"

Karsten atmet noch einmal genervt auf und willigt dann endlich ein. „Na gut, dann machen wir das so... der Arzt heißt Göllner. Aber du suchst die Nummer raus und rufst da an!" Mit diesen Worten steht er auf und verlässt den Raum.

Ein Gefühl der Zufriedenheit macht sich in mir breit. Ich ziehe meine Jacke aus und greife sofort nach dem Laptop, um die Nummer herauszusuchen.

Von dem Clomifen sage ich Karsten lieber noch nichts... Ich lasse das Rezept in meiner Tasche. Auf einen weiteren Monat kommt es jetzt nicht mehr an. Wir warten das Jahresende ab und sehen dem Termin beim Urologen gespannt entgegen. Aber ich bin zuversichtlich, dass da nichts sein wird. Und wenn ich mir ausmale, wie schnell es dann mithilfe dieser Hormone gehen wird, spüre ich ein Kribbeln in meinem Bauch und die Vorfreude auf unser kleines persönliches Wunder steigt!

*****

„Er hat dir direkt Hormontabletten verschrieben?!" Samira muss lachen. „Wie cool ist der denn drauf?! Ihr versucht es doch nicht mal ein Jahr! Da ist er aber ziemlich voreilig, oder?"

Wir sitzen bei uns in der Küche und sie nimmt einen Schluck von ihrem Tee, der vor ihr steht. In wenigen Tagen beginnt das neue Jahr und sie wollte noch etwas angeblich sehr Wichtiges mit mir besprechen.

„Naja, und macht ihr das jetzt?"

„Also, ehrlich gesagt... Karsten weiß davon noch gar nichts. Ich will ihn nicht mit allem überrennen. Wir haben erst kurz vor Weihnachten beschlossen, dass er sich auch untersuchen lässt. Aber der Termin beim Urologen ist erst Mitte Januar... Bis dahin warte ich ab und danach schlage ich ihm vor, ob wir es damit versuchen wollen." Ich strahle sie an. „Dann geht es bestimmt voll schnell! Stell dir mal vor, ich werde mit Zwillingen schwanger, oder sowas!" Wir müssen beide kichern.

„Was gibt's hier zu lachen?", fragt Karsten grinsend, als er noch in Schneebekleidung die Küche betritt. Er war draußen Schnee schieben.

„Äähm... Samira, wollte mir gerade was Wichtiges erzählen!", flunkere ich. „Stimmt's, Sami?"

Sie schaut mich mit einem schelmischen Lächeln auf den Lippen an und nickt. „Und ob! Erstens ist es mal wieder Zeit, über die *Hexe* zu lästern..."

„*Hexe*?!", fragt Karsten durch die offene Tür, während er seinen Wintermantel auszieht.

Samira arbeitet in einer Großtagespflege im Nachbarort. Sie betreut dort mit einer weiteren Kollegin neun Kinder unter drei Jahren und beklagt sich oft darüber, wie sie von dieser anderen Tagesmutter ausgenutzt und im Stich gelassen wird... daher nennen wir sie neuerdings nur noch „*Hexe*".

„Stell dir vor, ich darf mir von dieser Frau mindestens zweimal die Woche anhören, dass sie Kopf- oder Unterleibschmerzen hat!" Sie verdreht genervt die Augen. „Und dann steh ich jedes Mal wieder mit den ganzen Kindern allein da und sie heimst sich ihr Geld aber trotzdem ein. Blöde Ziege!" Samira nimmt noch einen Schluck von ihrem Tee. „Ach Maureen, ich hab keine Lust mehr darauf... Weißt du, es könnte so schön sein mit den Kindern, wenn ich eine ordentliche Partnerin hätte, auf die ich mich verlassen könnte!" Sie macht eine kurze Pause und sieht mich dabei mit einem einerseits fragenden, andererseits frech grinsenden Blick an. „So eine wie dich!"

Ich verschlucke mich an meinem Tee und muss husten... Samira klopft mir lachend auf den Rücken und wartet erstmal ab, was ich sage. „So wie... so wie MICH?"

„Ja klar! Mauri, das wäre so schön! Überleg doch mal, wir beide in einer eigens eröffneten Großtagespflege hier im Dorf! Kannst du dir das nicht vorstellen?!"

Samira hat ja schon manchmal lustige Ideen... aber diese hier... ist, wenn ich es recht bedenke, gar nicht so schlecht... „Also du meinst, wir beide als Kolleginnen? Arbeiten zusammen?!" Je mehr ich darüber nachdenke, desto besser gefällt mir dieser Gedanke...

Ich muss lächeln, denn in meinem Kopf spielen sich schon Bilder ab von der gemeinsamen Arbeit mit Samira und vielen kleinen Kindern, die zwischen uns durchs Zimmer hüpfen. „Lass mich ein paar Nächte drüber schlafen, okay?", sage ich trotzdem. Denn das ist keine Entscheidung, die ich übers Knie brechen sollte – jetzt wo ich schließlich auch bald Mama werde.

Die Auflösung

Januar 2013.

Ich sitze wartend bei Dr. Göllner im Sprechzimmer. Karsten hatte mich gebeten, mit ihm mitzukommen. Als hätte er doch irgendwie Bammel vor einem negativen Ergebnis...

Er musste eine Samenprobe mitbringen, die gerade im Labor ausgewertet wird und nun ist er mit dem Arzt schon eine ganze Weile nebenan im Untersuchungsraum. Nach einer gefühlten Ewigkeit kommen sie wieder ins Sprechzimmer und Dr. Göllner bittet Karsten, sich zu mir zu setzen. Fast im selben Moment klopft es leise, eine Arzthelferin kommt mit einem Blatt Papier herein, das sie ihrem Chef auf den Schreibtisch legt – die Ergebnisse des Spermiogramms.

Dr. Göllner, der sowieso schon einen für meinen Geschmack nicht sonderlich begeisterten Blick an den Tag legt, greift nach dem Zettel und legt seine Stirn in Falten. Ich lese nichts Gutes in seinen Augen...

„Herr Schilling, ich will ehrlich zu Ihnen sein... es sieht nicht gut aus, was ich hier sehe...“ Er überfliegt die Ergebnisse noch einmal und schüttelt mit zusammen gepressten Lippen den Kopf. Dann sieht er zu uns auf.

Als sein Blick auf meinen trifft, durchfährt eine Gänsehaut meinen Körper – von der Kopfhaut bis in den kleinen Zeh.

Nein – ist mein erster Gedanke, bevor er überhaupt zu sprechen beginnt. *Er vertut sich. Er hat das Spermiogramm eines anderen Mannes vorliegen...*

Doch die Aussage, die er dann trifft, ist eindeutig und unverkennbar: „Die Wahrscheinlichkeit, unter diesen Bedingungen ein Kind auf natürlichem Wege zu zeugen, ist in etwa so hoch wie bei einem Sechser im Lotto...“

Die Worte rauschen in meinem Kopf – das hat er nicht wirklich gesagt... Ich bin wie gelähmt. Sprachlos. Tränen steigen in meinen Augen auf.

Er meint doch nicht uns! Oder?! Das passiert doch nicht in unserem wahren Leben! Entweder ist das ein Traum oder es ist ein Film!!

Doch im nächsten Moment wird mir bewusst: Das IST unser Leben. Es geht um uns. Wirklich.

Aber wir möchten doch nur ein kleines Baby haben! Sonst nichts...

Ich werfe einen Blick zu Karsten hinüber. Auch er sitzt regungslos da und kann es nicht glauben. Er starrt durch den Arzt hindurch.

Dr. Göllner wirkt von jetzt auf gleich gar nicht mehr so bedrückt. Als wäre es eine Diagnose, die er tagtäglich stellt. Oder auch, weil er meine feuchten Augen sieht... Was er im Anschluss noch alles sagt, nehme ich nur noch mit halber Aufmerksamkeit wahr. Irgendetwas von einem Kinderwunschzentrum in Dornaub. Er gibt uns zum Abschied ein Kärtchen mit Adresse und Telefonnummer von dieser neuen Anlaufstelle. Ein kleiner Funken Trost soll das sein, dass unser Wunsch doch noch nicht ganz abgeschrieben ist.

Als wir Zuhause aus dem Auto steigen, nehme ich als erstes das Rezept für die Hormontabletten aus meiner Tasche, zerreiße es mit Tränen in den Augen und werfe es in die Mülltonne vor dem Haus. Denn für den Rest des Tages endet dieser erste tiefe Fall nicht mehr. Ich falle und falle, tiefer und tiefer. Und frage mich, wann ich lande. Oder aufwache aus diesem Alptraum...

Am nächsten Morgen schleiche ich wie ein nasser Waschlappen durch die Kita. Ich versuche mich zusammenzureißen, aber mir ist klar, dass es mir nicht ganz gelingt. In einer ruhigen Minute werde ich von Mona vor unserer Gruppentür in eine ruhige Ecke gezogen...

„Maureen. Ist alles okay mit dir?" Sie sieht mich mitfühlend an. „Du siehst überhaupt nicht gut aus... ist etwas passiert? Bist du krank?"

Ich schlucke. Was soll ich ihr sagen?! Und ich kann es diesmal überhaupt nicht verhindern – meine Augen füllen sich in Nullkommanichts mit Tränen und mein Kinn beginnt zu beben...

„Maureen!" Sie nimmt mich sofort in den Arm, aber damit macht sie es nur noch schlimmer... ich breche in Tränen aus, sacke zusammen und sie bringt mich zu einem kleinen Seccel, der bei der Kindergarderobe steht. Sie selbst hockt sich davor. „Setz dich erstmal... Was ist denn passiert?! Du bist ja völlig aufgelöst!"

Ich ringe nach Worten – einfach mit der Wahrheit herauszurücken, ist jetzt schwer, da Mona und Ingrid immer noch nichts von meinem dringenden Kinderwunsch wissen... „Wir waren gestern beim Arzt", schluchze ich leise „und... und..."

„Oh Gott, habt ihr eine schlimme Diagnose bekommen?", unterbricht mich Mona. „Deine Eltern? Deine Schwiegereltern?!"

Ingrid kommt aus dem Gruppenraum – als sie uns sieht, kommt sie schnell hinzu. „Alles okay bei euch beiden? Was ist denn los?"

„Nein, es geht allen gut", beteuere ich. „Es ist nichts mit der Familie. Aber... mein Mann... Karsten... der Arzt hat gesagt, dass er zeugungsunfähig ist..." Jetzt laufen die Tränen wie ein Wasserfall und ich kann nichts dagegen tun.

Mona nimmt mich ganz fest in den Arm. Sie sagt nichts. Auch Ingrid schweigt. Sie verstehen, dass ich jetzt erstmal nicht reden kann. Sie sind so lieb und verständnisvoll. Fragen nicht mehr. Sind einfach da. Wenn der Zeitpunkt gekommen ist, an dem ich reden möchte, werde ich es tun.

Mona ruft für mich Samira an. Sie kommt in die Einrichtung und ich höre einen Ausschnitt von dem, was sie kurz an der Tür miteinander reden...

„Sie ist völlig verzweifelt... so hab ich sie noch nie gesehen. Da wir ihren Mann nicht erreichen konnten, dachten wir, es wäre gut, wenn eine andere, ihr nahestehende Person jetzt für sie da ist. So arbeiten kann sie jedenfalls nicht..."

„Danke", sagt Samira, sieht mich über Monas Schulter und kommt direkt angelaufen. Ich erhebe mich von dem Sessel, in dem ich sitzen geblieben war, um mich zu beruhigen.

„Hey, meine Süße! Ich bin so schnell gekommen, wie ich konnte!" Samira nimmt mich in den Arm und drückt mich ganz lange und ganz fest. „Möchtest du darüber reden?"

Ich schaue zu Boden, weil ich bemerke, dass mir erneut Tränen in die Augen schießen.

„Okay, komm wir fahren jetzt erstmal zu mir." Sie nimmt meinen Arm und während sie mir meine Jacke reicht, bedanke ich mich noch schnell in Monas Richtung. „Danke Mona. Ich komme morgen wieder..."

„Nimm dir die Zeit, die du brauchst. Ich sage im Büro Bescheid, dass du krank bist", antwortet Mona und lächelt mir aufmunternd zu.

„Danke, dass du gekommen bist", sage ich im Auto zu Samira. „Es ist mir irgendwie peinlich. Bin ja richtig zusammengebrochen da vor den anderen... wegen dem Scheiß."

Ich schlucke ein Schluchzen hinunter. Doch Samira reagiert verständnisvoll. „Das muss dir nicht peinlich sein, Mauri. Mona hat mir kurz erzählt, worum es geht. Du stehst unter Schock. Ich kann dich verstehen. Es muss schon heftig sein, sowas von einem Arzt zu hören..."

Ich atme erleichtert auf, dass ich es nicht noch einmal von vorn erzählen muss. Samira parkt vor ihrer Haustür und als ich mich kurz darauf in ihrer Küche hinsetze, macht sie für uns beide einen Kaffee. „Wollt ihr... dann jetzt keine Kinder mehr? Oder eins adoptieren?"

Die Option, gar kein Kind zu bekommen, war mir noch gar nicht in den Sinn gekommen... „Ehrlich gesagt, haben wir noch nicht richtig geredet, Karsten und ich. Aber ich will auf jeden Fall ein Kind. Ich wollte schon immer eins... Der Urologe gestern hat uns eine Karte von einem Kinderwunschzentrum gegeben. Das soll wohl ganz gut sein. Er sagte, da wir noch so jung sind, stehen die Chancen gar nicht so schlecht..."

„Sowas hat er gesagt? Na, dann braucht ihr euch doch wahrscheinlich gar nicht so viele Sorgen machen, Maureen! Schau nach vorn, okay? Wenn es so ein Zentrum gibt, werden die euch sicher helfen können!" Sie steht an der Küchenzeile und schenkt uns Kaffee ein.

Wieder einmal schafft sie es, dass ich auf der Stelle ein wenig neuen Mut schöpfe. In diesem Moment wird mir klar, dass ich mich für etwas entschieden habe...

„Samira?" Ich stehe auf und gehe auf sie zu. Als sie aufschaut, nehme ich sie fest in den Arm. Sie wirkt überrascht. „Äääh... ja?"

Ich löse die Umarmung wieder. „Du bist meine beste Freundin. Ich hab es mir jetzt überlegt – ja, ich will!"

„Du willst was? Hab ich irgendwas verpasst?! Hast du jetzt zum anderen Ufer gewechselt?", grinst sie mich an.

Ich muss lachen. „Du Quatschkopf! Ich will mit dir zusammenarbeiten!"

Samira strahlt mich an. „Wow! Wirklich?? Ich weiß gar nicht, was ich sagen soll... dann... dann machen wir das! Wie cool!" Wir umarmen uns noch einmal. Und ich spüre, dass es gut wird.

Als am Abend Karsten nach Hause kommt, wirkt er matt und niedergeschlagen. Während ich heute bereits mehrmals die Gelegenheit hatte, mit jemandem über die Diagnose zu sprechen, hat er den ganzen Tag allein draußen in der Kälte gearbeitet.

„Hallo Schatzi", begrüße ich ihn und gebe ihm einen Kuss. „Darf ich dich mal drücken?"

Er nickt und lächelt müde. Ich lasse mich in seine Arme fallen, vergrabe mein Gesicht an seiner Schulter und atme seinen Duft ein.

Ich liebe diesen Mann so sehr. Dass er mir kein Kind schenken kann, tut unglaublich weh... Aber daran hat er ja keine Schuld. Ich frage mich, wie er sich selbst nun fühlt und habe das dringende Bedürfnis, mit ihm darüber zu reden und vor allem, ihn selbst reden zu lassen. Als ich mich von ihm löse, sieht er sofort, dass ich schon wieder ganz nasse Augen habe...

„Mein Engel..." Seine Augen beginnen ebenfalls feucht zu glitzern. Er zieht seine Jacke aus und sieht mich an. Atmet einmal ganz tief durch. „Maureen, es tut mir so leid... ich weiß, wie sehr du dir ein Kind wünschst. Ich habe gesehen, dass gestern eine Welt für dich zusammen gebrochen ist... Aber ich... ich kann dir deinen Wunsch nicht erfüllen... kannst du dir ein Leben ohne Kinder überhaupt vorstellen? Ich möchte nichts lieber, als dir ein Baby zu schenken, aber ich... ich fühle mich so machtlos seit gestern! Und weiß nicht, ob wir diese Kinderwunschkacke machen sollten..." Er stockt kurz. „Vielleicht ist es besser, wenn du dir einen anderen Mann suchst, der dir ein Kind machen kann." Mit diesen Worten wischt er sich eine Träne aus den Augen und wendet sich ab.

„Ist das dein Ernst?!", rufe ich entsetzt und versuche, seinen Blick wieder einzufangen. „Schatz, ich habe dich geheiratet, weil ich dich liebe! Und daran hat sich in den letzten dreieinhalb Jahren nichts geändert! Natürlich wünsche ich mir ein Kind, aber nur von DIR! Und wenn es nicht so sein soll, dann will ich dich trotzdem!"

Ich gehe wieder auf ihn zu und greife nach seinen Händen. Er schaut mich an und so einen schmerzerfüllten Blick habe ich in den Augen meines geliebten Mannes noch nie zuvor gesehen…

„Ich liebe dich. Und ich möchte mit dir meine Zukunft verbringen – mit oder ohne Kind. Aber einfach aufgeben will ich auch nicht! Geh mit mir in dieses Kinderwunschzentrum."

Karsten schweigt. Sieht mich eine ganze Weile an – und nickt schließlich. „Wenn ich dir irgendwie deinen Wunsch erfüllen kann, dann werde ich es versuchen. Und wenn du da hingehen möchtest, dann machen wir das." Er senkt seinen Blick. „Das bin ich dir schuldig."

In diesem Augenblick wird mir klar, wie groß sein Schuldgefühl sein muss… „Du bist mir überhaupt nichts schuldig! Ich möchte mit dir dorthin gehen, weil wir uns beide ein gemeinsames Kind wünschen. Und nicht, weil du mir einen Gefallen tun möchtest."

„Ja. Ich gehe duschen." Mit diesen Worten verschwindet Karsten im Badezimmer. Er lässt mich im Flur zurück, mit dem Wissen um sein schlechtes Gefühl. Ich spüre, wie leid ihm alles tut… Dabei kann er doch nichts dafür, dass er zeugungsunfähig ist…

Kapitel 2 – „Wunderzentrum"

Neue Hoffnung

In den nächsten Tagen, lerne ich ein Gefühl kennen, dass mich im Laufe der nächsten Zeit noch lange weiter begleiten wird.

Dieses Gefühl ist wie verhext. Es kommt aus dem Nichts. Erst ein winziger Funke, dann eine kleine Flamme und zum Schluss brenne ich dafür – für den nächsten Schritt, den ich lieber heute als morgen gehen möchte! Ich bin so voller Hoffnung, dass ich es nicht mehr erwarten kann, dieses Kinderwunschzentrum von innen zu sehen und mache noch in derselben Woche einen Kennenlerntermin aus. Schließlich liegt es nun in den Händen dieser Ärzte, uns unseren größten Wunsch zu erfüllen – und je eher wir dorthin gehen, desto eher wird das geschehen!

Mit Samira Pläne über meine berufliche Neuorientierung zu schmieden, tut mir zusätzlich gut. Ich finde viel Ablenkung in der Zeit, die ich mit ihr für die Planung unseres neuen Projektes verbringe: Dem Aufbau einer eigenen Kinder-Großtagespflege.

In den nächsten Wochen suchen wir eine geeignete Erdgeschosswohnung und nehmen Kontakt zum Jugendamt sowie zum Bauamt auf und allmählich soll es entstehen: Unser „Küken-Nest"! Ich kann es kaum glauben, aber ich wage tatsächlich den Schritt in die Selbstständigkeit...

Karsten ist zunächst sehr skeptisch, was das geregelte Einkommen betrifft, da man auch viele Ausgaben hat, wie die Miete und verschiedene Versicherungen. Aber Samira kann uns alle Bedenken nehmen – sie arbeitet immerhin schon drei Jahre in der Branche und weiß, wie viele Einnahmen man hat, wenn man nur dementsprechend genügend Wochenstunden mit einer gewissen Anzahl von Kindern vorweisen kann.

Nachdem auch Karsten überzeugt ist, unterschreiben wir den Mietvertrag und können bald mit der Renovierung unseres „Küken-Nestes" beginnen – ein neuer spannender Abschnitt in meiner beruflichen Laufbahn beginnt!

*****

Februar 2013.

In den kommenden Wochen bin ich auch bereit, offen mit Mona und Ingrid zu reden. Die beiden haben mich abgesehen von Samira als allererstes so sicher aufgefangen in einem Moment, in dem ich weder ein noch aus wusste – sie haben es nicht verdient, dass ich ihnen gegenüber länger schweige.

Wir sitzen eines etwas ruhigeren Morgens mit nur wenigen Kindern bei einem gemeinsamen Frühstück. Bald schon sind alle Kinder wieder am Spielen und ich traue mich, die Situation noch einmal anzusprechen.

„Mona, Ingrid, ich... wollte mich noch einmal bei euch bedanken. Dass ihr mich so lieb getröstet habt, als ich vor ein paar Wochen mit dieser Diagnose um die Ecke kam – das war nicht selbstverständlich. Es könnte euch egal sein, was mit mir und meinem Mann los ist und warum es mir nicht so gut geht... stattdessen kümmert ihr euch um mich..."

„Du musst dich doch dafür nicht bedanken", sagt Ingrid. „Wir sind deine Kolleginnen und du liegst uns am Herzen!"

Mona ist neugierig. „Dürfen wir denn... ein paar Details erfahren? Ich meine... wie geht es euch jetzt damit und was genau haben die Ärzte gesagt?"

Es schmerzt noch immer, die Schockdiagnose in Worte fassen zu müssen. „Der Urologe sagte, dass wir auf natürlichem Weg keine Kinder zusammen bekommen können... für mich war das so schlimm in dem Moment, weil ich schon seit ich denken kann, ganz fest davon überzeugt war, dass ich mit meinem Mann auch Kinder haben werde! Ich weiß, das klingt vielleicht sehr konservativ, weil wir auch schon in so jungen Jahren geheiratet haben, wie es das heute nicht mehr oft gibt. Aber wir lieben uns und wünschen uns ein Baby und so ist es nun einmal. Und dieser... ich nenne es mal *Plan*, ist einfach so von einer Sekunde auf die andere zerstört worden... das ist der Grund, weshalb ich so verzweifelt war."

Mona und Ingrid sehen sich an. „Und was ist jetzt der neue *Plan*?", fragt Ingrid.

Ich schlucke. Als sie die Frage nach dem *„Plan"* ausspricht, schwirren plötzlich leise Worte durch meinen Kopf:

... Glaubst du, du kannst solche festen Pläne schmieden?

... Was wäre, wenn Ihr keine Kinder bekommen könntet?

... Manchmal kommt im Leben alles anders als man denkt...

Uletta... das waren Ulettas Worte! Plötzlich frage ich mich, woher sie es wusste...?! War es Zufall, dass sie mir ebendiese Fragen gestellt hat, obwohl sie doch zu der damaligen Zeit überhaupt nicht wissen konnte, welches Schicksal Karsten und mir blüht?!

„Maureen?" Mona reißt mich aus meinen Gedanken. „Alles okay?"

„Äh, ja ich... wir..." Ich atme einmal tief durch und lasse diese Worte wieder aus meinen Gedanken verschwinden. „Also, wir möchten in ein Kinderwunschzentrum gehen und uns beraten lassen, welche Möglichkeiten wir haben. Der Arzt sagte, dass es in unserem Alter wohl noch keinen Grund zur Panik gibt." Ich setze ein Lächeln auf, obwohl mir immer noch ein paar von Ulettas Worten nicht aus dem Kopf gehen wollen. „Jedenfalls haben wir nächsten Monat einen Kennenlerntermin in einem Zentrum in Dornaub. Das liegt 40 Kilometer von hier. Danach weiß ich mehr."

„Das freut mich richtig", strahlt Mona. „Dass du wieder nach vorn blickst, Maureen."

Das tue ich tatsächlich. Und ich kann es kaum erwarten, endlich die Kinderwunschpraxis kennenzulernen...

*****

März 2013.

Der Kinderwunscharzt – Dr. Neumann – ist mir auf merkwürdige Weise unheimlich. Er sitzt grinsend vor uns an seinem Schreibtisch und versprüht eine Aura, die sagen möchte:

Alles wird gut! Legen Sie ihre Eizellen und Samenzellen in unsere Hände und wir verwandeln sie in ein Baby...

Gleichzeitig macht es ihn mir unheimlich sympathisch. Ich muss unweigerlich die ganze Zeit lächeln. Die Worte des Arztes dringen tief in mein Innerstes ein und ich sauge jeden Satz auf, der mich der Erkenntnis näher bringt, wie wir oder er oder sonst wer denn nun endlich den ersten Schritt zu unserem Wunschbaby machen kann!

Dr. Neumann betont, wie jung ich mit meinen nicht ganz 26 Jahren doch bin – im Vergleich zum Durchschnittsalter aller Frauen, die zu der heutigen Zeit in die Klinik kommen, über sechs Jahre jünger.

„Ich bin mir ziemlich sicher, dass Sie sehr schnell schwanger werden, Frau Schilling", sagt er zuversichtlich. „Die meisten sehr jungen Frauen brauchen nur ein oder zwei Anläufe, wenn sie gesund sind. Allerhöchstens drei. In Zahlen betrachtet, besteht bei jedem einzelnen Versuch eine Schwangerschaftswahrscheinlichkeit von 38%. Mit jung meine ich: unter 35. Davon sind Sie noch meilenweit entfernt. Außerdem gibt es NOCH einen Vorteil im Alter von Ihnen beiden: Sie sind nicht nur JUNG genug dafür, dass es schnell funktionieren wird, sondern gleichzeitig *ALT* genug, damit Ihre Krankenkasse mindestens 50% der Kosten trägt. Das bedeutet eine enorme finanzielle Entlastung für Sie."

Karsten und ich sehen uns erleichtert an. Es klingt, als hätte Dr. Neumann nur positive Neuigkeiten für uns.

„Kommen wir nun zu Ihrem Spermiogramm, Herr Schilling. Ich habe es mir vorhin schon einmal genauer angesehen und muss Ihnen beiden leider sagen, dass es nicht gut aussieht. Es liegt das OAT Syndrom vor, mit dem Schweregrad 3. Das bedeutet, es sind nur wenige normal geformte und bewegliche Spermien in Ihrer Samenprobe zu finden."

„Was bedeutet das für die Erfolgsaussichten einer Behandlung?", fragt Karsten angespannt. Ich sehe, wie er seine Hände zu Fäusten ballt.

„Über die Aussichten kann ich derzeit nicht viel sagen – ich kann nur noch einmal betonen, dass insbesondere IHR Alter, Frau Schilling, eine gute Voraussetzung für eine gelingende Einnistung ist. Allerdings kommt aufgrund der wenigen tauglichen Samenzellen nur eine Art der Behandlung in Frage. Sie nennt sich *ICSI – Intracytoplasmatische Spermieninjektion*. Sie ist nicht nur die teuerste, sondern gleichzeitig die aufwendigste Methode. Aber von allem anderen muss ich Ihnen abraten, weil nur diese in Ihrem Fall erfolgsversprechend ist." Er macht eine Pause.

Karsten und ich schauen uns erneut an. Gute und schlechte Nachrichten also.

Im weiteren Verlauf des Gespräches erklärt uns der Arzt im Detail, was bei einer ICSI auf uns zukommen würde. Wir würden mit einigen Hormonspritzen mehrere meiner Eizellen in mir heranwachsen lassen. Diese werden unter Vollnarkose punktiert – das soll bedeuten, sie werden mit einer feinen Nadel aus meinen Eierstöcken herausgesaugt... und im Anschluss werden sie im Labor unter einem Mikroskop mit den Samenzellen befruchtet. Ei- und Samenzelle werden nicht einfach nur zusammengebracht, sondern ein ausgewähltes Spermium muss direkt in eine jeweilige Eizelle injiziert werden, da die Spermien in Karstens Fall selbst dazu nicht in der Lage sind. Das ist der Hauptunterschied zu anderen einfacheren Methoden.

Als Dr. Neumann mit seinen Erläuterungen fertig ist, nicke ich. „Ich möchte das machen."

Karsten starrt mich von der Seite an, als wäre ich verrückt. „Wir möchten natürlich erst noch ein paar Nächte darüber schlafen!", sagt er in einem bestimmenden Ton. „Würden Sie uns kurz entschuldigen?"

Er zieht mich an einer Hand von meinem Stuhl hoch und nach draußen vor die Bürotür. „Maureen! Bist du dir sicher?! Da kommen jede Menge Spritzen, Termine, eine OP und wahrscheinlich auch Schmerzen auf dich zu! UND du möchtest dich in eurem Küken-Nest verwirklichen... wie soll das gehen?!"

„Karsten, ich wünsche mir das SO sehr! Ich schaffe das alles schon. Ich werde noch einmal in Ruhe mit Samira sprechen und bin mir sicher, dass sie uns unterstützen wird! Jetzt lass den Arzt nicht so lange da drinnen auf uns warten!" Mit diesen Worten ziehe ich ihn wieder in das Büro hinein.

„Dr. Neumann, wir möchten auf jeden Fall eine ICSI bei Ihnen durchführen lassen!", sage ich und setze mich dabei wieder. „Leider ist das aus beruflichen Gründen nicht sofort möglich. Können wir uns im Herbst bei Ihnen für den Start melden?"

Dr. Neumann lächelt herzlich. „Ich kann verstehen, dass Sie mit diesem Schritt nichts überstürzen möchten. Melden Sie sich, sobald Sie bereit dafür sind. Alle Kontaktdaten stehen in den Unterlagen. Sie können sich zu gegebener Zeit einfach telefonisch zu einer Voruntersuchung anmelden." Er reicht mir eine Mappe, in der noch weitere Informationen gesammelt sind.

„Ich danke Ihnen." Wir verabschieden uns mit einem Händedruck und verlassen das Kinderwunschzentrum.

Stille im Auto auf dem Weg nach Hause. Plötzlich bricht Karsten das Schweigen.
„Ich weiß nicht, ob das alles richtig ist..."

Ich sehe zu ihm hinüber, aber er starrt auf die Straße.
„Schatzi, falls du dir Sorgen um MICH machst – das musst du

44

nicht. Ich bin schon groß", versuche ich zu scherzen. „Und außerdem – was bleibt uns für eine Alternative? Entweder wir versuchen es oder wir werden kein Kind bekommen können. Du hast doch gehört, was Dr. Neumann gesagt hat: Wir haben richtig gute Chancen! 38%, das ist... mehr als ein Drittel! Und da ich noch jünger bin als die üblichen Patientinnen, für die das berechnet wurde... stell dir vor, wir machen das wahrscheinlich EINMAL und haben unser Baby im Arm!"

Ich höre Karsten leise lächelnd ausschnauben. „Ach mein Engel. Ich sehe schon, du bist jetzt Feuer und Flamme..."

Und ob ich das bin...

Es fühlt sich erneut an, als befinde ich mich in einem Film. Es ist so unwirklich. Zuhause sitze ich in den folgenden Tagen stundenlang vor dem PC und recherchiere über die verschiedenen Behandlungsarten der künstlichen Befruchtung.

Dabei wird mir klar, dass so eine Sterilitätsbehandlung nicht nur aufwendig und unter Umständen gesundheitsschädlich sein kann – sondern auch nicht gerade kostengünstig ist. Ich bin ein wenig erleichtert, dass wir in den vergangenen Jahren schon einige Rücklagen aufgespart haben. Das Geld ist eigentlich als Kapital für ein eigenes Haus gedacht – irgendwann mal. Da die Krankenkassen die Behandlung jedoch bezuschussen und unsere Chancen nicht schlecht stehen, müssen wir mit nur ein oder zwei Behandlungen vermutlich nicht allzu sehr an unsere Ersparnisse gehen. Ein Leben ohne Kind kann ich mir jedenfalls einfach nicht vorstellen. Koste es, was es wolle...

Es ist zudem erstaunlich, wie viel positive Resonanz sich im Internet finden lässt. So viele Paare gibt es in Deutschland, denen es genauso geht wie uns und fast allen kann geholfen werden. Fast alle halten am Ende tatsächlich ihren erfüllten Wunsch in den Armen. Das erfüllt mich mit noch mehr Hoffnung.

Den groben Plan vom Arzt, wie es weitergehen soll, lese ich mir immer und immer wieder durch: Entscheiden, wann wir starten wollen – mit der Periodenblutung melden – am 21.

Zyklustag zur Voruntersuchung kommen – und dann wird mir gezeigt, mit welchen Medikamenten zur Vorbereitung der ICSI wir starten können... Ich bin fast traurig, dass wir den Start noch ein bisschen verschieben müssen.

Warte noch ein Weilchen, unser kleines Baby, wir kommen! Wir sind schon fast auf dem Weg zu dir!

*****

April 2013.

Während ich gedanklich meinen beruflich betrachtet neuen Lebensabschnitt plane, denke ich in den nächsten Tagen oft über Mona und Ingrid nach. Sie sind tolle Kolleginnen und ich werde sie sehr vermissen... Sie haben sich so ehrlich mit mir gefreut, als ich ihnen von den positiven und hoffnungsvollen Neuigkeiten aus dem Kinderwunschzentrum erzählte.

Und Mona verkündete mir vor wenigen Tagen fröhlich, dass ich für ein weiteres Jahr bei ihnen in der Einrichtung arbeiten könnte. Allerdings handle es sich wieder nur um eine Vertragsverlängerung auf Zeit mit keiner Aussicht auf Übernahme...

Den ganzen Morgen grüble ich, wie ich ihr beibringen soll, dass ich trotz des Angebotes gehen werde – ich muss einfach, was diese Kurzzeitverträge angeht, einen Schlussstrich ziehen.

Wir verbringen die Mittagspause gemeinsam in der großen Sommerküche. Mona hat gute Laune und erzählt von ihren Urlaubsplänen. „Und was macht ihr diesen Sommer? Fliegt ihr in die Sonne?", fragt sie neugierig.

Das ist der bestmögliche Übergang für mich zu dem, was ich ihr sagen möchte... sagen MUSS. „Nein. Ich... ich muss dir was erzählen, Mona." Ich atme tief durch. „Ich werde diesen Sommer mit vielen Planungen verbringen... Verträge unterzeichnen... Investitionsgelder beantragen..."

Mona sieht mich verwirrt an. Und ich rede einfach weiter. „Ich möchte mit meiner besten Freundin eine Großtages-

46

pflege in Mühlborg eröffnen und selbstständige Tagesmutter werden. Das wollte ich dir schon seit ein paar Tagen sagen, aber ich wusste nicht, wie... Jedenfalls kann ich das Angebot nicht annehmen, hier weiter zu arbeiten... diese Jahresverträge sind auf Dauer total stressig. Jedes Jahr sitze ich beim Amt und bekomme nirgends einen Festvertrag."

Mona sieht etwas enttäuscht aus. „Schade...", sagt sie leise. „Aber ich kann dich ehrlich gesagt verstehen. Das wäre auch nichts für mich."

„Danke für dein Verständnis. Es bedeutet nicht, dass ich nicht gern hier arbeite, das darfst du nicht falsch verstehen! Und ich werde euch sehr vermissen. Diese ständigen Abschiede sind sowieso ziemlich traurig für mich – jedes Mal gewöhne ich mich gerade an die Leute... schließe die Kinder ins Herz... und natürlich so tolle Kolleginnen wie euch!" Eine Träne entwischt mir und auch Mona bekommt ganz feuchte Augen.

„Ach Maureen, komm her..." Sie drückt mich einmal fest. „Wir werden dich auch vermissen. Aber zieh dein Ding durch. Ohne schlechtes Gewissen, hörst du? Ich glaube, dass deine Samira dafür die richtige Partnerin ist. Sie wird auf dich aufpassen."

Ich wusste, dass Mona mich verstehen würde. „Ja, das mache ich." Mir entwischt ein tiefer Seufzer der Erleichterung.

*****

Mai – Juli 2013.

In den folgenden drei Monaten wird alles für den Start in unserem Küken-Nest vorbereitet. Die Renovierungsarbeiten werden abgeschlossen, das Bauamt begutachtet die Räumlichkeiten und kontrolliert, ob die Brandschutzbestimmungen eingehalten wurden. Wir beginnen mit der Einrichtung und der Gestaltung einer liebevollen Dekoration. Zu guter Letzt besucht uns die Fachberaterin für Kindertagespflege aus dem Jugendamt. Alle sind begeistert, wieviel Zeit und Liebe wir investiert haben und es scheint, als hätten wir zügig alle Steine aus dem Weg geräumt, die vor uns lagen. Im Juli halten wir unsere Pflegeerlaubnis in der Hand, sodass nichts mehr dagegen spricht, Eltern mit ihren Kindern zu uns einzuladen, um sich das Küken-Nest anzusehen…

Bald schon heißt es Abschied nehmen in der alten Kita. Abschied von den Kindern und auch von Mona und Ingrid. Als ich an meinem letzten Arbeitstag Mitte Juli in die Einrichtung komme, haben sie bereits eine lange Tafel mit den Kindern gebaut – ich soll mich vorne ans Kopfende setzen. Es gibt ein ganz besonders ausgiebiges Frühstück und ich habe einen Kuchen für die Kinder mitgebracht. Es wird eine wundervolle Feier. Am Ende holt Ingrid ihre Gitarre heraus und sie singen für mich ein so trauriges Abschiedslied, dass ich wieder einmal nicht anders kann und die Tränen kullern…
Danke Mona und Ingrid – für die wunderschöne Zeit mit euch und den Kindern…

*****

August 2013.

Drei Familien haben wir für unser Küken-Nest bereits unter Vertrag genommen, die uns auch schon einige Stunden pro Woche besuchen. Darunter ein kleines Mädchen – Amelie. Eigentlich betreuen wir nur Kinder im Alter von ein bis drei Jahren, aber für sie wurde ein Sonderantrag gestellt – sie ist erst sieben Monate alt und ich bin sofort Feuer und Flamme, ein so kleines zuckersüßes Mädchen aufzunehmen und überzeuge Samira auf der Stelle, dass wir das hinkriegen. An die kleine Amelie verliere ich sofort mein Herz. Sie ist einfach zauberhaft.
Da ich ihre Eltern unter Vertrag genommen habe und wir das Gefühl haben, dass die Kleine zu mir schon nach kürzester Zeit eine Bindung aufbaut, bespreche ich mit Samira, dass ich mich weitestgehend um sie kümmere und zu ihrer Bezugsperson werde.

Nach nur wenigen Tagen der Eingewöhnung kommt sie 45 Wochenstunden in unser Küken-Nest… ich kann die Eltern nicht verstehen, wie sie so ein süßes Mädchen so viele Stunden einfach abgeben können. Angeblich müssen sie so viel arbeiten. Sie werden wohl ihre Gründe haben.

Amelie jedenfalls merkt man keinen Trennungsschmerz an. Im Gegenteil – es gefällt ihr Tag für Tag besser bei uns und sie möchte an manchen Tagen sogar nicht allzu gern mit ihrem Papa nach Hause gehen, wenn er sie abholt.

*****

September 2013.

Inzwischen betreuen wir fünf Kinder.

Eines frühen Morgens sitze ich in meinem gemütlichen Sitzsack in der Zimmerecke und beobachte Amelie beim Spielen. Sie liegt da so niedlich auf dem Bauch und beschäftigt sich mit ein paar Spielzeugautos…

Samira kommt zur Tür herein und folgt meinem Blick. „Mauri?" Sie seufzt, kommt auf mich zu und beugt sich zu mir herunter. „Sag mal… kann es sein, dass du verliebt bist?"

Sie hat so Recht… ich habe mich tatsächlich in dieses Baby verliebt! Es ist fast so, als kommt Amelie mit perfektem Timing als Ersatz zu mir – solange ich kein eigenes Baby haben kann…

„Maureen, bitte pass ein wenig auf dich auf. Du weißt, dass die Kinder uns auch wieder verlassen müssen. Versuch keine zu enge Bindung aufzubauen. Ich weiß, dass es schwierig ist in deiner Situation – jetzt, wo du dir so sehr ein eigenes Baby wünschst und wir hier den ganzen Tag eines bei uns haben… aber es wäre unprofessionell und tut dir am Ende nicht gut, Süße. Okay?"

Was Samira sagt, trifft den Nagel auf den Kopf. Es gibt Tage, an denen ich mir unschlüssig bin, ob es die richtige Entscheidung ist, mich freiwillig Tag für Tag der hautnahen Arbeit mit diesen kleinen Kindern auszusetzen, wo ich doch selbst so gern ein eigenes hätte... insbesondere mit Amelie. Manchmal schmerzt es, wenn ich darüber nachdenke – wieso haben diese Eltern ein solches Glück und wir nicht?

Aber mit der Zeit zeigt mir der Alltag im Küken-Nest letztendlich deutlich, dass es genau das ist, was ich gerade möchte und brauche. Jeder einzelne Arbeitstag, jeder Augenblick, den ich mit diesen unschuldigen kleinen Leben teile und in dem sie mich auf ihre liebenswürdige Art anstrahlen und mir die Liebe und Freude, die ich in mir trage und an sie weitergebe, auf diese Weise zurückgeben, zaubert mir ein Lächeln ins Gesicht.

Amelie jedenfalls hat mein Herz längst für sich gewonnen... So genau sage ich das Samira natürlich nicht. Aber es ist wie eine Droge – ein Gewürz, das mir die Wartezeit auf mein eigenes Glück versüßt...

*****

„Sag mal Sami, möchtest du eigentlich mit Paul noch keine Kinder?", frage ich Samira an einem verregneten Nachmittag bei einer Tasse Kaffee. Es sind nur noch zwei Kinder da und wir haben es uns mit den beiden im Spielzimmer gemütlich gemacht. Sie spielen gerade friedlich.

„Ach weißt du, das kann noch ein wenig warten. Wir haben uns und die Meerschweinchen, das reicht fürs Erste. Außerdem fühl ich mich noch ein bisschen jung dafür... Ich kann mir auch Paul irgendwie noch nicht mit einem Baby vorstellen!", sagt sie grinsend. „Wir sind gerade erst zusammen gezogen, Maureen. Mach dir mal keinen Kopf – zieh du jetzt mit Karsten erstmal dein Ding durch und in ein paar Jahren sind wir dann dran."

Allerdings mache ich mir Gedanken darüber, ob sich unsere bevorstehende Behandlung so einfach mit der Arbeit hier unter einen Hut bringen lässt.

„Ist es okay für dich, wenn ich schon in den kommenden Tagen im Kinderwunschzentrum anrufe, um den Startpfiff zu geben? Ich weiß, ich bin ungeduldig... aber wir könnten vielleicht schon den nächsten Zyklus nutzen! Ich würde dann allerdings immer mal wieder ein paar Stunden weg sein, wenn ich nach Dornaub fahren muss…"

„Na klar! Ich halte solange die Fahnenstange hier hoch, wenn du zu deinen Terminen fährst und in neun Monaten ein paar Wochen mit dem Baby ausfällst." Sie lächelt. „Und wenn du wieder zurück bist, bringst du dein kleines Mäuschen einfach mit!"

Diese Vorstellung ist fast zu schön, um jemals wahr zu werden… Was würde ich nur ohne Samira machen!

Kaum bin ich an diesem Nachmittag Zuhause und lege gerade meine Jacke ab, da klingelt es an der Haustür. Ich gehe hin und sehe schon durch die Scheibe, dass meine Schwester Stella vor der Tür steht.

„Hi!", lächelt sie fröhlich und drückt mich zur Begrüßung. „Alles gut bei euch?" Sie spaziert geradewegs mit ihren hohen schwarzen Stiefeletten durch die Tür hindurch, als hätte ich sie hereingebeten…

Typisch Stella. Kommt ohne Ankündigung, fühlt sich direkt wie Zuhause und quatscht mir gleich bestimmt wieder mit ihren Problemen in der Firma einen Knopf an die Backe… ich schließe genervt die Tür.

Stella ist drei Jahre älter als ich und noch nicht verheiratet. Der Antrag von ihrem Lebensgefährten David lässt irgendwie seit ein paar Jahren auf sich warten. Mein Glück mit Karsten gönnt sie mir von Herzen. Von unserem Kinderwunsch weiß sie allerdings bisher noch nichts…

„Joa", sage ich. „Alles okay soweit. Und bei euch? Möchtest du was trinken? Was führt dich eigentlich hierher?" Ich gehe in die Küche und hole zwei Gläser aus dem Schrank.

„Ein Glas Wasser gern, danke", antwortet sie und lässt sich auf die Eckbank in der Wohnküche fallen. Wie fast immer ist sie von Kopf bis Fuß in Schwarz und Grau gekleidet. Und ich habe den Eindruck, sie ist noch dünner geworden – in den vergangenen Jahren, hat sie so viel an Gewicht verloren, dass es bald nicht mehr schön ist… Liegt am Stress und daran, dass

51

sie die Pille abgesetzt hat, behauptet sie immer. Insgeheim jedoch hoffe ich einfach, dass es ihr gut geht und sie mit ihrem David glücklich ist.

„Ich wollte nur mal hören, wie es euch so geht", sagt Stella und nimmt einen Schluck Wasser. „Und wie dein Kinder-Nest läuft."

Ich setze mich zu ihr. „Küken-Nest. Hast du wieder Stress in der Firma?", frage ich, weil ich weiß, dass sie nicht grundlos vorbeikommt und wir letztendlich sowieso wieder auf dieses Thema kommen werden… das Küken-Nest interessiert sie nicht wirklich.

„Ja, es ist schrecklich…", beginnt sie. „Ich habe jetzt ein paar neue Bewerbungen geschrieben. Ich muss unbedingt raus aus dieser Firma! Die bringen mich noch um den Verstand! Und jetzt ist schon wieder eine Kollegin schwanger… können die nichts anderes, als immer nur Kinder kriegen?!" Sie verdreht ihre Augen.

Jetzt oder nie. Obwohl sie so abfällig über das Kinderkriegen redet, muss ich raus mit der Sprache… „Das können Karsten und ich nicht", sage ich schlichtweg.

„Was könnt ihr nicht?", fragt sie verwirrt. Ich habe sie damit scheinbar völlig aus dem Konzept gebracht.

„Bewerbungen schreiben?"

„Nein – Kinder kriegen." Ich schlucke. Es ist merkwürdig, das so einfach auszusprechen. Ich habe Stella die Sprache verschlagen. Sie guckt mich mit ihren großen rehbraunen Augen an und weiß nicht, was sie sagen soll. „Was… wieso nicht?"

„Karsten hatte ein gesundheitliches Problem in der Kindheit. Er kann keine Kinder zeugen…"

„Oh Maureen, aber du wolltest doch immer welche! Was macht ihr jetzt?!"

„Wir gehen in ein Kinderwunschzentrum – nächsten Monat vermutlich schon. Wir haben uns dort beraten lassen. Wenn alles klappt, bin ich bald schwanger." Ich bin selbst darüber erstaunt, dass ich all das sagen kann, als wäre es keine große Sache…

„Krass", sagt Stella. „Wird man da nicht mit Hormonen vollgepumpt? Wollt ihr nicht lieber adoptieren?"

Stellas Reaktion ist so typisch… jetzt fällt mir wieder ein, weshalb ich lieber mit Samira über solche Dinge rede.

„Naja, natürlich kommen einige Hormonspritzen auf mich zu, aber…"

„Spritzen?! Oh Gott, das würde ich nicht machen!"

Ich gebe es auf. Mit Stella kann ich einfach nicht darüber reden. Sie lebt in einer vollkommen anderen Welt…

„Ist ja auch egal", sage ich und versuche, das Thema schnell wieder zu wechseln. „Wir werden sehen, ob es klappt. Und bei euch? Immer noch keinen Antrag von David bekommen? Hast du nicht auch gesagt, ihr möchtet bald ein Kind?"

„Ja schon, hat nur bis jetzt noch nicht geklappt. Aber wir sind ja noch jung. Ich würde jedenfalls nicht in so eine komische Klinik gehen… Wir probieren es noch ein paar Jahre und wenn es nichts wird, dann ist das so. Vielleicht adoptieren wir irgendwann eins. Hat ja auch einige Vorteile: Ich muss keine Schwangerschaft durchmachen und behalte meine Figur – jetzt wo ich endlich nach der Pille so gut abgenommen habe. Was ich eigentlich sagen wollte: Ich hab mich in dieser einen Firma hier unten beworben… wie heißt sie noch gleich…"

Stella redet weiter und weiter und ich schalte ab. Das Thema Kinderwunsch scheint sie nur wenig zu beschäftigen, obwohl sie nächstes Jahr schon dreißig wird. Scheinbar hat sie zurzeit mit anderen Dingen zu tun und ihr ist ihr Äußeres wichtiger.

Egal, jedem das seine. Ich nehme es so hin und versuche, ihren Erzählungen zu folgen. In meinem Inneren lächle ich in mich hinein und weiß, dass das *Wunderzentrum*, wie Karsten und ich es manchmal nennen, für uns der richtige Weg ist – und freue mich, dass wir beide bald Eltern werden!

*****

Oktober 2013.

Als ich Anfang Oktober meine Periode bekomme, bin ich ganz aus dem Häuschen... endlich kann es losgehen! So gesehen befinde ich mich nun im *Vorzyklus* dessen, in welchem ich endlich schwanger werde – und das fühlt sich so verdammt gut an!

Ich rufe direkt morgens im *Wunderzentrum* an und gebe der Arzthelferin am Telefon Bescheid, dass wir nun für die ICSI bereit sind. Für den 21. Zyklustag bekomme ich einen Termin für eine Vorsorgeuntersuchung bei Dr. Neumann, der uns im Frühjahr so freundlich beraten hat. Und ich weiß nicht, wie ich diese drei Wochen überstehen soll, ohne innerlich vor lauter Vorfreude auszuflippen...

*****

Doch schon bald ist es soweit. Ich bin so nervös... freudig aufgeregt. Noch nie waren wir unserem Kind so nah, das spüre ich.

Heute fahre ich allein nach Dornaub ins Zentrum. Ich bin gespannt, wie schnell es uns zu unserem Wunder verhelfen wird... Die Musik drehe ich unterwegs immer lauter, singe mit und freue mich, gleich Dr. Neumann anzutreffen, um zu hören, wie genau es weitergehen wird.

Wie unter Strom stehe ich schließlich in dem großen, hellen Aufzug, der mich hoch in den vierten Stock in den Hauptbereich des Zentrums bringen soll. Die Türen öffnen sich und ich betrete tief durchatmend das *Wunderzentrum*...

Wenig später wird mir in einem kleinen Raum am Ende des langen Korridors ein wenig Blut abgenommen und anschließend betrete ich ein Untersuchungszimmer – ich lege meinen Körper vertrauensvoll in die Hände des Arztes und lasse die erste Untersuchung über mich ergehen.

Dr. Neumann versprüht einen solchen Optimismus, dass es wieder fast unheimlich ist... Andererseits tut es gut, weil er mich damit ansteckt. Er gibt mir grünes Licht, dass rein körperlich alles in Ordnung bei mir scheint und nachdem ich mich wieder angezogen habe, setzt er sich mit mir zur Besprechung des weiteren Vorgehens an einen Schreibtisch. Meine Nervosität steigt, aber ich bleibe ruhig sitzen und höre mir ganz genau an, was ich in den nächsten Wochen zur Vorbereitung der ICSI zu tun habe…

Ich bekomme einen klaren Behandlungsplan über ein sogenanntes *Langes Protokoll* an die Hand, den mir der Arzt ganz genau erklärt. Meine Unsicherheit und alle Fragen verfliegen fast von selbst. Es wird alles plötzlich so klar und deutlich und ich glaube zu erkennen, dass ich einfach ein paar Schritte tun muss und diese mich an mein Ziel führen werden. So wie es auch bei anderen Dingen im Leben ist, die man sich einfach erarbeiten muss.

„Also, ich beginne ab morgen mit dem Nasenspray zur Downregulierung, richtig?“, wiederhole ich sicherheitshalber.

Dr. Neumann nickt. „Richtig. Dieses Spray gelangt über Ihre Schleimhäute in die Blutbahn und wird Ihre eigenen Hormone unterdrücken. Im nächsten Zyklus wird auf diese Weise alles ausnahmslos von zugeführten Hormonen gesteuert.“

„Okay. Dann warte ich die Blutung ab. Und wer zeigt mir danach, wie ich diese Hormonspritzen anwende?“, frage ich etwas unsicher.

Dr. Neumann lächelt. „An dieser Stelle haben viele Frauen Bedenken. Eine Schwester wird Ihnen gleich im Anschluss zeigen, wie und wo sie die Spritzen am sichersten stechen. Sie können das selbst tun oder von Ihrem Mann oder einer anderen vertrauenswürdigen Person tun lassen.“

Ich muss unweigerlich lachen. „Nicht von meinem Mann! Er ist Gärtner… können Sie sich vorstellen, wie es um seine Feinmotorik steht?!“

Dr. Neumann lacht ebenfalls leise. „Dann tun sie es lieber selbst. Wenn Sie es ein paar Mal durchgeführt haben, wird es zum Kinderspiel. Die Nadeln des *Puregon Pen* sind so fein, dass Sie keine Sorge haben müssen.“ Er macht eine kurze Pause. „Als nächstes kommen Sie in regelmäßigen Abständen zu uns ins Zentrum. Wir kontrollieren über ihr Blut und über den Ultraschall das Wachstum Ihrer Eizellen."

Ich schaue den Arzt mit großen Augen an. Es klingt nach sehr viel Aufwand – nach viel Fahrerei, vielen Arztbesuchen, die mir bevorstehen und mein Kopf ist außer dem Optimismus nun auch noch vollgestopft mit Anweisungen, die ich mir versuche genau zu merken...

„Haben Sie alles verstanden?", fragt er mich mit seinem freundlichen Lächeln.

Ich nicke.

„Gut, Frau Schilling. Beginnen Sie mit dem Nasenspray und falls doch noch Fragen aufkommen sollten, rufen Sie uns jederzeit an."

Dr. Neumann strahlt eine solch positive Ruhe aus, erklärt alles so genau und beantwortet all meine Fragen mit einer Engelsgeduld, sodass schließlich auch die letzten Zweifel verfliegen. Mit einem breiten Grinsen und einer Handvoll Rezepte verlasse ich mein Wunderzentrum, um aus der Apotheke um die Ecke die ersten Medikamente abzuholen, in mein Auto zu laden und zuversichtlich wieder nach Hause zu fahren.

In diesem Zentrum sind Menschen, die uns wirklich helfen möchten – die uns helfen WERDEN! Den nächsten Besuch bei Dr. Neumann kann ich schon jetzt kaum noch erwarten!

Die erste ICSI

November 2013.

Dieses *Metrelef Nasenspray* bringt mich irgendwann noch um den Verstand... In regelmäßigen Abständen bimmelt mein Handy und sagt mir, es ist wieder Zeit zum Sprühen... Irgendwann gehe ich schon automatisch zum Kühlschrank, hole das Zeug heraus und sprühe es in meine Nase. Tag für Tag –

viermal täglich. Ich darf nicht vergessen es mit zur Arbeit zu nehmen, damit ich es alle fünf Stunden verwenden kann.

Die Blutung lässt auf sich warten. Aber Dr. Neumann hatte mich bereits vorgewarnt, dass eine Verlängerung der Periode als Nebenwirkung auftreten könnte. Was mich daran am meisten nervt – ausnahmsweise WARTE ich mal auf die Blutung und dann kommt sie nicht...

Irgendwie macht mich das jedoch auch stutzig... Was ist denn, wenn das keine Nebenwirkung vom *Metrelef* ist, sondern ich... einfach schwanger bin?!

Ich glaube, diese Behandlung macht mich noch verrückt! Ich meine, ich bin nun ca. 17 Monate seit Absetzen der Pille nicht schwanger geworden, warum dann ausgerechnet jetzt?! Das wäre der absolute Wahnsinn... andererseits – könnte das Nasenspray in diesem Fall dem Baby schaden?!

Google wird mal wieder zu einem guten Freund in diesen Tagen und kann mich oft beruhigen. Manchmal aber auch noch mehr Verwirrung stiften...

Jedenfalls bin ich NICHT schwanger, sondern es ist die besagte Nebenwirkung. Die Blutung ist drei Tage später da und wiederum ein paar Tage darauf beginnt die sogenannte *Stimulationsphase* und ich darf mir die allererste Hormonspritze setzen.

Es ist alles vorbereitet: Ich sitze mit Karsten im Wohnzimmer und vor uns auf dem Tisch liegt die aufgezogene Spritze. Mehrmals kneife ich eine kleine Hautspalte an meinem Bauch zwischen zwei Fingern zusammen und erinnere mich daran, wie es mir im Kinderwunschzentrum erklärt wurde. Immer wieder atme ich tief durch und nehme ein paar Mal die Spritze in die Hand. Wieso ist es so eine Überwindung, die Nadel in die Haut zu stechen?! Wenn mir jemand Blut abnimmt, habe ich doch auch kein Problem damit! Scheinbar ist es etwas anderes, wenn man sich selbst pieken muss...

„Soll ich es nicht doch machen, mein Engel?", fragt Karsten nun zum zweiten Mal. „Du machst mich total nervös mit deinem Herumgezucke..."

Aber irgendwie traue ich dem Braten nicht... „Nein! Ich mach das lieber selber! Ich weiß ja, wann ich bereit bin und dann tut's sicher nicht so doll weh..." Ich atme nochmal tief durch. „Also. Auf drei. Eins, zwei, ... – drei!"

Hmm. So schlimm war das gar nicht! Die Nadel von dem Pen ist so dünn, dass sie leicht und ohne Widerstand in die Haut gleitet. Dann drücke ich langsam die Flüssigkeit hinein und habe es geschafft.

Karsten und ich haben beide die Luft angehalten – als ich die Nadel wieder herausziehe, schauen wir uns an und müssen erleichtert lachen.

„Das war echt gar nicht so schlimm, wie ich dachte!", sage ich.

„Sah aber eklig aus...", meint Karsten und verzieht sein Gesicht. „Aber du hast das super gemacht!" Er gibt mir einen Kuss.

„Schatzi, das muss ich jetzt jeden Abend um etwa die gleiche Uhrzeit machen. Erinnere mich bitte daran."

„Als ob du das vergisst, mein Engel... der ganze Kalender ist vollgetextet mit deinem... Wundergedöns!"

„Hey, erstens ist es nicht nur MEIN Wundergedöns und zweitens ist es überhaupt gar kein GEDÖNS! Das sind wichtige Termine und Zeiten für Medikamente und so weiter, da darf ich nichts verpassen und vergessen!"

„Und was ist mit dem Nasenspray? Ist das jetzt wenigstens abgehakt?"

Ich seufze tief. „Nein, das muss ich auch weiter nehmen... noch ein paar Tage, glaub ich. Nach der dritten Spritze muss ich jedenfalls hier zum Gynäkologen, zu Dr. Alves zur Blutentnahme. Die schicken dann die ersten Ergebnisse nach Dornaub, damit ich nicht sofort wieder so weit fahren muss."

Jeden Tag wird es ein wenig leichter, mir die Nadel zu stechen, die Überwindung ein wenig geringer. Und ich sage meinen Eierstöcken in Gedanken, dass sie jetzt brav arbeiten und viele schöne Eizellen wachsen und gedeihen lassen dürfen!

*****

Noch nie in meinem Leben habe ich mich tatsächlich so sehr über Arztbesuche gefreut... Es ist einfach spannend, derartige Körpervorgänge zu beobachten und zu verfolgen! Natürlich nervt es ein bisschen, jedes Mal für einen kurzen Ultraschall und eine Blutentnahme 40 Kilometer bis zum Kinderwunschzentrum zu fahren. Aber Dr. Alves kann hier in Mühlborg nicht mehr viel ausrichten, da nur das Blut nicht genügend über die Reife meiner Eizellen aussagt und er für diese genaueren vaginalen Ultraschalle nicht ausgebildet und nicht gut genug ausgestattet ist.

Daher muss ich nach der sechsten Spritze zum ersten Kontrolltermin nach Dornaub. Diese Ultraschalltermine werden zu meinem persönlichen Highlight dieser nervenaufreibenden Tage und ich nenne sie Karsten gegenüber ab sofort nur noch *Folli-TV*, weil hierbei die Größe und Anzahl meiner *Follikel* begutachtet werden – die Eibläschen, in denen meine Eizellen heranwachsen.

Dr. Neumann sagt und zeigt mir auf dem Bildschirm, wie viele Follikel sich pro Eierstock gebildet haben und teilt mir mit, in welcher Dosis ich bis zum nächsten *Folli-TV* in drei Tagen mir das *Puregon* weiter spritzen soll. Gesagt, getan.

Nach ein paar weiteren Tagen und Spritzen spüre ich, dass sich in meinem Bauch etwas tut... bei jedem Schritt, habe ich das Gefühl, in mir wabert etwas mit – auf und ab. Es drückt ein wenig. Wirkliche Schmerzen sind es aber bisher nicht. Es ist nur wie ein Völlegefühl im Gebärmutter- und Eierstockbereich auf beiden Seiten. Beim Hinsetzen und Aufstehen drückt es noch mehr, beim Toilettengang erst recht. Aber es ist auszuhalten. Ich spüre, dass es gut und richtig so ist – dass es in meinem Bauch arbeitet und genauso auch sein soll.

Und nach insgesamt neun Tagen und einem weiteren Besuch im Wunderzentrum sagt mir der Arzt, dass es reicht. „Frau Schilling, es sieht wirklich gut aus, was ich hier sehen kann." Dr. Neumann lächelt zufrieden. „Sie brauchen nicht mehr weiter zu spritzen. Die Stimulationsphase ist beendet." Er berechnet kurz etwas an seinem PC und erklärt mir dann: „Heute Nacht, genau um 0:00 Uhr dürfen Sie mit einer ganz besonderen Spritze ihren Eisprung auslösen – mit einer *hCG-Spritze*. Es muss bitte genau um Mitternacht passieren. 36 Stunden später können dann unter einer Vollnarkose Ihre Eizellen punktiert werden." Er lächelt wieder. „Und wir reden hier nicht von wenigen Eizellen. Ich habe auf dem Ultraschall mindestens fünf reife Follikel pro Seite gesehen. Mit etwas Glück sind die Eizellen im Inneren auch alle reif und wir können nicht nur eine erfolgreiche Befruchtung von allen Zellen durchführen, sondern anschließend auch einige davon mit Ihrem Einverständnis einfrieren. Falls zu einem späteren Zeitpunkt noch welche benötigt werden." Mit diesen Worten schreibt er mir noch den genauen Punktionstermin auf.

Ich weiß nicht, was ich sagen soll und weiß nicht, wohin mit mir. Ich bin im wahrsten Sinne des Wortes sprachlos.

„Sie bekommen morgen noch einen Anruf von unserer Anästhesistin. Sie klärt Sie über alle wichtigen Details der OP auf", erklärt der Arzt letztendlich noch.

„Danke, Dr. Neumann..." Mehr bekomme ich nicht heraus. Ich drücke überglücklich seine Hand.

Nicht nur der Druck in meinem Unterbauch, sondern auch meine Aufregung steigt. Ich muss mitten in der Arbeitswoche so lange wach bleiben, damit ich mir um Mitternacht nochmal diese ganz besondere Spritze mit dem Schwangerschaftshormon *hCG* stechen darf...

Karsten hält mich im Wohnzimmer vor dem Fernseher wach, indem er mich gelegentlich von der Seite fies erschreckt. Dabei lacht er jedes Mal, wenn ich aufschrecke.

„Du bist gemein", sage ich und mir fallen beinahe die Augen wieder zu.

„Hast du mal auf die Uhr gesehen?", fragt er plötzlich – und erst damit weckt er mich richtig: Es ist kurz vor Mitternacht. Ganz nervös hole ich alle Utensilien und ziehe das Medikament in die Spritze auf. „Okay Schatzi, es kann losgehen. Diese Spritze ist so etwas wie der Startknopf für meinen Eisprung! In 36 Stunden ist es soweit..."

Genau dann wird der Druck aus mir abgelassen...

Genau 36 Stunden später liege ich im Kinderwunschzentrum in einem kleinen OP-Raum auf einem Gynäkologen-Stuhl und mein Herz rast wie wild. Ein paar Schwestern wuseln um mich herum und fragen nach meinem Befinden. Dann kommt die Narkose-Ärztin herein und legt mir den Katheter. Auch sie fragt mich, wie es mir geht.

„Ich habe das Gefühl, meine Eierstöcke platzen gleich...", lautet meine Antwort. Und meine Brüste auch, denn jede Berührung schmerzt. Das kommt durch die gestrige Auslöser-Spritze, die aus echtem hCG besteht. So fühlen sich die Dinger also an, wenn man schwanger ist...

Die Anästhesistin lächelt und befestigt einen Klipp an meinem Zeigefinger, der während der Narkose meinen Puls überpruft. „Das ist gleich vorüber, Frau Schilling. Nun denken sie an einen schönen Ort. Einen Ort der Entspannung."

Ich stelle mir einen Urlaubsort und eine Hängematte vor, aber dann denke ich automatisch wieder an meine Eizellen, die ich in den letzten knapp zwei Wochen brav Tag für Tag gebrütet und heranwachsen lassen habe.

Gleich holen sie sie aus mir heraus... sie befruchten sie und dann kommen sie in eine Art Brutkasten.

Die Vorstellung ist gewöhnungsbedürftig. Ich will sie nur ungern hergeben. Aber ich versuche, zu vertrauen und dazu geben mir die Menschen um mich herum wirklich jeden Grund.

Schließlich spritzt die Ärztin das Narkosemittel in den Katheter. Es wird mir fast sofort schummerig. Ich denke noch kurz an Karsten, der irgendwo in einem anderen Raum gerade den zweiten wichtigen Teil für die bevorstehende Befruchtung beiträgt. Kaum habe ich diesen Gedanken zu Ende gedacht, entschlafe ich in einen wohligen Schlummer...

...und komme kurze Zeit später in einem kleinen gemütlichen Aufwachraum wieder zu mir. Ich habe noch lange das Gefühl, noch irgendwie neben der Spur zu sein. So eine Narkose hat es doch mehr in sich als ich dachte und ich bin froh, dass Karsten neben mir sitzt, als ich mehr und mehr zu mir komme und begreife, wo ich bin und was gerade mit mir geschehen ist. Meinen Augen fällt es schwer, offen zu bleiben und ich halte einfach seine Hand.

Ich liege mit einer Decke bedeckt auf einem großen, weit nach hinten gelehnten Liegerollstuhl und versuche, meine Augen länger offen zu halten. Ich habe ziemlich starke Unterleibschmerzen – zumindest wenn ich mich bewege und den Bauch anspanne.

Karsten lächelt und erzählt mir, was er währenddessen gemacht hat – beziehungsweise, dass er erfolgreich war. Das beruhigt mich. Er bietet mir einen Schluck Wasser an und wartet geduldig, bis er wieder richtig mit mir reden kann, ohne dass ich die Augen ständig schließe.

Wir warten auf den Arzt. Es dauert gar nicht so lange, da kommt Dr. Neumann lächelnd herein. „Frau Schilling – ich hoffe, es geht Ihnen gut. Hallo, Herr Schilling." Er nickt in Karstens Richtung. „Ich habe gute Neuigkeiten für Sie beide. Die Punktion verlief erfolgreich und es konnten 13 Eizellen gewonnen werden."

Das beruhigt mich noch mehr!

„Durch die Punktion könnte es bei Ihnen zu leichten Blutungen kommen, Frau Schilling. Bitte seien Sie unbesorgt. Wenn es mehr wird und sie starke Schmerzen haben, melden Sie sich aber bitte. Was nun sehr wichtig ist: Ab morgen nehmen sie bitte dreimal täglich zwei *Progesteron Kapseln*. Allerdings nicht schlucken, sondern vaginal einführen, damit die Nebenwirkungen abgeschwächt sind. So kann das Hormon Progesteron auch besser an Ort und Stelle wirken und den Aufbau der Gebärmutterschleimhaut unterstützen."

Er holt einige Zettel aus seinen Unterlagen hervor und reicht sie Karsten. „Bitte lesen Sie sich das mit ihrer Frau in Ruhe durch. Da so viele Eizellen entstanden sind, geht es um die *Kryokonservierung* der Übrigen: Das Einfrieren. Übermorgen erscheinen Sie bitte zum *Transfer* zweier Embryonen in die Gebärmutter. Sie erhalten einen Anruf, der Sie über die Befruchtungsrate und die genaue Uhrzeit des Transfers informiert."

All das sind so viele Informationen, die ich alle erst einmal sortieren muss, wenn ich wieder klar denken kann...

Dr. Neumann verabschiedet sich noch bei uns und wünscht mir gute Erholung. Dann ist er schon wieder aus dem Zimmer verschwunden und ich darf noch eine Weile zu mir kommen und werde mit Tee und Wasser versorgt.

Karsten streichelt mir liebevoll über den Kopf. „Du hast es überstanden, mein Engel. Dreizehn Eizellen... Wahnsinn, was in deinem Bauch losgewesen sein muss!" Er kichert leise.

Ich muss automatisch vor lauter Zufriedenheit und Glück lächeln. Trotz der Schmerzen, die aber erträglich sind.

So, unsere lieben kleinen Ei- und Samenzellen. Jetzt seid ihr an der Reihe. Wir haben unser Bestes getan und nun seid ihr daran, etwas Hübsches daraus zu machen.

Die Spannung steigt weiter – erwartungsvoll blicken wir nun dem morgigen Anruf entgegen, bei dem wir erfahren werden, wie viele der 13 Eizellen befruchtet werden konnten.

Der nächste Morgen ist dementsprechend aufregend. Ich schaue während der Arbeit ständig auf mein Handy und erwarte den Anruf mit der Aufklärung über die Befruchtungsrate. Jeder Schritt fällt mir heute schwer – es schmerzt in meinem ganzen Unterleib, beim Gehen, beim Hinsetzen und Aufstehen und ganz besonders wieder beim Toilettengang. Ich habe das Gefühl, meine Eierstöcke sind auf ihre zehnfache Größe angeschwollen... hierzu fällt mir ein, dass ich so etwas Ähnliches tatsächlich im Internet gelesen habe...

„Tut es sehr weh?", fragt Samira mich mit einem mitfühlenden Seitenblick, als ich mich ganz langsam und vorsichtig zu den Kindern auf den Boden begeben möchte.

63

„Naja", sage ich. „Meine Eierstöcke sind laut Internet momentan drei- bis viermal so groß wie normalerweise..."

Samira reißt erschrocken ihre Augen auf und ich erkläre weiter: „Überleg mal – jede Eizelle ist in einem etwa zwei Zentimeter großen Eibläschen herangewachsen. Der Unterschied zu einem normalen Zyklus ist aber, dass ich in diesem Fall nicht nur eine oder zwei Eizellen, sondern mal eben 13 produziert habe! Dass mein Körper zu so etwas in der Lage ist, hätte ich ja mal gar nicht gedacht..."

Jedenfalls komme ich heute nur sehr langsam auf den Boden und wieder hoch. Und versuche mich so gut es geht zu schonen und kein Kinderknie in den Bauch gerammt zu bekommen...

„Boah Mauri..." Samira schaut mich mit einem ganz betroffenen Blick an. „Bist du sicher, dass das gut ist, was ihr da macht?!"

„Mach dir keine Sorgen. Bis auf dieses Drücken und Ziehen in meinem Bauch, geht es mir gut. Ich habe laut den Ärzten alles wunderbar überstanden. Die Narkose war auch unproblematisch. Es passiert mir also nichts. Das Schlimmste liegt hinter mir. Trotzdem bin ich mega aufgeregt, Sami... Die Klinik könnte jeden Moment anrufen und dann wissen wir, wie viele von den Eizellen reif waren und wie viele sich befruchten ließen..."

Nur wenige Minuten später folgt tatsächlich der Anruf – neun von den dreizehn Eizellen waren reif und acht haben sich erfolgreich befruchten lassen! Mir fällt ein Stein vom Herzen und ein zufriedenes Lächeln breitet sich auf meinem Gesicht aus – meine Eierstöcke haben gute Arbeit geleistet!

Ich falle Samira um den Hals, als ich ihr gleich darauf von dem Telefonat berichte. „Acht befruchtete Eizellen sind super! Sie sagten, sie haben sich gut entwickelt und sechs von ihnen werden eingefroren. Die anderen zwei werden mir morgen wieder eingesetzt. Wir sollen um 9:00 Uhr zum Transfer erscheinen... kommst du dann morgen Vormittag nochmal allein klar?"

„Kein Thema. Ich frühstücke schon mal mit den Kids. Und du holst deine Zwillinge ab!", scherzt Samira.

So endet das erste richtig aufregende Telefonat mit meinem *Wunderzentrum*. Immer wenn ich ab sofort diese Nummer auf dem Display lese, schlägt mein Herz gleich etwas höher – denn jederzeit kann auch eine schlechte Nachricht hereinkommen. Aber DAS waren heute erst einmal richtig gute Nachrichten und den morgigen Termin kann ich schon wieder kaum erwarten!

Am nächsten Morgen mache ich mich rechtzeitig auf den Weg ins Zentrum, bevor der Berufsverkehr zu dicht wird. Karsten wollte gern mit, aber konnte sich nicht noch einmal freinehmen... er hatte überlegt, ob er bei seinem Chef mit der Wahrheit herausrücken sollte, um auch kurzfristige Termine mit mir wahrnehmen zu können... noch hat er sich jedoch nicht getraut, mit diesem Thema aufzuschlagen.

Stattdessen hat meine Mama sich frei genommen und gestern spontan vorgeschlagen, mich zu begleiten. Sie fährt und ich sitze strahlend auf dem Beifahrersitz und bin einfach nur happy! Leider ist meine Mama nicht die Optimistin in Person...

„Bist du sicher, dass das alles gut geht?", fragt sie unterwegs unsicher. „Musst du dann dort ein paar Stunden im Bett liegen bleiben?

„Ach Quatsch, Mama! Die Theorie, nach dem Sex die Beine hochzulegen, ist doch auch total überholt! Ich bekomme die beiden Embryonen eingesetzt und kann danach direkt zur Arbeit fahren. Dr. Neumann sagte, es gibt keinerlei Einschränkungen – ich soll alles ganz normal machen, als wäre nichts geschehen."

Alle um mich herum machen sich einfach zu viele Sorgen. Dabei passiert doch gerade etwas ganz Einfaches und Tolles! Ich hole meine Babys ab! Ich meine – das ist das tollste Gefühl, das ich mir bisher vorstellen kann: Ich hole tatsächlich meine beiden Babys zurück nach Hause, sie kommen gleich in meinen Bauch und dann bin ich sozusagen direkt schwanger!

Ist das nicht Wahnsinn?! Die letzten Wochen waren zwar irre aufregend, aber im Grunde genommen war doch alles total einfach! Ich habe ein paar Spritzen über mich ergehen lassen müssen, eine kurze Narkose und na gut, auch ein paar Schmerzen. Aber jetzt können wir die fast fertigen Babys einfach abholen, wie man Geld bei der Sparkasse oder Brötchen beim Bäcker holen fährt... Fantastisch!

Wenig später im Zentrum wird mein Name aufgerufen und meine Mama drückt mir glückwünschend ein Küsschen auf die Wange. Sie möchte nicht mit in den Behandlungsraum hineingehen.

Als ich das Zimmer betrete, bin ich kurz enttäuscht, nicht von Dr. Neumann empfangen zu werden. Der Vertretungsarzt begrüßt mich und lässt Dr. Neumann entschuldigen, der heute nicht im Zentrum anwesend ist.

Ich setze mich zu ihm an den Tisch und er überreicht mir ein Foto: Ein Bild von einem der beiden wunderschönen Eizellen im sogenannten *Vorkernstadium*. Der Papierrahmen ist mit einem Schriftzug bedruckt: „Ein ganz besonderer Tag". Und das ist er für mich wirklich...

„Frau Schilling, wir haben eine gute Entwicklung bei den Eizellen beobachtet. Sie sind alle beide zeitgerecht entwickelt und die anderen sechs sind bereits sicher eingefroren. Bitte setzen Sie sich gleich dort hinüber."

Er deutet auf den Stuhl für den Transfer. Ich bin schon wieder ganz nervös und kann immer noch kaum glauben, was gerade passiert... Doch es geht alles ganz schnell – die Eizellen werden dem Arzt durch eine Durchreiche aus dem Labor nebenan gereicht und über einen Katheter vaginal direkt in meine Gebärmutter eingeführt. Ich darf mir das kleine weiße Pünktchen auf dem Ultraschall-Bildschirm ansehen, wo genau in der Gebärmutter sie sich befinden.

Das war's. Jetzt bin ich tatsächlich ganz einfach so mal eben schwanger... Vorne am Empfang bekomme ich noch den Termin für die Blutentnahme zur Bestimmung, ob eine Schwangerschaft vorliegt oder nicht. 16 Tage muss ich mich hierfür gedulden. Dies sollte noch einmal eine nervenaufreibende Zeit werden…

Warteschleife

Wie sehr man in seinen Körper hineinhorchen und jedes – aber wirklich JEDES – klitzekleine Anzeichen zu interpretieren versuchen kann, merke ich erst in diesen Tagen des Wartens. Sei es ein Druck, ein leichter Schmerz, ein Ziehen. Ganz egal, aber man hat das Gefühl, im Bauch befinden sich zwei kleine Würmchen, die gerade dabei sind, sich ein Nest zu bauen. Und dass das der Fall ist, davon bin ich wirklich und ernsthaft ganz fest überzeugt.

Ich schwebe im siebten Himmel. Ich kaufe ein Buch, in dem die Schwangerschaftsmonate ausführlich beschrieben werden. Ich bleibe an Ständern mit Babykleidung stehen und schaue mir kleine Söckchen und Strampelanzüge an. Ich kaufe sogar einen… Ich kann einfach nicht daran vorbeigehen, er ist zu niedlich.

Die Tage vergehen im Schneckentempo – dieses passive Warten fällt mir schwerer als alles, was ich in den Tagen zuvor aktiv unternehmen musste, um bis hierhin zu gelangen. Ich gehe Tag für Tag zur Arbeit und bin froh, dass ich diese Ablenkung habe. Die Schmerzen in meinem Unterleib werden weniger, die Erinnerung an die Erlebnisse der vergangenen Tage verblasst. Es ist fast so, als wäre es völlig normaler Alltag. Und doch rumort es in mir. Inzwischen weniger körperlich, sondern vielmehr seelisch.

Die Vorstellung vom ersten richtigen Ultraschall, auf dem man schon bald so ein winziges Böhnchen erkennen kann, bringt mich zum Strahlen. Und dennoch gibt es auf der anderen Seite diese Ungewissheit… Hin und wieder tauchen Zweifel auf – was ist, wenn sich keiner der beiden Krümel einnistet? Hmm. Dann war die ganze Prozedur und die Aufregung umsonst und wir müssten nochmal von vorn beginnen...

Aber ich bin mir fast sicher, das wird nicht passieren. Ich schiebe diese negativen Gedanken ganz schnell beiseite, sobald sie auftauchen und bleibe bei meinem überwiegenden Optimismus.

Halbzeit der Warteschleife. Noch acht Tage.

Als wir an diesem Abend im Bett liegen, streichelt mir Karsten, wie an den vergangenen Abenden zuvor auch schon, ein paar Mal zärtlich über den Bauch und wünscht unseren beiden Babys eine gute Nacht.

„Gute Nacht kleines Baby Nummer eins. Gute Nacht, kleines Baby Nummer zwei. Schlaft schön, ihr winzigen Pünktchen. Bald sehen wir uns auf dem Ultraschall." Er küsst meinen Bauch und strahlt mich an. „Die richten sicher gerade ihre Mietwohnung für neun Monate ein."

Ich muss leise lachen. „Ja bestimmt, mein Schatz. Das tun sie. Es grummelt manchmal ein bisschen in meinem Bauch... meinst du, das sind die letzten Hormonwirkungen oder die Möbel, die sie rücken?!"

„Natürlich die Möbel!" Auch Karsten muss lachen. „Sag mal, soll ich mitkommen zu dem Bluttest nächste Woche?"

„Dauert sogar noch etwas länger als eine Woche!", sage ich und schlage die Hände vor mein Gesicht. Es ist einfach noch zu lange... „Nein, musst du nicht. Mir wird Blut abgenommen und ich darf wieder nach Hause fahren. Wir erfahren das Ergebnis sowieso nicht sofort im Kinderwunschzentrum, sondern müssen dann am Nachmittag auf den Anruf warten."

80 Kilometer für eine dämliche Blutentnahme finde ich selbst etwas verrückt. Aber besser, es wird dort vor Ort mit den genauen Hormonwerten festgestellt, als irgendwelche Umwege über das langsame Labor von Dr. Alves hier um die Ecke zu machen... nicht dass wir sonst noch Tage auf das Ergebnis warten müssen!

*****

68

Dezember 2013.

Noch fünf Tage.

Inzwischen habe ich das Gefühl, ich bin kurz davor durchzudrehen. Immer noch fünf Tage bis zum Bluttest... wie soll ich das schaffen?!

„Mauri... bleib auf dem Teppich. Was sagt denn dein Gefühl?", fragt mich Samira beim Frühstück mit den Kindern.

„Mein Gefühl sagt gar nichts mehr... Ich dachte, man MERKT es, wenn man schwanger ist! Brustziehen und so. Andererseits... habe ich so ein Kribbeln im Bauch... das mir doch sagt, ich bin schwanger!", strahle ich sie an.

„Siehst du! Alles wird gut, ganz bestimmt!"
Wahrscheinlich hat Samira Recht und die beiden Krümelchen haben es sich längst richtig bequem gemacht da drinnen.

Und der Tag des Bluttestes rückt immer und immer näher...

Noch zwei Tage.
Meine Temperaturkurve, die ich nach wie vor sicherheitshalber führe, beruhigt mich und sagt mir, dass alles gut ist. Die Temperatur ist schön oben geblieben und das obwohl ich schon gestern meine Blutung hätte bekommen müssen. Das ist doch ein total sicheres Zeichen, oder etwa nicht?!

Heute sind genau vierzehn Tage seit der Punktion, also seit dem Eisprung vergangen. Eigentlich besteht ganz klar die Möglichkeit, schon jetzt einen Urintest zu machen...

Traue ich mich? Oder soll ich abwarten?! Oh Mann, dieses Hin und Her geht mir auf den Keks! Ich mache jetzt einfach so einen blöden Test!

Im Badezimmerschrank finde ich noch zwei Billig-Teststreifen aus der Zeit als wir es noch auf natürlichem Weg probiert haben. Sind die zuverlässig genug? Ich habe keine Ahnung, bisher waren sie ja immer nur negativ... Also wage ich es. Einmal schnell Pipi drauf gemacht und ein paar Minuten gewartet. Und als ich wieder hinsehe, ist der Test...

Negativ. Er zeigt nur eine Linie. Ich fasse es nicht. Aber das kann doch nicht sein... Ich weiß ja, dass ich mit sehr hoher Wahrscheinlichkeit schwanger bin! Dr. Neumann sagte doch, dass fast alle so jungen Frauen sehr schnell Erfolg haben, ganz oft im ersten Anlauf...

Ich atme noch einmal tief durch und rede mir ganz fest ein, dass der Test lügt. Es war ein Billigtest. Er stimmt nicht. Außerdem kann es ja vielleicht doch zu früh zum Testen gewesen sein?!

Ich muss weiter warten. Ach Mensch, dieser Test hat mir ja mal so gar nicht weiter geholfen, sondern mich nur noch mehr verunsichert... Gut, dass es nicht mehr allzu lange dauert.

Dann ist er da: Der Tag des Bluttestes.

Ich schlage meine Augen auf und der allererste Gedanke, der mir an diesem Morgen durch den Kopf schießt, lautet: Heute erfahren wir, ob wir Eltern werden oder nicht. Ich meine, natürlich erfahren wir, dass wir Eltern werden!

Im Badezimmer dann ein Schockmoment: Eine leichte bräunliche Schmierblutung... Nein. Das ist doch nicht ein Zeichen für... Nein! Ich werde meine Periode NICHT bekommen. Das ist unmöglich... Meine Kurve hat doch gerade noch eindeutig gezeigt, dass ich heute keine Blutung bekommen werde, dafür ist die Temperatur viel zu hoch! Das ist ein Missverständnis.

Google. Hilf mir. Google sagt, dass eine bräunliche Blutung auch eine Einnistungsblutung sein könnte, solange sie nicht so stark ist, wie die Periode und nur kurz andauert.

Okay. Das wird es sein. Ein Krümelchen hat sich eingenistet und nun blutet es ein klein wenig. Das macht nichts und ist völlig normal. Ich atme tief durch. Und mache mich morgens um 6:00 Uhr auf den Weg, damit ich eine Stunde später in Dornaub bin und eine weitere Stunde später zur Arbeit im Küken-Nest erscheinen kann – um Samira nicht zu lange im Stich zu lassen. Schließlich kann ich bei dem ganzen Kinderwunschkram nicht nur an mich selbst denken.

Die nächsten Stunden während der Arbeit sind die Hölle. Ich weiß, dass ich am Nachmittag einen Anruf bekommen werde, aber nicht, wann genau dieser kommen wird. Ständig renne ich in dieser Zeit zur Toilette. Ist das Papier weiß, atme ich auf. Sehe ich eine leichte rot-bräunliche Verfärbung, kommen erneut Zweifel auf, die ich immer weniger ignorieren kann… Dennoch siegt die meiste Zeit meine Zuversicht und die unerschöpfliche Hoffnung, die mir Dr. Neumann bei jedem Besuch in seinem Zentrum portionsweise mit auf den Weg gegeben hat. Ich halte also den Kopf oben. Und Samira unterstützt mich seelisch dabei, so gut sie es kann.

Um 14:00 Uhr habe ich Feierabend. Ich habe mich bereits von Samira und den letzten beiden Kindern verabschiedet und will gerade die Tür hinter mir ins Schloss ziehen, als plötzlich mein Handy klingelt.

Innerhalb Sekundenbruchteile pocht mein Herz wie verrückt. Ich ziehe das Handy aus der Tasche und sehe tatsächlich das Kinderwunschzentrum auf dem Display… Mitten im Hausflur gehe ich auf der Stelle ran und eine freundliche Frauenstimme ertönt am anderen Ende der Leitung. Ich habe das Gefühl, dass sie nicht traurig klingt, sondern eigentlich ganz gut gelaunt und interpretiere das sofort als weiteres positives Zeichen. Denn wenn sie ein negatives Ergebnis zu verkünden hätte, würde sie doch nicht so fröhlich klingen, oder?!

Sie versichert sich, ob ich die richtige Person bin, mit der sie sprechen möchte. Und dann höre ich einen Satz, der fest in mein Gedächtnis gebrannt wird und mich beinahe in die Knie sinken lässt…

„Wir haben heute leider keine gute Nachricht für Sie…"
Um mich herum verschwimmt alles, als ich diese Worte höre. Ich habe das Gefühl, den Boden unter den Füßen zu verlieren… und erneut zu fallen. Noch tiefer als beim Urologen-Besuch. Ich stürze in eine gefühlte unendliche Tiefe…

„Setzen Sie bitte das Progesteron ab und melden Sie sich mit Beginn Ihrer Blutung zu einem neuen Beratungstermin", sagt die Stimme.

Ich schaffe es noch, mich fast lautlos zu bedanken und lege auf. Drehe mich um und sehe durch die zaghaft geöffnete Tür in Samiras mitfühlendes Gesicht. Sie zieht mich an der Hand behutsam wieder durch die Tür herein und nimmt mich in den Arm, als auch schon die erste Träne fließt... Aber ich kann mich gerade noch zusammenreißen, möchte ihr gegenüber stark sein. Ich wische die Träne schnell weg und sage: „Ist schon gut, Sami. Ich komme klar. Bis morgen." Und mache mich mit diesen Worten auf den Heimweg.

Ich fühle mich verletzlich. Alles schien so klar und so einfach. Alles war so reibungslos abgelaufen, bot die perfekten Bedingungen und versprach einfach nur einen erfolgreichen Ausgang – der am Ende ausblieb. Ich muss mir eingestehen, dass ich zu zuversichtlich war. Die Hoffnung war zu groß und somit ist der Fall umso tiefer. Der Aufprall schmerzt sehr.

Zu Hause kommt der endgültige Ausbruch. Karsten ist schon da und als er mir tief und erwartungsvoll in die Augen schaut, sprechen meine Blicke Bände... Ich muss überhaupt nichts sagen, sondern falle einfach in seine Arme – gleichzeitig kann ich die Tränen und ein heftiges Schluchzen dabei nicht mehr zurückhalten. Karsten, der ebenso zuversichtlich wie ich auf eine gute Nachricht gewartet hatte, hält mich einfach nur fest und versucht für mich stark zu bleiben.

Die Tränen fließen. Ich lasse sie. Es tut gut, es rauszu-lassen, sage ich mir. Auch wenn es in dem Moment einfach nur unendlich wehtut. Ich wünsche mir, dass dieses Gefühl endet, dass die Hoffnung von vorhin wieder an diese Stelle treten könnte – dass ich das Ergebnis noch gar nicht weiß und noch frohen Mutes bin! Andererseits: Niemand kann dieses Ende abwenden, weder jetzt noch morgen oder egal, wann man das Ergebnis erfährt. Es ist nun mal so wie es ist und ich muss es hinnehmen. Aber erstmal gebe ich mir Zeit zum Traurigsein.

Am selben Abend liege ich mit Karsten auf der Couch. Wir zappen durch den TV. Aber nichts interessiert uns wirklich. Es ist nur eine Art Ablenkungsmanöver.

„Schatzi?", frage ich ihn. Ich habe ein starkes Bedürfnis, über das Geschehene zu reden. „Beim nächsten Mal wird es doch klappen, oder?"

Eine stille Pause entsteht.

„Ich weiß nicht, mein Engel."

Ich schlucke. „Aber es WIRD. Es MUSS..." Ich werde ganz hibbelig, weil er sich mit der Antwort schon wieder Zeit lässt.

„Maureen, müssen wir das heute besprechen?! Wir haben erst gerade das Ergebnis bekommen. Lass doch erst einmal ein bisschen Gras über die Sache wachsen. BITTE."

Weiter zu reden, traue ich mich nun nicht mehr. Ich wollte einen Zuspruch – etwas, das mir meine Hoffnung zurückbringt. Aber dazu ist Karsten anscheinend noch nicht in der Lage. Wer kann es ihm verübeln – er hat diesen ersten Spielzug genauso verloren wie ich. Und ist noch dazu weiterhin voller Schuldgefühle, wie ich mir denke. Ich lasse die Sache also erst einmal auf sich beruhen...

Die nächsten Tage fühlen sich leer an. Ganz besonders mein Bauch fühlt sich leer an. Ich schaue mir immer wieder aufs Neue das Bild von einer meiner kleinen schon von Anfang an geliebten Eizellen an. Und jedes Mal entwischt mir dabei eine kleine Träne. Dann lege ich das Bild zur Seite und versuche mich abzulenken. Aber das gelingt mir noch nicht.

Ich setze mich an meinen Schreibtisch. Und schreibe. Ich nehme ein Buch mit ganz weißen Seiten und schreibe mir meinen Schmerz von der Seele...

Das Bild hole ich ein paar Tage später wieder hervor und klebe es in das Buch. Ich hoffe so sehr, dass dieses Bild das letzte dieser Art bleiben wird, welches ich betrauern muss. Dass ich bald ein paar Seiten weiterblättern kann und nach einem zweiten Eizellenbild ein Ultraschallbild von einem kleinen Böhnchen hier einkleben darf. Das ist die neue Hoffnung.

Hoffnung – habe ich das gerade wirklich gesagt?! Ein leises Lächeln umspielt meine Lippen. Das hätte ich nicht gedacht. Dass sich dieser winzige Funke doch so schnell wieder einschleicht. Aber ich habe es ja schon gesagt: Dieses Gefühl kommt wie aus dem Nichts...

*****

Tatsächlich ist es so – die Hoffnung kehrt mit voller Wucht innerhalb weniger weiterer Tage zu mir zurück. Ich möchte den Kopf nicht in den Sand stecken. Ich möchte nicht mehr traurig und verzweifelt sein. Warum auch? Ich versuche das Geschehene nun aus einem anderen Blickwinkel zu betrachten: Bei wem gelingt schon die erste ICSI? Nur weil ich erst sechsundzwanzig Jahre alt bin, heißt das nicht, dass mir der Arzt eine Garantie geben kann, dass es sofort klappt. Er sagte zu uns, bei den MEISTEN klappt es – nicht bei allen. Und hat von einer Wahrscheinlichkeit von über 38 % geredet. Das ist wie schon gesagt ein Drittel. Bei älteren Frauen ist es noch viel weniger. Daher muss ich einfach ehrlich zu mir sein und mir eingestehen, dass ich mir für den ersten Versuch viel zu viel Hoffnung gemacht habe.

Außerdem gibt es einen weiteren Grund, jetzt wieder zuversichtlicher zu sein und sogar zu echter Freude – denn ganz von vorn beginnen, müssen wir nicht. Wir haben noch die sechs eingefrorenen Eizellen. Ich lege meine Traurigkeit Tag für Tag ein wenig mehr ab und stattdessen freue ich mich jeden Tag ein kleines bisschen mehr.

Diese freudige Aufregung, die ich ganz zu Anfang hatte, kehrt zu mir zurück und vor meinem inneren Auge sehe ich die kleinen gefrorenen *„Eisbärchen"*, wie Karsten und ich sie liebevoll nennen. Unsere kleinen Eisbärchen werden es schaffen!

*****

Das Nachgespräch mit Dr. Neumann, das etwa zwei Wochen nach dem Ergebnis – und leider wieder ohne Karsten – stattfindet, holt mich vollends in die von Hoffnung und Zuversicht überladene Zone zurück. Nach einer kurzen gynäkologischen

Nachkontrolle sagt er mir, dass es so aussieht, als hätte ich direkt in diesem Anschlusszyklus wieder einen Eisprung, was dafür spricht, dass sich mein Körper schnell von der ganzen Hormonladung zu erholen scheint. Das beruhigt mich sehr.

„Machen Sie sich keine Sorgen, Frau Schilling. Vielen Paaren ergeht es so nach dem ersten Versuch. Leider kann man zu keinem Zeitpunkt sagen, dass die Chancen bei einem weiteren Versuch höher liegen. Bitte behalten Sie diesen Gedanken bei aller Hoffnung vorsichtig im Hinterkopf."

„Aber Sie sagten, dass alle junge Frauen nicht viel Zeit zum Schwangerwerden brauchen! Was ist mit den eingefrorenen Eizellen? Wann kann ich zwei von ihnen abholen und es erneut damit versuchen?" Ich kann es kaum erwarten, einen neuen Termin für den weiteren Verlauf zu bekommen.

Doch Dr. Neumann weist mich in die Schranken. „Erst einmal können Sie beruhigt sein: Die Embryonen hatten zum Zeitpunkt der Konservierung alle eine gute Qualität und daher werden auch vermutlich einige das Auftauen überleben. ABER Die Auftaurate liegt keinesfalls bei 100%. Wir werden womöglich alle sechs Embryonen auftauen müssen, um die besten zwei zu transferieren."

Außerdem besteht der Arzt darauf, zu meinem Wohl einen Pausenzyklus einzuplanen, damit sich meine Eierstöcke in Ruhe erholen können und ich soll mich mit der nächsten Blutung wieder melden, sodass im folgenden Zyklus zwei Eisbärchen einfach aufgetaut und zur richtigen Zeit transferiert werden können.

Wenngleich ich nun wieder ein paar Wochen warten muss, finde ich diesen Plan vernünftig und richtig gut. Ich kann wieder nach vorn blicken. Ich kann tief durchatmen und darauf vertrauen, dass es beim nächsten Mal funktionieren kann. Wieso soll es auch nicht? Was einmal schief geht, ist nicht immer wieder zum Scheitern verurteilt. Und die Chancen stehen auch mit aufgetauten Eizellen dieser Qualität nicht schlecht. Außerdem fällt die starke Belastung durch die ganzen Hormone und all die Terminhetzerei mit den vielen Ultraschallkontrollen diesmal weg und mein Körper kann sich viel entspannter auf die ganze Sache einlassen.

Der erste Kryo-Transfer

Januar 2014.

Dass es SO schnell geht, hatte ich nicht erwartet...

Kaum bin ich im neuen Jahr mit viel neuer Hoffnung im nächsten Zyklus morgens am zwölften Zyklustag zur ersten Ultraschallkontrolle wieder im Kinderwunschzentrum, wird auch schon ein großer Follikel gesichtet und Dr. Neumann sagt mir, ich müsse noch am selben Abend den Eisprung auslösen... Das soll ich machen, damit er genau weiß, wann der Eisprung stattfindet und wann dementsprechend zeitgerecht die Eizellen aufgetaut und transferiert werden können.

Wie aufregend das alles schon wieder ist!

„Bist du dir sicher, dass du dafür schon wieder bereit bist, Mauri?", fragt mich Samira, als ich ihr am nächsten Tag bei einem Spaziergang mit den Kindern berichte, dass es nun in den kommenden Tagen wieder zur Sache geht.

„Ich meine – du warst schon ziemlich traurig und nun ist gerade mal etwas über ein Monat vergangen und du willst dich in die nächste Warteschleife stürzen?"

Samira ist doch sonst immer so positiv eingestellt... wo hat sie heute ihren Optimismus gelassen?

„Was meinst du, Sami? Du weißt doch, dass ich es mir mehr wünsche als alles andere... Bist du sauer, weil ich dich hier und da mal ein paar Stunden mit den Kindern allein lasse?!"

„Ach Quatsch... darum geht es doch gar nicht. Ich habe versprochen, dir den Rücken freizuhalten, weil ich weiß, wie wichtig dir das ist. Ich mache mir nur Sorgen um dich, weil ich nicht möchte, dass du wieder so traurig bist..."

Wir bleiben stehen und sehen uns an. Ich merke, wie Tränen in meinen Augen aufsteigen und umarme Samira fest. „Du musst dir keine Sorgen machen, okay? Ich kann auf mich aufpassen und ich weiß, dass ich bereit bin. Jetzt mit der Behandlung weiterzumachen, ist das Beste, was mir passieren kann, weil ich weiß, dass es diesmal gelingen kann und diese Hoffnung gibt mir einfach die Kraft, die ich brauche!"

Samira lächelt. „Okay. Dann mach es so. Und ich bin weiterhin für dich da – wie ich es versprochen habe, Mauri!"

Nur fünf Tage später sitze ich auf demselben Stuhl wie nach der ICSI und bekomme zwei wundervolle Eisbärchen transferiert. Ich kann es schon wieder kaum fassen und bin überglücklich! Das zweite Bild von einer meiner geliebten Eizellen, das ich ganz bestimmt diesmal nicht im Anschluss betrauern muss.

Wie Dr. Neumann im Voraus gewarnt hatte, wird dieses Glück ein wenig getrübt, durch die Tatsache, dass leider alle sechs Embryonen aufgetaut werden mussten, um die besten zwei heraussuchen zu können – die anderen vier mussten verworfen werden. Das heißt, mehr Eisbärchen wird es nicht geben. Die zwei sind unsere große Hoffnung. Es sind zwei wunderschöne Sechszeller und durch ein leichtes Anritzen der Zellwand soll den beiden das Schlüpfen erleichtert werden, da sie durch den Einfrier- und Auftauvorgang eine etwas dickere Zellwand bekommen haben. Durch dieses sogenannte „Assisted Hatching" werden sie gut ihre Zellhülle verlassen können und sich einfacher einnisten.

Meine Hoffnung ist wieder auf oberstem Level – ich habe zwei tolle Eizellen in mir, die Gebärmutterschleimhaut sieht gut aus, sie haben eine gute Voraussetzung zum Schlüpfen und ich soll nun wieder die Progesteron-Kapseln einführen, damit sich die Schleimhaut nicht zu früh abbaut.

Gesagt, getan.

Nun beginnt wieder die zweiwöchige spannende Hibbelphase...

Warteschleife 2

Diese Hibbelphase wird jäh von einem Schrecken unterbrochen... Schon am fünften Tag nach dem Transfer findet mich
Karsten morgens schluchzend auf der Toilette vor: Es tropft rot
aus mir heraus und ich bin der Verzweiflung nahe... Es ist
doch noch gar keine Zeit für die Periode, selbst WENN es jetzt
wieder nicht geklappt haben sollte! Ich verstehe wirklich die
Welt nicht mehr...

„Mein Engel, was ist mit dir?! Hast du Schmerzen? Soll
ich den Notarzt rufen?!" Er ist außer sich vor Sorge.

„Nein..." schluchze ich. „Es geht mir gut... aber...
aber...", ich kann vor lauter Weinen nicht reden und zeige ihm
das rote Toilettenpapier in meiner Hand. „Ich weiß einfach
nicht, warum... woher es kommt..."

„Oh Gott, so viel Blut! Maureen, ich rufe im Kinderwunschzentrum an!"
Die Schwester am Telefon spricht sofort mit Dr. Neumann, der
absolut verständnisvoll reagiert, seine Termine durchsieht und
mich für den Mittag zu sich bestellt. Ich bin so erleichtert, dass
er mich dazwischen schieben kann. Ich liebe diesen Arzt von
Tag zu Tag mehr! Karsten hat heute wetterbedingt frei und
kann mich begleiten.

Dr. Neumann untersucht mich kurz und stellt fest, dass
ich zu wenig Gelbkörperhormon, also Progesteron produziere.
Ich soll die Dosis der Kapseln erhöhen. Außerdem bekomme
ich eine doppelte Progesteron-Spritze gesetzt, die die Blutung
erstmal stoppen soll.

„Ich gebe Ihnen die dritte Ampulle aus der Packung mit
– falls noch einmal Blutungen auftreten sollten, lassen Sie sich
diese bitte bei Ihrem Gynäkologen vor Ort verabreichen. Aber

eigentlich dürften Sie mit dieser Menge an Progesteron erst einmal versorgt sein." Er lächelt mich beruhigend an.

Den Rest des Tages ist erst einmal Ruhe. Trotzdem laufe ich ständig zur Toilette, um nachzuschauen, bin sehr unruhig und ein ziemliches Nervenbündel...

Die Nacht verläuft ebenfalls unruhig. Ich wälze mich von einer Seite zur anderen und kann nicht schlafen. Ich habe ein ungutes Gefühl. Und als ich in dieser schlaflosen Nacht zur Toilette gehe, bestätigt sich dieses Gefühl und ich blute erneut, diesmal noch mehr... Ich spüre schon wieder die Tränen rollen und frage mich, was das soll... Ich bin doch noch mitten im Zyklus und verstehe nicht, warum mein Körper so verrückt spielt, wo es doch so gut angefangen hat und wo mir doch inzwischen so viel zusätzliches Progesteron verabreicht wurde...

Leise schluchzend lege ich eine Binde ein und schleiche in die Küche, um etwas Wasser zu trinken. Schlafen kann ich nun sowieso nicht. Ich schaue aus dem Fenster. Ein heller und klarer Halbmond leuchtet mir vom Sternenhimmel entgegen ins Gesicht. Meine Tränen glitzern im Mondschein und ich frage mich, warum es auch diesmal scheinbar nicht funktionieren wird – warum die Embryonen sich trotz bester Voraussetzungen nicht einnisten können.

Hinter mir höre ich leise Schritte. Karsten schlurft zu mir in die Küche und umarmt mich von hinten. Ich lehne meinen Kopf an seine Schulter und lasse die Tränen weiter fließen. Er sagt nichts und fragt auch nicht. Er hält mich einfach nur fest.

Sicherheitshalber lasse ich mir in der Praxis in Mühlborg bei Dr. Alves am nächsten Tag noch die dritte Ampulle Progesteron spritzen – dann ist tatsächlich erst einmal wieder Ruhe. Ich kann in den kommenden Tagen aufatmen. Es ist kein Hauch einer Blutung mehr zu sehen. Auch in der kompletten folgenden Woche nicht. Und langsam rückt der Tag der Entscheidung wieder näher...

*****

Februar 2014.

Noch zwei Tage.

Es ist der sogenannte *„NMT"* *(„Nicht-Menstruations-Tag")* – das bedeutet, es ist der Tag, an dem die Periode beginnen sollte, man sich aber wünscht, dass sie NICHT eintrifft. Während der Hoffnung auf eine Schwangerschaft ein sehr, sehr bedeutungsvoller Tag... Die Periode trifft an diesem Morgen tatsächlich nicht ein. Trotzdem weiß ich nach diesem Gefühlschaos, diesem Auf und Ab zwischen Blutung und doch keine Blutung, überhaupt nicht, ob ich ein gutes Gefühl haben darf oder nicht. Und ich weiß inzwischen auch, dass keine Blutung am *NMT* eigentlich überhaupt nichts bedeutet, weil die Medikamente einfach alles beeinflussen. Auch den eigentlichen Termin des *NMT*...

Daher bin ich an diesem heutigen Tag wieder einmal völlig durch den Wind. Ich kann der nicht eintreffenden Periode genauso wenig trauen, wie meiner Temperatur, die immer noch in ihrer Hochlage lauert. Ich kann meinem Körper überhaupt nicht mehr trauen... und greife deshalb wieder zu einem Test. Ich kann nicht erklären, wieso ich es tue – wo es mich beim letzten Mal doch nur in noch mehr Unsicherheit und Wut über mich selbst stürzte.

Und als es vorbei ist, bin ich erneut wütend. Wütend und enttäuscht. Warum habe ich das getan?! Um wieder nur diesen einen Strich zu sehen?! Um wieder heulend im Badezimmer zusammenzubrechen.... Woran soll ich noch glauben?!

Ich weiß es nicht. Ich weiß gar nichts mehr. Ich weiß nicht einmal, ob ich in zwei Tagen zu diesem Bluttest fahren soll oder ob das alles inzwischen sinnlos ist...

Natürlich fahre ich zwei Tage später trotzdem nach Dornaub. Ich sage mir immer wieder, dass es für einen Test vielleicht noch zu früh gewesen sein könnte und da ich immer noch nicht meine Periode bekommen habe, gibt es doch noch einen kleinen Restfunken Hoffnung. Auch wenn dieser nicht mehr allzu groß ist...

Den Rest des Tages bin ich während der Arbeit wieder nicht ich selbst. Ich laufe von A nach B, getrieben von einer inneren Unruhe, die mich nicht still sitzen lässt. Der Anruf soll wieder gegen Nachmittag kommen und das lässt mich keinen klaren oder ruhigen Gedanken fassen. Ich bin einfach völlig neben der Spur. Immer in der Nähe meines Handys. Möchte, dass diese Ungewissheit endlich endet und möchte doch diesen letzten kleinen Hoffnungsschimmer noch nicht aufgeben, als könnte ich ihn bewahren, sodass er niemals erlischt...

Doch auch dieser Anruf kommt.

Ich höre es dieses Mal an der Stimme, bevor die Arzthelferin am Telefon es ausspricht. Und obwohl diesmal die Hoffnung viel kleiner war, falle ich erneut. Noch tiefer. Noch schneller. Und breche diesmal sofort in Tränen aus.

Ich lasse die Dame am anderen Ende der Leitung nicht einmal ausreden, sondern drücke das Handy aus und Samira nimmt mich ein weiteres Mal in den Arm. Diesmal haben es leider auch die Kinder um uns herum mitbekommen... Sie schauen verdutzt, werden ganz still. Ich bin froh, dass ich schon bald wieder Feierabend habe, halte es hier nicht länger aus. Die Kinder können das nicht verstehen und ich kann ihnen meine Traurigkeit nicht erklären.

Ich muss jetzt für mich sein. Wieder zu mir kommen. Den Aufprall nach diesem Fall zulassen und meine Wunden lecken. Ich bin müde. Und ich mag nicht mehr. Ich bin kraftlos und vom vielen Weinen beinahe ausgetrocknet.

Zurück bleibt die Frage nach dem *Warum...*
Warum sind wir nicht zeugungsfähig?? Warum nisten sich die Eizellen nicht bei mir ein?? Und wann? Wann wird es endlich klappen oder wird es das überhaupt jemals??

Diesen Fragen nachzugehen tut so unheimlich weh, weil ich weiß, dass mir darauf niemand eine Antwort geben kann.

Nun ist es wieder Zeit, auf die Blutung zu warten. Es ist so ein verrücktes Spiel – sie kam, als ich sie überhaupt nicht sehen wollte und nun, wo ich auf sie warte, kommt kein Tropfen. Ich mag dieses Spiel nicht mehr spielen... Aber ich muss lernen, dass es manchmal im Leben so ist. Dass man nicht immer selbst über die Spielregeln entscheiden kann und man sich gewissen Dingen fügen muss. Das nennt sich Schicksal. Und das Schicksal kann man nicht überlisten. Mit keinem Wunderzentrum dieser Welt.

Neuen Glauben daran, dass es irgendwann doch noch funktionieren wird, habe ich jetzt gerade nicht. Und noch kann ich mir auch nicht vorstellen, dass er irgendwann wiederkommen wird. In diesem Moment ist es schwer, überhaupt noch an irgendetwas zu glauben. Ich muss diese neue Trauer erst einmal wieder einfach fließen lassen.

*****

Eigentlich will ich meine Ruhe haben und nicht mehr darüber reden. Aber ausgerechnet an diesem Wochenende bekommen wir Besuch – Stella kommt mit David vorbei. Wir sitzen zu viert mit einem Kaffee in unserer Wohnküche.

Und es war klar, dass Stella fragt. „Und – was hat eure komische Klinik bewirkt? Bist du nun schwanger?" Sie schaut mich fragend an.

„Nein", sage ich und schaue traurig in meine Tasse. „Noch nicht."

„Braucht jemand Milch oder Zucker?", versucht Karsten vom Thema abzulenken. Aber es gelingt ihm nicht.

„Wollt ihr da etwa weiter hingehen?", fragt Stella stirnrunzelnd. „Ich sag euch, das ist nur Abzocke. Du weißt doch gar nicht, was die da wirklich mit dir machen, während du in Narkose liegst... oder was da im Labor passiert. Und bezahlst aber am Ende Tausende von Euros dafür! Ich würde das Geld anders investieren – schaut lieber nach vorne und macht mal einen schönen Urlaub! Lasst es euch so richtig gut gehen – und glaub mir, Maureen, ein bisschen Zweisamkeit und du wirst ganz von selbst schwanger werden!"

Ich weiß, dass Stella es nur gut meint. Aber ich kann das nicht mehr hören. Sie soll aufhören, sowas zu sagen. Sie kennt die Fakten nicht. Sie hat nicht den Urologen gehört, der von einem Sechser im Lotto sprach. Wenn ich einfach abwarte und Tee trinke, werde ich in diesem Leben nicht mehr schwanger...

Ich stehe auf und verlasse die Küche. Gehe ins Badezimmer und schließe mich ein. Mit der Tür im Rücken atme ich tief durch und wieder kullern ein paar Tränen meine Wangen hinab.

Die Leute wollen mir nur helfen, ich weiß. Vielleicht sieht man mir an, dass es mir schlecht geht. Aber auf diese Weise helfen sie mir nicht. Ich will nichts schöngeredet bekommen. Wir wissen, dass wir ohne diese Art von Behandlung kinderlos bleiben werden. Entweder ziehen wir es also durch oder wir lassen es sein und finden uns mit unserem Schicksal ab...

Ein wenig später klopft es an der Badezimmertür. „Mein Engel, mach bitte auf. Die zwei sind weg..."

Ich öffne die Tür und sehe Karsten niedergeschlagen an. „Es tut mir leid, dass ich einfach abgehauen bin", sage ich und tupfe mir die feuchten Wangen mit einem Stück Toilettenpapier trocken. „Aber ich konnte mir das nicht mehr anhören... Stella weiß, dass es so einfach nicht funktionieren wird! Aber sie reitet immer drauf rum und Ihr Weg ist immer der richtige und unserer immer der falsche!"

„Komm her", sagt Karsten und streckt seine Arme nach mir aus. Ich lehne mich an seine Brust und atme tief durch.

Plötzlich sagt er: „Weißt du, Stella und David wollten uns eigentlich noch etwas ganz anderes sagen."

Ruckartig hebe ich meinen Kopf und schaue ihn fragend und mit großen Augen an. Mein Puls erhöht sich. „Was meinst du damit?! Ist Stella... ich meine, ist sie etwa..."

„Nein – Stella ist nicht schwanger. Glaube ich zumindest nicht... Aber David hat ihr einen Heiratsantrag gemacht. Die beiden wollen diesen Sommer heiraten!"

Wow... das ist sogar eine schöne Nachricht, über die ich mich für meine Schwester freue! Ich bekomme auf der Stelle ein ganz schlechtes Gewissen. „Oh nein, und ich blöde Kuh bin so zickig und haue wegen diesem einen blöden Thema einfach ab..." Ich schlage die Hände vor mein Gesicht und bin innerlich wütend auf mich selbst – von anderen erwarte ich, dass sie ein offenes Ohr für mich haben und feinfühlig sind und was mache ich?! Ich höre meiner Schwester nicht zu, als sie mir sagen möchte, dass sie heiraten wird... schön blöd.

„Ist schon okay. Stella war nicht sauer. Aber ich sollte es dir ausrichten und sie sagte, sie ruft dich morgen in Ruhe nochmal an, wenn es dir besser geht. Weil sie es gern mit dir teilen möchte..."

„Okay...", seufze ich.

„Mein Engel, wir sind, was dieses Kinderwunschthema angeht, etwas sensibel geworden... ist ja auch kein Wunder. Aber wenn du erstmal schwanger bist, dann wirst du auch nicht mehr so empfindlich sein. Alles wird gut." Karsten gibt mir einen Kuss auf die Stirn. Ich lehne mich erneut in seine starken Arme.

„Ja. Alles wird gut. Hoffentlich..."

Am nächsten Nachmittag ruft mich Stella an: Um mich zu fragen, ob ich ihre Trauzeugin sein möchte... Ich bin gerührt und bejahe ihre Frage natürlich sofort! Außerdem entschuldige ich mich für die gestrige Flucht... Aber Stella übergeht die Entschuldigung fast und redet stattdessen nur noch ununterbrochen über ihre bevorstehende Trauung und was sie und David schon alles geplant haben...

Obwohl ich mich ehrlich für die beiden freue, höre ich kaum zu, was sie sagt, sondern meine Gedanken gehen wieder einmal ihren eigenen Weg... rundherum um den traurigen unerfüllten Kinderwunsch.

Hilfe holen

Weil ich selbst merke, wie schlecht es mir geht, bin ich dazu bereit, mir Hilfe zu holen. Ich besuche eine Psychologin. Und rede mir meinen Schmerz von der Seele…

Ich weiß nicht, welche Knöpfe sie drückt, aber diese Knöpfe drücken ununterbrochen auf meine Tränendrüsen – ich kann überhaupt nicht mehr aufhören zu weinen und wundere mich schon, woher das ganze Wasser kommt. Das Reden tut sehr gut, es sprudelt alles einfach aus mir heraus. Und da ich weiß, dass sie ihrer Schweigepflicht unterliegt und ich sie nicht persönlich kenne, habe ich auch keine Hemmungen.

„Frau Schilling", sagt sie zum Ende der ersten Sitzung. „Ich erkenne ein zentrales Problem, was genau Sie so extrem niedergeschlagen sein lässt: Ihr Mann und Sie stecken sich gegenseitig mit Ihrer Trauer und Ihrer Schuld an. Er fühlt sich schuldig an der Situation und an Ihrer Traurigkeit – er kann und will Sie aber nicht so sehen und wird daher selbst mindestens genauso traurig – SIE wiederum werden NOCH trauriger, weil Sie wissen, dass er nur Ihretwegen traurig ist und fühlen sich deshalb auch schuldig an dieser ganzen Trauer. Denn wären Sie eine Frau, die sich kein Baby wünscht, kämen Sie vermutlich beide mit der Situation klar. Demnach befinden Sie sich in einem Kreislauf aus Traurigkeit und Schuldgefühlen."

Vermutlich hat sie Recht. Wir scheinen gefangen in einem Teufelskreis…

*****

So sehr mir das Reden mit einer Außenstehenden hilft, so wenig helfen mir jedoch ihre konkreten Vorschläge zur Verbesserung meines seelischen Wohlbefindens. Sie stellt mir wieder und wieder – auch wenige Wochen später beim zweiten Gespräch – diese eine schmerzhafte Frage: „Was würden Sie tun, wenn Sie wüssten, dass es niemals gelingt – wie sieht Ihr *Plan D* aus?"…

„Ich möchte diese Frage nicht hören", lautet meine Antwort. „NOCH nicht." Und ich will sie erst recht nicht beantworten. „Wissen Sie, ich möchte darüber noch nicht nachdenken, weil ich mich noch nicht am Ende der Behandlung oder am Ende unserer finanziellen Reserven sehe. Auch wenn das alles belastend für mich ist – ich bin 26 Jahre alt und die Ärzte stimmen uns zu, dass wir noch durchaus sehr gute Chancen haben!"

Doch ihre Frage taucht immer und immer wieder auf und irgendwann kann ich ihren *„Plan B"* einfach nicht mehr hören... Und gehe nicht mehr zur Therapie.

Das ist meines Erachtens für mich selbst ein Zeichen, dass ich wieder Kampfgeist entwickle. Es gibt für mich noch keinen *Plan B* und den wird es so schnell auch nicht geben. Ich werde schwanger werden, das will ich und das weiß ich. Und das soll mir keiner ausreden! Wieso soll ich mich immer und immer wieder in eine negative Stimmung herunterziehen lassen – mir vorstellen, niemals Mutter zu werden?! – wenn ich doch noch die Kraft finde, ganz von selbst immer wieder positive Energie und Gedanken zu sammeln?!

Statt weiterer Besuche bei der Psychologin suche ich mir Hilfe im Internet. Ich melde mich in einem Kinderwunschforum an, wo ich einen Austausch mit betroffenen Frauen finde. Außerdem stoße ich auf eine Art des Autogenen Trainings. Mit den sogenannten *„Repromaginations-Aufnahmen",* die ich mir auf meinen I-Pod herunterlade, schaffe ich es, zur Ruhe zu kommen und neue Kraft und neuen Mut zu tanken. Mich mit der jetzigen niederschmetternden Situation abzufinden, aber den Glauben daran wiederzufinden, dass es nicht aus und vorbei ist, sondern dass es einen Neuanfang geben wird – eine neue Chance.

Die zweite ICSI

März 2014.

Mit der neu aufkeimenden Hoffnung verfliegt die Traurigkeit und ich fühle mich nach einem weiteren vergangenen Zyklus bereit, alles neu auf mich zu nehmen – zum Anfang zurückzukehren und alle Zeiger wieder auf null zu stellen. Ich fühle mich wieder stärker. Vielleicht nicht so stark, wie vor der ersten Behandlung, in die ich so hoffnungsvoll und naiv hineingestolpert war, aber dennoch stark genug, um alles erneut über mich ergehen zu lassen. Nicht nur im körperlichen, sondern auch im seelischen Sinne. Mit dem Gedankenkreislauf klarzukommen. Mit einem erneuten Negativ rechnen zu müssen. Stark zu sein – auch für Karsten, der diesen Part nicht allein übernehmen kann.

Es wird Frühling draußen. Und ich habe das Gefühl, dass dies ein perfekter Zeitpunkt ist, um von vorn zu beginnen und meine kleinen Eizellen neu reifen zu lassen. Also alles auf Anfang!

Dr. Neumann schlägt mir ein neues Medikament für die Stimulation vor, das ein wenig teurer ist und sich in der Zusammensetzung der Hormone etwas unterscheidet, sodass es eine bessere Eizellqualität bewirken soll: Dieses Medikament heißt *„Menogon".* Nicht dass die Qualität meiner Eizellen beim letzten Mal schlecht war, aber er will etwas Neues und Besseres ausprobieren. Ich stimme ihm natürlich zu: Alles ist verbesserungswürdig, sonst hätte es vielleicht schon im ersten Anlauf funktioniert.

Doch schon bald stellen wir fest, dass dieses neue Medikament nicht so gut bei mir anschlägt, wie das *Puregon...*

Ich soll nach den ersten vier Spritzen die Dosis erhöhen, weil die erste Blutentnahme zeigt, dass nur wenig Entwicklung in meinen Eierstöcken stattfindet. Ganze elf Spritzen benötige ich diesmal, zwei mehr als zuletzt – und der nächste *Folli-I V* sieht trotzdem nicht gut aus...

„Wir haben leider diesmal viel weniger Eizellen", sagt Dr. Neumann beim Ultraschall und sieht mich zerknirscht an. „Und wir können nicht weiter stimulieren, da bereits drei Follikel der Größe nach reif sind. Tun wir es dennoch, werden wir sie verlieren und wissen nicht, wie viele der anderen Follikel nachreifen. Andererseits Fr. Schilling: Sie benötigen nur eine einzige Eizelle, um schwanger zu werden. Und es ist kein Beinbruch, wenn diesmal nichts zum Einfrieren übrig bleibt. Denn eine geringere Anzahl bedeutet häufig dafür eine bessere Qualität. Seien Sie beruhigt."

So kann ich erst einmal wieder aufatmen. Dr. Neumanns positive Ausstrahlung und seine beruhigende Art und Weise zu reden, haben eine derart besänftigende Wirkung auf mich, dass es ihm jedes Mal gelingt, mich zwar auf dem Boden der Tatsachen zu halten, aber dennoch mit viel Mut und guter Hoffnung weiter nach vorn zu blicken.

Am selben Abend löse ich meinen Eisprung mit der *hCG*-Spritze aus und soll am übernächsten Tag mit Karsten zur zweiten Eizellpunktion kommen.

Wieder liege ich nervös im OP. Mit dem kleinen, aber gewissen Unterschied, dass mir dieses Mal der ganze Ablauf schon bekannt ist und ich weiß, was auf mich zukommt.

Samira ist im Küken-Nest wieder allein mit den Kindern. Aber sie hat gestern noch einmal beteuert, dass es ihr nichts ausmacht und sie ganz dicht hinter mir steht, um mich immer wieder aufzufangen. Dass sie mich unterstützt und sich sicher ist, dass es diesmal gelingen wird und damit diese Fahrerei und der ganze Stress ein Ende hat – und vor allen Dingen, unser Wunsch endlich in Erfüllung gehen wird.

Während ich unter diesen beruhigenden Gedanken meinen Schlummer antreten darf, muss Karsten ebenfalls erneut seinen Anteil für die anschließende Befruchtung beisteuern…

Die Punktion liefert immerhin sieben Eizellen.

„Allerdings können wir mit ziemlich großer Sicherheit sagen, dass nicht alle reif sind, da einige Follikel noch sehr klein waren", erklärt uns Dr. Grever, der zweite Chefarzt des Kinderwunschzentrums. Er hat heute die Punktion durchgeführt, da Dr. Neumann zurzeit nicht anwesend ist.

„Warten Sie bitte zunächst einmal die Befruchtungsrate ab, bevor wir Ihnen Genaueres sagen können."

Wieder schmerzt alles in mir und ich habe das Gefühl, ich wache noch langsamer aus der Narkose auf als beim ersten Mal... Aber ich muss jetzt stark sein und möchte mich über die Schmerzen nicht beklagen. Denn ich weiß, dass ich all dies auf mich nehme, um bald unser Kind zu empfangen!

Auf ein Neues sitze ich wie auf glühenden Kohlen, als ich am nächsten Tag den Anruf erwarte. Wir sind mit den Kindern draußen im Garten und ich beobachte die kleine Amelie, wie sie mit ihren ersten kleinen und vorsichtigen Schritten über das Gras läuft und bei dem Versuch, ein Gänseblümchen zu pflücken, dreimal hintereinander auf ihren Po plumpst – Samira und ich müssen lachen und ich denke bei mir:

Lieber Gott, bitte schenke mir auch etwas so Zauberhaftes...

Amelie ist inzwischen fast vierzehn Monate alt. Sie ist so wundervoll, dass ich fast alles um mich herum vergessen kann, wenn ich sie betrachte. Und genau so einem kleinen Sonnenschein, der die Welt erhellt, egal wie dunkel sie gerade auch erscheint – dem möchte ich eine Mutter sein.

Der Anruf, der kurz darauf eingeht, ist ziemlich ernüchternd: Von den sieben Eizellen waren nur drei reif. Aber immerhin konnten alle befruchtet werden und die zwei, die sich am besten entwickeln, bekomme ich morgen transferiert.

„Und wieso waren es diesmal nur drei?", fragt Samira neugierig, als ich ihr von den Neuigkeiten berichte.

„Wenn ich das wüsste, Sami... Das Medikament hat wohl nicht so gut angeschlagen, wie das Vorige. Aber Dr. Neumann hat gesagt, dass dafür höchstwahrscheinlich die

Qualität der wenigen Eizellen besser ist. Dann ist es doch egal, wenn ich diesmal dafür schwanger werde! Wir brauchen keine Übrigen."

„Und was ist mit dem dritten?"
Da stellt Samira eine gute Frage... „Sie haben nichts darüber am Telefon gesagt... Das werde ich den Arzt morgen fragen!", sage ich.

Es stellt sich heraus, dass der dritte Embryo im Vergleich zu langsam in seiner Entwicklung war und daher aussortiert wurde. Das lasse ich so im Raum stehen, obwohl ich es ziemlich schade finde, dass ein einzelner Embryo nicht konserviert wird.

Der Transfer geht wieder recht schnell. Erneut bekommen wir ein Bild von einem unserer Embryonen. Die Qualität der beiden sei nach wie vor gut, sagt Dr. Grever. Er lobt bei der Untersuchung meine perfekt aufgebaute Gebärmutterschleimhaut von fünfzehn Millimetern und zeigt uns nach dem Einsetzen auf dem Ultraschall, wo sich die beiden Embryonen befinden. Und wieder beginnt die verflixte Warterei...

Warteschleife 3

April 2014.

Zu Beginn der 16 langen Tage schwebe ich wieder auf Wolke sieben... Es ist in meinen Augen alles perfekt und draußen scheint die warme Frühlingssonne, die meine positiven Gedanken noch verstärkt.

Es wird alles gut. Ich bin wieder richtig optimistisch gestimmt und auch Karsten gibt mir Recht, dass diesmal alles so gut aussieht, dass es einfach klappen muss! Schließlich ist es so gesehen schon der dritte Anlauf und wenn man Dr. Neumanns Worten Glauben schenken darf, dann gelingt schließlich bei solch jungen Frauen wie mir einer der ersten Versuche. Also kann es nur gut werden. Davon bin ich diesmal noch fester überzeugt.

Die Repromaginations Aufnahmen tragen zu meiner Entspannung bei und sind mein abendlicher Begleiter geworden. Fast jeden Abend kann ich wie als neugewonnenes Ritual mit dieser Art von autogenem Training zur Ruhe kommen, in der aufregenden und hibbeligen Zeit des Wartens.

Eines habe ich mir für diesmal auch ganz fest vorgenommen: Ich werde keinen Pipi-Test machen – dieses Mal auf gar keinen Fall! Ich werde mir nicht die Laune von einem nicht oder doch vorhandenen Strich verderben lassen, weil ich diesmal einfach spüre, dass ich schwanger bin – ich brauche diesen Test also gar nicht! Es ist weit und breit keine Spur von einer Blutung zu sehen und ich bin einfach nur absolut entspannt.

Das rede ich mir zumindest ein. Klar, ist da auch noch immer diese Aufregung und natürlich besteht auch die Gefahr, dass wir noch einmal ein Negativ kassieren könnten. Aber es ist für mich in diesem Augenblick einfach total unrealistisch, dass wir in unserem Alter und unter diesen perfekten Voraussetzungen schon wieder so ein Pech haben könnten. Daher bleibe ich ruhig und vor allem stark und führe KEINEN Test auf eigene Faust durch. Sondern übe mich in Geduld und warte bis zum Termin des Bluttestes ab.

Wie immer bin ich den ganzen Tag, nachdem ich morgens im Kinderwunschzentrum Blut abgegeben habe, auf Höchstspannung und erhalte während meiner Arbeitszeit den Anruf. Samira und ich sind an diesem Nachmittag gerade damit fertig geworden, mit den letzten beiden noch nicht abgeholten Kindern, die liebend gern helfen wollten, das gesamte Küken-Nest fleißig zu putzen.

Als mein Handy klingelt, durchfährt solch ein Zittern meinen Körper, als würde ihn Strom durchlaufen – sodass ich erst einmal tief durchatmen muss, bevor ich rangehen kann. Aber ich bewahre ein Lächeln auf den Lippen, weil ich doch diesmal so ein positives Gefühl habe und es sicher gleich bestätigt wird!

Samira hätte eigentlich schon längst Feierabend gehabt, aber ist den ganzen Tag so neugierig und freudig aufgeregt mit mir gewesen, dass sie das vermutlich positive Ergebnis noch gemeinsam mit mir abwarten und feiern möchte.

Ich erwarte ein *„Herzlichen Glückwunsch!"* Als ich dann aus dem Hörer erneut den Satz vernehme: *„Wir haben heute leider keine gute Nachricht für Sie…"*, bricht diesmal von jetzt auf gleich die gesamte Welt für mich zusammen… Ich fühle mich wie in einer Trance, höre mich selbst flüstern: „Nicht schon wieder…" und lege sofort auf. Um mich herum scheint eine Mauer zu zerbröckeln, die ich mir in den letzten zwei Wochen der Warteschleife mühsam aufgebaut hatte. Mein Kinn bebt, meine Augen füllen sich mit Tränen. Und wieder nimmt Samira mich fest in den Arm. Ich weiß nicht, wie mir zumute ist. Ich kann es gar nicht beschreiben. Ich war mir so sicher… und sollte doch Unrecht behalten.

„Mauri?"
Meine Augen sind starr und ich bin regungslos – wie in einer Schockstarre.

„Süße, geh du nach Hause…", sagt Samira. „Ich mach für dich den Nachmittagsdienst, wenn du…"

„Nein. Geh bitte. Du hast Feierabend. Ich schaffe das hier. Es sind nur noch zwei Stunden und die beiden Kleinen werden mich sicher gut ablenken. Ist schon in Ordnung", bringe ich immer noch fast regungslos hervor und zwinge mich zu einem winzigen Lächeln.

Samira schaut mich eine gefühlte Ewigkeit an, als wolle sie überprüfen, ob es mir wirklich gut geht. „Na gut. Aber wenn was ist, ruf mich an, okay? Und wenn du reden möchtest,…"

„Danke!", unterbreche ich sie in einem etwas energischeren Ton. „Ich komme klar. Wirklich." Meine Stimme bebt.

Samira erhebt sich und packt ihre Sachen. Mit einem mitfühlenden Blick verlässt sie das Küken-Nest.

Als die Tür hinter ihr ins Schloss fällt, rollen plötzlich doch die Tränen. Ich wollte versuchen, stark zu sein für die Kinder – aber es gelingt mir nicht. Die beiden Kleinen schauen mich mit großen Augen an. Sie verstehen es nicht, aber sie fragen auch nicht. Sie schauen einfach nur und ihre Blicke sind voller Mitgefühl.

Amelie kommt mit ihren kleinen, tapsigen Schritten auf mich zu und legt ihren Kopf auf mein Knie, als wolle sie mich trösten... Ich streichle ihr sanft übers Haar und weiß, dass ich jetzt stark sein MUSS. Für Amelie und auch für alle anderen Kinder – und ihre Eltern. Denn gleich kommen diese und ich darf mir nichts anmerken lassen. Ich kann es ihnen schlecht erklären...

*****

Ein paar Tage sind nun seit dem Blutergebnis vergangen.

Karsten hat die schlechte Nachricht tapfer aufgefasst, mich wieder in den Arm genommen und ist für mich stark geblieben. An seiner Laune jedoch merke ich, dass es ihm genauso schlecht geht wie mir.

Viel besser umgehen, kann ich mit der Situation auch Tage später nicht. Es tut immer noch so unglaublich weh. Das Einzige, was ansatzweise hilft, ist Ablenkung. Allerdings nur für den Augenblick. Ist er wieder vorbei, bin ich wieder allein mit meinen Gedanken und dann beginnen sie erneut um das gleiche Thema zu kreisen – meinen größten Wunsch und warum er sich einfach nicht erfüllen mag...

Ich vermisse meine geliebten verlorenen Eizellen. Inzwischen insgesamt sechs von ihnen, die wirklich gut aussahen und gute Voraussetzungen hatten, haben es trotz allem nicht geschafft. Und die Frage nach dem Grund wird immer lauter und drängender.

Warum möchtet ihr nicht bei uns bleiben? Was gibt es in meinem Bauch, weshalb ihr euch dort nicht wohlfühlt? Wieso entwickelt ihr euch im Labor so prächtig und geht in meinem Körper letztendlich doch zu Grunde?!

Es ist anstrengend, so viel zu grübeln. Es kostet Kraft und Nerven. Und ich bin gespannt, was Dr. Neumann nächste Woche beim Nachgespräch zu sagen hat und ob er es erneut schaffen wird, die Fragen zu unserer Zufriedenheit zu beantworten und unsere Bedenken zu beruhigen.

Mutlosigkeit

Mai 2014.

Das Gespräch läuft nicht so positiv, wie ich es mir erhofft hatte. Es ist eher ernüchternd... Ich möchte hören, dass Dr. Neumann daran glaubt, dass es beim nächsten Versuch klappen wird. Ich möchte, dass er mich mit seinem gewohnten Optimismus erneut aus meinem Tief herausholt. Aber stattdessen erinnert er mich nur daran, dass die Chance pro Versuch immer und immer wieder bei „nur" 38% liegt und eben nicht von Mal zu Mal steigt.

„Es wird niemals eine Garantie geben – selbst beim zehnten oder zwanzigsten Versuch gibt es sie nicht. Zwar kann ich Ihnen noch einmal eine positive Prognose für einen weiteren Versuch aussprechen, denn aus meiner Sicht war höchstwahrscheinlich einfach noch nicht die perfekte Eizelle dabei. Aber versprechen, wann diese kommt – kann ich Ihnen nicht."

Sein freundliches Lächeln, das immer noch auf seinen Lippen liegt, überzeugt mich nur noch halbherzig. Und so einen Optimismus wie am Anfang strahlt und spricht er auch nicht mehr aus. Vielleicht ist das nur meine persönliche Wahrnehmung und es liegt an meiner Mutlosigkeit, die ich nach dem dritten Negativ noch nicht überwunden habe – vielleicht ist es aber tatsächlich so, dass auch er allmählich den Glauben daran verliert, dass ich jemals schwanger werde...

Die nächste ICSI wäre dann der dritte und letzte *„Frischversuch"*, den die Krankenkasse zu 50% mitfinanziert –

denn Eisbärchen, die wir für einen Kryo-Transfer nutzen könnten, haben wir diesmal nicht. Darum ist es wichtig für mich zu erfahren, ob es Untersuchungen gibt, die man durchführen lassen kann, um herauszufinden, weshalb die Einnistung nicht gelingt. Wann ist der richtige Zeitpunkt für eine vernünftige Ursachenforschung, wenn nicht jetzt – vor der dritten und vielleicht letzten ICSI?!

„Dr. Neumann, bevor wir in eine dritte Behandlung einfach wieder hineinstolpern... können Sie mich nicht noch genauer untersuchen? Ich meine, es ist ja doch sehr merkwürdig, dass immer alles gut aussieht und sich am Ende doch nichts einnistet... was haben wir für Möglichkeiten, in diese Richtung etwas herauszufinden?!"

Er sieht die Verzweiflung in meinen Augen und hört sie in meiner Stimme. „Wir könnten zur Sicherheit eine Gebärmutterspiegelung vornehmen, wenn Sie das möchten", schlägt er kurzerhand vor. „Um sicherzustellen, dass die Oberfläche der Schleimhaut einwandfrei ist. Wobei es keinerlei Anzeichen dafür gibt, dass..."

„Doch, das möchte ich machen!", unterbreche ich ihn energisch. „Dann wissen wir es genau."

Dr. Neumann notiert sich meinen Wunsch. „Außerdem können wir die Spermien Ihres Mannes genauer auf ihre DNA-Fragmentierung untersuchen. Das ist der sogenannte *Halosperm-Test*. Möchten Sie ihn ebenfalls durchführen lassen?"

„Ja. Alles, was möglich ist und uns eine Erklärung liefern könnte – ich möchte nicht noch einmal umsonst eine ICSI angehen, denn danach haben wir keine Unterstützung mehr von der Kasse..."

Er nickt verständnisvoll. „Eine weitere Möglichkeit, wäre eine Immunitätsuntersuchung. Es gibt vereinzelt Fälle, in denen die Frau so gesehen *immun* gegen das Blut ihres Mannes ist und auch eine erfolgreich befruchtete Eizelle dann letztendlich von ihrem Körper abgestoßen wird", erklärt er mir knapp. „Allerdings halte ich diese Untersuchung für fraglich, da es keine Belege dafür gibt, ob eine Behandlung in diese Richtung Sinn macht."

Allein die Vorstellung finde ich gruselig... aber auch diesem Vorschlag stimme ich zu. Trotz der vielen neuen Ideen werde ich das Gefühl nicht los, aus diesem traurigen Kreislauf vorerst nicht mehr herauszukommen – ich bin wie gefangen in meinem eigenen, selbst erbauten Wunschtraum, aus dem ich nicht mehr herausfinde und der sich womöglich nie erfüllen wird. Und ich bekomme immer mehr und mehr Angst davor, tieftraurig und kinderlos zu bleiben bis an mein Lebensende...

Dr. Neumann sieht in mein trauriges Gesicht und versucht noch ein wenig mehr zu lächeln. Und er findet erneut positive Worte, die wie Balsam für meine Seele sind: „Lassen Sie Ihren Kopf nicht hängen, Frau Schilling. Ich möchte Ihnen nicht zu große Hoffnung machen, aber ich kann Ihnen ehrlich sagen, dass noch keine Frau in Ihrem Alter, bei der es wie bei Ihnen scheinbar keine ernsthaften gesundheitlichen Faktoren für die Kinderlosigkeit gab, unser Zentrum ohne eine Schwangerschaft verlassen hat. Manche Kinder lassen ihre Eltern einfach ein wenig länger auf sich warten."

Ich atme auf und es gelingt mir, sein Lächeln wenigstens ein kleines bisschen zu erwidern. „Danke, Dr. Neumann."

*****

Wirklich aus meinem Tief heraushelfen, kann er mir diesmal mit seinen aufbauenden Worten jedoch nicht...

Ich schleppe mich zur Arbeit und die Kinder schaffen es zwar, mich ein wenig abzulenken, aber wirklich fröhlich bin ich dabei nicht. Ich tue bloß so, denn es darf niemand merken, was in mir vorgeht... Ganz besonders die Eltern der Kinder dürfen das nicht. Aber auch die Kinder selbst – sie können nichts für mein Schicksal und ich werde versuchen, ihnen weiterhin die Liebe und Aufmerksamkeit zu schenken, die ihnen zusteht.

Immer mehr habe ich außerdem das Gefühl, um mich herum gibt es nur noch Schwangere, Kinderwagen, Babys und Kleinkinder: Frauen mit schönen, runden Bäuchen strahlen mich an, wo immer ich auch hingehe und in den Läden werde ich von bunten Babyklamotten, Windeln und Schnuffeltüchern geblendet. Selbst nachts bin ich nicht davor sicher, denn ich träume davon, schwanger zu sein oder dass ein Baby an meiner Brust liegt und wache schweißgebadet auf – vermutlich auch noch die Nachwirkungen der vielen Hormone, die ich meinem Körper schon zugemutet habe. Jedes Mal aufs Neue muss ich dann realisieren, dass dieser Traum noch lange keine Realität ist.

*****

An einem ruhigen Morgen im Küken-Nest erwischt mich Samira erneut dabei, wie ich ganz verliebt meine kleine Amelie beobachte. Sie ist inzwischen fast 16 Monate alt und sitzt gerade in der Kuschelecke, völlig vertieft in ein Buch. Sie werden so schnell groß...

Samira schüttelt den Kopf, als ihr Blick dem meinen folgt. „Ach Mauri. Ich weiß, dass die Kleine total süß ist... bald hast du auch so ein kleines Würmchen im Arm, ganz bestimmt!" Sie kommt zu mir herüber, kniet sich neben mich auf den Boden und seufzt. „Wann habt ihr denn den nächsten Versuch geplant? Wollt ihr noch ein bisschen warten oder es schon bald wieder versuchen?"

„Ich weiß nicht...", antworte ich und schaue zu Boden. „Irgendwie bin ich noch nicht bereit dafür, weil ich Angst habe, dass es wieder schiefgehen könnte... und andererseits würde ich lieber heute als morgen zu Dr. Neumann rennen!"

„Versteh ich... Was hältst du davon, wenn ihr das Ganze in den Sommerurlaub legt? Dann hast du jetzt noch zwei Monate Zeit zum Erholen von der letzten OP und es dauert aber auch nicht mehr sooo sehr lange. Und wenn du Urlaub hast, kannst du jeden Termin ohne Stress wahrnehmen und bist vielleicht etwas entspannter. Und danach könnt ihr noch ein paar Tage zusammen wegfahren, wenn es zeitlich hinhaut. Dann vielleicht sozusagen schon zu dritt!"

Ich versuche zu lächeln. „Vielleicht hast du Recht. Wir warten jetzt erstmal Stellas Hochzeit ab und danach sehen wir weiter. Und Dr. Neumann hat ja auch noch ein paar Untersuchungen vorgeschlagen, die wir angehen möchten, bevor wir es zum dritten Mal versuchen."

„Das klingt doch super – dann nutzt ihr die Zeit gut und du tust etwas zu deiner Beruhigung." Sie steht wieder auf. „So, ich mach uns jetzt erstmal noch einen Kaffee… nein, dir mach ich deinen komischen „Storchentee" oder wie der heißt und dann gehen wir noch ein bisschen mit den Kids nach draußen, okay? Und du lass den Kopf bitte nicht hängen, Süße!" Damit verschwindet sie in die Küche.

„Der Tee heißt übrigens *Babyzauber Klapperstorchtee*!", rufe ich ihr lächelnd nach und schaue weiter verträumt Amelie beim Spielen zu…

*****

Juni 2014.

Die Hochzeit meiner Schwester ist prinzipiell nichts Aufregendes – es gibt kein großes Fest, lediglich eine standesamtliche Trauung und im Anschluss ein gemeinsames Festessen in einem noblen Restaurant.

Trotzdem stehe ich am Hochzeitsmorgen in dem extra für diesen Anlass neu gekauften Kleid vor dem Garderobenspiegel im Flur und meine Tränen versauen mir mein Make Up…

„Ach mein Engel, was hast du denn nun schon wieder?!", versucht Karsten mich zu trösten, während er neben mir vergeblich versucht, seine Krawatte zu knoten. „Heute soll ein schöner Tag für deine Schwester werden, jetzt reiß dich ein bisschen zusammen, okay?"

„Ich sehe aber scheiße aus…", schluchze ich und Karsten kann mich vermutlich allmählich nicht mehr ernst nehmen…

„Maureen…" Er lässt seine Krawatte hängen und sieht mich streng an. „Jetzt hör bitte auf. Du siehst toll aus – wie immer! Und diese zwei, drei Kilos, die du durch die Hormone und den Stress zugenommen hast – die merkt kein Mensch! Außer dir selbst... Also wisch jetzt dieses schwarze Zeug von deinen Wangen und schmink dich nochmal ordentlich! Sonst werden die Fotos doch noch scheußlich!" Er küsst mich kurz und widmet sich wieder seiner Krawatte.

Ich atme einmal tief durch und muss Karsten Recht geben. Das Kleid kaschiert die paar zusätzlichen Kilos ziemlich perfekt und jetzt muss ich mich zusammenreißen und meinem Mann mit dem Knoten helfen! „Komm du erstmal her, das kann sich ja keiner mehr mit ansehen!", grinse ich und ziehe an seiner Krawatte.

Er hat Recht, ich muss mich für Stella zusammenreißen. Es soll der schönste Tag in ihrem Leben werden und ich muss als Trauzeugin gut neben ihr ausschauen.

Der Tag wird trotz allem recht schön, aber für mich und meine kreisenden Gedanken etwas langatmig... zwischendurch werden ein paar Bilder vom Brautpaar und ihren Gästen im Grünen gemacht und das Essen ist zwar gut, aber nichts Besonderes. Als Davids jüngere Schwester mit ihrem Lebensgefährten eine schöne Rede hält und sie ein tolles Geschenk auffahren, wird mir bewusst, dass ich als Trauzeugin nicht gut vorbereitet bin und bekomme erneut ein schlechtes Gewissen.

„Ist nicht schlimm, mein Engel", flüstert Karsten, als wir uns auf den Weg zur Hochzeitstorte machen. „Die beiden haben gesagt, sie möchten nichts Aufwendiges, sondern nur eine kleine und ruhige Feier. Es ist gut so, wie es ist." Er lächelt mir aufmunternd zu.

Bei der Verabschiedung aller Gäste höre ich zufällig, wie Davids Oma die Frage stellt, ob denn nun endlich Kinder ins Haus kämen... ich werde hellhörig.

„Oma, nerv uns nicht mit sowas. Alles zu seiner Zeit!", antwortet David darauf nur und damit hat sich das Thema auch schon erledigt. Klingt nicht so, als würde es die beiden sehr beschäftigen. Oder aber, sie wollen es nur vor den Leuten als unwichtig abtun und nicht groß diskutieren.

Ich für meinen Teil jedenfalls merke, wie mir das Ganze auf den Magen schlägt – die Vorstellung, dass Stella oder jemand anders aus meinem Umkreis vor mir schwanger werden könnte, schnürt mir die Kehle zu!

Als sich die ersten Gäste an diesem Abend auf den Heimweg machen, verabschieden auch Karsten und ich uns zeitig und Zuhause im Bett geht die Grübelei weiter...

*****

Etwas mehr als zwei Zyklen vergehen, bis ich mich ein wenig besser fühle. Zurück zu der Psychologin möchte ich in dieser Zeit nicht. Ich möchte mir kein weiteres Mal anhören, dass wir uns endlich einen *Plan B* zurechtlegen müssen.

Stattdessen befolge ich zwei Regeln, die ich mir selbst zurechtgelegt habe. Erstens: So oft wie möglich Abstand zu dem Thema suchen und zum Ausgleich an anderen schönen Dingen erfreuen und zweitens: Alle Untersuchungen durchführen lassen, die ich mit Dr. Neumann besprochen habe und die mich beruhigen sollen, indem sie körperliche Ursachen für das Scheitern einer Einnistung ausschließen.

Die erste Regel ist anfangs schwer, gelingt mir aber nach und nach immer besser. Es tut gut, Dinge aus meinem „alten Leben", wiederzuentdecken, wie das Malen auf Leinwand und auch den Sport.

Die zweite Regel ist extrem wichtig für mich – weil ich nicht zu den Menschen gehöre, die einfach hinnehmen, dass etwas so ist, wie es ist, sondern die versuchen herauszufinden, worin ein Problem liegt, um es dann beheben zu können. Denn ich weiß, wenn ich die Ursache nicht herausfinde, werde ich an den kreisenden Gedanken und Fragen in meinem Kopf zerbrechen.

Ich unterziehe mich als erstes der Gebärmutterspiegelung. Diese ist ziemlich schmerzhaft, aber glücklicherweise bleibt sie befundlos. An meiner Gebärmutter liegt es also scheinbar nicht. Sie sieht toll aus von innen, das konnte ich selbst während der Untersuchung auf einem Bildschirm verfolgen, weil ich mich gegen eine Narkose entschieden habe. Ich habe eine makellose und glatte Gebärmutterschleimhaut und nichts, was darauf hinweist, dass es an ihr liegen könnte, dass sich nichts einnistet...

Darüber hinaus lassen wir unser Blut genetisch untersuchen und den Halosperm-Test durchführen, der die Fragmentierung der Spermien-DNA betrifft. Es könnte laut den Ärzten sein, dass irgendetwas mit unseren Genen nicht stimmt und die Embryonen gar nicht in Ordnung sind, auch wenn sie auf den ersten Blick normal in ihrer Entwicklung erscheinen. Doch auch diese beiden Befunde sind unauffällig.

Zuletzt folgt die Immunitätsuntersuchung. Hierfür müssen wir uns Blut abnehmen und an die Universitätsklinik nach Kiel schicken lassen. Doch auf dieses Ergebnis müssen wir noch eine ganze Weile warten.

So lange kann ich aber nicht mehr warten. Meine Zyklen sind wieder schön regelmäßig und liefern auch einen Eisprung, was ein deutliches Signal dafür ist, dass ich mich körperlich von den Hormongaben erholt habe. Auch psychisch hat sich mein Zustand stabilisiert und ich finde aus meinem Trauerkreislauf wieder heraus. Natürlich gibt es immer mal wieder Momente, in denen die Sehnsucht noch besonders groß ist. Aber ich muss nicht mehr ständig weinend zusammenbrechen, sobald ich eine Schwangere sehe und kann Tag für Tag wieder mehr aufrecht gehen. Und die Zuversicht, mit der ich in die Zukunft blicke, wächst.

Daher beschließen wir, in diesem Sommer den neuen Versuch zu starten. Das Ergebnis von dem Immunitäts-Test wird sicher im Laufe der kommenden Wochen noch eintreffen.

Die dritte ICSI

Ein neuer Versuch. Eine neue Chance auf unser kleines, persönliches Wunder und größtes Glück... Die Hoffnung ist wieder einmal zu mir zurückgekehrt. Und ohne sie würde das Ganze hier auch nur wenig Sinn machen.

Es ist warm draußen, die Sonne scheint und ich fahre diesmal mit Karsten zusammen frohen Mutes zur Voruntersuchung in unser *Wunderzentrum*. Auch Dr. Neumann strahlt heute wieder etwas mehr Optimismus aus, sodass wir uns zurücklehnen, um uns anzuhören, wie sein neuer Plan lautet.

„Familie Schilling – willkommen zurück!"
Irgendwie finde ich, dass diese Begrüßung klingt wie in einer Familien-Gameshow nach einer Werbepause... vermutlich aber versucht Dr. Neumann nur wie immer freundlich zu sein.

„Wir verändern diesmal wieder Ihr Protokoll ein wenig, Frau Schilling. Der Schuss mit dem neuen Medikament ist in den Ofen gegangen – das muss ich leider zugeben. Aber dieses Mal werden wir Ihren eigenen Körper in den Plan mit aufnehmen." Er lächelt – ein wenig verschmitzt, wie ich meine. „Das Protokoll wird um einiges kürzer sein und Sie benötigen kein Nasenspray – das heißt, es wird keine Downregulierung Ihrer Hormone vorgenommen. Ihre körpereigenen Hormone sollen sich an der Eizellreifung beteiligen – hiermit lassen wir ein wenig mehr Spielraum für das natürliche Wachstum und erreichen dadurch bestenfalls noch eine bessere Qualität der Zellen."

Ich tausche kurz einen Blick mit Karsten aus und erwidere sein hoffnungsvolles Lächeln. „Das klingt nicht schlecht. Wann und mit welchen Medikamenten soll ich starten?"

„Sie starten zu Beginn eines Zyklus. Ab dem dritten Tag stimulieren Sie mit dem altgewohnten *Puregon* – darauf hatte ihr Körper sehr gut angesprochen. Wenn eine ausreichende Anzahl an Eizellen gewonnen werden kann, werden mit Ihrem Einverständnis gleich fünf von ihnen über mehrere Tage hinweg weiter beobachtet, sodass eine Selektion stattfindet: Sie werden in fünf Tagen zu Blastozysten kultiviert und welche dieses Stadium erreichen, haben eine weitaus höhere Chance sich im Anschluss einzunisten." Er macht eine kurze Pause und schaut in unsere Gesichter. „Können Sie sich mit diesem Plan anfreunden?"

Karsten meldet sich zu Wort. „Was ist, wenn es mehr Zellen gibt als fünf? Werden sie wieder eingefroren?"

„Die besten fünf gehen in die Kultur. Alle überzähligen werden konserviert. Schaffen es zwei der fünf, sich zur Blastozyste zu entwickeln, werden diese beiden Ihnen am fünften Tag transferiert."

Der Plan klingt so gut, dass ich nicht anders kann: „Wir machen das so. Stimmt's, Karsten?!" Und werfe dabei einen Seitenblick zu meinem Mann hinüber.

„Äähm... darf ich fragen, was uns der Spaß kosten soll?", fragt er skeptisch. Karsten, mein kleiner Finanzminister...

„Ich stelle Ihnen einen Kostenplan auf und Sie überlegen noch einmal ganz in Ruhe. Den Antrag für Ihre Krankenkasse bereiten wir ebenfalls vor."

In diesem Augenblick habe ich für mich selbst längst entschieden, dass wir es genauso machen sollten, wie Dr. Neumann es vorgeschlagen hat. Egal, was es kostet. Ich habe im Internetforum schon häufig von anderen Betroffenen viel Gutes über diese Blastozystenkulturen gelesen. Und freue mich darauf, meinen Körper schon bald ein weiteres Mal bei der Eizellreifung zu beobachten und dann wieder etwas ganz Neues auszuprobieren.

„Eine Sache noch, Dr. Neumann...", sage ich, als sich das Gespräch dem Ende neigt. „Ich möchte... dass SIE die Punktion diesmal wieder durchführen. Zu Ihnen habe ich das meiste Vertrauen. Und... Sie bringen uns Glück."

Dr. Neumann lächelt gütig. „Ich versuche es einzurichten, Frau Schilling."

*****

Juli 2014.

Die Stimulationsphase läuft viel entspannter an – ohne das Nasenspray habe ich nicht ständig das Gefühl, irgendetwas versehentlich zu vergessen. So brauche ich nur einmal abends eine Spritze hervorzuholen und den Pieks zu überstehen. Ab dem vierten Tag benötige ich zusätzlich eine weitere Spritze, die den Eisprung verhindert.

Mitten in der Stimulationsphase – um genau zu sein, nach der vierten Spritze – flattert jedoch ein Brief bei uns ein: Das Ergebnis der Immunitätsuntersuchung... das hatte ich um ehrlich zu sein, fast schon wieder vergessen – oder verdrängt?! – und möchte mich eigentlich gar nicht mitten in dieser so gut begonnenen Behandlungsphase mit irgendeinem Ergebnis aus der Ruhe bringen lassen...

Leider lesen sich die Fakten aus dem Brief tatsächlich nicht gut: Nach der ausführlichen zytogenetischen Untersuchung unseres Blutes, wird uns dazu geraten eine sogenannte *„Partnerimmunisierung"* in der Uniklinik in Kiel durchführen zu lassen, weil *„eine immunologische Mitursache der Infertilitätsproblematik anzunehmen sei..."*

„So eine verdammte Scheiße!", fluche ich und laufe in unserem Wohnzimmer mit dem Schreiben auf und ab. „Ich hatte das überhaupt nicht mehr auf dem Schirm! Ich wusste nicht, wie lange es noch dauert, bis wir dieses Ergebnis bekommen und ich wollte auch nicht mehr warten! Und jetzt steht hier sozusagen schwarz auf weiß, dass wir ohne diese Immunisierung in Kiel wahrscheinlich gar keinen Erfolg haben können!" Wieder einmal bin ich den Tränen nahe. „Wieso hätte dieser Brief uns nicht vier Tage früher erreichen können?! Bevor wir mit der Stimulation angefangen haben?!" Ich setze mich auf die Couch, schmeiße den Brief vor mir auf den Tisch und schlage die Hände über meinem Kopf zusammen.

Am meisten ärgere ich mich über mich selbst. Ich bin Schuld an diesem Dilemma... denn es war meine Ungeduld, die mich dazu brachte, bereits vor dem Ergebnis wieder mit den Spritzen zu beginnen – und Dr. Neumann hält sowieso nicht allzu viel von diesem Immunisierungs-Gefasel und hat aus diesem Grund vermutlich nicht widersprochen und uns auch mit keinem Wort an die ausstehenden Ergebnisse erinnert... Nun haben wir den Salat.

Karsten setzt sich zu mir und legt beruhigend seine Hand auf mein Bein. „Mein Engel, du musst jetzt ruhig bleiben. Dass wir die Stimu nicht abbrechen können, ist klar – dafür ist schon zu viel Geld in die Medikamente geflossen. Und die Hälfte der Kohle kriegen wir nur noch dieses letzte Mal von der Krankenkasse... Also: bleiben wir am Ball und hoffen, dass es auch ohne diese sagenumwobene Immunisierung funktionieren kann. Okay?"

Eine einzelne Träne entwischt mir doch, aber ich wische sie schnell mit dem Handrücken weg, bevor Karsten sie sieht und versuche ein Lächeln herbeizuzaubern. „Okay. Du hast Recht – wir haben keine andere Wahl. Wir machen das jetzt, in der Hoffnung, dass es trotzdem klappt. Und der Rest wird sich zeigen..."

Die Ultraschalluntersuchungen zeigen in den folgenden Tagen zum Glück eine ähnlich gute Entwicklung wie bei der ersten Behandlung. Und am achten Tag darf ich bereits den Eisprung auslösen. Wir sind ziemlich überrascht, dass diesmal alles so schnell geht... aber je kürzer die Wartezeit insgesamt, umso besser für unsere Nerven.

*****

Wieder sind es 13 Eizellen, die Dr. Neumann bei der Punktion unter Narkose für uns gewinnen kann. Bei einer diesmal sehr gelungenen, sanften Narkose, aus der ich recht schnell wieder in dem kleinen gemütlichen Aufwachraum zu mir komme. Dafür sind die Schmerzen in meinem Unterleib dieses Mal ziemlich heftig.

„Ich kann mich kaum bewegen...", bringe ich mit gepresster Stimme hervor, als ich versuche, meine Hose anzuziehen.

Karsten schaut mich besorgt an. „Soll ich Dr. Neumann nochmal holen? Damit wir wissen, ob alles in Ordnung ist?!"

„Nein, es wird schon gehen..." Doch bei dem Versuch aufzustehen, durchfährt ein solch stechender Schmerz meinen Unterleib, dass ich fast stürze... ich gehe in die Hocke.

„Maureen!" Karsten hilft mir auf und geleitet mich zurück zu dem Liegerollstuhl, in dem ich aufgewacht war. „Du bleibst hier – ich hole den Arzt!" Er schaut mich dabei mit strenger Miene und erhobenem Zeigefinger an.

Kurz darauf kommt er mit Dr. Neumann wieder zur Tür herein. „Frau Schilling, Sie sollten keinesfalls irgendetwas überstürzen. Dieser Eingriff an den Eierstöcken ist für uns Routine, aber für die Frauen durchaus schmerzhaft. Nur weil es für Sie der dritte Eingriff dieser Art war, bedeutet das nicht, dass Sie abgehärtet sind – im Gegenteil: Ihr Körper leidet darunter – vermutlich mehr als Ihnen bewusst ist. Und Sie dürfen nicht vergessen, dass heute wieder ganze 13 Eizellen entnommen wurden! Das bedeutet, Ihre Eierstöcke haben eine Hochleistung vollbracht. Sie sind stark vergrößert und durch die Nadel gereizt. Ich werde Ihnen jetzt noch ein Schmerzmittel verabreichen und dann müssen Sie mir versprechen, dass Sie sich schonen!" Er wendet sich an Karsten: „Herr Schilling, bitte passen Sie auf Ihre Frau auf. Sie beide machen viel durch, aber was Ihre Frau körperlich leistet, ist kein Kinderspiel. Ich werde ihre Arbeitsunfähigkeit bescheinigen."

„Das müssen Sie nicht", antwortet Karsten. „Wir haben diese ICSI in unseren Urlaub gelegt. Meine Frau hat genau wie ich die nächsten anderthalb Wochen noch frei, Dr. Neumann."

Dr. Neumann schaut mich ein weiteres Mal besorgt an. „Umso besser. Passen Sie auf sich auf." Mit diesen Worten und einem müden Lächeln verlässt er das Zimmer.

Karsten dreht sich zu mir um. „Maureen, das ist das gottverdammt letzte Mal, dass wir hier sind, hörst du?! Ich will das nicht mehr... du machst dich kaputt!"

„Beruhig dich. Es ist alles in Ordnung. Wenn das Schmerzmittel wirkt, können wir nach Hause fahren, okay?" Ich spüre, wie meine Augen feucht werden, aber ich muss jetzt stark bleiben – ich muss Karsten zeigen, dass ich eine starke Frau bin und das alles schaffe! Damit er sich keine Sorgen macht und damit... es klingt blöd, aber für den Fall, dass dieser Versuch wieder nicht gelingen sollte, brauche ich ihn und seine Zustimmung für eine weitere Behandlung...

Soweit möchte ich in den nächsten Tagen natürlich nicht denken. Doch der gewohnte Anruf am Folgetag bringt nicht die Nachrichten, die ich gern hören möchte...

Was erst einmal schön klingt: zehn Eizellen sind reif und acht davon haben sich befruchten lassen. Wiederum drei konnten eingefroren werden, während fünf in die geplante Blastozystenkultur wanderten. Anstatt allerdings wie besprochen ganze fünf Tage abzuwarten, was mit den Embryonen geschieht und welche sich von ihnen am besten entwickeln, wurden schon nach 24 Stunden drei von ihnen einfach aussortiert! Ich bin ziemlich perplex am Telefon und weiß gar nicht, was ich dazu sagen soll, weil ich den Ablauf einer Blastozystenkultur vollkommen anders verstanden hatte...

Mir wird am Telefon noch auf die Schnelle mitgeteilt, dass wir am fünften Tag zum Transfer von den zwei „besten" Embryonen kommen sollen – was genau mit den anderen geschehen ist, erfahre ich nicht. Sind sie vielleicht nachträglich eingefroren worden?! Ich nehme mir fest vor, diese Frage beim Transfer zu klären!

*****

Wieder sitzt beim Transfer Dr. Grever als vertretender Chefarzt vor uns. Ich verberge meine Enttäuschung, aber nicht die Fragen, die mir seit Tagen durch den Kopf gehen.

„Dr. Grever, ich habe am Telefon vor ein paar Tagen nicht verstanden, was mit den anderen drei Embryonen passiert ist... wann genau wurden sie aussortiert und wo sind sie jetzt?! Haben Sie sie eingefroren?"

Der Arzt erklärt uns, dass eine Selektion stattgefunden hat. „Die drei Eizellen wurden verworfen, Frau Schilling, weil sie sich im Vergleich zu den anderen beiden lange nicht so gut entwickelten."

Karsten und ich sind verwirrt. Ich muss noch einmal genauer nachfragen. „Sie meinen... Sie haben unsere Babys für nicht gut befunden und haben sie einfach... entsorgt? Sie einfach in den Müll geworfen? Wann?! Mir wurde schon am

Telefon gesagt, dass sie aussortiert wurden, aber doch nicht etwa schon am Tag nach der Punktion?!"

Dr. Grever zögert mit seiner Antwort. „Es ist tatsächlich so, dass wir nach dem *Embryonenschutzgesetz* handeln müssen. Dieses besagt, dass nur so viele Eizellen weiterkultiviert werden dürfen, wie auch zum tatsächlichen Transfer vorgesehen sind… bei einer jungen Frau wie Ihnen, nicht mehr als zwei."

Mir fallen bei dieser Erklärung beinahe die Augen aus dem Kopf. Ich spüre, dass eine Wut in mir aufkeimt – denn das macht für mich alles überhaupt keinen Sinn… Embryonen im Vorkernstadium werden wahllos eingefroren – und einen Tag alte überzählige Embryonen dürfen nicht aufbewahrt, sondern müssen „entsorgt" werden?!

Auch Karsten scheint nicht einverstanden zu sein, da wir die Blastozystenkultur zusätzlich bezahlen mussten. „Moment mal, wollen Sie uns damit sagen, dass wir extra draufgezahlt haben, nur um jetzt weniger eingefrorene Embryonen übrig zu haben?! Wofür der ganze Spuk mit der verlängerten Kultur und der angeblichen Selektion, wenn schon nach 24 Stunden aussortiert wird?!"

Ich bin den Tränen nahe, vor Wut und Trauer.

Genau eine von IHNEN hätte zu unserem Baby werden können, geht es mir durch den Kopf. *Wer kann das nach 24 Stunden beurteilen?!*

Dr. Grever druckst noch eine Weile herum und versucht uns das Gesetz und Ihre Pflicht, dem nachzukommen, zu erklären – aber wirklich zufriedenstellende Antworten liefert er uns nicht.

Ich versuche mich innerlich zu beruhigen. Schließlich bin ich heute hier, um zwei unserer Babys abzuholen. Ich freue mich sehr, sie wieder in mich aufnehmen zu dürfen und schlucke den Ärger hinunter. Ändern kann ich es sowieso nicht mehr. Sondern muss jetzt für die beiden Embryonen da sein, die es bis hierhin geschafft haben.

Doch im nächsten Moment kommt eine weitere Hiobsbotschaft hinzu… Als uns Dr. Grever auf der Leinwand das Bild von einem unserer beiden Embryonen zeigt, erkenne sogar ich als Laie, dass es sich hier um keine Blastozyste handelt... Bevor ich danach fragen kann, beginnt der Arzt von selbst von dem sogenannten Morulastadium zu berichten, in dem sich die beiden Zellen zurzeit befinden...

Karsten versteht die Welt nicht mehr und seine sowieso schon angestaute Wut wächst noch weiter. „Einen Augenblick – bedeutet das, meine Frau bekommt nun gleich KEINE Blastozysten eingesetzt?", fragt er und schaut den Doktor aus skeptischen Augen an. „Die wohlgemerkt EXTRA bezahlten Blastozysten sind also nicht nur drei Blastozysten weniger als wir angenommen hatten, sondern sind in Wirklichkeit noch GAR KEINE Blastozysten...?!"

Nun wo Karsten es so genau und in „normaler Sprache" auf den Punkt bringt, klingt es wirklich nicht nur total ärgerlich und ungerecht, sondern nach ziemlicher... Verarsche. Dr. Grever versucht uns ein weiteres Mal zu beruhigen und ich frage mich, ob wir auch bei Dr. Neumann uns so schlecht behandelt gefühlt hätten oder ob er bessere Erklärungen für dieses merkwürdige Vorgehen hätte liefern können...

„Hören Sie. Heute ist Tag fünf der Entwicklung Ihrer Embryonen. Natürlich können wir nicht so passend die Termine für all unsere Patienten legen, dass die Embryonen sich zeitgerecht schon so weit entwickelt haben, dass wir immer 100% fertige, perfekte Blastozysten aushändigen können..."

„Bei den Summen, die sie verlangen, finde ich aber schon, dass Sie das können sollten!", entgegnet Karsten und wird dabei ein wenig lauter. „Jetzt passen Sie mal auf, es ist mir egal, ob wir fünf beschissene Tage auf unsere beiden Babys gewartet haben oder nur viereinhalb – in Wirklichkeit wartet meine Frau schon seit JAHREN auf ihr Baby! Wir haben schon einiges gezahlt und zahlen für diese dritte ICSI nochmal eine Menge Kohle und für Ihre verdammte verlängerte Kultur und die Schlüpfhilfe und weiß der Geier, was Sie einem noch alles andrehen wollen, zahlen wir nochmal obendrauf – wie kann es sein, dass wir nicht die Leistungen erhalten, die uns versprochen werden?!"

Dr. Grever räuspert sich und ringt nach Worten.

Doch Karsten kommt ihm zuvor: „Jetzt sage ich Ihnen eins: Sehen Sie zu, dass meine Frau die beiden Embryonen in ihre Gebärmutter bekommt und dann verschwinden wir von hier und ich kann mir nicht vorstellen, dass wir uns noch einmal sehen werden, wenn dieser Versuch wieder fehlschlägt..."

Der Arzt versucht uns während des Transfers noch einmal zu beruhigen, indem er uns erklärt, dass sich die Embryonen in der Gebärmutter theoretisch am wohlsten fühlen und sie in mir selbstverständlich schon in kürzester Zeit zu Blastozysten werden könnten – was man dann nur nicht mehr nachweisen kann... Letztendlich überreicht er uns ein Bild von einer der beiden Morulae.

Ich schlucke meine Enttäuschung hinunter und starre das Bild an. „Gibt es denn noch etwas... was ich tun kann, um die Einnistung zu unterstützen?", frage ich nachdem ich meine Hose wieder angezogen habe.

„Wir könnten... wenn Sie das möchten, ein wenig hCG nachspritzen", schlägt Dr. Grever vor und blättert in den Unterlagen. „Soweit ich das aus Ihrer Akte entnehmen kann, wurde das bisher nicht versucht. Ein wenig von dem Schwangerschaftshormon hilft manchmal dem Körper dabei, sich selbst auf eine Schwangerschaft vorzubereiten. Es unterstützt die Gelbkörperproduktion."

„Und wieviel kostet das extra?", fragt Karsten – die Stimme aus dem Hintergrund – ironisch...

Der Arzt räuspert sich erneut. „Das nehme ich auf meine Kappe – es kostet Sie nichts." Er tippt etwas in den PC ein und händigt mir dann ein Rezept aus. „Bitte spritzen Sie sich die halbe Ampulle heute Abend."

Nun bin ich gespannt, ob durch diese vielen Veränderungen auch in meinem Körper die bereits so lang ersehnte Veränderung endlich einsetzt.

Als wir uns auf den Heimweg machen, versuche ich den Ärger zu vergessen und mich ein weiteres Mal an dem Gedanken zu erfreuen, zwei Embryonen – egal in welchem Stadium – „zu brüten". Ich möchte den Glauben daran bewahren, dass sie zu unserem persönlichen Wunder werden können und sich austragen lassen...

Warteschleife 4

Mehr und mehr ergreift mich das Gefühl, jede weitere Warteschleife, die ich durchstehen muss, wird zu meinem persönlichen Albtraum... Wieder lässt mich jedes kleinste Ziepen und Zwicken im Unterleib tief in mich selbst hineinhorchen. Jedes Mal frage ich mich, ob dies vielleicht meine beiden Babys sind, die vor ein paar Tagen in meinen Bauch eingesetzt wurden. Hinzu kommt, dass Dr. Grever noch erwähnt hatte, dass sich Blastozysten bereits höchstens einen Tag später schon einzunisten beginnen – was mich natürlich noch mehr horchen lässt! Fast ununterbrochen spüre ich seit dieser neu gewonnenen Erkenntnis irgendetwas in meinem Bauch.

Und noch etwas ist diesmal anders: Die Tatsache, dass wir Urlaub haben, bedeutet ganz viel Extrazeit zum Nachdenken und viel weniger Ablenkung.

In den ersten Tagen nach dem Transfer habe ich neben den prallen, schmerzenden Brüsten ein komisches Gefühl: Ich fühle mich aufgebläht – als hätte jemand Luft in meinen Magen und Darm und in die Gebärmutter gepumpt! Das kommt bestimmt von der zusätzlichen hCG-Spritze... ziemlich unangenehm. Aber ich werde auch dieses Blähgefühl aushalten.

Das merkwürdige Ziehen, welches sich in den nächsten Tagen zusätzlich in meinem Unterleib ausbreitet, könnte wieder alles oder nichts bedeuten:
Einsetzende Periode?!
Nebenwirkungen der Medikamente?!
Schwangerschaft?!
Diese Ungewissheit ist kaum zu ertragen... Daher beschließen wir, zur Ablenkung ein paar Tage an die Nordsee zu

fahren. Das Meer hat mir und meiner Seele schon immer gut getan. Warum also nicht auch jetzt, in einer der schwierigsten Phasen unseres Lebens...

Doch bevor wir losfahren, kommt es noch viel schlimmer. Draußen ist es so schön warm – aber das kann ich nicht genießen, weil es mir einfach nicht gut geht... ich bete, dass das, was da in meinem Bauch vor sich geht, ein Baby ist, das sich gerade einnistet – und dass ich diese Schmerzen nicht wieder völlig umsonst aushalten muss.

Karsten findet mich am Morgen vor unserer geplanten Abreise gekrümmt und stöhnend auf der Hollywood-Schaukel im Garten.

„Mein Engel, was machst du hier? Wolltest du nicht noch ein paar Sachen packen?" Er kommt näher und erkennt, dass ich mich vor Schmerzen kaum regen kann. „Maureen! Um Gottes Willen, was ist los?!" Er wird plötzlich blass und kniet vor der Schaukel nieder, um meine Hand zu greifen. „Ich rufe den Krankenwagen!", sagt er panisch und wühlt in der Hosentasche nach seinem Handy.

Doch ich schüttle meinen Kopf. „Nein!", presse ich hervor. „Es geht schon wieder... Bring mir bitte... eine Schmerztablette..." Ich richte mich bei diesen Worten auf, um Karsten vorzumachen, dass es nicht allzu schlimm ist.

Wir verschieben den Abreisetag und nach außen gebe ich mich stark, aber in meinem Inneren ist mir zum Heulen zumute...

In der folgenden Nacht glaube ich, vor Schmerzen beinahe zu sterben. Ich spüre solche heftigen Stiche im Unterleib, dass wir tatsächlich kurz davor sind, in die Notaufnahme zu fahren. Doch es beruhigt sich von selbst wieder und wird aushaltbar.

Am nächsten Morgen besteht Karsten darauf, mich ins Krankenhaus zu fahren. „Wir werden nicht in den Urlaub fahren, so wie es dir geht. Ich fahr dich direkt ins Krankenhaus und da kannst du dich ausruhen. Sonst kriege ich in der nächsten Nacht einen Herzinfarkt!"

„Bitte nicht, Karsten! Ich möchte lieber zu... Dr. Neumann!"

„Meinst du, der hat spontan Zeit für dich?! Er war schon so oft nicht da, wenn wir einen wichtigen Termin hatten! Und unser Geld für diesen Versuch hat er ja schon eingeheimst..."

Karsten versteht nicht, weshalb ich das möchte und ich versuche ihm zu erklären, dass ich nicht noch einen weiteren unbekannten Arzt gebrauchen kann, der mir blöd ausgedrückt zwischen meine Beine glotzt... Dr. Neumann kennt mich und unsere Geschichte. Und weiß besser, woher solche Schmerzen in unserem Fall kommen können...

„Na gut, mein Engel. Ich rufe im Wunderzentrum an..." Karsten fragt nach, ob wir zur Sicherheit zu einer dringenden Untersuchung kommen dürfen, bevor wir in den Urlaub fahren. Zum Glück bekommen wir noch am selben Nachmittag einen Termin.

Wir betreten kaum das Untersuchungszimmer, als mich Dr. Neumann lächelnd von oben bis unten mustert und sein Blick an meinem aufgeblähten Bauch hängen bleibt. „Frau Schilling! Ein wunderbares Zeichen, dieser dicke Bauch! Können Sie sich vorstellen, was es bedeutet?" Er zwinkert uns aufmunternd zu.

Karsten scheint verwirrt. „Also hochschwanger ist meine Frau über Nacht wohl kaum geworden... Und diese Schmerzen sind mit Sicherheit kein gutes Zeichen!"

„Und ob!", beteuert Dr. Neumann. „Ich habe gehört, dass mein Kollege Ihnen hCG verabreicht hat. Und so wie Sie aussehen, bildet Ihr Körper zurzeit selbst noch einiges von diesem Hormon! Bei einem Überschuss von hCG muss der Körper leider in vielen Fällen mit einem *Überstimulations-Syndrom* kämpfen. In Ihrem Fall sieht es sehr danach aus."

Er untersucht mich wie gewohnt über einen Vaginal-Ultraschall – und lächelt erneut. „Ich kann verstehen, weshalb Sie solche Schmerzen haben, Frau Schilling! Ihre Eierstöcke sind in etwa so groß wie zwei Ciabatta-Brote..."

113

Obwohl diese Vorstellung von riesigen schmerzenden Eierstöcken nicht gerade schön oder angenehm ist, muss ich bei diesem Bild vor meinen Augen – zwei Ciabatta-Brote in meinem Bauch – unweigerlich lachen...

Was genau es bedeutet, erklärt uns Dr. Neumann schließlich ebenfalls: „Die Eierstöcke werden durch das viele hCG dazu angeregt, noch mehr Hormone zu produzieren: Hormone, die nun die Aufgabe haben, eine Schwangerschaft aufrecht zu erhalten. Sie sind deshalb noch größer geworden – daher bin ich mir ziemlich sicher: Sie sind zu 99% schwanger...“

Schwanger... Schwanger... Die Worte hallen in meinem Kopf nach... *Hat er das tatsächlich gesagt?! Ich bin SCHWANGER...?!*

Ich kann es überhaupt nicht glauben... In mir steigt von jetzt auf gleich eine so unglaubliche Freude auf, dass ich am liebsten durch das Zimmer hüpfen und Dr. Neumann und Karsten um den Hals fallen würde!

Doch ich muss die Fassung bewahren. Er sagte 99%. Nicht 100%. Ich atme tief durch. Ein breites Grinsen kann ich trotzdem nicht unterdrücken. Auch Karsten scheint so glücklich wie schon lange nicht mehr.

„Darf ich in diesem Zustand wegfahren?", frage ich vorsichtig. „Ich meine, werden die Schmerzen im Verlauf der Schwangerschaft erstmal schlimmer oder ist es auf wenige Tage begrenzt?!"

„Ich gebe Ihnen ein Schreiben mit auf den Weg", antwortet Dr. Neumann. „Falls die Symptome der Überstimulation stärker werden sollten und Sie zu einem Arzt vor Ort müssten, weiß dieser dann Bescheid, worum es sich handelt und was zu tun ist." Er lächelt noch einmal breit und drückt meine Hand. „Ansonsten wünsche ich Ihnen beiden einen schönen Urlaub!"

*****

August 2014.

Unser Kurzurlaub an der See wird nicht wie geplant zu einem hibbeligen Ablenkungsurlaub, sondern zu ein paar wunderschönen Tagen der Freude und des Aufatmens – in denen wir uns immer mehr an den Gedanken gewöhnen, nun doch endlich Eltern zu werden und die letzten vergangenen Monate des Schreckens bestmöglich hinter uns zu lassen!

Die Schmerzen und das blähende Gefühl lassen in den nächsten Tagen nach. Und auch die Brüste, die noch vor wenigen Tagen ziemlich stark geschmerzt haben, sind wieder berührungsunempfindlich.

Wir liegen am Tag unserer Abreise noch ein letztes Mal gemeinsam auf einer Decke mitten auf der grünen Düne und genießen die Spätsommersonne. Fragen kreisen durch meinen Kopf.

„Schatz, was ist, wenn die nachlassenden Anzeichen ein schlechtes Zeichen sind?", frage ich Karsten und beobachte die vorüberziehenden Wolken über uns. „Wenn alles doch nur von der hCG-Spritze kam?!"

Karsten versucht mich zu beruhigen. „So ein Quatsch! Mein Engel, du darfst dich jetzt nicht verrückt machen – du hast gehört, was Dr. Neumann gesagt hat: 99%! Meinst du, er würde uns so viel Hoffnung machen, wenn er sich nicht sicher wäre?"

Karsten hat Recht. Ich darf jetzt nicht negativ denken. Alles wird gut. Schließlich hat man nicht die ganze Schwangerschaft über dieselben Anzeichen in derselben Stärke… Und Dr. Neumann würde nicht so mit unseren Gefühlen spielen. Er schien sich tatsächlich ziemlich sicher zu sein. Ich rede mir die negativen Gedanken also ganz schnell wieder aus und rufe mir immer und immer wieder die letzte wunderbare Aussage des Arztes in Erinnerung!

*****

Der erste Arbeitstag nach diesem wunderschönen Urlaub ist der Tag des Bluttestes. Ich fahre sehr zuversichtlich ins Kinderwunschzentrum, um mein Blut abzugeben und bin anschließend trotzdem den ganzen Tag ziemlich nervös – schließlich darf ich diesmal getrost davon ausgehen, dass man mich am Telefon beglückwünscht! Die Aufregung steigt ins Unermessliche und ich kann es kaum erwarten!

Ich bin diesmal gerade zu Fuß auf dem Weg nach Hause, als mich der Anruf erreicht – mitten auf einem schmalen Verbindungsweg durch ein kleines Waldstück. Ich nehme strahlend mein Handy aus der Tasche und doch schlägt mir mein Herz bis zum Hals als ich *„Wunderzentrum"* auf dem Display lese…

Doch da ist er erneut: Der immer wiederkehrende Satz am anderen Ende der Leitung…

Wir haben heute leider keine gute Nachricht für Sie…
Ich bleibe auf der Stelle stehen und mein Lächeln erstirbt. Diesmal habe ich nicht nur das Gefühl, um mich herum stürze alles ein – sondern das Gefühl, ich selbst breche gleich auf der Stelle zusammen… Ich lasse mein Handy sinken.

Keinen Ton höre ich um mich herum plötzlich mehr. Kein Vogelgezwitscher. Kein Insektensummen. Nichts. Stille. Mein Handy fällt zu Boden. Ich bekomme keine Luft. Ich sinke auf die Knie und vergrabe mein Gesicht unter den Händen, während mein Körper von einem starken Heulkrampf durchschüttelt wird, den ich nicht mehr unter Kontrolle halten kann… Ich schluchze und weine laut, zusammengesunken inmitten dieses Waldstücks und kann mich nicht beruhigen.

Ist das ein Traum?? Ich meine – ein Albtraum?! Ich möchte aufwachen… Jetzt sofort, auf der Stelle! ICH WILL AUFWACHEN!!!
Doch wieder einmal wird mir bewusst, dass das hier immer noch wahr ist, MEIN Leben, das mir gerade einen ganz schön miesen Streich spielt… das mir nichts Gutes gönnt… das mich in die Knie zwingt.

Noch eine gefühlte Ewigkeit kauere ich dort weinend auf dem Boden. Solange bis Karsten mich immer noch

schluchzend auffindet, unter meine Arme greift und mich hoch-
zieht. Mich in seine Arme schließt und festhält. „Mein Engel!
Gott sei Dank!" Er küsst meine Stirn.

Ich kann nicht mehr. Ich will nicht mehr. Ich weiß nicht
mehr weiter und ich weiß nicht, woher ich noch einmal neue
Kraft nehmen soll...

„Das Kinderwunschzentrum hat bei mir angerufen",
sagt Karsten in ruhigem Ton, während er mich weiterhin im
Arm hält und stützt. „Sie sagten, sie hätten ein komisches Gefühl, weil du nicht mehr geantwortet, aber auch nicht aufgelegt
hattest, sondern sie dich weinen hörten! Ich bin sofort los...
Gott sei Dank habe ich dich gefunden..." Er küsst abermals
meine Stirn und ich spüre eine Träne, die von seiner Wange
auf mich hinabtropft. Auch Karsten ist diesmal völlig am Ende.
Gemeinsam machen wir uns auf den Heimweg und weinen uns
in einen komatösen Zustand, der uns an diesem Abend nicht
mehr loslässt...

*****

Das hier war die dritte ICSI. Und bereits der vierte Transfer.
Was ist mit den anfänglichen Versprechungen aus dem Kinderwunschzentrum? Dass eine Schwangerschaft bei jungen
gesunden Frauen sehr schnell eintritt?! Und vor allem – was ist
mit dem letzten Versprechen von Dr. Neumann – was zum
Teufel ist mit den 99%?!

Es sah alles so gut und wunderbar aus... und jetzt stehen wir wieder dort, wo wir einmal so voller Hoffnung begonnen hatten.

Ich verstehe die Welt nicht mehr. Warum haben wir
immer nur Pech?! Es ist hart genug, nicht auf natürlichem Weg
ein Kind bekommen zu können – hart genug, diesen Weg gehen zu müssen. Warum aber werden wir für diesen Weg nicht
endlich belohnt?! Wie oft müssen wir ihn gehen?!

Die Frage ist auch, ob ich ihn noch einmal gehen
MÖCHTE. Ich bin ziemlich ausgelaugt. Die Erholung des Urlaubs ist wie weggeblasen... Zurück auf null. Wieder auf Start-

position. Wieder dieselben kreisenden Gedanken, dieselben bohrenden Fragen in meinem Kopf. Es hört nicht auf...

Tatsächlich kommen meine Gefühle und Gedanken einer Depression gleich. Ich habe immerzu das Gefühl, weinen zu müssen, sobald es still um mich herum ist und ich allein bin. Die Angst vor den Fragen aus dem Umfeld ist ebenfalls wieder da... Stella... Samira... alle werden uns vermutlich auf ein Neues löchern und ihre wohlgemeinten Ratschläge verteilen, die wir nicht mehr hören mögen.

Mit einem Kissen vor meinem leeren Bauch liege ich am Tag nach dem Ergebnis im Bett, zusammengerollt, wie ein Igel zu seinem Winterschlaf. Das zweite Kissen unter meinem Kopf ist tränendurchtränkt. Ich gehe nicht zur Arbeit – ich kann heute einfach nicht.

Karsten betritt am Nachmittag das Schlafzimmer und legt sich zu mir. Er hält mich fest und es bedarf keiner Worte. Wir kuscheln uns ein und mögen nicht mehr aufstehen und niemanden sehen.

Samira ist nicht wütend. Karsten hat sie informiert. Als ich am nächsten Morgen im Küken-Nest auftauche, nimmt sie mich einfach wortlos in den Arm. Sie stellt keine Fragen und erwähnt das Thema mit keinem Wort. Danke, meine liebe Sami. Du verstehst zum Glück, dass ich jetzt erst einmal wieder zu mir selbst finden muss, bevor ich weiter nach vorn blicken kann.

Der Gedanke oder die Vorstellung, die ich zu Beginn hatte – dass ich einfach eine verlängerte Schwangerschaft bis zu unserem Wunschkind habe und dass dies eine sehr schöne, längere Vorfreude bedeuten kann – all das wirkt sich nicht mehr auf den Grad meiner Hoffnung aus. Sie ist nun scheinbar für längere Zeit verloren gegangen. Und noch weiß ich nicht, wie und woher ich sie zurückholen soll.

Dem Rätsel auf der Spur

Ich traue mich in den folgenden Wochen nicht, mit Karsten zu besprechen, wann wir die drei letzten Eisbärchen aus dem Zentrum abholen. Aber hierfür bin ich selbst jetzt ebenfalls noch nicht bereit.

Als mich Karsten wieder einmal dabei erwischt, wie ich auf unserem Bett liege und traurig vor mich hinträume, setzt er sich an die Bettkante und streicht sanft eine Haarsträhne aus meinem Gesicht. „Mein Engel", sagt er leise und nimmt meine Hand. „Komm mit. Ich möchte dir etwas zeigen."

Etwa eine halbe Stunde später parkt Karsten das Auto am Rande unserer liebsten Spazierstrecke: Unserer Lieblings-Talsperre. Die Talsperre ist herzförmig angelegt und man hat von fast jedem Punkt des Weges eine herrliche Aussicht auf das Wasser.

„Wieso hast du mich hierher gefahren?", frage ich ihn verwirrt. „Willst du mit mir einen Spaziergang machen?"

„Ja… auch", antwortet er mir. „Und ich zeige dir etwas Schönes. Vielleicht hilft es dir so wie mir."

Karsten macht mich neugierig…

Wir gehen ein ziemlich langes Stück weit den wunderschönen Weg am Wasser der Talsperre entlang. An einem der weiter oben gelegenen Ausläufer befindet sich eine schmale Brücke. An dieser Stelle gibt es einen stark sprudelnden Bachzulauf. Karsten bleibt mit mir genau auf dieser Brücke stehen, wir gehen zum Geländer hinüber und er deutet auf das sprudelnde Wasser hinunter. „Wenn es mir schlecht geht oder ich mich über etwas ärgere, bin ich oft hier. In dieses schäumende und sprudelnde Wasser zu schauen, beruhigt mich irgendwie…"

Ich sehe hinunter und beobachte, was Karsten meint. Und er scheint Recht zu haben – auch auf mich hat dieses Blubbern auf eine ganz eigene Art und Weise eine angenehme Wirkung. „Das ist schön", sage ich und lehne meinen Kopf an seine Schulter.

Karsten hebt seinen Arm, um ihn um mich zu legen. Er zieht mich enger an sich heran und gibt mir einen Kuss auf meine Schläfe. „Mein Engel", sagt er ruhig. „Es ist viel passiert in den letzten Monaten... ich weiß, du wünschst dir dieses Baby sehr. Ich auch. Aber wir dürfen dabei nicht aus den Augen verlieren, was wir schon haben..." Er sieht mich an und lächelt aufmunternd. „Uns."

Ich erwidere seinen Blick lange und nachdenklich. „Ja", sage ich schließlich. „Du hast Recht." Wir geben uns einen langen, zärtlichen Kuss und ich schmiege mich anschließend ganz fest in Karstens Arme.

Es ist so wahr, was er sagt. Und dennoch schwierig, nach allem, was geschehen ist, trotzdem noch im Alltag die Zweisamkeit zu genießen, während der Wunsch nach dem Elternsein von Tag zu Tag wächst. Trotzdem gibt mir dieser Moment unglaublich viel. Ich genieße ihn sehr und er schenkt mir ein wenig neue Kraft.

„Danke, mein Schatz", sage ich. „Dafür, dass du mir diesen schönen Ort gezeigt hast. Eigentlich sind wir schon so oft hier zusammen vorbeigeschlendert..."

„Stimmt", bestätigt Karsten. „Bisher war es so etwas wie mein persönlicher Rückzugsort. Auch wenn ich mal sauer auf dich war, oder so...", gibt er kleinlaut zu. „Aber ich möchte ihn ab jetzt mit dir teilen."

Noch eine ganze Weile stehen wir so da – Arm in Arm und schauen auf das Wasser hinunter.

Dann traue ich mich plötzlich, Karsten eine Frage zu stellen. „Ich habe mir noch einmal Gedanken über diese Partnerimmunisierung gemacht...", beginne ich vorsichtig. „Wir hatten das Thema ziemlich aus den Augen verloren, aber... kannst du dir vorstellen, dass wir das angehen?" Ich blicke erwartungsvoll zu ihm auf.

Karsten wendet den Blick nicht von seinem Sprudelwasser ab. „Ja", antwortet er dann jedoch plötzlich. „Ich finde... bevor wir unsere drei wertvollsten Schätze abholen, sollten wir uns damit befassen."

Ich lächle zufrieden und schmiege mich erneut an ihn. „Danke", flüstere ich. „Es bedeutet mir so viel…"

Ich habe immer noch nicht ganz genau verstanden, wozu diese Immunisierungsbehandlung sein soll… irgendetwas in unserem Blut passt angeblich nicht zusammen, sodass eine Einnistung behindert werden könnte. Der Behandlungsvorschlag des Instituts für Immunologie empfiehlt daher, mir gewisse Blutpartikel von Karsten spritzen zu lassen, um Antikörper zu entwickeln, die die Einnistung positiv beeinflussen sollen.

Wir bekommen für diese Zusatzbehandlung einen Termin für Ende September. Und müssen hierfür bis nach Kiel zum Universitätsklinikum Schleswig-Holstein fahren. Gemeinsam planen wir aus der ganzen Sache noch einmal einen kleinen Kurzurlaub. Wenn wir schon nochmal dort hoch in den Norden fahren, möchten wir auch etwas von der Stadt Kiel sehen und es uns dort schön machen. Also suchen wir uns ein nettes Hotel in der Nähe der Klinik aus und wählen einen Termin für einen Montag, um uns schon am Samstag zuvor auf den Weg in den Norden zu machen.

*****

September 2014.

Nachdem wir am Samstagnachmittag im Hotel eingecheckt haben, machen wir einen gemütlichen Abendspaziergang am Nord-Ostsee-Kanal. Obwohl wir aus gutem Grund hier sind, versuchen wir uns einfach treiben zu lassen, nicht zu viel zu grübeln und die ruhige Zweisamkeit ohne Fragen und Besserwisserei von außen zu genießen.

Am nächsten Tag machen wir uns auf den Weg ins Uniklinikum. Uns beiden wird Blut abgenommen, das genauestens untersucht wird. Uns wird erklärt, dass nun bestimmte Blutteile von Karsten herausgefiltert und aufbereitet werden, die ich hinterher gespritzt bekommen soll. Dadurch bilden sich

121

Antikörper, die normalerweise bei einer natürlich entstandenen Schwangerschaft auch gebildet werden – diese sollen den Embryo schützen.

Das hört sich alles ganz gut an, finde ich und ein winzig kleiner Funke Hoffnung macht sich allmählich in meinem Herzen breit, das sich darauf vorbereitet, bald unsere drei kleinen Eisbärchen zu empfangen...

In der Zeit, in der das Labor am Werkeln ist, dürfen wir die Klinik für zwei Stunden verlassen. Wir schauen uns währenddessen die Umgebung weiter an und machen uns einen schönen Vormittag direkt am Hafen, wo wir ein gemütliches kleines Café für uns entdecken. Auch Glück mit dem Wetter haben wir: Die Sonne scheint und wirft uns wärmende glitzernde Strahlen über das Wasser entgegen. So genießen wir auf der Terrasse des Cafés in warme Decken eingehüllt die noch leicht wärmenden Herbstsonnenstrahlen. Kiel ist eine schöne Stadt. So hatten wir immerhin einmal einen Grund hier hoch zu kommen.

Zwei Stunden später sitze ich wieder im Behandlungszimmer der Uniklinik und halte meinen Arm bereit, den ich freimachen sollte. Ich rechne mit einer gewöhnlichen Spritze. ABER: Nein – diese Blutpartikel sollen nicht direkt in irgendeine Vene – sie müssen ganz oberflächlich unter meine oberste Hautschicht gespritzt werden...

Wie bitte?!

Ich schlucke. Andererseits – ich weiß, dass ich schon einiges an Schmerzen durch die Kinderwunschbehandlung über mich habe ergehen lassen. Nun werden mich ein paar mehr Stiche mit einer Nadel nicht umbringen.

Es tut dennoch ziemlich weh. Meine Haut plustert sich über der tröpfchenweise verabreichten Flüssigkeit auf. Insgesamt sieben Spritzen muss ich aushalten. Danach sieht mein Arm aus, als wäre er von einer sehr hungrigen und giftigen Mücke attackiert worden...

Nachdem die ganze Sache endlich abgehakt ist, trinken wir noch einen Cappuccino in dem Café am Hafen, bevor wir den langen Heimweg antreten. Auf Wiedersehen Kiel – ich hoffe, du bringst uns und unserem Wunschkind ein wenig Glück!

*****

Nach dieser Spezialbehandlung in Kiel müssen wir sechs bis acht Wochen warten – Wochen, in denen meine Haut an der entsprechenden Stelle wie verrückt juckt und brennt, ähnlich wie bei einem Allergietest. Aber was tut man nicht alles...

Dann schicken wir noch einmal mein Blut zur Uniklinik, um prüfen zu lassen, ob die Behandlung erfolgreich war. Und siehe da – auch wir haben einmal Glück im Leben: Während viele Paare diese ganze Prozedur noch ein oder zweimal wiederholen müssen, bevor es zu einer zufriedenstellenden Bildung von Antikörpern kommt, hat bei uns dieses eine Mal ausgereicht! Uns wird zudem in einem Schreiben empfohlen, eine Schwangerschaft möglichst zügig innerhalb der nächsten sechs Monate anzustreben, solange die Immunisierung noch frisch ist. So gesehen haben wir also das Go für einen weiteren Versuch, den zumindest ich natürlich sofort anschließen möchte!

Doch ich muss mit Karsten darüber reden und zeige ihm am Abend den Brief aus Kiel. Über die Nachricht, dass wir nicht noch einmal dorthin fahren müssen, freut er sich genauso wie ich. „Hey, da hat uns der liebe Gott ja endlich mal ein klitzekleines Körnchen Glück vom Himmel fallen lassen!", ist seine erste Reaktion. Er lächelt ironisch. „Was heißt das jetzt für uns? Dass nun alle Hürden beseitigt sind und du JETZT endlich schwanger werden kannst?"

Ich blinzle, suche das zweite Schreiben heraus und reiche es Karsten. „Hier. Theoretisch heißt es, dass wir sobald wie möglich unsere Eisbärchen abholen sollten..."

Er überfliegt die Briefzeilen und sieht mich ernst an. „Eigentlich habe ich diesem einen schnöseligen Herrn Doktor versprochen, dass wir uns nach einem weiteren Negativ nie wiedersehen werden... aber unsere Babys im Stich lassen, geht auch nicht. Du hast Recht, mein Engel. Dann werden wir sie so schnell es geht zu uns holen."

Mit diesen Worten gibt er mir einen Kuss auf die Wange und ich atme erleichtert auf. Meine Hoffnung auf unser Wunder kehrt ein weiteres Mal zurück, als spürte ich tief in mir drin, dass es diesmal mit Hilfe der in mir herangewachsenen Antikörper tatsächlich zu einer Schwangerschaft kommen könnte.

*****

An einem sonnigen Herbstmorgen sitze ich mit Samira und den Kindern im Garten des Küken-Nestes am Sandkasten und wir genießen die vermeintlich letzten wärmenden Sonnenstrahlen des Jahres. Doch Samira strahlt mit der Sonne um die Wette. Sie ist zwar ein fast immer gut gelaunter Mensch, aber dieses Dauergrinsen fällt selbst bei ihr auf...

Ich muss unbedingt wissen, was dahinter steckt. „Sag mal... was war heute Morgen in deinem Kaffee?", frage ich neugierig. „Das will ich unbedingt auch haben!"

Samira wirkt abwesend, schüttelt sich plötzlich und sieht mich dann an. „Was... wie bitte?", fragt sie und grinst mich fröhlich an. „Sorry, ich war gerade gedanklich woanders!"

Ich muss leise lachen. „Genau das ist es ja, was ich wissen möchte!", rufe ich und haue sanft auf ihr Knie. „Du siehst aus, als wärst du frisch verliebt oder sowas!"

Samira strahlt weiter. „Bin ich sozusagen auch..."

Ich blicke sie mit erwartungsvoller Miene und hochgezogenen Augenbrauchen an. „Muss ich dir jetzt alles aus der Nase ziehen?!"

„Paul", rückt sie endlich mit der Sprache heraus. „Er hat mir einen Heiratsantrag gemacht!" Dabei verbirgt sie ihr Gesicht hinter ihren Händen, als wäre sie verlegen und ich nehme sie vor Freude in meine Arme.

„Sami, das ist ja toll! Wann ist es soweit?!" Ich löse die Umarmung und sie kann ihr breites Lächeln noch immer nicht ablegen.

„Nächsten Sommer. Im Juni!"

„Ich freu mich für euch!" Ich freue mich ehrlich mit meiner besten Freundin.

Dann schaut Samira mich plötzlich fest an und fragt: „Möchtest du... unsere Trauzeugin werden?"

Ich bin erst einmal sprachlos... das zweite Mal kurz hintereinander werde ich zur Trauzeugin auserkoren. „Wenn... wenn du das möchtest... dann natürlich!"

„Wen sollte ich sonst fragen, wenn nicht meine süße Mauri!"

Wieder fallen wir uns in die Arme und ich muss mir ein Tränchen verdrücken. Gleichzeitig kommen mir plötzlich jedoch noch ganz andere Gedanken, die ich ihr gegenüber nicht aussprechen vermag – wenn Samira heiratet... möchte sie sicher auch bald eine Familie gründen. Es ist fast so, als fühlte ich mich von diesem schlichten Antrag noch mehr unter Druck gesetzt, auch wenn das von Paul und Samira ganz sicher nicht die Absicht ist. Dennoch fühlt es sich für mich an, als würde ein weiteres Paar den Weg zu einem Kind wie einen „Wettlauf" neben mir und Karsten antreten...

Kapitel 3 – Püppi und Estelle

Der zweite Kryo-Transfer

November 2014.

Nach der ganzen Aufregung und den vielen Missverständnissen, die im vergangenen Sommer um die dritte ICSI entstanden waren – die fehlinterpretierte Blastozystenkultur... die fälschlicherweise als Blastozysten bezeichneten Embryonen im Morulastadium... und letztendlich die riesigen Hoffnungen, die uns umsonst gemacht wurden – nach all dem habe ich ein mulmiges Gefühl, als ich mein Wunderzentrum wieder betrete.

Zu dieser Voruntersuchung am neunten Zyklustag erscheine ich allein. Dr. Neumann empfängt mich im Untersuchungszimmer mit einem betroffenen Lächeln. „Frau Schilling", er reicht mir die Hand und neigt kurz scheinbar entschuldigend seinen Kopf. „Es tut mir Leid, wie sich alles zuletzt entwickelt hat... bitte setzen Sie sich." Er weist zunächst auf den Stuhl am Schreibtisch, um in Ruhe zu reden.

Ehrlich gesagt, ist mir nach Reden jedoch überhaupt nicht zumute. Ich habe ihm noch nicht ganz verziehen, was er uns vor unserem Urlaubsantritt verkündete – und was sich hinterher wieder einmal als immer noch unerfüllter Traum entpuppte. Aber ansprechen möchte ich seinen unprofessionellen Fehler nicht. Ich schlucke diese Vorwürfe hinunter, weil er allem Anschein nach selbst nicht glücklich über die ganze Situation ist.

„Ich habe gehört, dass Sie die Immunisierungsbehandlung haben durchführen lassen. Und nun sind Sie wieder hier... Drei kryokonservierte Embryonen warten im Eis auf Sie."

„Ja", antworte ich knapp. „Wir möchten die drei so schnell wie möglich zurückholen – solange der Effekt aus der Behandlung in Kiel noch ganz frisch ist."

„Da es ein Auftau-Versuch ist, wird alles wieder ganz schnell gehen. Ich werde heute zur Kontrolle einen Ultraschall machen und schauen, ob bereits der Eisprung in Sicht ist – aber das kennen Sie ja leider auch schon..."

Ich schaue zu Boden. Ja – leider wird dies hier unsere insgesamt fünfte Behandlung...

Wie beim Kontroll-Ultraschall des ersten Kryo-Versuches, stellt sich bei der Untersuchung heraus, dass bei mir auch diesmal alles schon wieder startklar ist.

„Frau Schilling, ich kann nur immer wieder betonen, wie wunderbar Ihr Körper all das mitmacht... Ihre Gebärmutterschleimhaut ist gut aufgebaut und Sie stehen tatsächlich bereits kurz vor dem Eisprung." Dr. Neumann scheint überrascht, dass alles wieder einmal völlig komplikationsfrei anläuft. „Sie kennen es: Morgenabend lösen Sie bitte Ihren Eisprung mit der *hCG*-Spritze aus und fünf Tage später können wir den Transfer durchführen. Sie bekommen den Termin vorne am Empfang."

Mit diesem Termin geht es wieder los: eine hibbelige Vorfreude keimt in mir auf – bald dürfen wir unsere letzten wunderbaren Schätze abholen.

Fünf Tage später sitze ich mit Karsten im Warteraum vor dem Behandlungszimmer. Er wollte unbedingt dabei sein, um die letzten Eisbärchen mit mir abzuholen.

„Was meinst du, wie viele sind es?", frage ich ihn nervös.

Karsten wirft mir einen skeptischen Seitenblick zu. „Frag lieber die Ärzte. Die machen hier doch sowieso, was sie wollen. Wenn wir Glück haben, bekommen wir einen Einzel-kämpfer... Sie haben doch gesagt, dass nur etwa ein Drittel das Auftauen überlebt."

Doch Karsten behält Unrecht. Kurz darauf erfahren wir, dass es zwei bildhübsche Vierzeller sind, deren Zellhaut erneut „gehatcht" (eingeritzt) wurde, um das Schlüpfen zu erleichtern. Wieder bekommen wir ein Bild von einem der beiden Embryonen überreicht und Dr. Neumann setzt mir mit viel weiterem Lob über meine perfekte Schleimhaut die beiden Winzlinge ein.

So, meine beiden Lieben. Wir haben viel im Voraus für euch getan – nun seid ihr an der Reihe. Ihr braucht euch nur noch einzunisten. Das kann jawohl so schwer nicht sein... Und: Diesmal habt ihr die perfekte Unterstützung von ganz vielen netten Antikörpern, die euch helfen und auf euch auf-passen werden! Ist das nicht wunderbar? Auf los, geht's los!

Warteschleife 5

Diese Warteschleife hat keinen guten Start... Noch am selben Abend nach dem Transfer, fühle ich mich schlapp und krank. Ich bekomme eine dicke Grippe – die in den folgenden Tagen ziemlich heftig wird... mit erhöhter Temperatur, einem fiesen Schnupfen und beginnender Bronchitis liege ich in den nächsten Tagen erst einmal flach.

Ich versuche tapfer zu bleiben und den Kopf nicht hängen zu lassen. Immer wieder rede ich mir ein, dass die beiden Krümelchen in meinem Bauch es trotzdem schaffen – dank ihrer tollen neuen Antikörper-Unterstützung.

Außerdem spritze ich mir diesmal – damit ich nicht wieder zu früh eine Blutung bekomme – nach Anweisung von Dr. Neumann alle paar Tage eine extra Portion Progesteron. So bilde ich mir ein, dass diesmal nichts mehr schief gehen kann...

Noch acht Tage bis zum Bluttest.

Es ist Halbzeit der Warteschleife und zum Glück geht es mir wieder etwas besser.

In dieser Nacht habe ich einen Traum von unseren beiden kleinen Embryonen. Es ist alles sehr verschwommen und unklar – daher kann ich mich am folgenden Morgen nur an wenige Details erinnern. Aber als ich aufwache, weiß ich plötzlich, dass die beiden einen Namen haben: Sie heißen „Püppi" und „Estelle"... Merkwürdig finde ich es selbst... aber diese Namen sind mir im Traum genauso erschienen!

Ihr seid also beides Mädchen... und ich glaube auf einmal daran, dass eine dieser beiden es mit ihrer Frauenpower tatsächlich schaffen kann!

Einen weiteren Tag später bemerke ich zudem etwas, das mich in meinem guten Gefühl noch weiter bestärkt: Meine Brüste fangen an zu spannen und zu schmerzen... Das kenne ich sonst nur von den *hCG*-Spritzen, die ich zum Auslösen des Eisprungs nutze. Diesmal habe ich nichts außer dem Progesteron nachgespritzt – und mein Optimismus wächst von Tag zu Tag weiter...

Jedoch möchte ich mich nicht schon wieder selbst zu verrückt machen oder in etwas verrennen. Diesmal nehme ich mir fest vor, auf dem Boden der Tatsachen zu bleiben und so ruhig wie möglich den Bluttest abzuwarten.

Noch fünf Tage.

Es wird wieder einmal schwer, die Füße still zu halten. Und nur positiv denken, ist inzwischen auch nicht mehr drin – denn an diesem Morgen entdecke ich wieder einmal eine Schmierblutung im Slip...

Bitte nicht schon wieder... Lieber Gott, lass diesen Horrortrip nicht wieder von vorn beginnen...

Ich überlege diesmal nicht lange und lasse mir sofort einen Termin für eine Zwischenuntersuchung im Kinderwunschzentrum geben. Dr. Neumann kann mich beruhigen – der Ultraschall zeigt: Erstmal alles noch gut. Die Schleimhaut ist weiterhin sehr gut aufgebaut und es besteht kein Grund zur Panik. Obwohl ich schon Progesteron in hohen Dosen spritze, bekomme ich zur Sicherheit noch eine extra hochdosierte Spritze mit diesem Zeug, damit sich nichts von der Schleimhaut in meinem Bauch beginnt, abzubauen...

Anstatt Ruhe zu bewahren und einfach weiter blind zu hoffen und zu vertrauen, mache ich am folgenden Morgen spontan einen Pipi-Test...

Es ist Sonntag früh, nicht mal sieben Uhr. Ich muss dringend zur Toilette. Und ich weiß, dass ich mir geschworen habe, diese Dinger eigentlich nicht mehr anzurühren – weil sie mich meist noch mehr verwirrt haben, als dass sie Licht ins Dunkel gebracht hätten... Aber ich kann nicht anders. Ich habe so ein komisches Gefühl... ein Gefühl, das mir flüstert, Püppi oder Estelle könnten es geschafft haben...

Ich traue mich nicht, meine Augen zu öffnen, während ich zitternd auf der Toilette sitze und den so sehr erhofften zweiten Strich abwarte. Ich trau mich einfach nicht... Aber ich muss. Und schaue hin.

Was ist das? Was ist das da im zweiten Feld?! Ist das ein Strich? Ist da tatsächlich ein zweiter Strich?!

Ich schnappe mir den Test und laufe so schnell ich kann zurück ins Schlafzimmer, wo Karsten gerade versucht, noch eine Runde zu schlafen... Ich gehe einmal um das Bett herum an seine Seite und setze mich mit dem Test zu ihm. „Schatzi?!", frage ich ganz aufgeregt und rüttle vorsichtig an seiner Schulter. „Karsten! Wie kannst du einfach weiterschlafen?! So wie es aussieht, sind wir... wahrscheinlich schwanger!"

Karsten reibt sich die Augen und sein Gesichtsausdruck sagt mir, dass er denkt, ich habe endgültig den Rest meines Verstandes verloren... Aber er knipst dennoch sein Licht an und nimmt den Test in die Hand. Ich sehe, wie er seine Stirn runzelt, noch einmal die Augen reibt und genauer hinsieht. Dann schaut er zu mir auf und lächelt. „Mein Engel... ich sehe was! Die Linie ist zwar nicht stark   aber sie ist da!"

Ich quietsche vor Vergnügen und falle Karsten um den Hals. „Püppi! Oder Estelle! Ich wusste, sie sind stark genug! Ich wusste, mindestens eine von ihnen wird es schaffen! Dann sind die geschwollenen Brüste also doch keine Einbildung, mein Schatz! Fühl mal: die sind auf Hochspannung!"

Ich kann es kaum glauben und laufe den ganzen Vormittag freudig aufgeregt durch die Wohnung. Diesmal wird alles gut – das spüre ich...

Am Nachmittag sind wir zu Stella und David zu Kaffee und Kuchen eingeladen. David feiert seinen Geburtstag nach und es sind auch einige Familienangehörige erschienen.

Stella zieht mich kurz nach dem Essen am Ärmel in die Küche und fragt ganz einfach und direkt: „Sag mal, geht ihr eigentlich noch in diese Klinik? Wollte ich dich schon die ganze Zeit fragen, aber nicht vor den Leuten. Du hast gerade den Sekt abgelehnt... bist du etwa endlich schwanger?" Sie mustert mich mit ihrem fragenden Blick.

Als ich bei ihrer Frage ungewollt zu lächeln beginne, erscheint auch auf Stellas Gesicht ein breites Grinsen und sie nimmt mich fest in den Arm. „Ach Mensch, Maureen... endlich!! Gott sei Dank hat es geklappt, das war ja bald nicht mehr mit anzusehen, wie niedergeschlagen ihr ständig ward..."

Ich greife nach Stellas Arm und sehe sie ernst an: „Stella, hör zu: Es ist noch nicht bestätigt... bitte sag es noch niemandem – auch nicht David! Ich habe heute Morgen positiv getestet, aber wir müssen den Bluttest noch abwarten..."

„Und wann ist der??"

„In vier Tagen. Aber selbst dann ist es noch recht unsicher, weil ich auf einen Ultraschall warten muss und man das Kind in den ersten zwölf Wochen vielleicht noch..."

Doch Stella hört mir wieder einmal gar nicht richtig zu, sondern unterbricht mich. „Maureen, ich freu mich einfach für euch und ich sage es niemandem, versprochen! Ich bin gespannt, ob du wie meine Kollegin auseinandergehst wie ein Hefekloß!" Sie lacht etwas schelmisch und verlässt die Küche.

Ich atme tief durch und ärgere mich in diesem Moment darüber, dass ich nicht einfach meinen Mund gehalten und es für mich behalten habe.

Noch am selben Abend sitze ich mit Karsten vor dem Fernseher, um das Wochenende ausklingen zu lassen.

„Es war so typisch, wie Stella reagiert hat...", rege ich mich noch einmal über das vorige Gespräch mit meiner Schwester auf.

Karsten wirft mir einen schiefen Seitenblick zu. „Wieso hast du es ihr überhaupt erzählt?! Du hast nicht mal den Bluttest hinter dir – hast du nicht selbst gesagt, wir sollten mit einer Verkündung warten, bis die zwölfte Woche vollendet ist?!"

„Ja schon, aber..."
Plötzlich habe ich ein ungutes Gefühl, richte mich auf und halte meinen Bauch. Ein leichtes Unterleibziehen durchströmt ihn und ich spüre, dass eine Blutung im Anmarsch ist... „Ich glaube, ich blute wieder..."

„Maureen, mach keinen Scheiß...", schimpft Karsten. „Hör jetzt auf, dir sowas einzubilden und setz dich wieder zu mir. Wir schauen den Film zu Ende und du lenkst dich bitte damit ab!"

Doch ich schüttle energisch den Kopf. „Nein Karsten, das ist kein Scheiß", erwidere ich und verschwinde im Badezimmer.

Im nächsten Moment versetzen mich Püppi und Estelle in einen neuen Schock – ich blute tatsächlich schon wieder... diesmal aber nicht gerade wenig! Ich muss schlucken. Mir wird heiß und kalt. Ich verfalle in ein lautes Schluchzen und Karsten stürmt fast zeitgleich die Badezimmertür.

„Nein...", flüstert er. „Bitte nicht..."
So hocken wir eng umschlungen auf den Fußbodenfliesen im Badezimmer und bangen um Püppi und Estelle...

Bitte. Lasst uns nicht im Stich... wenn ihr es nicht schafft, wer dann?!

Immer wieder frage ich mich, warum ich mitten im Zyklus zu bluten beginne! Was stimmt bei den Kryo-Versuchen nicht mit meinen Hormonen – trotz allerhöchster *Progesteron Dosen*?!

Himmelhoch jauchzend, zu Tode betrübt... besser kann man diese Achterbahnfahrt der Gefühle zurzeit nicht beschreiben. Es ist ein unglaubliches Auf und Ab in mir. Eine Achterbahn, wie sie in noch keinem Freizeitpark auf dieser Welt gebaut werden konnte.

Dennoch möchte ich diesen Versuch nicht ganz abschreiben. Noch nicht. Auch wenn alles danach aussieht, als würden wir ein weiteres Mal scheitern und Püppi und Estelle verlieren. Aber diese beiden wunderbaren Embryonen gebe ich noch nicht ganz auf...

*****

Dezember 2014.

Stattdessen beschließe ich nach drei weiteren nervenaufreibenden Tagen, einen Tag früher zum Bluttest zu gehen. Ich halte es einfach nicht mehr aus und da die Blutung recht schnell wieder aufgehört hat, trage ich doch noch einen letzten Rest Hoffnung in meinem Bauch.

Ich rufe früh morgens Samira an, um ihr Bescheid zu geben, dass ich etwas später kommen könnte und mache mich anschließend sofort auf den Weg.

Im *Wunderzentrum* angekommen, wird mir Blut abgenommen und ich sage vorne am Empfang Bescheid, dass ich nicht angerufen werden möchte... diese Spannung ertrage ich im Moment nicht. Ich möchte selbst anrufen. In einem passenden Moment. Wenn ich glaube, stark genug dafür zu sein.

Dr. Neumann kommt zufällig am Empfang vorbei und bleibt überrascht stehen, als er mich sieht. „Frau Schilling! Einen Tag zu früh, wenn ich mich recht entsinne?! Ist alles in Ordnung?"

„Nichts ist in Ordnung", antworte ich geknickt. „Ich hatte wieder eine starke Blutung und habe es nicht mehr ausgehalten…"

Der Arzt nickt verständnisvoll. „Ich drücke Ihnen die Daumen. Wir hoffen auf ein eindeutiges Ergebnis."

„Dr. Neumann, kann ich selbst hier anrufen, anstatt angerufen zu werden? Dieser Nervenkitzel, den ganzen Nachmittag auf höchster Spannung – das stehe ich nicht nochmal durch…"

Wieder ein Nicken von seiner Seite. „Rufen Sie an, wenn Sie bereit sind. Ab 14:00 Uhr." Zu der Assistentin am Empfang sagt er: „Notieren Sie das bitte deutlich in der Akte."

Ich bin erleichtert, dass mein Wunsch akzeptiert und ernst genommen wird. Als ich das Zentrum wieder verlasse, kullert eine kleine Träne meine Wange hinab. Spannung und Schmerz, Zweifel und Hoffnung teilen sich einen Platz in meinem Herzen, während ich weiterhin fest an Püppi und Estelle zu glauben versuche…

Ich rufe nicht sofort um 14:00 Uhr an, da ich den späten Dienst bis 16:00 Uhr habe. Samira macht vor mir Feierabend und es ist heute Nachmittag nur noch Amelie da.

„Mauri, beim letzten Mal bist du im Wald zusammen gebrochen… pass diesmal bitte besser auf dich auf. Mach den Anruf ganz in Ruhe – vielleicht mit Karsten zusammen." Sie drückt mich zum Abschied einmal fest. „Und sag mir sofort Bescheid, wenn du was weißt, okay? Egal, ob positiv oder negativ. Du kannst mich jederzeit anrufen, wenn was ist!"

„Danke, Sami. Drück mir einfach die Daumen. Ich schaff das schon irgendwie…" Ich versuche tapfer zu lächeln und Samira verschwindet aus der Tür. Ich drehe mich um und hocke mich zu Amelie hinunter. „Und was machen wir zwei beiden Hübschen noch zusammen? Bist du auch für einen kleinen Spaziergang?"

Amelie strahlt mich mit ihren paar kleinen Zähnchen an und ich packe sie warm ein, um mit ihr noch etwas nach draußen zu gehen.

Zwei Stunden später ist Amelie weg. Es ist kurz nach Feierabend und ich sitze im Flur des Küken-Nestes. Nun ist es später Nachmittag und das Ergebnis liegt längst vor – da bin ich mir sicher. Eine Blutung hatte ich nicht noch einmal. Scheinbar wirkt das Progesteron endlich in diesen rauen Mengen... oder ich bin schwanger und mein Körper hat sich jetzt gefangen?! Ich weiß es nicht. Und ich habe auch keine Lust mehr, darüber zu grübeln.

Unsicher halte ich mein Handy in der Hand. Soll ich anrufen? Hier und jetzt? Hier stört mich keiner. Hier hätte ich meine Ruhe. Andererseits bin ich mir nicht sicher, ob ich dann noch den Heimweg packe. Ich entscheide, lieber anzurufen, sobald ich zu Hause bin...

Dort angekommen, greife ich sofort nach dem Telefon. Die Nummer des Kinderwunschzentrums ist auch hier schon lange gespeichert. Schließlich ist das zu einer Nummer geworden, die wir seit über einem Jahr regelmäßig, zum Teil mehrmals die Woche wählen... irgendwie eine traurige Tatsache.

Ich drücke den grünen Knopf und warte. Mein Herz pocht laut und ich zittere. Ich denke fest an Püppi und Estelle. Halte angespannt das Foto von dem Vierzeller in der Hand, sodass ich es beinahe zerknicke.

Eine freundliche Frauenstimme ertönt am anderen Ende der Leitung. Ich atme tief durch und frage nach unserem Ergebnis. Die Dame bittet um einen Moment Geduld. Aber die habe ich nicht mehr. Und vor allem habe ich eine unglaubliche Angst vor ihrem nächsten Satz... Daher möchte ich ihr zuvorkommen und es schießt aus mir heraus: „Sie brauchen eigentlich gar nicht nachzuschauen. Es ist vermutlich wieder negativ..."

Stille am anderen Ende. Ich habe es doch gewusst. Jetzt weiß sie nicht, was sie sagen soll – ich habe ihr das Ergebnis vorweggenommen. Tränen schießen in meine Augen, obwohl sie noch immer nichts gesagt hat...

Doch was dann kommt, damit rechne ich absolut nicht: „Also Frau Schilling, so negativ sieht die Zahl, die mir hier vorliegt, gar nicht aus!"

Was soll das denn heißen?! *Nicht negativ?!* Ich weiß nicht, wie mein Gesicht in diesem Moment ausgesehen haben muss... vermutlich sind mir die Augen beinahe aus dem Kopf gefallen...

Die Dame am Telefon redet weiter. „Ihr *hCG*-Wert liegt bei 17,5. Das ist an diesem Zyklustag definitiv nicht mehr von der letzten *hCG*-Spritze, Frau Schilling. Scheinbar hat sich da etwas bei Ihnen eingenistet..." Sie macht eine kurze Pause, in der ich am liebsten Freudensprünge gemacht hätte... „Allerdings ist dieser Wert für ein eindeutig positives Ergebnis ziemlich niedrig. Leider sind sie ein kleines bisschen zu früh zum Bluttest gekommen... drei Tage müssen Sie jetzt noch abwarten und dann bitte ein weiteres Mal zur Blutentnahme erscheinen – um prüfen zu lassen, ob das *hCG* zeitgemäß ansteigt."

Ich kann es nicht glauben, bedanke mich höflich und lege auf. Ich soll also in drei Tagen noch einmal dahin. Solange soll ich es aushalten, abwarten und dann noch einmal auf so ein spannendes Telefonat warten?! Ich frage mich, wie ich das durchstehen soll... ABER: Sie hat NICHT diesen einen fürchterlichen Satz gesagt! Es könnte sein, dass... ich meine, vielleicht bin ich tatsächlich diesmal...

Ich will es gar nicht zu Ende denken. Ich traue mich nicht. Ich freue mich zwar irgendwie, aber so richtig überzeugt bin ich noch nicht.

Trotzdem habe ich ein freudiges Kribbeln in meinem Bauch und die Tatsache, dass der positive Test vor wenigen Tagen mit ihren Zahlen übereinstimmt, lässt eine neue Woge der Hoffnung in mir aufsteigen.

In diesem Moment geht die Tür auf und Karsten kommt herein. Ich falle ihm wortlos um den Hals.

„Hey mein Engel! Hast du... hast du schon telefoniert?!", fragt er irritiert und schiebt mich von sich, um meinen Gesichtsausdruck zu interpretieren.

Ich nicke und erzähle ihm alles. Karsten ist genauso angespannt wie ich. Aber die Hoffnung ist diesmal noch da, wieder einmal in ihrer ganzen Kraft. Wir stecken all unsere Hoffnung in Püppi und Estelle...

*****

Die drei Tage bis zum erneuten Testergebnis sind wirklich kaum erträglich, sondern der blanke Horror. Eine Blutung habe ich nicht mehr. Aber bei den Mengen an Progesteron, die ich in den letzten Wochen und Tagen gespritzt habe, wäre das auch kaum möglich gewesen...

Diesmal bin ich dermaßen ungeduldig, dass ich mich traue und direkt nach der Arbeit vom Küken-Nest aus anrufe, bevor ich den Heimweg antrete. Ich sitze im Flur, auf der kleinen Bank inmitten der Kindergarderobe. Um erstmal in Ruhe nach Hause zu gehen, dafür bin ich einfach zu gespannt und neugierig. Also muss ich es JETZT wissen – sofort! Ich möchte hören, dass der Wert wunderbar angestiegen ist. Dass es eine von unseren zwei Hübschen – Püppi oder Estelle – tatsächlich geschafft hat!

Am Telefon ertönt wieder dieselbe freundliche Stimme. Ich bin gleich etwas weniger aufgeregt, denn beim letzten Mal hatte die nette Dame ja auch eine ziemlich gute Nachricht für mich. Trotzdem will ich realistisch bleiben. Zwar bin ich immer noch voller Hoffnung, aber mir ist klar, dass dieser Versuch in beide Richtungen enden kann. Es gibt immer ein gutes oder ein schlechtes Ende. Das ist mir nach unseren vier negativen Versuchen sehr bewusst. Keine bestimmte Anzahl an Negativ-Versuchen garantiert ein endliches Positiv. Es kann genauso gut wieder negativ sein. Und nochmal. Und nochmal. Egal wie jung ich bin. Oder gesund. Egal wie schön meine Gebärmutter ausschaut. Und wie regelmäßig meine Zyklen sind.

Also atme ich tief durch, als mir auch schon das neue Ergebnis mitgeteilt wird: Der *hCG*-Wert liegt nur noch bei 5,8. Er ist also gesunken...

Meine Enttäuschung ist trotz aller Bemühungen um realistische Gedanken riesig und ich muss mich zusammenreißen, nicht wieder am Telefon in Tränen auszubrechen...

Das bedeutet, schon wieder aus der Traum. Keine Püppi und keine Estelle. Vielleicht waren sie doch nicht so stark – immerhin zwar stärker als alle anderen Embryonen vor ihnen, denn sie haben es tatsächlich geschafft, sich einzunisten! Aber nur kurzfristig... also waren sie nicht stark genug. Trotz der Antikörper aus der Immunisierungsbehandlung.

Dennoch werden sie immer in unseren Herzen bleiben. Sie sind unsere Sternenkinder...

*****

Die Trauer kehrt ein weiteres Mal bei uns Zuhause ein, Stille und Anspannung liegen im Raum.

Inzwischen habe ich das Gefühl, dass auch Karsten immer mehr an der ganzen Sache zu knabbern hat und insbesondere der Abschied von Püppi und Estelle ihm sehr nahe geht. Er ist oft mies gelaunt, abweisend, zum Teil aggressiv. Er zieht sich zurück und wir reden viel weniger miteinander. Nicht nur über den Kinderwunsch, sondern überhaupt. Auch ich ziehe mich erneut in mein Schneckenhaus zurück und lecke meine Wunden. Die Depression ist zurückgekehrt. Ich habe wieder viel zu viel Kraft in Form von Hoffnung in diesen Behandlungsversuch investiert. Um wieder einmal ein Negativ zu kassieren und in das nächste tiefe Loch zu fallen. Ich fühle mich kraftlos und ausgelaugt.

Die dunkle Jahreszeit tut ihr Übriges. Wir gehen arbeiten, kommen in der Dunkelheit nach Hause und schotten uns von der Außenwelt ab. Auf Ratschläge von so gesehen Unwissenden haben wir schon lange keine Lust mehr. Ich habe immer mehr das Gefühl, dass uns sowieso niemand richtig verstehen kann, der nicht ansatzweise dasselbe durchgemacht hat...

Ein alter Freund

„Hi, mein Engel!" Karsten trifft etwa zwei Wochen später – nur wenige Tage vor Weihnachten – im Flur auf mich, als er heimkommt. Er stellt eine Wasserkiste auf dem Fußboden ab und gibt mir einen Kuss, bevor er seine Jacke ablegt. Irgendwie scheint er entspannt und gut gelaunt. Das freut mich nach den letzten traurigen und angespannten Tagen wirklich sehr. Nun frage ich mich, ob es für seine gute Stimmung einen bestimmten Grund gibt...

Er rückt von selbst mit der Sprache heraus. „Du glaubst nicht, wen ich gerade im Getränkemarkt getroffen habe!", strahlt er.

Ich überlege mit einem Stirnrunzeln. „Jemand besonderen?"

„Jemanden, den wir echt lange nicht mehr gesehen haben: Peer!"

Meine Augen werden ganz groß vor Staunen. „Peer? UNSER... *Knuddelbär Peer?!*"

Peer zählte in jüngeren Jahren zu unserem engsten Freundeskreis. Karsten und er waren so etwas wie beste Kumpels und er wurde dann bei unserer Hochzeit sogar unser Trauzeuge. Allerdings war Peer zu der damaligen Zeit die meiste Zeit trauriger Single auf der Suche nach der Frau seines Lebens oder schwer verliebt in Frauen, die ihn verletzten oder schnell wieder verließen. Was sein Liebesleben anging, konnte er einem wirklich leidtun, denn in diesem Punkt schien er eine fürchterliche Pechsträhne zu haben.

Kurze Zeit nach unserer Hochzeit verloren wir uns aus den Augen – Peer verließ Mühlborg und zog in die Großstadt, war viel mit gleichgesinnten Typen unterwegs, auf Partys und „Frauenfang", während wir als Ehepaar ihn vermutlich missmutig stimmten. Vielleicht verletzte es ihn, uns so glücklich zu sehen und er ging uns daher aus dem Weg. Jedenfalls fiel es uns immer schwerer, den Kontakt zu ihm aufrecht zu erhalten und irgendwann brach er vollständig ab. Wir müssen uns seit über drei Jahren nicht mehr gesehen haben...

„Das ist ja was... Wie geht es ihm? Was macht er hier?!", frage ich neugierig und freue mich ehrlich, von ihm zu hören. Er war ein Freund zum Anlehnen gewesen, zum Spaß haben und Pferde stehlen und ein wunderbarer Zuhörer. Für mich war er so etwas wie ein großer Bruder, den ich niemals hatte. Ich nannte ihn oft „Knuddelbär" und er mich meistens „Kleine".

„Peer arbeitet neuerdings in einem Fitnessstudio. Über die Weihnachtszeit ist er hier bei seinem Vater und war Getränke besorgen. Da wir uns in der Bierabteilung getroffen haben, haben wir beschlossen, uns am Samstagabend auf ein Bierchen zu treffen!" Karsten scheint wirklich froh, seinen alten Freund nach so langer Zeit wiederzusehen.

„Das hört sich gut an! Es freut mich, dass es dir besser geht, mein Schatz." Ich schenke ihm ein Lächeln und drücke ihm einen Kuss auf die Wange.

Natürlich habe ich nichts dagegen, wenn sich die beiden zunächst allein treffen. Vermutlich kann sich Karsten dann einige seiner Sorgen von der Seele reden – mal unter Männern und ohne mich dabei. Oder im Gegenteil: Mal einen ganzen Abend überhaupt nicht an den Kinderwunsch denken. Ich glaube, dass ihm das guttun würde. Aber auch ich hoffe auf ein baldiges Wiedersehen mit unserem Knuddelbär!

*****

Als Karsten in der Nacht auf Sonntag von seinem Treffen mit Peer nach Hause kommt, liege ich noch wach im Bett und höre ihn ins Schlafzimmer schleichen.

„Mein Engel, bist du noch wach?", flüstert er leise und ich suche in der Dunkelheit seine Hand, als er neben mir ins Bett steigt.

„Ja, bin ich", antworte ich weniger flüsternd. „Wie war es mit dem Knuddelbär?"

Karsten lacht leise. „Peer ist ein alter Fuchs. Er hat mir viele Stories erzählt, von Frauen, die zu ihm ins Fitnessstudio kommen und die ihn angeblich alle anhimmeln oder aber die er wohl einfach mal eben abschleppt, wenn sie ihm gefallen..."

Ich muss ebenfalls leise in mich hineinlachen. Man zweifelt automatisch an der Richtigkeit von Peers Geschichten.

„Meinst du... er denkt sich das nur aus, damit er nicht weiterhin als Loser dasteht, was die Liebe angeht?", frage ich Karsten.

„So krass würde ich es nicht sagen. Ich glaube schon, dass er viele Liebeleien hat und hier und da immer mal wieder einen One-Night-Stand. Er ist schließlich ein gutaussehender Typ – jetzt, wo er im Studio arbeitet und trainiert, erst recht. Aber ich glaube, dass er einfach nicht zugeben möchte, dass das eigentlich nicht seine Art ist – oder zumindest nicht das, was er eigentlich möchte. Wir wissen doch alle, dass er schon damals nach seiner Traumfrau gesucht hat, mit der er alt werden kann. Aber diese eine Frau ist scheinbar immer noch nicht in seinem Leben aufgetaucht..."

Armer Peer. Er kann einem richtig leidtun, wenn man bedenkt, wie lange er nun schon auf der Suche ist.

Aber auch für Karsten und mich wird das Jahresende nicht besonders schön. Weihnachten an sich ist mehr oder weniger zum Symbol dafür geworden, dass ein weiteres Jahr ohne den Beginn eines neuen Lebens in unserer Familie zu Ende geht. Schön feiern und genießen können wir es nicht.

Wir sitzen an Heiligabend mit der ganzen Familie um den festlich gedeckten Tisch bei meinen Eltern. Stella wirft mir merkwürdige und fragende Blicke zu, als sie mich beim Glühwein trinken ertappt.

„Du kannst mich ruhig fragen, Stella. Mama und Papa wissen Bescheid. Ich bin nicht schwanger. Nicht mehr..." Die Tränen in meinen Augen unterdrücke ich mit aller Macht. Schniefe einmal und nehme noch einen Schluck Wein.

So endet dieses Jahr wieder einmal traurig. Ich denke in dieser Zeit noch oft an Püppi und Estelle und sehe dabei in

den Sternenhimmel. Ganz sicher sind sie dort oben und schauen uns von dort aus zu. Sie haben gekämpft, wollten in unser Leben treten und haben es dennoch nicht geschafft.
Unsere Sternchen – wir vermissen euch…

Der Kampf

Januar 2015.

Schon wieder beginnt ein neues Jahr. Und damit eine neue Chance.

Ich bin zwar noch traurig und vermisse Puppi und Estelle sehr. Aber ich weiß, dass ich jetzt nicht schlapp machen darf. Und dass wir diesen langen und steinigen Weg bis hierhin sicher nicht umsonst gegangen sind, um dann plötzlich aufzugeben. Deshalb weiß ich, dass ich all meine Kraft mobilisieren muss, um weiterzukämpfen. Ich möchte den scheinbar endlosen Weg weitergehen und in diesem Jahr ans Ziel kommen. 2015 wird vielleicht unser Jahr!

Eines weiß ich ganz sicher – ich kenne die Gesetzeslage der Krankenkassen. Sie haben uns drei frische ICSI-Versuche zu 50% gezahlt. Danach ist normalerweise Schluss. Die Kryo-Versuche mussten wir ebenfalls bereits komplett aus eigener Tasche zahlen. ABER: Kommt es während einer der drei Versuche (oder in Folge eines Kryo-Transfers aus einem der drei Versuche) zu einer Schwangerschaft, die in einer Fehlgeburt endet, zahlt die Krankenkasse einen weiteren Versuch zu 50% – weil darin eine Bestätigung gesehen wird, dass die Frau gute Chancen auf eine erneute Schwangerschaft hat, die sie im besten Fall dann austragen kann.

Das heißt für uns – da Püppi und Estelle Eisbärchen aus der dritten ICSI waren und sich bei mir eingenistet haben, müsste dies theoretisch als fehlgeschlagene Schwangerschaft gelten!

Auch im Internetforum habe ich mich zu dieser Thematik bereits mit vielen Frauen ausgetauscht, die über die Kulanz ihrer Krankenkassen berichten, was die Finanzierung einer vierten Behandlung angeht.

Wir haben große Hoffnung, eine Ersparnis für einen weiteren Versuch zu erzielen. Denn inzwischen haben wir einiges für unseren Wunsch gezahlt und müssten im weiteren Verlauf an unsere immer knapper werdenden Reserven herangehen.

Karsten jedoch möchte am liebsten gar keinen Versuch mehr starten – egal ob die Kasse zuzahlt oder nicht...

„Maureen, ich möchte dich einfach nicht mehr so sehr leiden sehen... du spritzt dir solche heftigen Hormone, die dich krank machen könnten! Und musst die ganzen Schmerzen ertragen und ich sitze blöd daneben und fühle mich so machtlos!“, sagt er eines Sonntagmorgens, als wir gemeinsam beim Frühstück sitzen. „Ich weiß nicht, ob das alles richtig ist.“

„Aber ICH weiß, dass uns die Krankenkasse noch eine Behandlung zur Hälfte finanzieren müsste und ich finde, dass wir das nutzen sollten... vor allem so schnell wie möglich, bevor der Schutz durch die Immunisierung wieder verloren geht!“

Durch die Immunisierungsbehandlung fühle ich mich beinahe etwas unter Druck gesetzt... schließlich ist seither bereits der vierte Monat angebrochen und innerhalb eines halben Jahres sollte eine Schwangerschaft erzielt werden. In Betracht dessen möchte ich eine zügige Entscheidung, wie es weitergeht.

Karsten seufzt und stellt seine Kaffeetasse ab. „Mein Engel – da du sowieso nicht nachgeben wirst... okay. Wir machen den ganzen Scheiß nochmal. Dann soll Dr. Neumann beim Nachgespräch direkt alles fertigmachen für den hoffentlich letzten Kassenversuch...“

Ich kontaktiere zunächst per Email schnellstmöglich unsere Krankenkasse und lege ihnen alle Fakten vor. Doch schnell wird das Ganze zu einem Kampf – scheinbar einer Art Machtkampf aus Sicht der Krankenkasse.

Die Kasse erkennt den Ausgang unseres Kryo-Versuches nicht als tatsächliche Schwangerschaft an... Ich bekomme per Mail eine Rückmeldung, in der als Erklärung angegeben wird, dass die Schwangerschaft nur im Blut und nicht im Ultraschall nachgewiesen werden konnte. Somit gilt sie nicht als klinisch, sondern nur als biochemisch bestätigt...

Doch mit dieser Aussage möchte ich mich nicht zufrieden geben. Als ich den Leiter der Regionaldirektion nach Tagen endlich ans Telefon bekomme, merke ich, dass er sich trotz mehrerer Mails meinerseits über unsere individuelle Situation überhaupt keine Gedanken gemacht zu haben scheint... Stattdessen sucht er ganz in Ruhe während des Telefonats im PC noch einmal die genaue Gesetzeslage heraus.

„Lesen Sie den Paragraphen selbst nach, Frau... äh... Schiller? Die Krankenkassen sind nicht gezwungen, eine vierte IVF zu unterstützen, wenn nicht eine klinische Schwangerschaft nachgewiesen werden konnte."

Ich ärgere mich über die Tatsache, dass scheinbar für ihn der Paragraph die Entscheidung trifft und nicht der normale empathische Menschenverstand... Er bestätigt mir, ohne mit der Wimper zu zucken und mit keinem Hauch einer Entschuldigung, dass die Krankenkasse trotz unserer verlorenen Schwangerschaft keinen Cent für eine weitere ICSI zahlen wird.

Ich werde fuchsteufelswild und versuche noch einmal unsere private Situation zu erläutern. „Hören Sie, wir haben gerade unser Kind verloren – ist es nicht egal, ob es schon zwei Wochen nach der Einnistung geschehen ist oder ob ich eine Woche später im Ultraschall einen millimetergroßen Punkt hätte sehen können, bevor ich es verloren habe?! Fakt ist, ich WAR schwanger und ich habe es verloren und ich trauere genauso um mein Kind, wie jede andere Frau, die zu einem etwas späteren Zeitpunkt eine Fehlgeburt erleidet!" Dass ich bei diesen Erklärungsversuchen am Telefon in Tränen ausbreche, ist diesem Typen am anderen Ende der Leitung scheinbar egal. Er bleibt bei seiner Entscheidung. Woraufhin ich ohne eine Verabschiedung auflege, um meinen Tränen freien Lauf zu lassen...

Für solche herzlosen, aufgeblasenen Sesselpupser spielt es keine Rolle, ob ein Paar unter ihrer Kinderlosigkeit leidet oder wie viele und wie harte Versuche der künstlichen Befruchtung es bereits durchgemacht hat. Diesen Kampf um das liebe Geld kann ich nicht mehr weiter kämpfen. Ich habe keine Kraft mehr übrig... nicht dafür. Ich muss meine Kraft einsparen – für den neuen Versuch, den wir auch ohne diese Krankenkasse durchziehen werden!

Denn eines steht für mich fest: Aufgegeben wird nicht. NOCH NICHT. Die Sehnsucht nach unserem Baby wächst von Tag zu Tag. Sie ist inzwischen so groß geworden, dass ich sie nicht mehr ignorieren kann! Also mache ich einen neuen Termin im Kinderwunschzentrum, um ein weiteres Mal ein ausführliches Gespräch mit Dr. Neumann zu führen. Ich möchte hören, welche Chancen er uns noch zusprechen kann. Ob er eine Idee hat, was man noch verändern könnte in einem neuen Versuch. Und was uns das ganze Spiel ohne die Unterstützung der Krankenkasse kosten mag...

Während wir auf diesen Gesprächstermin warten, tun wir noch eines: Auf der Stelle die Krankenkasse wechseln. Nachdem die alte Krankenkasse so inkulant war und damit bewiesen hat, wie wenig Verlass auf sie ist, möchten wir nicht einen Tag weiter in diese Versicherung einzahlen... Daher recherchiere ich und finde eine Krankenkasse, die einen vierten Versuch der künstlichen Befruchtung zu 50% bezuschusst. Ich telefoniere und bekomme diese Unterstützung zugesichert.

Die Kündigungsfrist der alten Krankenkasse möchte ich allerdings nicht mehr abwarten – wieder siegt meine Ungeduld und die immer weiter wachsende Sehnsucht nach unserem kleinen Schatz. Und ich weiß schon vor dem bevorstehenden Gespräch im Kinderwunschzentrum, dass mein Kampfgeist wieder da ist und was das bedeutet: Die neue ICSI steht bevor, egal was Dr. Neumann sagen wird – und möge es kosten, was es wolle!

Kapitel 4 – Sackgasse

Die vierte ICSI

Wenige Tage später sitze ich im Kinderwunschzentrum und warte darauf, dass ich aufgerufen werde. Karsten konnte und wollte sich nicht schon wieder freinehmen – aber ganz egal: Ich schaffe es auch allein, denn ich weiß, was ich will. Trauer hin oder her. Ich gehe mit einer großen Bestimmtheit in dieses Gespräch und möchte nicht nur auf mich zukommen lassen, was uns aus ärztlicher Sicht geraten wird, sondern habe für mich selbst bereits entschieden, dass ich mit einem fertigen Plan für die neue Behandlung hier herausgehen möchte!

Als ich vor Dr. Neumann sitze, sehe ich in ein Gesicht voller Mitgefühl. „Frau Schilling, es tut mir sehr leid, dass wir Ihren Wunsch bisher nicht erfüllen konnten. Ich kann es mir selbst nicht erklären... denn ich stehe normalerweise zu dem, was ich Ihnen und Ihrem Mann zu Anfang gesagt habe. Sie scheinen ein Sonderfall zu sein – zumindest für dieses Alter – und ich bin fest davon überzeugt, dass Sie schwanger werden können und es einfach nur... wie soll ich sagen – Pech war, dass uns die perfekte Eizelle bisher noch nicht untergekommen ist..."

Damit rührt er aufs Neue meine Tränendrüsen, weil ich diese Erklärung eigentlich nicht mehr hören mag. Und ich frage mich erneut, warum ausgerechnet wir so viel Pech haben sollten... Aber ich bin nicht zum Trauern hierhin gekommen. Ich wische eine Träne aus meinem Augenwinkel. „Dr. Neumann, Sie müssen sich bei mir nicht entschuldigen. Ich könnte Ihnen vorwerfen, dass Sie an mancher Stelle mit zu viel guter Hoffnung um sich geworfen haben... aber ich denke, das ist ebenso Ihre Aufgabe, wie der medizinische Teil, den Sie leisten, denn nur mit neuer Hoffnung kommt man nach einem negativen Ergebnis wieder zu Kräften – um einen neuen Versuch zu wagen... Für mich gibt es jedenfalls nur einen Weg, über all das, was geschehen ist – dieses Auf und Ab, dieses ständige Fallen aus schwindelerregender Höhe und den Verlust so vieler geliebter Eizellen – hinwegzukommen und wieder nach vorne zu schauen: Ich brauche eine neue ICSI... Denn ich habe immer noch Hoffnung und diese Warterei und das Nichtstun ist für mich das Schlimmste!"

Ich sehe, wie Dr. Neumann lächelt. Und ich schätze ihn nicht so ein, dass er das tut, weil er weiß, dass es wieder Geld für ihn bedeutet. Stattdessen glaube ich, dass er meinen Kampfgeist bewundert. „Wenn es das ist, was Sie möchten, dann werden wir das für Sie tun. Wir werden alles tun, was in unserer Macht steht, um Ihnen zu Ihrem Kind zu verhelfen." Er macht eine kurze Pause und fügt dann leise lachend hinzu: „Und wenn ich Ihnen beim nächsten Mal als Glücksbringer einen Pferdefuß ans Bett bringen soll – Sie müssen es nur sagen!"

Auch ich muss nun lachen und bin froh, dass Dr. Neumann so ist, wie er ist... ich spüre, dass er mit dieser Art von Humor versucht, mich aufzumuntern und mir gleichzeitig zu verstehen zu geben, dass er tatsächlich alles zur Erfüllung meines Wunsches tun würde, was als Arzt in seiner Macht steht.

Trotzdem gibt es noch zwei Fragen, die mir unter den Nägeln brennen... „Ich muss Sie noch etwas Wichtiges fragen: Es gibt so viele Kinderwunschzentren, die nach mehreren Fehlschlägen die verschiedensten Medikamente einsetzen... Was hat es zum Beispiel mit Cortison oder Intralipid auf sich?! Könnte mir so etwas nicht auch helfen?! Ich lese davon so oft in Zusammenhang mit einem Einnistungsversagen..."

Doch mit diesen Fragen stoße ich bei Dr. Neumann nicht auf eine Befürwortung. Er schüttelt ernst den Kopf. „Cortison ist ein entzündungshemmendes Medikament. Ich sehe nicht, wie es eine Schwangerschaft begünstigen soll. Das ist absoluter Blödsinn in meinen Augen. Bei dem Intralipid ist es genau dasselbe. Es handelt sich hierbei um eine Fettemulsion aus Sojabohnen… was genau soll das bewirken? In unserem Zentrum werden all diese vielversprechenden Medikamente nicht verabreicht. Sie bringen nichts außer Kosten für die Patienten."

„Ich weiß nur, was ich in den Internetforen gelesen habe, wo ich mich mit vielen betroffenen Frauen austausche und was scheinbar viele Zentren erfolgreich anwenden… Was ist, wenn ich es unbedingt damit ausprobieren möchte?", versuche ich es erneut.

Aber Dr. Neumann schafft es, mich auch in diesem Fall mit schlagfertigen Argumenten zu überzeugen. „Frau Schilling, ich weiß, wie sehr Sie sich ein Kind wünschen. Und ich kann mir vorstellen, dass Sie jede Hilfe in Anspruch nehmen möchten, um endlich schwanger zu werden. Dass Sie fast alles dafür tun oder einnehmen würden. Aber ich möchte nicht Ihre Verzweiflung ausnutzen, um Ihnen irgendwelche Medikamente zu verkaufen, die Ihnen womöglich schaden…

Ich selbst habe eine Tochter. Sie ist ungefähr in Ihrem Alter. Und ich möchte ehrlich zu Ihnen sein – würde meine Tochter hier vor mir sitzen, würde ich ihr dringend von diesem Zeug abraten. Noch weiß heute niemand genau, was diese Intralipidinfusionen im menschlichen Körper für Auswirkungen haben – ich kann Ihnen nur sagen, dass sie Ihnen höchstwahrscheinlich nicht dabei helfen werden, schwanger zu werden…"

Ich schlucke. Dass er mich mit seiner Tochter vergleicht, treibt erneut Tränen in meine Augen.

Er betont noch ein weiteres Mal seine Ansicht: „Ich gehe fest davon aus, es war einfach noch nicht DIE auserwählte Eizelle dabei – wird diese kommen, so wird sie sich einnisten. Und das ist der einzige Weg, Frau Schilling. Nicht die ganzen zusätzlichen Mittelchen und Medikamente, die Ihren Körper noch mehr belasten, als wir es sowieso schon hier tun."

Meine zweite Frage – nach den Kosten, die uns erwarten – habe ich über all dies schon wieder vergessen. Doch Dr. Neumann spricht dieses Thema von selbst an. Er erklärt mir, dass es einen Unterschied zu einem über die Krankenkasse abgerechneten Versuch und einer Selbstzahler-ICSI gibt. Und uns das Ganze bis zu 5000,-€ kosten könnte...

„Es kommt auf die Menge der gewonnenen Eizellen an, die im Labor anschließend bearbeitet werden müssen." Er sieht, dass ich schlucke und erst einmal sprachlos bin. „Überlegen Sie es sich noch einmal in Ruhe mit Ihrem Mann."

Doch ich schüttle festentschlossen den Kopf. „Nein. Ich möchte diese ICSI und mein Mann weiß das. Und ich möchte sie so schnell wie möglich. Auch weil so die Empfehlung aus Kiel lautet..."

Dr. Neumann weiß, wie ernst mir das ist. Dass wir keinen Rückzieher des Geldes wegen machen werden, solange wir noch etwas Erspartes übrig haben... Daraufhin reicht er mir einen neuen Behandlungsplan für Selbstzahler, auf dem die geschätzten Kosten aufgelistet sind.

Ich überfliege die Liste. Es ist so wie es ist. Mit Geld werden wir nicht glücklich sein. Mit unserem Wunschkind im Arm definitiv schon. Das ist das, was wir möchten. Also dürfen wir nicht aufs Geld schauen.

„Ich verstehe, Frau Schilling. Dann setzen wir im nächsten Zyklus die Behandlung fort. Kommen Sie wie gehabt am 21. Tag des Vorzyklus zur Voruntersuchung. Wenn alles in Ordnung ist, verwenden wir das gleiche Protokoll wie beim letzten Mal, da Ihr Körper auf das Medikament und den Zeitrahmen die besten Reaktionen gezeigt hat."

So könnte ich noch diesen Monat mit der Stimulation beginnen und im Februar würde die Punktion stattfinden... Ich kann es schon jetzt kaum erwarten! Vermutlich klingt das verrückt, dass ich mich auf die Fortsetzung der Behandlung „freue"... aber für mich fühlt es sich richtig an. Es ist nicht so, dass ich die Spritzen mag, die Vollnarkose genieße oder die

Schmerzen im Anschluss toll finde... ganz zu schweigen von den folgenden zwei Wochen voller Angst vor dem eventuell erneuten Fall – aber ich weiß, dass dieser Weg für uns die einzige Möglichkeit ist, ein eigenes Kind zu bekommen. Und dafür lohnt es sich in meinen Augen, all das immer wieder aufs Neue zu ertragen...

*****

Die Behandlung beginnt. Nach einer unauffälligen Voruntersuchung beginnt erneut die Stimulationsphase. Ich mache alles schon fast routiniert, die Spritzen stellen überhaupt kein Hindernis mehr für mich dar. Das klingt einerseits gut, ich finde es irgendwie aber auch ziemlich erschreckend, dass so etwas eigentlich sehr Aufregendes und zudem ziemlich Gesundheitsschädigendes, das man mit etwas Glück nur ein einziges Mal in seinem Leben durchführen muss, bereits zu einem fast schon selbstverständlichen Ritual geworden ist... Jeden Abend mehrere Spritzen, alle paar Tage mal eben 40 Kilometer zu einer Klinik für eine kurze Untersuchung, 40 Kilometer wieder zurück, zum Abschluss eine schmerzhafte OP unter Vollnarkose – und nebenbei weiterarbeiten, damit es den Mitmenschen nicht auffällt und vor allem weil gerade jetzt das Geld so eine große Rolle spielt...

Doch all diese Argumente, die dafür sprechen, es nicht immer und immer wieder zu tun, interessieren mich nicht. Ich bin gefangen in einem Kreislauf, durchlaufe wie selbstverständlich von Mal zu Mal dieselben Behandlungsstadien und in mir stauen sich die Emotionen...

Aber diesmal wird es klappen. Und wenn nicht, dann eben beim nächsten Mal. Ich habe das Gefühl, meine Gedanken sind in dieser Hinsicht fast abgestumpft... Ich möchte das so und wenn ich es noch zehnmal oder 20-mal machen muss. Oder 30- oder 40-mal. Auch wenn das Blödsinn ist und für uns unbezahlbar wäre. Aber im Moment ist mir das alles gleichgültig...

*****

Februar 2015.

Hier sind wir wieder. Alles auf Anfang.

Wartend auf eine gute Nachricht im Aufwachraum im Anschluss an die vierte Punktion. Als Dr. Neumann mit den Zahlen hereinkommt, bricht die stützende Selbstverständlichkeit, mit der wir an jeden Schritt herangehen, plötzlich doch weg und wir sind den Tränen nahe – es konnten nur vier reife Eizellen gewonnen werden...

Trotz aller Hoffnung und guten Willens kann es also auch nach hinten losgehen. Ich muss einsehen, dass zwar ICH will – mein Kopf. Mein Körper jedoch streikt. Er mag nicht mehr. Er gibt nicht mehr so viele Eizellen her... Wir haben das gleiche Protokoll angewendet wie beim letzten Mal, aber wir haben im Vergleich ein ziemlich miserables Ergebnis.

Dass mein Körper diesmal tatsächlich nicht so wollte, wie wir es uns gewünscht hätten, wird am folgenden Tag ein weiteres Mal bestätigt. Am Telefon bekommen wir die Nachricht, dass nur zwei von den vier Embryonen sich weiter entwickelt haben und die anderen beiden leider aussortiert werden mussten... Ich bin sehr enttäuscht. Von mir und der „Leistung" meines Körpers. Und von der Tatsache, dass gerade, wenn man nochmal richtig viel Geld und Kraft investiert, am Ende doch wieder alles umsonst gewesen sein könnte...

Die Hoffnung stirbt jedoch wie immer zuletzt! Der Arzt hat doch schon beim letzten Mal gesagt, dass es nicht auf die Menge ankommt. Dass eine einzige Eizelle ausreicht, um schwanger zu werden. Also gebe ich auch diese zwei kleinen Kämpferlein nicht auf und möchte sie schon bald abholen!

Diesmal liegt ein Wochenende zwischen der Punktion und dem Transfer – etwa drei Tage. Das sind mehr als bei den ersten zwei Versuchen und weniger als bei der zuletzt fehlgeschlagenen Blastozystenkultur, welcher wir auf keinen Fall ein weiteres Mal zustimmen wollten.

Zum Transfer empfängt uns erneut ein Vertretungsarzt. Aber er ist mir sehr lieb, denn er nimmt sich für den Vorgang besonders viel Zeit, kommentiert jeden einzelnen Schritt und zeigt uns im Anschluss auf dem Ultraschall-Bildschirm sehr genau, wo sich unsere beiden Krümelchen jetzt befinden. Er ist außerdem sehr zufrieden mit den beiden Zellhäufchen, die sich bereits zu hübschen Zehnzellern entwickelt haben. „Seien Sie nicht traurig, dass es nur diese beiden sind", sagt er uns zum Abschied. „Denn genau diese beiden sehen hervorragend aus!"

Ich schließe meine Augen und in mir keimt nochmals neue Hoffnung auf.

Ihr seid es – Eizelle Nummer 11 und 12.

Einen Namen möchte ich ihnen dieses Mal nicht geben. Das steigert nur meine Emotionalität noch mehr ins Unermessliche...

Aber ihr müsst es einfach sein! Ihr seid die auserwählten Eizellen – BITTE!!!

Warteschleife 6

Ich bin schon ab dem ersten Tag nach dem Transfer einfach neben der Spur. Die Aufregung zerfrisst mich förmlich von innen. Äußerlich tue ich so, als wäre nichts. Ich kann meine Mitmenschen nicht in meinen selbsterkorenen Strudel hineinziehen. Ich habe mir all das hier selbst ausgesucht. Es war meine Entscheidung, also muss ich da auch irgendwie allein durch. Jetzt heißt es: Angst hinunterschlucken und die letzte Hoffnung zusammenkratzen. Kopf oben halten und lächeln.

Doch Zuhause breche ich regelmäßig zusammen. Ich stehe neben mir. Ich liege auf meinem Bett und höre traurige Musik. Immer wieder fließen die Tränen und ich fühle mich völlig hilflos, kann nichts dagegen tun. Abends zünde ich mir eine Kerze an und beobachte den flackernden Schatten an der Decke, der durch das runde Glas, in dem die Kerze steht, ebenfalls kreisrund ist – mit einem doppelten Rand, der wie eine Zellwand aussieht – als bewege sich eine zitternde Eizelle an meiner Schlafzimmerdecke...

Und wieder Tränen. Alles verschwimmt. Ich habe das ungute Gefühl, ich werde nie mehr Herr über meine Emotionen. In meiner Verzweiflung spreche ich zu meinen Eizellen:

Meine beiden Kleinen. Ihr wisst, dass ich euch über alles liebe. Schon jetzt, kaum dass ihr in meinem Bauch seid. Ihr seid so winzig. Ihr seid so hilflos. Aber ich möchte für euch da sein! Ich bin eure Mama... und wenn ihr bei mir bleibt, tue ich alles dafür, dass es euch gut gehen wird. Das verspreche ich. Bitte bleibt bei mir! Ich möchte, dass ihr in meinem Bauch wachsen könnt. Ich möchte, dass ihr heranwachst und zu mir auf die Welt kommt. Und dann möchte ich euch in meinem Arm halten! Wenn ihr euch das auch vorstellen könnt – dann bleibt. Ich möchte euch eine gute Mutter sein...

Es gibt in dieser Warteschleife keine schmerzenden Brüste und keinen aufgeblähten Bauch. Keine Blutung und keinen Pipi-Test. Nichts dergleichen. Nur eine 16-tägige Hölle – mit Tagen voller Hoffnung... voller Tränen... voller Liebe... voller Angst... voller Mutlosigkeit... voller Ungeduld... Bis der Tag des Bluttestes wieder vor der Tür steht.

„Karsten", sage ich mit heiserer Stimme. „Ruf du bitte an. Ich bin nicht in der Lage, schon wieder mit ihnen zu telefonieren... tu du es diesmal..." Ich sehe ihn dabei aus feuchten und flehenden Augen an.

Wir sitzen an diesem späten Nachmittag gemeinsam Zuhause im Wohnzimmer und ich weiß nicht, wie lange ich mich noch zusammenreißen kann, bevor ich zusammenbreche... Ich habe Schweißausbrüche, aber gleichzeitig friere ich und meinen Körper durchläuft ein regelmäßiger Schauer, als hätte ich einen Schüttelfrost. Meine Zähne klappern förmlich. Wir wählen die Nummer und ich verberge mein Gesicht unter meinen Händen. Ich weiß nicht, ob ich das Ergebnis wissen will. Denn ich habe Angst vor dem unsäglichen Schmerz, der mich auf ein Neues überkommen wird, wenn es wieder negativ ist.

Wie es stattdessen sein könnte, wenn es tatsächlich einmal eindeutig positiv wäre, kann ich mir überhaupt nicht ausmalen…. Die Angst überwiegt. Aber so, wie es jetzt gerade ist, kann ich das alles auch nicht mehr.

Das Telefonat ist kurz und schmerzlos. Ich höre eine Stimme, aber ich verstehe nicht, was sie sagt. Ich sehe nur, wie Karsten wortlos wieder auflegt und mich aus feuchten Augen anschaut…

Ich sinke in seine Arme und mein Körper wird von einem Tränenkrampf durchschüttelt, der nicht mehr zu enden scheint.

Ich kann nicht mehr. Das alles war zu viel des Guten. Mein Wunsch ist nicht kleiner geworden – im Gegenteil. Aber das hier kann und will ich nicht mehr. Wieder taucht die Frage nach dem *Warum* auf. Aber keiner kann sie mir beantworten…

Sackgasse

Die kommenden Wochen sind grausam…

Ich verfalle erneut in meine Depression. Jeder Gedanke an die vergangenen Monate mit all dem, was wir durchgemacht haben, schmerzt. Jeder Gang auf die Straße – oder zur Arbeit – zeigt uns die heile Welt der glücklichen Familien. Und bringt noch mehr Schmerz. Ich habe das Bedürfnis, mit Dr. Neumann zu sprechen – was mir das bringen soll, weiß ich selbst nicht. Aber ich weiß, dass er mich besser tröstet, als jeder Psychologe.

Jedenfalls weiß ich nicht mehr weiter. Einen weiteren Versuch schaffe ich psychisch nicht. Mich mit einem kinderlosen Leben abzufinden, schaffe ich aber ebenfalls nicht. Hinzu kommt, dass uns der ganze Spaß insgesamt schon über

12.000,-€ aus eigener Tasche gekostet hat. Einen Großteil von unseren Ersparnissen. Das heißt, eine weitere Behandlung steht jetzt sofort erstmal sowieso nicht zur Debatte. Wir sind zum Sparen gezwungen.

Viel schlimmer als irgendwelche Geldsorgen schmerzt momentan jedoch einfach der allesüberragende Gedanke, dass wir tatsächlich kinderlos bleiben könnten. Nicht nur wenn wir jetzt aufgeben, sondern eventuell auch, wenn wir noch zehn weitere Behandlungen durchführen würden, die einfach wieder negativ enden könnten... Denn ich habe nun verstanden, dass ich eine Schwangerschaft mit keinem Geld und keinen Medikamenten dieser Welt erzwingen kann... entweder ein Kind möchte zu uns kommen oder es möchte eben nicht. Und scheinbar möchte es nicht. Mit dem Wunsch abschließen kann ich mit meinen knapp 28 Jahren aber trotzdem nicht. NOCH NICHT.

Es läuft einfach nur nicht nach „Plan"... Als mir dieser Gedanke durch den Kopf jagt, muss ich automatisch erneut an Ulettas Worte denken... an unser merkwürdiges Gespräch vor inzwischen fast sechs Jahren. Sie hatte Recht. So wie ich meinen Schulabschluss und meine Ausbildung plane, einen Termin für meine Hochzeit aufstelle und unsere Wohnung gestalte – so kann ich kein Kind planen. Das mag bei einigen funktionieren... aber so einfach ist es nicht bei jedem. Und wir gehören leider zu den Paaren, die länger kämpfen müssen.

Wir stecken also in einer Sackgasse. Weder weitermachen noch einfach aufgeben, ist für uns gerade drin. Also wieder warten, warten, warten. Dass der Weg zu unserem Wunschkind aus so viel Warterei bestehen würde, hätte ich im Leben nicht gedacht. Uns bleibt nichts anderes übrig, als wieder einmal das Arztgespräch abzuwarten.

Kapitel 5 – Pause

Kraft tanken

Ich sitze im Wartezimmer. Inzwischen ist es wie ein zweites Wohnzimmer für mich... denn trotz allem, was geschehen ist, kann ich nicht sagen, dass ich ungern an diesen Ort zurückkehre. Er ist liebevoll dekoriert und voller Menschen, die uns helfen möchten. Sie kennen sich mit diesem Thema aus und tun wirklich alles. Zwar verdienen sie auch ihr Geld damit, aber dafür sind sie beinahe rund um die Uhr für die Betroffenen zur Stelle.

Ich schaue in viele nervöse Gesichter. Die meisten Frauen lesen gerade ihren Behandlungsplan oder die „Gebrauchsanweisung", die beschreibt, wie man sich eine Spritze setzt. Ich muss unweigerlich lächeln... und frage mich, ob das ihr erster Versuch ist. Oder wer gerade noch auf den fünften oder sechsten Transfer wartet oder auf ein Nachgespräch wie ich, nach gefühlt unzähligen Behandlungen...

Sanft werde ich aus meinen Gedanken gerissen. Dr. Neumann steht direkt vor mir und holt mich höchstpersönlich aus dem Wartezimmer ab... Wir gehen diesmal nicht in irgendein Behandlungszimmer an irgendeinen Schreibtisch – sondern in sein eigenes großes Büro, in dem wir bereits einmal ganz zu Anfang zu unserem Erstgespräch saßen. Doch erst heute schaue ich mich genauer um. Das Zimmer ist warm und herzlich eingerichtet. In der Vitrine neben dem großen Schreibtisch stehen Bilder von seiner Familie – ihm, seiner Frau und seiner Tochter – die mich aus freundlichen Augen anlächeln.

Mir wird klar, dass dieser Arzt zwar Mitleid mit uns Kinderwunschpaaren haben kann – aber kann sich jemand, der selbst eine glückliche Familie hat, tatsächlich in die Lage von einem Paar hineinversetzen, welches gerade DAS die ganze Zeit erfolglos versucht zu bekommen?! Ich weiß es nicht...

Ebenso wenig weiß ich, was ich eigentlich von diesem Gespräch erwarte. Es ist nicht wie die letzten Male, bei denen ich ganz bestimmt wusste, dass ich einen Plan schmieden wollte, wie und wann es weitergeht. Diesmal ist mein Kopf leer. Und ich weiß überhaupt nicht, was ich sagen soll.

Trotzdem dauert dieses Gespräch eine knappe Stunde. Dr. Neumann nimmt sich so viel Zeit und ist so einfühlsam – dass ich beinahe die ganze Zeit über weinen muss. Er trifft mit seinen Aussagen und Fragen gewisse Nerven, die direkt auf meine Tränendrüse drücken. Ich kann mit ihm so offen reden, wie mit keinem Psychologen dieser Welt... und habe das Gefühl, dass nur er mich wirklich versteht.

Allerdings bleibt er bei seiner zuletzt getroffenen Aussage – dass er der Meinung sei, wir müssten nur die richtige Eizelle „einfangen" – dann würde ich Mutter werden. Aber er kann mir immer noch nicht sagen, wann diese Eizelle kommt.

„Frau Schilling, ich muss Ihnen gestehen, dass es mich selbst sehr frustriert, dass ich einer so jungen und eigentlich doch kerngesunden Frau wie Ihnen scheinbar nicht helfen kann... So einen Fall wie Ihren haben wir hier noch nie gehabt – nicht in diesem Alter. Ich muss zugeben: ich bin am Ende meiner Weisheit angelangt..."

Ich trockne meine Tränen und folge weiterhin seinen Worten.

„Nicht nur deshalb, sondern auch, weil ich sehe, dass auch Sie am Ende Ihrer psychischen Kräfte sind, rate ich Ihnen dringend zu einer längeren Pause. Wenn Sie es schaffen, ein Jahr lang zu warten, würde ich Ihnen diese Zeit sehr ans Herz legen. Sie sind noch so jung und haben Zeit – im Vergleich zu anderen Frauen hier. Und ich sehe, dass Sie für jetzt erst einmal psychologische Hilfe benötigen." Er überreicht mir einen Flyer von einer psychologischen Praxis, nur ein paar Straßen weiter vom Kinderwunschzentrum entfernt. „Die Therapeuten dort sind für solche Fälle ausgebildet und bei ihnen sind Sie gut aufgehoben."

Am liebsten würde ich ihm sagen, dass ich nicht wieder zu irgendeiner fremden Therapeutin gehen möchte – sondern ein einfaches Gespräch mit IHM für meine Seele die beste Medizin ist... Aber ich kann nicht aufhören zu weinen und aussprechen mag ich diesen Gedanken sowieso nicht. Denn er ist kein Therapeut – sondern ein erfolgreicher Kinderwunscharzt, der während meiner Auszeit vermutlich tausend anderen Frauen zu ihrem geliebten Wunschkind verhelfen wird...

*****

März 2015.

Die neue Therapeutin ist sehr lieb. Ich habe das Gefühl, dass sie mehr Ahnung von meinem emotionalen Innenleben hat, als die erste Psychologin aus meinem Ort. Erstmal hört sie sich meine ganze Geschichte an. Wieder fließen Tränen, aber das kenne ich ja schon nicht anders. Und auch sie scheint es gewohnt zu sein, denn neben mir steht auf dem Tisch eine Großpackung Taschentücher, von denen sie mir sofort welche anbietet.

Ich lasse alles heraus: Von meinem anfänglichen Kinderwunsch bis hin zur gescheiterten vierten ICSI – und finde während meiner Erzählung ganz plötzlich selbst zu einer Einsicht...

„Wenn ich das alles hier so erzähle...", bemerke ich ihr gegenüber, „dann erkenne ich, dass dieser Weg mich bis hierhin so viel Kraft gekostet hat, dass ich jetzt erstmal tatsächlich eine Pause brauche und auch möchte. Auch wenn der Wunsch noch immer von Tag zu Tag größer wird..."

159

Die Therapeutin nickt und fasst meine Ansichten kurz zusammen: „Ich sehe, dass Sie hin und hergerissen sind: Zwischen der nächsten ICSI und der ersehnten Pause – dass Sie nicht aufgeben, sondern bald weitermachen möchten und doch eigentlich jetzt noch nicht dazu bereit sind, weil Sie keine Kraft mehr haben. Hinzu kommt, dass Sie gern weiter versuchen möchten, herauszufinden, warum sich die Eizellen bei Ihnen nicht einnisten mögen."

„Richtig. Weil ich einfach nicht mehr daran glaube, dass unter so vielen guten Eizellen die Richtige noch nicht dabei war!"

„Frau Schilling, ich kann verstehen, dass Sie das Thema nicht ganz ruhen lassen können – aber trotzdem Abstand suchen möchten, den Sie in meinen Augen auch dringend brauchen, damit Sie wieder ganz zu sich selbst zurückfinden. Ich habe ein prima Bild für Sie, das Sie sich in Ihrer Vorstellung, wann immer Sie es brauchen, ausmalen könnten: Stellen Sie sich vor, wie Sie das ganze Kinderwunschthema – mit allem, was bisher geschehen ist, mit der ganzen Trauer und auch allem, was Sie jetzt noch neu untersuchen lassen möchten oder womit Sie sich gerade zu dem Thema sonst noch beschäftigen – als Akte in einen großen Ordner heften. In Ihrem Kopf stellen Sie sich ein großes Regal vor – darin befinden sich noch viele andere Ordner zu verschiedenen Themen. Und in dieses Regal stellen Sie auch den Kinderwunschordner. Lassen Sie ihn dort ruhen und holen Sie nun gezielt erst einmal andere Ordner hervor... zum Thema Urlaub zum Beispiel. Egal was, Hauptsache es ist etwas Erfreuliches, das zu Ihrer Entspannung beiträgt und Sie positiv ablenkt. Sodass der Kinderwunschordner fürs Erste im Regal stehenbleiben kann."

Ich muss schlucken. „Ehrlich gesagt, kreisen meine Gedanken momentan aber fast NUR um das Thema Kinderwunsch... ich weiß nicht, ob ich das schaffe."

„Versuchen Sie es trotzdem. Und der Kinderwunschordner ist ja nicht weg – Sie können ihn jederzeit hervorholen, wenn Sie das starke Bedürfnis haben, sich gerade in diesem Moment wieder mit dem Thema zu befassen oder wenn es irgendwelche neuen Untersuchungsergebnisse gibt, die Sie sozusagen *abheften* möchten. ABER der Ordner soll nicht die ganze Zeit aufgeschlagen vor Ihnen liegen – sondern so oft wie möglich zugeklappt im Regal ruhen…"

Mit dieser Vorstellung kann ich mich tatsächlich anfreunden – es klingt, als könnte mir diese Idee zu einer etwas mehr entspannten Pause verhelfen.

Knuddelbär Peer

April 2015.

Wir warten bereits seit einer Viertelstunde auf der Terrasse bei *Bosco* auf Peer, haben schon einmal einen Kaffee bestellt und genießen die warme Frühlingssonne.

Typisch – die Pünktlichkeit in Person war er schon damals nie gewesen. Das hat sich also nicht geändert… Ich schaue mich um, ob ich ihn vielleicht irgendwo schon entdecken kann.

Dann hält ein schwarzer Peugeot auf dem Parkplatz auf der anderen Straßenseite und tatsächlich sehen wir, wie Peer aussteigt: Gekleidet in einer hellen Leinenhose, einem oberhalb etwas aufgeknöpften Kurzarmhemd und einer Sonnenbrille auf der Nase. Er sieht in unsere Richtung, setzt die Brille auf sein dunkles Haar und sein herzlichstes Lächeln erscheint auf seinem Gesicht, als er uns entdeckt. Strahlend kommt er über die Straße auf unseren Tisch zu.

„Zuerst die Dame", sagt er in meine Richtung und nimmt mich fest in seine Arme. „Meine Kleine", erinnert er sich und hält mich dabei so lange und so sehr fest, dass mir beinahe die Luft wegbleibt.

„Knuddelbär", flüstere ich und schließe die Augen. Ich hatte ihn tatsächlich sehr vermisst, aber war in den letzten

Monaten einfach mit anderen Dingen zu beschäftigt gewesen. Die Umarmung nach so langer Zeit tut gut.

„Würdest du meine Frau auch irgendwann wieder loslassen?", scherzt Karsten neben uns.

Peer gibt mich frei und begrüßt nun auch Karsten mit einem Handschlag und einer kurzen Umarmung. „Sorry Kumpel. Deine Frau riecht einfach zu gut", grinst er.

Wir setzen uns.

„Du musst uns sofort alles erzählen!", platzt es neugierig aus mir heraus. „Karsten sagte, du arbeitest jetzt in einem Fitnesscenter?!"

Peer lächelt und antwortet: „Ja. Ich arbeite als Personal Trainer."

„Wow…", staune ich. „Ja, man sieht, dass du fit bist!" Ich schaue mir seine definierten Oberarme genauer an und kneife zum Test vorsichtig an einer Stelle hinein.

Mit einem Seitenhieb in Karstens Richtung sage ich grinsend: "Schneid' dir mal bitte eine Scheibe davon ab!"

„Hey hey, was soll das denn heißen?", beschwert sich Karsten. „Ich arbeite ja wohl den ganzen Tag hart genug bei jedem Wetter draußen, das ist für mich genug Fitnesstraining! Außerdem, wenn ich in so einem Studio arbeiten würde, glaub mal, dann hätte ich auch so einen Traumkörper – dafür weniger Rückenschmerzen! So kriegt jeder in seinem Job was geschenkt…"

Wir müssen alle ein wenig lachen, obwohl es die traurige Wahrheit ist, die Karsten ausgesprochen hat.

Dann meldet sich Peer zu Wort. „Jetzt mal zu euch… ihr beiden habt es zurzeit nicht leicht." Er schaut in meine Richtung. „Karsten hat erzählt, was für Probleme ihr habt… geht's dir denn körperlich soweit gut?"

Mein Blick wandert in meine Cappuccino Tasse, die ich zur Hälfte ausgetrunken habe und ich weiß nicht so recht, ob ich darüber hier und jetzt schon wieder reden mag… „Es ist so viel passiert…", setze ich an, ohne Peer dabei anzusehen. „Und ich…" Ich stocke. Das letzte negative Ergebnis ist erst wenige Wochen her und es tut immer noch zu sehr weh... Ich spüre, wie Tränen in meinen Augen aufsteigen.

Peer legt seine Hand auf meinen Arm. „Ist schon gut, Kleine", sagt er verständnisvoll. „Du musst nicht drüber reden, wenn du nicht magst. Dann erzählt mir lieber was anderes!", versucht er das Thema zu wechseln. „Stella und David haben geheiratet? Wer ist sonst noch so einfach in die Ehe getreten, während ich weg war?"

Ich atme erleichtert auf. „Entschuldigt mich kurz", sage ich und gehe in das Café hinein in Richtung der Damentoilette. Im Waschraum angekommen, schließe ich die Tür hinter mir und atme ein weiteres Mal tief durch. Ich trete vor einen Spiegel und sehe hinein. Ein blasses Gesicht mit dunklen Augenrändern schaut mir traurig entgegen. Ich dachte, diese Pause würde mir gut tun. Aber irgendwie lässt mich der unerfüllte Wunsch nicht rasten... Mein Körper erholt sich von den Strapazen – aber ob meine Seele dazu ebenfalls in der Lage ist, wage ich zu bezweifeln... ein Freund spricht mich auf das Thema an und ich kann nichts dagegen tun, dass sofort wieder die Tränen rollen möchten – dabei hatte ich mich so sehr auf Peer gefreut...

Ich tupfe die verschmierte Wimperntusche unter meinem linken Auge vorsichtig mit einem Papiertuch ab und möchte wieder nach draußen zu den zwei Männern gehen. Ich muss mich zusammenreißen. Wer weiß, wann wir Peer das nächste Mal wiedersehen werden...

Als ich durch die Terrassentür hindurchtreten möchte, die sich ein paar Meter von unserem Tisch entfernt befindet, sehe ich, wie sich Karsten und Peer angespannt unterhalten. Karsten schaut etwas skeptisch oder griesgrämig drein – aber ich verstehe nicht, über was sie reden.

Als ich mich dem Tisch nähere, verstummen sie plötzlich... ich setze mich und sehe erst Karsten, dann Peer verwirrt an. „Ist irgendwas?!", frage ich die beiden.

Karsten schüttelt den Kopf. „Nein, alles okay. Wir sprachen gerade über... Samiras und Pauls Verlobung..."

Ich sehe, wie sich Peer verlegen an der Stirn kratzt und merke, dass Karsten flunkert... was auch immer die beiden gerade besprochen haben – es ging nicht um eine Verlobung...

Doch ich möchte keinen Streit und steige einfach drauf ein: „Ja, sie werden diesen Sommer auch heiraten!" Ich setze dabei ein fröhliches Lächeln auf.

Der weitere Gesprächsverlauf hat einen etwas bitteren Beigeschmack... Zwar reden wir auch über alte Zeiten, in denen wir viel Spaß hatten – und lachen zusammen über Erinnerungen. Aber die Stimmung ist irgendwie gedrückt und schon bald gibt Karsten vor, dass ihm ein wenig zu kalt sei und er schon einmal zum Zahlen hineingehen würde.

Kaum ist er aus unserem Sichtfeld verschwunden, spricht Peer erneut das Kinderwunschthema an...

„Karsten hat beim letzten Treffen erzählt, dass du sehr unter eurem Wunsch leidest und letzten Sommer auch an deine körperlichen Grenzen gestoßen bist... Wenn du irgendwann einmal reden möchtest – mit jemand anderem als Karsten – ich bin für dich da, Kleine. Und habe ein offenes Ohr für dich." Ein aufmunterndes Lächeln erscheint auf seinen Lippen und er nimmt meine Hand, die ich auf meinem Bein abgelegt hatte. „Ruf mich einfach an oder schreib mir, wenn du mich brauchst, okay?"

„Danke Knuddelbär. Im Moment ist einfach... alles noch so frisch. Ich komme vielleicht mal drauf zurück, wenn ich reden kann..." Daraufhin ziehe ich meine Hand wieder zurück. Ich weiche seinen Blicken aus, weil sich ein seltsames Gefühl in mir breit macht... Plötzlich erinnere ich mich, dass es schon damals vor der Hochzeit Momente gegeben hat, in denen mir Peer das Gefühl gab, mehr für mich zu empfinden als nur Freundschaft. Es war immer nur eine Ahnung in mir gewesen, aber jetzt kommt dieses Gefühl wieder in mir hoch... Irgendwie bin ich erleichtert, als Karsten wieder neben uns auftaucht und wir uns verabschieden können.

Peer steht auf und während er seine Sachen zusammenpackt, sagt er noch: „Ich bin den Rest dieser Woche noch hier bei meinem Dad, ab Sonntag dann wieder in der City. Falls ihr nochmal Lust habt, was zu starten – würde mich freuen. Ansonsten wünsch ich euch was." Peer nimmt mich wieder in den Arm und sagt leise: „Pass auf dich auf, meine Kleine."

Dann verabschiedet er sich auch von Karsten und als Peer die Autotür hinter sich schließt und davonbraust, schaut Karsten ihm mit einem grimmigen Blick nach. „Wir müssen reden, mein Engel", sagt er in einem bitteren Tonfall.

Ich schaue ihn fragend an. „Was meinst du? Was stimmt nicht zwischen dir und Peer?! Worüber habt ihr vorhin geredet, als ich zur Toilette war?!"

„Über dich…"

„Wie bitte? Über…"

„Komm jetzt erstmal zum Auto", unterbricht er mich und zieht mich an der Hand zum Parkplatz.

Als wir die Autotüren von innen schließen, schaut mich Karsten ernst an. „Ich glaube, dass Peer… mehr möchte als nur ein guter Freund sein."

Ich schlucke. „Was willst du damit sagen?" Ich befürchte, dass Karsten es inzwischen auch gemerkt hat…

„Ich muss dir was erzählen", beginnt er. „Erinnerst du dich an unseren Trip nach Paris mit Peer, Phil und Stella?"

Im Jahr 2007 waren wir zu fünft über ein Wochenende nach Paris geflogen. Karsten und ich waren das einzige Pärchen.

„Natürlich erinnere ich mich! Du hast mir dort den Heiratsantrag gemacht!"

Karsten nickt. „An dem Abend nach dem Antrag wollten du und Stella früh schlafen gehen und wir Jungs haben noch bei Peer und Phil auf dem Zimmer Karten gespielt. Wir haben einiges getrunken und Peer begann, wirres Zeug zu reden…", erinnert sich Karsten. Sein Blick geht durch die Scheibe in die Ferne und er erzählt weiter. „Eine Sache, die er sagte, habe ich bis heute nicht vergessen…"

Ich sehe Karsten neugierig an. „Was? Was hat er gesagt?!", will ich wissen.

Karsten schaut mich nun wieder an. „Er fragte mich, wenn wir beide uns jemals scheiden lassen würden... ob er dich dann haben dürfte... Er würde dich sofort nehmen, weil es so eine tolle Frau wie dich bestimmt nicht noch einmal gäbe..."

Ich bin geschockt... warum hatte Karsten mir das all die Jahre verschwiegen? „Wieso erzählst du mir das erst jetzt, Karsten? Wieso nicht damals?"

Doch Karsten schnaubt abfällig. „Ach, damals! Damals dachte ich, das sind nur die unbedeutenden Worte eines Betrunkenen! Ich habe ihn nicht ernst genommen, sondern mich geschmeichelt gefühlt, dass ausgerechnet ICH so ein Glück hatte, diese tolle Frau heiraten zu dürfen!"

Ich sehe ihn ernst an. „Und was ist jetzt anders?", frage ich ihn.

Karsten erwidert meinen Blick. „Ich habe gesehen, wie er dich ansieht, mein Engel. Ich glaube, er... meinte es damals verdammt ernst und hat immer noch Gefühle für dich." Karsten seufzt und schaut irgendwo in den Fußraum des Wagens. „Ich hab ihn vorhin darauf angesprochen... ich konnte nicht anders! So wie er dich umarmt und dich anschaut!" Er macht eine kurze Pause. „Natürlich hat er es abgestritten. Das war es, worüber wir diskutiert haben, als du auf der Toilette warst."

Jetzt verstehe ich die merkwürdigen Reaktionen der beiden, als ich wieder nach draußen kam. Also habe ich mir das nicht eingebildet, dass es so wirkte, als würde Peer mehr für mich empfinden als nur Freundschaft...

„Schatz, auch wenn es danach aussieht oder er damals sowas gesagt hat – Peer würde es niemals wagen, mich ernsthaft anzugraben! Ihr seid schon so lange befreundet – lange bevor ich in dein Leben kam. Diese Freundschaft würde er nicht aufs Spiel setzen, davon bin ich überzeugt. Selbst wenn es wahr ist – wenn er solche Gefühle haben sollte – es würde nichts passieren." Ich sehe ihn mit festem Blick an und füge lächelnd hinzu: „Außerdem gehören zu so etwas immer zwei Personen. Aber ich liebe nur DICH." Daraufhin gebe ich ihm einen sanften Kuss. „Können wir jetzt nach Hause fahren?"

166

Karsten lächelt ebenfalls erleichtert und nickt. Ich hoffe, dass ich hiermit die Wogen seiner Eifersucht ein wenig glätten konnte. Denn einen Streit unter alten Freunden brauchen wir zusätzlich zu dem anstrengenden unerfüllbaren Kinderwunsch nicht auch noch.

Erneut auf Spurensuche

Ich besuche die Therapeutin noch ein weiteres Mal. Mit ihr zu sprechen, tut mir wirklich gut und sie hat immerhin Verständnis für mein Bedürfnis, mich weiterhin mit dem Thema auseinanderzusetzen – sie möchte nicht auf Biegen und Brechen einen *Plan B* aus mir herausprügeln. Und lässt mir meine Hoffnung darauf, dass ich irgendwann in diesem Leben vielleicht doch noch Mutter werden darf...

„Wir haben einen schönen Urlaub geplant", erzähle ich ihr bei diesem zweiten Besuch. „Wir möchten im Sommer für zehn Tage nach Mallorca fliegen und in dieser Zeit komplett vom Kinderwunsch Abstand nehmen. Und unsere Zweisamkeit noch einmal so richtig genießen..."

„Diese Idee finde ich hervorragend, Frau Schilling! Eine solche Auszeit wird Ihrer Seele und Ihrer Beziehung mit Sicherheit sehr gut tun. Außerdem haben Sie nun etwas gefunden, auf das Sie sich richtig freuen können!" Sie lächelt – zufrieden, dass Ihr Vorschlag von unserem letzten Gespräch Anklang gefunden hat.

Ich erzähle ihr allerdings auch, dass ich bis dahin meine Füße nicht ganz still halten kann. „Wir haben uns trotz allem entschieden, noch vor dem Urlaub zwei Dinge zu erledigen: Erstens möchten wir eine immunologische Praxis ins Boot holen, die unser Blut untersuchen soll, um herauszufinden, ob es nicht vielleicht doch einen Grund für die Einnistungsstörung gibt..."

Auch dafür zeigt die Therapeutin viel Verständnis. „Tun Sie alles, was zu Ihrer innerlichen Entspannung und Beruhigung beiträgt – solange Sie sich nicht wieder allzu sehr in das Thema hineinsteigern."

Ich nicke. „Und zweitens: Wir haben uns ein anderes Kinderwunschzentrum ausgesucht, über das wir im Netz gute Erfahrungsberichte gelesen haben. Obwohl wir uns im bisherigen Zentrum bis auf wenige Ausnahmen sehr wohl gefühlt haben, hatten wir zuletzt das Gefühl, hier erstmal nicht weiterzukommen. Daher möchten wir uns gern eine Zweitmeinung im Zentrum in Espelstein einholen... und haben sogar schon einen Termin für ein Erstgespräch ausgemacht, das Ende des Monats stattfinden wird."

Wieder lächelt und nickt die Therapeutin verständnisvoll. „Das ist alles Ihnen überlassen. Ich finde, dass Sie nach der recht kurzen Zeit, die vergangen ist, schon viel besser mit der Situation umgehen können. Sie haben einen guten Plan, aber versuchen neben dem Kinderwunsch auch Zeit für sich zu finden, mit der Sie einen guten Ausgleich schaffen können. Und da Sie bei diesem zweiten Besuch keine einzige Träne mehr vergossen haben, möchte ich Sie fürs Erste sozusagen *entlassen*. Lassen Sie den Kinderwunschordner weiterhin im Regal und holen Sie ihn, wie Sie es im Moment planen, jederzeit nur kurz hervor. So gehen Sie Schritt für Schritt in die richtige Richtung, ohne zu verzweifeln. Wenn Sie in den kommenden Monaten das Bedürfnis haben, mich noch einmal zu besuchen, um etwas loszuwerden, können Sie jederzeit gerne anrufen und noch einmal zu mir kommen. Aber so wie es momentan aussieht, wissen Sie genau, was Sie möchten und wie Ihr Weg geplant ist, ohne dabei wieder in eine Depression zu verfallen. Mit viel Geduld für weitere Untersuchungen und ebenso viel Zeit für sich und für Sie beide als Paar."

So kommt es, dass ich mit Karsten beschließe, bis zu einer neuen ICSI etwa ein halbes Jahr verstreichen zu lassen. Alles in Ruhe anzugehen, um ganz zu uns als Paar zurückzufinden. Trotzdem geben wir dabei den Kinderwunsch nicht ganz auf, sondern folgen weiterhin den Spuren, die uns vielleicht und hoffentlich einige Antworten auf unsere Fragen liefern.

*****

Während wir auf das Erstgespräch im neuen Kinderwunschzentrum warten, recherchieren wir, welche Praxis, die sich mit Immunologie beschäftigt, uns am besten helfen könnte und stoßen auf ein ganz besonderes Labor für spezielle Immundiagnostik. Leider liegt es viel zu weit entfernt und wir möchten nicht schon wieder durch halb Deutschland reisen, um uns dort untersuchen zu lassen.

Doch es geht zum Glück auch anders – es gibt die Möglichkeit, unser Blut zur Untersuchung in dieses Labor zu schicken, um auf diese Weise die wichtigsten Informationen über unseren Immunstatus feststellen zu lassen. Das möchten wir uns nicht entgehen lassen.

Nachdem ich zunächst alle bisherigen Befunde aus dem alten Zentrum, sowie aus dem Immunologie-Institut der Uniklinik in Kiel angefordert und außerdem eine Zusammenfassung unserer ganzen bisherigen Geschichte geschrieben habe, schicken wir all dies der zuständigen Transfusionsmedizinerin des besagten Labors zu. Kurz darauf erhalten wir ein kleines Päckchen mit ziemlich vielen Plastikröhrchen für eine Blutentnahme. Wir lassen uns bei meinem Gynäkologen Dr. Alves vor Ort Blut abnehmen und schicken es zurück ans Labor.

Nun heißt es wieder warten, denn die Auswertung nimmt einige Wochen in Anspruch…

*****

In der Zwischenzeit versuchen wir, zur Ruhe zu kommen, die traurige Zeit des Scheiterns und der Verluste zu verarbeiten und hinter uns zu lassen. Ich finde mich mit der Tatsache ab, dass in den nächsten Monaten erst einmal keine weitere ICSI

169

stattfinden wird und versuche mich mit dem Gedanken anzu-
freunden, dass wir – wenn wir irgendwann bereit sind, in eine
neue ICSI zu starten – nicht in das gewohnte „gute, alte Wunderzentrum" zurückkehren werden. Dass mich nicht weiterhin
Dr. Neumann behandeln wird, zu dem ich eine wirklich vertrau-
te Beziehung entwickelt habe, sondern wir neue Ärzte über
unsere bisherige Geschichte schauen lassen möchten – die
sich neben dem immundiagnostischen Labor eine eigene Meinung zu dem bisherigen Verlauf bilden und möglicherweise
eine Idee haben, wie man das Ganze vielleicht aus einem
neuen Standpunkt heraus betrachten und mit neuen Ansätzen
herangehen kann...

Diese Hoffnung setze ich in das neue Zentrum und erkenne: Ja, da ist sie wieder. Die Hoffnung ist schon wieder
dabei, zu mir zurückzukehren.

*****

Als ich wenige Tage später in der Bank vor dem Automaten
stehe und darauf warte, dass meine EC-Karte wieder heraus-
kommt, schaue ich zufällig in den Spiegel über dem Service-
bildschirm und erschrecke: Zwei dunkelbraune Augen erscheinen hinter mir und schauen mich an – auf dem dazugehörigen
Gesicht erscheint ein Lächeln... dann erkenne ich, wer es ist
und drehe mich aufatmend um. „Peer!" Ich muss erleichtert
lachen und wir drücken uns zur Begrüßung. „Was machst du
hier?"

Peer bedient beim Reden den Geldautomaten. „Ich war
nochmal übers Wochenende bei meinem Vater und wollte ein
bisschen Spritgeld für die Heimfahrt holen." Er lächelt freundlich und beinahe schüchtern. Dabei nimmt er das Geld aus
dem Automaten an sich und wendet sich wieder mir zu. „Ich bin
vielleicht demnächst häufiger in eurer Nähe... meinem Dad
geht es gesundheitlich nicht gut – du weißt schon, wegen dem
Schlaganfall und so weiter... Ich werde die kommenden Wo-
chenenden mehr hier in Mühlborg verbringen und vielleicht

sogar eine Weile ganz bei ihm wohnen. Bis wir geklärt haben, ob er eine Pflegekraft braucht…"

„Oh… das tut mir Leid für deinen Vater!"

„Wir kommen alle in das Alter", sagt Peer mit einem traurigen Lächeln und schaut auf seine Füße.

Gemeinsam verlassen wir das Bankgebäude und gehen in Richtung Parkplatz. Der Himmel ist ganz dunkel geworden und es sieht nach Regen aus.

Peer schaut nach oben. „Ich muss wieder los, Kleine", sagt er plötzlich. „Komm nochmal her!" Dabei nimmt er mich fest in den Arm und lässt mich wieder einmal lange nicht los. „Ich hab euch vermisst, dich und Karsten", sagt er leise und atmet tief ein – als würde er den Duft meines Haares in sich aufsaugen wollen.

Ich weiß nicht, was ich sagen soll – ich genieße die Umarmung – währenddessen denke ich an Karstens Worte… Aber ich kann mir beim besten Willen nicht vorstellen, dass unser Knuddelbär irgendwelche bösen Absichten haben könnte…

Peer löst die Umarmung und bemerkt scheinbar, wie ich ihn ansehe. „Ist alles in Ordnung?"

„Ja, ähm… ja! Alles okay!"

„Kleine – mein Angebot steht: Wenn du jemanden zum Reden brauchst, ich bin für dich da!" Mit diesen Worten lässt er mich im wahrsten Sinne des Wortes im Regen stehen – denn dicke Tropfen beginnen vom Himmel zu fallen, als er zu seinem Wagen läuft.

Ich bin nach dieser Umarmung irgendwie perplex und bleibe noch eine Weile mitten auf dem Parkplatz stehen – bis mich direkt neben mir eine laute Hupe aufschrecken lässt… Dann mache auch ich mich auf den nassen Heimweg.

Das neue Kinderwunschzentrum

Obwohl ich nach der Rückmeldung per Mail im März erst einmal entsetzt gewesen war, wie lange wir auf einen Kennenlerntermin in diesem Zentrum warten sollen, ist die Zeit im Endeffekt wie im Flug vergangen und wir machen uns auf den Weg zu unserem Erstgespräch.

Der Weg dorthin ist lang und führt uns viel über die Autobahn. Fast 75 Kilometer fahren wir bis nach Espelstein. Das ist fast so viel wie im alten Kinderwunschzentrum hin UND zurück... Aber mein gutes Gefühl der Hoffnung sagt mir, dass wir das auf uns nehmen sollten. Um die Ärzte kennenzulernen und uns eine neue Meinung anzuhören. Möglicherweise sehen sie das Ganze völlig anders und haben eine Idee, wie uns doch noch geholfen werden kann.

Doch als wir den Teil von Espelstein erreichen, in dem unser neues *Wunderzentrum* sich befinden soll, sehen wir nicht gerade das, was wir uns unter einem aufregenden Ort voller neuer, sprudelnder Ideen, Hoffnung und Zuversicht vorgestellt hatten... Der Stadtteil an sich ist grau und trist. Es gibt keine Parkplätze hinter der Praxis, wie es in Dornaub immer gewesen ist, sondern wir müssen auf der anderen Straßenseite in ein dunkles und teures Parkhaus hineinfahren. Anschließend suchen wir den Eingang an einem hohen, unfreundlichen Gebäude auf und ich muss gestehen, dass ich das neue Kinderwunschzentrum voller Unbehagen betrete...

Es ist alles sehr weiträumig und ziemlich kühl eingerichtet. Es gibt kein kleines freundliches Wartezimmer, sondern nur zwei großzügige offene Wartebereiche, von denen man fast direkt in das kleine Labor für die Blutentnahme hineinsehen kann. In einem dieser Bereiche nehmen wir Platz und schauen uns die riesigen merkwürdig abstrakten Gemälde an, die in unseren Augen alles andere als nette Deko darstellen.

Im Vergleich zum anderen Zentrum warten wir ziemlich lange. Irgendwann werden aber auch wir endlich aufgerufen. Wir bekommen eine Zimmernummer gesagt und müssen dieses Büro in dem langen Flur selbst aufsuchen. Dort setzen wir uns schon einmal und warten darauf, welche Art von Arzt gleich zur Tür hereinkommen mag...

Doch zum Glück werden wir immerhin in diesem Punkt positiv überrascht. Es ist eine Ärztin, die das Zimmer betritt – sie lächelt uns freundlich und aufmunternd zu, als sie uns begrüßt, stellt sich als Fr. Dr. Wohlberg vor und nimmt uns gegenüber am Schreibtisch Platz. Dann schlägt sie unsere wirklich sehr dicke Akte auf, die wir aus dem alten Kinderwunschzentrum bereits im Vorfeld haben hierhin schicken lassen.

Sie begegnet uns mit einem Blick, der viel Mitgefühl zeigt. „Familie Schilling, ich heiße Sie herzlich willkommen in unserer Praxis! Ich habe Ihre ziemlich dicke Akte gründlich studiert und es tut mir sehr leid, was Sie in Ihrem jungen Alter bereits für einen langen, steinigen und leider trotzdem bisher erfolglosen Weg hinter sich gebracht haben." Sie macht eine kurze Pause und erklärt dann weiter. „Auf den ersten Blick weiß ich nicht, was in Dornaub schief gelaufen sein könnte. Ich kenne die Ärzte aus diesem Zentrum und vor allem auch Dr. Neumann sehr gut – man trifft sich auf Kongressen und so weiter. Und ich muss ehrlich sagen, ich hätte eine Behandlung bei Ihnen ähnlich durchgeführt. Um eine ICSI kommen Sie ja aufgrund der wirklich schlechten Spermienqualität leider nicht herum...

Wenn ich es an den vorliegenden Spermiogrammen richtig erkenne, dann ist die Qualität leider von Mal zu Mal schlechter geworden. Was beispielsweise auch am psychischen Stress liegen könnte, den man sich selbst mit jedem weiteren Versuch mehr macht. Das Einzige was ich aber noch gern überprüfen würde, wäre die Qualität Ihrer Eizellen, Frau Schilling."

Ich schlucke und bin überrascht. „Die Qualität meiner Eizellen wurde in Dornaub immer gelobt!", teile ich Fr. Dr. Wohlberg mit. „Wie kann man das überprüfen?"

„Ich glaube eigentlich auch nicht, dass Ihre Eizellen qualitativ schlecht sind, da Sie noch sehr jung sind und sich die Embryonen nach der Befruchtung immer zeitgerecht entwickelt haben. ABER ich sehe im Verlauf der vergangenen sechs Ver-

173

suche keine einzige Blastozyste – da es ja nur einen einzigen Blastozystentransfer gegeben hat, den man gar nicht so nennen kann, weil nicht die kompletten fünf Tage abgewartet wurden, wenn ich das richtig sehe!"

An diesem Punkt wird Karsten hellhörig. „Bedeutet das, hier bei Ihnen wird eine andere Art der Blastozystenkultivierung vorgenommen? Um die Qualität mehrerer Embryonen besser zu beurteilen? Inwiefern wird das Embryonenschutzgesetz dabei berücksichtigt?"

Fr. Dr. Wohlberg überlegt kurz, aber ihre Antwort ist ziemlich klar: „Es ist eigentlich so: Es dürfen nie mehr als zwei oder drei Embryonen bis zum Blastozystenstadium kultiviert werden – je nachdem, wie viele man im Anschluss transferieren möchte. In Ihrem Alter sind das definitiv nur zwei. Aber in einem solch extremen Fall mit so vielen negativen Ausgängen ist es absolut in Ordnung und nachvollziehbar, mehr Eizellen *ins Rennen zu schicken*, damit die Chance auf ein paar gute Blastozysten auf jeden Fall gegeben ist. Wenn tatsächlich mehr Blastozysten entstehen, als benötigt werden, ist es auch erlaubt, eine oder zwei übrige von ihnen einzufrieren. Aber das ist so gut wie nie der Fall.

Jedenfalls geht es mir darum, erst einmal zu sehen, ob Ihre befruchteten Eizellen überhaupt in der Lage sind, sich so weit zu entwickeln! Es kann ja schließlich sein – auch wenn es eher unwahrscheinlich ist – dass die Eizellen kurz vor dem Blastozystenstadium einfach in der Entwicklung stehen bleiben. Und das herauszufinden, steht für mich zunächst an erster Stelle. Ich würde also gern so viele Eizellen wie möglich gewinnen, um eine lohnenswerte Blastozystenkultur für fünf Tage anzulegen."

Karsten und ich schauen uns zufrieden nickend an und sind uns einig, dass wir diese neuen Gedanken der Ärztin gut finden. „Damit sind wir einverstanden", sage ich lächelnd zu ihr. „Wir waren eigentlich gegen jeden weiteren Blastozystenversuch, aber unter diesen Bedingungen und mit der Gewissheit, dass dabei keiner unserer Embryonen einfach zu früh verworfen wird, können wir uns das noch einmal vorstellen!"

Eines muss jedoch zusätzlich noch geklärt sein. Ich erzähle der Ärztin, dass wir nicht direkt starten möchten, sondern beschlossen haben, erst einmal eine längere Pause zu machen. „Der Grund dafür liegt unter anderem darin, dass wir vor einigen Wochen unser Blut in ein spezielles immundiagnostisches Labor geschickt haben und nicht mit einer ICSI starten möchten, bevor wir die Ergebnisse vorliegen haben."

Dafür hat Fr. Dr. Wohlberg Verständnis. „Melden Sie sich doch einfach, wenn Sie etwas Neues wissen und geben uns, wann immer Sie möchten, den Startschuss für die ICSI. Sobald Sie sich dazu bereit fühlen. Bevor Sie gleich gehen, möchte ich aber noch ein wenig Blut von Ihnen beiden haben. Ich möchte ein paar Hormonwerte genauer unter die Lupe nehmen – unter anderem Ihren *AMH-Wert*, Frau Schilling. Dabei handelt es sich um das sogenannte *Anti-Müller-Hormon*, das eine Einschätzung Ihrer Eizellreserve zulässt. Gehen Sie hierfür bitte nach vorne ins kleine Labor."

Dieser Wert wurde in Dornaub nie auch mit nur einem Wort erwähnt, obwohl ich finde, dass er wichtig und auch ziemlich interessant klingt...

Mit vielen neuen Eindrücken verlassen wir das Kinderwunschzentrum, nachdem uns Blut entnommen wurde und ich weiß im ersten Moment nicht, was ich denken soll. Es gibt doch einige Ideen, die Fr. Dr. Wohlberg hat, die im alten Zentrum nie angesprochen wurden. Ich habe verstärkt das Gefühl, dass dort nur nach einem Schema F gearbeitet wird und auch wenn es nicht funktioniert, wird dieses immer wieder aufs Neue abgespult... Klar, wurden auch mal hier und dort die Medikamente und das Protokoll leicht abgeändert, um bessere Ergebnisse zu erzielen. Aber das Gefühl, dass ein weiterer Versuch so wie hier erst einmal komplett neu überdacht wird, hatte ich nie... und bereue es ein wenig, dass ich die vierte ICSI einfach so, ohne nach links und rechts zu schauen, noch dort habe durchführen lassen. Und das nur, weil ich ungeduldig war und nicht mehr auf unser geliebtes Baby warten wollte... ich wollte es einfach nach diesen vielen Strapazen endlich im Arm halten und habe den Gedanken nicht zugelassen, dass es erneut schief gehen könnte – dafür wurde ich wieder mit einem Negativ gestraft...

Was ich von dem neuen *Wunderzentrum* halten soll, weiß ich jedoch noch nicht... Es ist so – anders... so kühl und nicht so freundlich. Zumindest mein Gefühl sagt mir, dass eine ICSI dort weniger persönlich von statten gehen wird. Dass ich mir nicht sicher sein kann, ob ich mich dort genauso gut aufgehoben und geborgen fühlen kann, wie in den vertrauten Händen von Dr. Neumann...

Aber ich weiß, dass ich nicht umkehren kann. Dass uns das nicht weiterbringt und dass wir es hier versuchen müssen! Wir möchten diesem neuen Ort also eine Chance geben. Sobald wir uns in Ruhe weiter ausgeruht haben und wissen, wie die Ergebnisse der Immundiagnostik aussehen.

*****

Der *AMH-Wert*, der uns in den nächsten Tagen über den Postweg erreicht, erschüttert mich – er liegt bei 2,14. Nach allem, was man im Netz liest, liegt er je nach vorhandener Eizellreserve zwischen 1 und 10. Das klingt nicht vielversprechend für mein Alter...

Ich gerate ins Grübeln, ob ich von Natur aus eine für mein Alter doch relativ niedrige Eizellreserve habe oder ich etwa mit dieser ganzen unendlichen Kinderwunschbehandlung schon so viele meiner Reserven aufgebraucht oder irgendwie den Wert negativ beeinflusst habe?!

Ich weiß es nicht. Trotzdem will ich weiter nach vorn blicken. Solange ich noch Eizellen in mir trage, möchte ich kämpfen...

*****

Mai 2015.

Ein paar Tage später bekomme ich einen Anruf von Fr. Dr. Wohlberg persönlich. Sie klingt nicht sonderlich begeistert und möchte mich über einen Blutwert aufklären, der bei mir auffällig sei...

Ich schlucke. Der recht niedrige *AMH-Wert* hatte mir schon gereicht und ich warte nervös, was sie mir nun als nächstes mitteilen wird.

„Ein männlicher Hormonwert ist bei Ihnen massiv erhöht. Es kann mehrere Gründe geben, weshalb dieser Wert so hoch ist. Da Sie eine so langwierige Behandlung hinter sich haben, könnten Ihre Hormone einfach etwas durcheinander geraten sein. Aber ich möchte auf Nummer sicher gehen: Bitte machen Sie schnellstmöglich einen Termin bei einem Endokrinologen aus. Wir sollten ausschließen, dass Sie einen Nebennieren-Tumor haben..."

Ich falle aus allen Wolken und lasse vor Schreck beinahe mein Handy fallen. Die Befürchtungen, die Karsten vor einiger Zeit ausgesprochen hat und die ich bisher so erfolgreich verdrängt hatte, kommen wieder hoch...

Fr. Dr. Wohlberg versucht mich zu beruhigen. „Solche Tumoren sind relativ selten und ich will Sie keinesfalls beunruhigen! Vermutlich steckt etwas Harmloses dahinter. Aber zur Sicherheit sollten Sie es abklären lassen."

Ich bedanke mich für diese Information und lege auf. Meine Gedanken beginnen aufs Neue zu kreisen...

Das ist wirklich eine tolle Pause, die wir hier gerade machen. Eine schlechte Nachricht folgt der nächsten. Ich mag das gar nicht Karsten erzählen, weil er sich vermutlich nur wieder umsonst um mich sorgen wird ... aber verheimlichen kann ich es auch nicht, da es für mich mindestens einen neuen Untersuchungstermin bedeutet, zu dem ich wahrscheinlich ein Stück weit fahren muss.

Karsten reagiert ähnlich, wie ich es vermutet habe, als ich ihm von dem Telefonat berichte. „Mein Engel, das ist genau das, was ich meinte! Du wirst krank von diesen Scheißspritzen! Am liebsten würde ich diesen ganzen Plan mit dem neuen Kinderwunschzentrum sofort wieder abblasen!"

Das möchte ich jedoch auf keinen Fall und versuche Karsten zu beruhigen. „Schatz, mach dir keine Sorgen – ich fühle mich gesund! Ich werde die Telefonnummern von den nächstgelegenen Endokrinologen heraussuchen und dann werden wir mit Sicherheit sehen, dass es nur falscher Alarm ist..." Daran möchte ich selbst auch ganz fest glauben.

Karsten sieht mich streng an und sagt ernst: „Maureen, wenn da irgendetwas sein sollte – irgendein Tumor in dir, der da nicht hingehört... versprich mir, dass wir dann aufhören werden." Sein Blick lässt mich nicht mehr los und ich nicke beinahe unmerklich.

„Versprochen", antworte ich leise.
Ich sehe dieser Untersuchung mit gemischten Gefühlen entgegen.

*****

Juni 2015.

Wenige Wochen später bin ich unterwegs zur Endokrinologie in eine andere Stadt. Dort habe ich den schnellstmöglichen Termin erhalten.

Nach einer Blutentnahme kann ich direkt wieder nach Hause fahren. Keine MRT oder Ähnliches, wie ich befürchtet hatte... mir wird auf meine Nachfrage hin erklärt, so etwas würde erst bei einem sehr auffälligen Blutergebnis angeordnet und auch nicht hier vor Ort durchgeführt, sondern ich müsste hierfür zur Radiologie – das wäre in dem Fall noch einmal eine weitere Anlaufstelle. Vor meinem inneren Auge sehe ich mich bereits von Arzt zu Arzt hetzen und die verschiedensten Untersuchungen über mich ergehen lassen...

Samira hilft mir ein weiteres Mal, stark zu bleiben und nach vorn zu schauen. „Mauri, was sage ich dir immer wieder?

Du musst positiv denken! Keine Schwarzmalerei. Denn dadurch machst du dich und deinen Körper nur noch mehr verrückt. Ist doch klar, dass bei dir was durcheinander geraten ist, bei dem ganzen Zeug, das du dir in den letzten zwei Jahren gespritzt hast... ich bin sicher, dieser erhöhte Wert ist dadurch entstanden und ihr braucht euch keine Sorgen zu machen."

Ich nicke und hoffe inständig, dass es genau so ist, wie Samira es sagt...

Das Ergebnis, das wir ca. eine Woche später bekommen, ist tatsächlich mehr als beruhigend: Der Wert sei wieder vollkommen im Normalbereich und bei der vorigen Messung sei es vermutlich nur zu einer starken Abweichung im Labor des Kinderwunschzentrums gekommen.

Karsten und mir fällt ein Stein vom Herzen! Ich bin so dankbar, dass ich gesund bin und auch, dass wir wie geplant, demnächst mit der neuen ICSI starten können!

*****

Vorher steht uns jedoch noch ein wunderschönes Fest bevor: Samira und Paul geben sich das Jawort!

Es ist zwar eine eher kleine Feier mit nur wenigen Gästen, aber dafür wirklich etwas Besonderes, das allen noch lange in Erinnerung bleiben wird. Samira trägt ein atemberaubendes mit Spitzen und Perlen besetztes Kleid mit ausladender Schleppe... In einem großen festlichen Schloss wird das Brautpaar vermählt, im Anschluss gibt es Sekt im verwunschenen Schlossgarten und nachdem alle mit dem frisch gebackenen Ehepaar für wunderbare Bilder posiert haben, wird in einem sehr schicken und teuren Hotelrestaurant gefeiert.

Ein Sieben-Gänge-Menü wartet dort auf uns, mit köstlichen Leckereien und immer wieder kommen die Gäste mit tollen Geschenken für das Brautpaar um die Ecke. Ein Alleinunterhalter untermalt das Ganze mit passender Musik und motiviert die Hochzeitsgesellschaft nach ein paar Drinks, an ein paar lustigen Spielen teilzunehmen, die für eine ausgelassene Stimmung sorgen.

In einer ruhigen Minute nehme ich mir die Braut beiseite, auf die kleine Terrasse des Festsaales und schenke ihr eine feste Umarmung. „Du bist eine wunderschöne Braut, Sami! Ich wünsche dir nur das Beste mit Paul. Ganz besonders viele gesunde Kinder…"

„Ach Mauri…" Nun ist es Samira, die mich drückt. „Du wirst auch ein Baby bekommen mit Karsten, ganz bestimmt! Ihr legt doch bald wieder los! Hab Vertrauen!"
In diesem Moment wird die Braut von jemandem gerufen und Samira entschuldigt sich, bevor sie wieder nach drinnen verschwindet.

Es wird noch eine lange Nacht. Karsten und ich machen uns zwischenzeitlich heimlich aus dem Staub, um die Wohnung des Brautpaares mit ein paar schönen und witzigen Überraschungen zu bestücken. Dafür haben wir von Samiras Mutter einen Zweitschlüssel bekommen.

Und um Mitternacht wird schließlich die Hochzeitstorte angeschnitten, wobei Samira natürlich ihre Hand über Pauls auf dem Messer hält und jeder weiß, was das bedeutet – ein Raunen und leises Kichern geht durch die Menge: Samira hat die Hosen in dieser Ehe an.

Wir tanzen noch bis tief in die Nacht hinein, bis unsere Füße schmerzen, wir die Schuhe in die Ecke werfen und ich irgendwann todmüde nur noch in Karstens Armen hänge. Ich schaue zu ihm auf und schenke ihm ein müdes Lächeln. „Zeit, nach Hause zu gehen?!"

Karsten nickt. „Ja, meine Braut."

Er gibt mir einen Kuss und ich sehe ihn verwirrt an. „Du verwechselst etwas, Schatzi… Das hier ist nicht unsere Hochzeit, sondern die unserer besten Freunde!"

Doch Karsten lächelt breit. „Ich weiß. Aber diese Feier erinnert mich an unseren gemeinsamen Ehrentag vor sechs Jahren. Wir haben am Ende genauso müde und ohne Schuhe getanzt wie jetzt…"

Ich lache leise und schmiege mich seufzend an meinen geliebten Mann.

Laborergebnisse

Es flattert nur wenige weitere Tage später ein dicker Brief von dem besagten Labor für Immundiagnostik bei uns ein. Mit dem Inhalt ist für Laien wie uns erst einmal leider nicht viel anzufangen. Uns liegen Listen mit Unmengen an Zahlen vor, die eine genaue Analyse der verschiedensten Blutbestandteile wiedergeben – wenn man sie verstehen oder deuten kann. In dem Schreiben werden wir jedoch darüber informiert, dass ein telefonisches Gespräch mit der viel beschäftigten Frau Doktor erst Anfang August stattfinden kann – für uns bereits ewig Wartende, eine weitere Ewigkeit...

Ich versuche mich für den Anfang mit den Listen und der Hilfe von Dr. Google schlau zu machen... was mich im Endeffekt jedoch nicht weiterbringt, sondern nur vor weitere Fragezeichen stellt. Das Einzige, was ich selbst herausfinden kann, ist, dass ich einen Eisenmangel habe und Karsten einen Folsäure- und Vitamin B-Mangel.

Selbst unsere Hausärzte schauen sich die Ergebnisse fasziniert durch und wir dürfen nun mit einer Nahrungsergänzungs-Therapie in Tablettenform beginnen, um die ersten Mängel schon einmal zu beheben.

Mit dem Rest müssen wir wohl oder übel warten – um ausreichend aufgeklärt zu werden, ob und was noch in unserem Blut gesichtet oder diagnostiziert wurde, das eine Erklärung im Hinblick auf die vielen erfolglosen Kinderwunschbehandlungen liefert.

*****

Die Warterei geht also zunächst weiter.

Es gibt Tage, an denen mir die Pause sehr gut tut. Da ich keinen wirklichen Termin direkt vor Augen habe, der den Kinderwunsch betrifft, schaffe ich es tatsächlich, mich zurückzulehnen und meinen Blick auch auf andere Dinge zu richten – Dinge, die mich erfreuen.

Ich gönne mir mit Karsten einen Tag in einem wunderschönen Thermalbad mit einer anschließenden Übernachtung im zugehörigen Wellnesshotel – dieser Tag wirkt wirklich sehr entspannend.

Wir kaufen uns außerdem zwei Cross-Fahrräder, um uns ein wenig auszupowern – mit ihnen machen wir die Wälder in unserer Umgebung unsicher, tun etwas für Körper und Seele und haben richtig Spaß dabei!

Und nicht zuletzt freuen wir uns sehr auf unseren Urlaub – welcher eventuell der letzte dieser Art und vor allem für lange Zeit der letzte Urlaub zu zweit werden könnte...

An anderen Tagen wiederum habe ich immer noch das Gefühl einer tiefen Leere in meinem Bauch... da ist einfach – nichts. Obwohl ich mir doch so sehr wünsche, dass da etwas ist.

Alle um mich herum scheinen weiterhin schwanger zu werden... überall sehe ich immer noch die vielen glücklichen kleinen Familien... und so sehr ich mich auch bemühe, nicht neidisch zu sein, überkommt mich dieses Gefühl in dieser Zeit immer und immer wieder.

Es ist trotz aller Bemühungen neben den Entspannungsversuchen auch immer noch eine tränenreiche Zeit. Weil mir einfach niemand die verlorenen Embryonen wiederbringen kann. Ebenso wenig den ganzen Schmerz wieder gutmachen könnte. Niemand kann die Zeit zurückdrehen und all das, was geschehen ist, ungeschehen machen.

Aber was wir tun können, ist nach vorne schauen. Und das lerne ich in meiner Pause von Tag zu Tag wieder mehr. Das Leben genießen – erst einmal auch ohne Kind – und dem Ganzen endlich wieder neue Hoffnung zusprechen. Hoffnung, die wir mit der kommenden Behandlung in unserem neuen *Wunderzentrum* erneut haben dürfen!

*****

Juli 2015.

Es ist eine Woche vor Ferienbeginn im Küken-Nest. Die Kinder sind von Tag zu Tag mehr aufgedreht – auch sie merken, dass uns allen ein schöner Sommerurlaub bevorsteht und einige von ihnen anschließend nicht mehr ins Küken-Nest zurückkehren, sondern in den Kindergarten gehen werden.

Meine liebe Amelie ist bereits fast zweieinhalb Jahre alt, aber bleibt uns noch ein weiteres Jahr erhalten, weil sie mit unter drei Jahren noch nicht verpflichtet ist, den Kindergarten statt uns zu besuchen und die Eltern erkannt haben, dass sie sich bei uns pudelwohl fühlt. Was in meinen Augen kein Wunder ist, da sie nichts anderes kennt. Seit fast zwei Jahren – für sie ist das, seit sie denken kann – kommt sie abgesehen vom Wochenende täglich von 6:30 Uhr bis 16:00 Uhr zu uns und hat hier nicht nur die volle Aufmerksamkeit von Samira und mir, sondern gleichzeitig tolle Freunde gefunden, viele Spielgelegenheiten und… wenn ich ganz ehrlich bin, spüre ich zwischen uns beiden auch eine tiefe Verbindung – die Bezeichnung „Tagesmutter" passt hier wirklich gut, denn ich fühle mich ihr gegenüber tatsächlich wie eine zweite Mutter und liebe sie beinahe wie ein eigenes Kind. Zumindest so, wie ich mir vorstelle, ein eigenes Kind zu lieben…

Vier Tage vor unserem Urlaub bekommen wir einen Anruf von einer der Mütter. Samira kommt aus dem Nebenraum zurück, als sie den Anruf beendet hat und sieht mich wenig begeistert an.

„Mauri, du wirst es nicht glauben: Wir haben einen Fall der *Hand-Mund-Fuß-Krankheit*… Das ist doch so hochgradig ansteckend… Wir müssen die Eltern informieren und darauf

183

achten, ob jemand von den anderen Kindern Ausschlag bekommt!"

„Oh nein... ausgerechnet kurz vor dem Urlaub! Hoffentlich bleiben die anderen verschont!"

Wir wissen, dass Erwachsene nur selten von dieser Krankheit betroffen sind und wägen uns selbst daher in Sicherheit.

In den kommenden Tagen erkrankt jedoch ein Kind nach dem anderen an der fiesen Krankheit. Sie bekommen Ausschlag an den Händen und Füßen, einige auch am ganzen Körper, viele von ihnen im oder um den Mund herum. Es ist weder schön anzusehen, noch schön zu hören, dass sie nicht mehr essen möchten, weil sie Schmerzen im Mund haben. Wir stehen in diesen letzten Tagen mit nur noch zwei übrigen Kindern im Küken-Nest, putzen und desinfizieren alles und wünschen allen Kranken gute Besserung.

Am Freitag, dem allerletzten Arbeitstag, fühle ich mich zunehmend schlapp. Ich habe Halsschmerzen und schleppe mich durch das Küken-Nest.

„Mauri, du gehst bitte gleich zum Arzt!", sagt Samira gegen Mittag streng zu mir und legt die Hand fühlend auf meine Stirn. „Du hast ja Fieber! Ab mit dir! Nicht, dass du auch diese Seuche hast! Du willst doch übermorgen nach Malle fliegen!" Sie schüttelt mit ernster Miene den Kopf.

Wir verabschieden uns und ich mache mich auf den Weg zu meinem Hausarzt, der selbst kurz vor seinem Feierabend steht. Doch er findet an mir nichts als einen leicht geröteten Hals und etwas erhöhte Temperatur und schickt mich mit Verdacht auf eine leichte Halsentzündung nach Hause ins Bett.

In der kommenden Nacht bekomme ich hohes Fieber und kann vor Schmerzen kaum schlucken... Karsten und ich wundern uns, was ich haben könnte und hoffen inständig, dass wir den Flug am Sonntag nicht stornieren müssen...

Am nächsten Morgen geht es mir zum Glück ein wenig besser, das Fieber geht im Laufe des Tages vollkommen zurück und wir steigen am Sonntagnachmittag trotz noch vorhandener Schluckbeschwerden froh und erleichtert in unseren Flieger nach Mallorca.

Nach dem Start juckt es mich an der Hand. Während ich zu kratzen beginne, sehe ich auf meine Finger hinunter und glaube meinen Augen nicht zu trauen... ich stoße Karsten an, der gerade dabei ist, den wunderschönen Ausblick aus dem Flugzeugfenster zu genießen.

„Schatz..."

Er schaut mich an. „Was ist denn, mein Engel?"

„Sieh dir mal bitte meine Finger an...", sage ich entsetzt.

Karsten schaut ebenfalls auf meine Hände und runzelt die Stirn. Dann blickt er wieder zu mir auf. „Ist das...?"

Ich nicke. „*Hand-Mund-Fuß*..."

Meine Finger sind noch nicht völlig von Pöckchen übersäht, aber der Ausschlag beginnt ganz langsam aber unaufhaltsam...

So werden die ersten Tage unseres Urlaubs von diesem nervig juckenden und im Rachen und Mund brennenden Ausschlag überschattet. Insbesondere an den Fußsohlen erwischt es mich sehr ausgeprägt, sodass ich etwa drei Tage nur langsam und unter Schmerzen laufen kann...

Karsten und ich versuchen, es mit Humor zu nehmen. Nun habe ich eine Kinderkrankheit mit nach Mallorca geschleppt, die Erwachsene in diesem Ausmaß eigentlich höchst selten bekommen und es ist zwar etwas störend, aber davon möchte ich mir unsere zehn erholsamen Tage sicher nicht kaputtmachen lassen!

Wenige Tage später liegen wir am Strand und sind erleichtert, dass ich es beinahe überstanden habe. Karsten liegt im Schatten des Sonnenschirms und schläft, während ich auf einer zweiten Decke die heiße Sonne des Südens genieße. Als ich in den Schatten wechsle, um mir etwas zu trinken aus der Tasche zu nehmen, erstarre ich bei Karstens Anblick... sein ganzer Rücken und zum Teil auch Arme und Beine sind von unzähligen kleinen Pocken übersäht! Ich wecke ihn sanft und merke, dass es ihm schwerfällt, sich aus seinem Schlaf aufzuraffen.

Er scheint völlig fertig zu sein. „Was ist los? Wieso weckst du mich? Essenszeit?!"

Ich schüttle den Kopf. „Sieh dich an, Karsten... du hast es auch..."

Karsten schaut entsetzt an sich herab und somit sind auch die nächsten Tage nicht das, was man sich von einem Jahresurlaub auf Mallorca erhofft hatte...

Er verbringt die folgenden zwei Tage auf dem Hotelzimmer, weil er hohes Fieber bekommt. Ein Laken nach dem anderen schwitzt er durch und leidet gleichzeitig unter Schüttelfrost. Als ich wieder einmal auf dem Weg zur Rezeption bin, um nach einem frischen Laken zu fragen, schießt mir der Gedanke durch den Kopf, dass wir scheinbar wieder einmal vom Pech verfolgt werden... Eine Kinderkrankheit, die Erwachsene nur selten in vollem Ausmaß bekommen, trifft uns beide wie ein Schlag – und das ausgerechnet in unserem gemeinsamen Jahresurlaub, der nur zehn Tage andauert – viel schlimmer kann es doch gar nicht kommen...

Doch – denke ich im nächsten Moment. *Es ist eine harmlose Kinderkrankheit.*
Trotz heftiger Medikamente bin ich in den vergangenen zwei Jahren gesund geblieben. Es ist alles nicht einfach für uns, aber dies hier ist weder das Schlimmste an unserer ganzen Misere, noch ist es das Ende aller Tage!

Ich tausche also frohen Mutes Karstens Laken ein drittes Mal aus und reiche ihm ein Glas Wasser, während er erschöpft an der Bettkante sitzt. „Danke, mein Engel", haucht er und nippt am Wasserglas. „Was würde ich nur ohne dich tun."

„Vermutlich nicht hier auf Malle mit der Hand-Mund-Fuß-Krankheit sitzen!", lache ich und auch er muss lächeln.

„Da hast du Recht... aber lieber mit dir und dieser Seuche hier auf der Insel als irgendwo anders ohne dich!"

Wir küssen uns sanft und sehen beide mit Klarheit, dass wir tatsächlich schon viel gemeinsam durchgemacht haben und wir uns durch diese Krankheit nicht nur ewig an diesen Urlaub erinnern werden, sondern dass es ein Klacks ist im Vergleich zu all dem seelischen Leid der vergangenen anderthalb Jahre – wir freuen uns nicht nur auf die nächsten gemeinsamen Tage in Zweisamkeit hier am Meer, sondern auch auf alles, was uns Zuhause noch erwartet. Denn wir werden zusammen für unser Wunder weiterkämpfen!

*****

August 2015.

Nach ein paar wenigen, aber doch noch wirklich schönen und entspannten Tagen am Strand ohne Fieber und Ausschlag, kehren wir mit viel Kraft und Mut nach Hause zurück und ich kann es kaum erwarten mit dieser besagten Immunologin über unsere Immundiagnostik und die damit zusammenhängenden Ergebnislisten zu sprechen, die sie uns zugesandt hatte.

Das Gespräch ergibt, dass bei mir – wie schon selbst erkannt – ein Eisenmangel vorliegt, weshalb ich die Eisentabletten weiter einnehmen soll und zudem, da mein Körper nicht in der Lage ist, ausreichend Folsäure aufzunehmen, ein anderes Folsäurepräparat besorgen muss, welches die Aufnahme begünstigt.

Des Weiteren wurden in meinem Blut besorgniserregende Antikörper gefunden, über die sie als Nächstes mit mir sprechen möchte. Bei mir läuten erneut alle Alarmglocken und ich atme tief durch, bevor sie mit ihrer Erklärung beginnt. „Frau Schilling, die Antikörper deuten aller Wahrscheinlichkeit auf eine autoimmune Rheumaerkrankung hin..."

Mir läuft es eiskalt den Rücken hinunter und ich weiß erst einmal nicht, was ich darauf antworten soll... ich habe Rheuma?!

„Ehrlich gesagt", redet sie weiter, „wundert es mich, dass Sie bei diesem hohen Antikörperwert nicht bereits eindeutige rheumatische Beschwerden haben... Leiden Sie frühmorgens an einer Unbeweglichkeit in den Finger- oder Zehengelenken?"

„Nein…" Ich freue mich, dass es mir gut geht, aber so eine Diagnose am Telefon zu bekommen, haut mich in diesem ersten Moment doch ziemlich um…

„Ich rate Ihnen, Frau Schilling, sich bei einem Rheumatologen vorzustellen und alles Weitere, was die Krankheit betrifft, mit ihm zu besprechen. Ich bin auf diesem Gebiet keine Expertin. Ich kann nur sagen, dass man bei diesen Werten eine deutlichere Ausprägung der Krankheit erwartet.

Und es ist eine Autoimmunerkrankung – das heißt, die Antikörper, die hierbei gebildet werden, richten sich gegen Ihren eigenen Körper. Was Ihren Kinderwunsch betrifft, kann ich mir vorstellen, dass genau dieser Punkt der Grund für die bisher fehlende Einnistung gewesen sein könnte… diese hohe Anzahl an Antikörpern könnte die Embryonen abgestoßen bzw. vernichtet haben…"

Die Vorstellung, dass irgendetwas in mir eine Schwangerschaft verhindert, indem es meine Babys tötet… empfinde ich als gruselig. Und grausam. Sie stimmt mich gleichzeitig sehr traurig. Wie viele Embryonen haben vielleicht schon vergeblich versucht, sich einzunisten und wurden dann von den Antikörpern abgeblockt?! Sofort muss ich an Püppi und Estelle denken, von denen es eine geschafft hatte, sich kurzzeitig einzunisten… und schlucke eine Träne hinunter.

Erfreulicherweise hat die Immunologin aber auch einen Therapievorschlag. „Ich werde eine Medikamentenempfehlung in Form eines Behandlungsplans formulieren und sende Ihnen diesen anschließend zu, sodass Sie ihn dem Kinderwunschzentrum vorlegen können. So können Sie ihn mit der behandelnden Ärztin besprechen."

Nach diesem Gespräch bin ich erst einmal etwas besorgt, was das Rheuma angeht. Und nehme mir fest vor, in den nächsten Tagen einen Termin bei einem Rheumatologen auszumachen, um eine ärztliche Meinung zu hören, was es mit diesen Antikörpern auf sich hat. Ob ich gefährdet bin, tatsächlich einmal an Rheuma zu erkranken und was genau all dies mit dem Einnistungsversagen zu tun haben könnte…

Einen Termin zur Blutentnahme bekomme ich für Ende November, einen Gesprächstermin mit dem Rheumatologen erst für Anfang Januar 2016... Wieder einmal keine Sache, die zügig abgehakt ist. Trotzdem möchte ich wissen, was es mit dem Rheuma auf sich hat.

Bis dahin bekomme ich zum Glück den Behandlungsplan aus der immundiagnostischen Praxis zugesendet und wir können das Ganze mit Frau Dr. Wohlberg im Kinderwunschzentrum absprechen.

Wieder sind wir hiermit einen, wenn auch nur einen kleinen Schritt weiter nach vorn gerückt – das bedeutet für uns einen kleinen Schritt näher zu unserem Wunschkind.

Karsten und ich stehen am folgenden Tag nach Feierabend an unserer Lieblingstalsperre – am Brückengeländer über unserem kleinen Bach und schauen auf das sprudelnde Wasser hinab.

„Mein Engel, wo führt uns dieser Weg noch hin?", seufzt Karsten. „Wahrscheinlich ist es zu viel, was wir deinem Körper zumuten... Die Sache mit dem Rheuma gefällt mir ganz und gar nicht. Bist du sicher, dass wir die Behandlung nicht verschieben sollten, bis wir Gewissheit haben, was hinter deinen Werten steckt?!"

Ich schüttle energisch den Kopf. „Es ist nun seit dem letzten Versuch fast ein halbes Jahr vergangen und ich habe schon mit Frau Dr. Wohlberg telefoniert – ich soll den Behandlungsplan der Immunitätsklinik zum Termin mitbringen und wir besprechen alles. Im nächsten Zyklus wird es dann vermutlich losgehen. Ich KANN es nicht noch weiter verschieben, Karsten... jeder weitere Zyklus ohne eine Schwangerschaft ist für mich wie ein Stich ins Herz. Bitte versteh das..."

Karsten seufzt noch einmal tief. „Ich verstehe dich. Aber ich denke auch an deine Gesundheit!" Er schaut mich mit einem besorgten Blick an.

Ich nicke. „Ich verspreche dir, dass ich auf mich aufpassen werde. Mein Zyklus ist okay und es geht mir gut. Einen Termin beim Rheumatologen habe ich auch gemacht."

Karsten sieht wieder auf das Wasser hinunter und verstummt. Ich verstehe seine Sorgen. Aber der wachsende Wunsch in mir siegt wieder einmal über die Vernunft...

Ende des Monats sitze ich mit dem Behandlungsplan der Immunologin im Kinderwunschzentrum in Espelstein in Frau Dr. Wohlbergs Büro.

Sie sieht sich den Plan an, ein Stirnrunzeln erscheint auf ihrem Gesicht und dann schaut sie lächelnd auf. „Vom Prinzip verschreibt die gute Frau jedes Mal für jede Patientin fast denselben Plan...", seufzt sie und schüttelt den Kopf. „Wenn Sie das trotzdem für richtig halten, kann ich Ihnen einige dieser Medikamente verschreiben. Nur von diesem hier..." – sie deutet mit dem Kugelschreiber auf einen Medikamentennamen und wirft mir einen ernsten und sehr skeptischen Blick zu: „Von *Granocyte* – möchte ich Ihnen dringend abraten. Es ist ein umstrittenes Medikament, das in der Krebstherapie verwendet wird..."

„Aber dieses Medikament soll laut der Immunologin die Einnistung unterstützen – also genau das, was ich brauche!"

Frau Dr. Wohlberg nickt. „Ich wusste, dass Sie das sagen. Frauen, wie Sie – die schon so viel durchgemacht haben – greifen nach jedem Strohhalm, den man ihnen reicht. Sei es noch so gefährlich..."

Ich erinnere mich, dass Dr. Neumann etwas Ähnliches gesagt hatte...

Fr. Dr. Wohlberg macht eine kurze Pause, während Sie noch einen Blick auf den Plan wirft, bevor sie mich wieder ansieht. „Ich mache Ihnen einen Vorschlag: Wir besorgen Ihnen das *Granocyte*. Aber nur eine kleine Menge! Sie spritzen sich das Zeug nur wenige Male im Einnistungszeitraum – und beobachten Ihren Körper sehr genau... stellen Sie irgendetwas fest, das eine Nebenwirkung von diesem Medikament sein könnte – setzen Sie es sofort ab und rufen mich an!" Sie mustert mich dermaßen ernst, dass ich schlucken muss und automatisch nicke.

„Frau Schilling, und noch eines müssen Sie mir versprechen... Es ist nicht ausreichend erforscht, ob das Medikament Langzeitfolgen für Sie oder den Embryo haben könnte... Daher: Wenn Sie tatsächlich schwanger werden sollten – setzen wir es ebenfalls auf der Stelle ab!! Denken Sie dann bitte an Folgen für Ihr Baby..."

Ich erkenne an ihrer Schilderung und ihrer Stimme den Ernst der Lage und nicke ein weiteres Mal.

„Die weiteren Medikamente sind eher harmlos. Niedrig dosiertes Cortison und Blutverdünner dürfen Sie von mir aus einnehmen." Sie tippt etwas in ihren PC. „Wenn Sie damit einverstanden sind, verwenden wir für die Stimulation Ihrer Eierstöcke ein anderes Hormon – *Pergoveris.* Es ist teurer als das *Puregon,* aber es bewirkt bestenfalls eine höhere Eizellqualität."

Ähnliche Worte hatten wir auch zu diesem Thema bereits von Dr. Neumann gehört.

Dennoch bin ich positiv gestimmt. „Ich bin mit allem einverstanden, was Sie verändern möchten, Dr. Wohlberg. Was immer es kostet – wenn es hilft, dass ich endlich schwanger werde, dann ist es das wert!"

Sie lächelt freundlich und erhebt sich hinter ihrem Schreibtisch. „Wir gehen nach vorne und ich lasse Ihnen die Rezepte ausdrucken. Aber denken Sie an meine Worte und gehen Sie mit dem *Granocyte* vorsichtig um!", betont sie noch ein weiteres Mal mit Nachdruck, bevor wir gemeinsam ihr Büro verlassen.

Ganz ehrlich – diese Ärztin wird mir immer sympathischer. Es scheint ihr tatsächlich um mein und das Wohlergehen unseres eventuell entstehenden Babys zu gehen und sie nimmt ihre verantwortungsvolle Rolle sehr ernst. In einem Punkt gebe ich ihr voll und ganz Recht: Da ich diesen Weg schon so häufig erfolglos beschritten habe, nehme ich jede Hilfe sofort in Anspruch – auch umstrittene Medikamente akzeptiere ich, da ich daran zu glauben versuche, dass sie mir tatsächlich helfen könnten. Und sie als Ärztin möchte mir die

Augen öffnen, dass man für einen Wunsch nicht über Leichen gehen sollte. Womit sie natürlich Recht hat.

Karstens Reaktion auf meinen Bericht am Abend fällt diesmal ein wenig heftiger aus. Ich gebe ihm immer mehr Grund zur Sorge, dass ich meine Gesundheit aufs Spiel setze...

„Wenn schon eine Ärztin dir von diesem Zeug abrät und du immer noch nicht erkennst, dass es gefährlich ist... wie blind muss man eigentlich sein?! Mein Engel, du kannst dir nicht so ein unerforschtes Zeug spritzen!! Du weißt anscheinend nicht mehr, was du tust!!"

„Karsten, jetzt beruhig dich und hör mir weiter zu!", versuche ich ihn zu besänftigen. „Ich habe mit Frau Dr. Wohlberg abgemacht, dass ich es nur zum Einnistungszeitpunkt spritze. Kurz zuvor und bis eine Schwangerschaft eintritt – WENN sie eintritt. Danach höre ich sofort wieder damit auf! Es ist also überhaupt nicht gefährlich. Es geht um wenige Milliliter!"

„Um wenige... oh Maureen, du solltest dich selbst reden hören! Verstehst du nicht, dass es dich ernsthaft krank machen kann?! Oder was ist, wenn dem Kind etwas passiert? Was ist, wenn es krank zur Welt kommt, durch dieses Teufelszeug, und es keine Heilung gibt?!"

Auf diese Frage weiß auch ich keine Antwort. Das ist natürlich nicht das, was ich möchte... Mir schießen Tränen in die Augen.

Karsten nimmt mich energisch in den Arm und hält mich ganz fest. „Maureen, das muss aufhören", flüstert er. „Bitte versprich mir, dass wir damit aufhören werden und dass du gesund bleibst..."

Eine Träne läuft meine Wange hinunter. „Das kann ich dir nicht versprechen... es ist wie ein Zwang, immer weiterzumachen und alles – aber auch wirklich ALLES zu versuchen, um ein Baby zu bekommen... und ich kann nicht damit aufhören..."

Karsten löst die Umarmung, hält mich an den Schultern fest und sieht mir fest in die Augen. „Wir ziehen das jetzt durch. Aber du versprichst mir, dass du es sofort absetzt, wenn du auch nur im Geringsten spürst, dass es dir nicht gut geht! Erinnere dich an den Versuch im Sommer letzten Jahres... es ging dir so mies, du hattest solche Schmerzen... das will ich auf keinen Fall noch einmal erleben! Versprich es mir..."

Ich nicke. „Ich verspreche es... ich werde Acht auf mich geben."

Kapitel 6 – Schluss mit lustig

Die fünfte ICSI

September 2015.

Nachdem eine Kostenzusage unserer neuen Krankenkasse vorliegt, kann es auch schon losgehen... auf in den insgesamt siebten Versuch!

Der neue Zyklus beginnt Anfang September und ist für mich der Startschuss für ein neues ziemlich hochdosiertes Nasenspray, welches ich zwar nicht über Wochen im Voraus, sondern nur über ein paar Tage sprühen soll – das dafür aber bei mir ziemlich heftige Kopfschmerzen als Nebenwirkung auslöst...

Ich gerate auf der Stelle ins Grübeln und bin wenig begeistert. In Dornaub hatte ich nie solche starken Nebenwirkungen – zumindest nicht zu Beginn einer Behandlungsphase. Dr. Neumann hat immer darauf geachtet, möglichst nicht zu hoch dosierte und sanfte Medikamente einzusetzen – wenn man die letztere Bezeichnung in diesem Bereich verwenden darf...

Aber womöglich ist dafür auch die positive Wirkung des neuen Sprays umso stärker. Das rede ich mir ab sofort zumindest ein und schiebe alle negativen Gedanken beiseite.

Zusätzlich soll ich schon während der Stimulationsphase die von der Immunologin empfohlenen Medikamente täglich einnehmen: Das Cortison gegen die Antikörper und zusätzlich etwas zur präventiven Blutverdünnung und besseren Gebärmutterdurchblutung.

Hinzu kommt ab dem Transfer das *Granocyte* – das besagte Mittel zur angeblichen Einnistungsunterstützung, welches mir Frau Dr. Wohlberg nur mit leichtem Widerwillen verschrieben hat.

Ich bin mir darüber im Klaren, dass ich dieses Medikament tatsächlich nur bis zum Bluttest spritzen darf – und egal ob dieser positiv oder negativ endet, es anschließend sofort wieder absetzen werde, so wie ich es ihr und Karsten versprochen habe.

Alle Bedenken schieben wir jedoch erst einmal mehr in den Hintergrund, da jetzt zunächst wieder einmal das Wachstum meiner lieben Eizellen im Mittelpunkt stehen soll, dem ich mit einer erneuten Aufregung entgegentrete! Schließlich haben wir ein halbes Jahr pausiert und ich könnte mir vorstellen, dass meine gut erholten Eierstöcke nun wieder eine tolle Produktion in Gang bringen werden!

Voller positiver Erwartung starten wir also nun wieder die „Spritzerei" zur Stimulation. Nach der vierten Spritze fahre ich guter Dinge nach Espelstein, um nachsehen zu lassen, wie toll meine Eierstöcke arbeiten und wie gut sich meine Zellen entwickeln.

Doch Frau Dr. Wohlberg ist alles andere als erfreut. Nach einem kurzen Ultraschall teilt sie mir mit, dass das Wachstum nicht nach Plan verläuft...

„Ihr rechter Eierstock möchte nicht so richtig in die Gänge kommen – er hat zwar viele Eizellen gebildet, aber sie sind noch sehr klein... Der linke Eierstock hingegen produziert viel zu viele eigene Hormone – hier sehe ich drei sehr große und eigentlich schon sprungreife Eizellen!"

Ich schaue die Ärztin verwirrt an. „Was bedeutet das für den weiteren Verlauf?!"

„Frau Schilling, es tut mir leid, es bleibt uns nichts anderes übrig: Wenn wir diese drei Eizellen nutzen möchten, müssen Sie noch heute Abend den Eisprung auslösen und schon übermorgen zur Punktion kommen, damit wir wenigstens diese drei ins Rennen schicken können..."

Ich wäre unehrlich, würde ich meine Enttäuschung verbergen... natürlich könnte man sagen, drei Eizellen sind besser als nichts – aber nach unserer langen Pause habe ich erstens mehr erwartet und zweitens hatten wir zuvor noch nie solch eine geringe Ausbeute!

Was wird aus unserer so toll geplanten Blastozystenkultur?! Was sollen wir denn bitte mit nur drei Eizellen für eine Ausbeute an Blastozysten erzielen?? Wenn letztendlich überhaupt drei Eizellen hierfür gewonnen werden können...

Frau Dr. Wohlberg scheint meinen enttäuschten Blick zu deuten und macht einen Vorschlag: „Den Versuch an dieser Stelle abzubrechen, halte ich für falsch – dafür ist bereits viel zu viel Geld in die Stimulationsmedikamente geflossen... Wir machen es so, Frau Schilling: Wenn bei der Punktion mindestens drei Eizellen gewonnen werden, kann trotz allem eine Blastozystenkultur angelegt werden, da sich immerhin durchschnittlich ein Drittel aller reifen und befruchteten Eizellen bis zu einer Blastozyste entwickelt. Im Zweifelsfall – soll heißen, falls weniger als drei Eizellen gewonnen werden – kann der Versuch immer noch vor den allergrößten Kosten – der eigentlichen Befruchtung im Labor – abgebrochen werden."

Ich nicke widerwillig. „Dann machen wir es so."

Frau Dr. Wohlberg schaut in Ihren PC und seufzt. „Ich muss Ihnen leider auch noch sagen, dass ich selbst übermorgen – an einem Samstag – zur Punktion keinen Wochenenddienst habe... ein anderer Arzt wird den Eingriff übernehmen müssen."

Ich beginne zu zweifeln – an mir, meinem Körper, meiner Eizellreserve – und an dem neuen Kinderwunschzentrum, welches irgendwie nicht das zu versprechen scheint, was wir uns von einem Wechsel so sehr erhofft hatten...

*****

197

Trotz aller Zweifel löse ich am selben Abend den Eisprung aus und zwei Tage später findet die Punktion statt.

Wir sitzen im Wartezimmer in der OP-Etage und warten darauf, aufgerufen zu werden – es dauert eine gefühlte Ewigkeit und ich habe schon Bedenken, dass sich meine armen drei Eizellen bereits vorher von allein verabschieden könnten...

Endlich ist es soweit. Karsten gibt mir einen sanften Kuss und drückt meine Hand, bevor ich auf die große Tür zugehe.

Doch als ich den OP betrete, fröstelt es mich. Es ist nicht das gewohnte gemütliche OP-Zimmer, wie in Dornaub – nein: Es ist ein großer kalter Raum, in dem ich mich entblößen und auf dem Gynäkologenstuhl noch eine weitere Viertelstunde warten muss...

Ich habe vorher weder den fremden Arzt kennengelernt, der diesen Eingriff durchführen soll, noch den Aufwachraum gesehen, in dem ich mich im Anschluss befinden werde. Ich fühle mich verloren und frage mich immer mehr, ob es gut und richtig ist, wofür wir hier gerade so viel Geld zahlen...

Dann darf ich endlich – ich habe es diesmal fast herbeigesehnt – in diesen wohligen Schlummer gleiten, während ich mich immer noch voller Zweifel über diesen siebten Versuch besinne...

Als ich zwinkernd meine Augen öffne, befinde ich mich in einem kleinen Raum – und fühle mich fast wie in einer Abstellkammer! Fast direkt neben meinem Bett steht eine Trennwand, hinter der bereits eine weitere Frau in einem Bett liegt, die sich ebenfalls kurz nach ihrer Punktion befindet... hier hinein wird man also geschoben, wenn die OP abgehakt ist?!

Ich bin froh, dass Karsten schon neben meinem Bett auf einem kleinen Stuhl sitzt und mir aufmunternd zulächelt...

Das hier ist ein Albtraum. Wenn es wieder nicht klappt, weiß ich nicht, ob ich das noch einmal so möchte... eigentlich bin ich mir sogar schon jetzt – obwohl ich noch kaum einen klaren Gedanken fassen kann – ziemlich sicher, dass ich das so auf gar keinen Fall noch einmal möchte!

Aber ich schlucke meine Enttäuschung über diese Zustände und das Vorgehen hier erst einmal hinunter, trinke einen Schluck Wasser und versuche zu mir zu kommen.

Mein Bauch schmerzt – aber es ist auszuhalten nach der Entnahme von den genau vorhergesagten drei Eizellen, wie uns kurz darauf von einer freundlichen Dame aus dem Labor bestätigt wird. Wir geben ihr unser schriftliches Einverständnis für die Blastozystenkultur, bekommen einen Termin für den Transfer in fünf Tagen und hoffen auf eine gute Befruchtungsrate...

*****

Ebenfalls anders als im alten Zentrum bekommen wir in diesen folgenden fünf Tagen KEINEN Anruf – also auch keine Information über die Befruchtungsrate. Wir sollen die Zeit abwarten und am besagten Termin zum Transfer kommen. Würde er nicht stattfinden können, so würde man uns rechtzeitig informieren, so heißt es.

Es ist erneut eine unglaublich aufregende Phase... die Tage vergehen wie in Zeitlupe und natürlich kann ich in diesen Momenten nicht gelassen sein, sondern denke rund um die Uhr an unsere drei Eizellen – frage mich, ob oder wie viele sich haben befruchten lassen und sich gerade brav zur Blastozyste weiterentwickeln...

„Mauri, sollen wir den Tag der offenen Tür nächsten Monat tatsächlich organisieren oder ist dir das alles zu viel...?", reißt mich Samira aus meinen Gedanken, die wieder einmal nur um die Eizellen kreisen...

„Nein... ähm... ja, also ja klar machen wir den Tag der offenen Tür wie die letzten Jahre auch! Kam doch gut an."

In den vergangenen zwei Jahren haben Samira und ich für das Küken-Nest im Oktober einen Tag der offenen Tür veranstaltet, um etwas Werbung zu machen und Öffentlichkeitsarbeit zu leisten. Alle ehemaligen Eltern und auch die Eltern der

199

aktuell zu betreuenden Kinder wurden hierzu eingeladen und es war erwünscht, dass sie Bekannte und Freunde mitbringen, die sich das Küken-Nest ansehen möchten, weil sie ebenfalls bald Eltern werden oder es vielleicht gerade geworden sind. Zu diesem Anlass werben wir in der Zeitung und mit Aushängen für den Tag und freuen uns auf neue Gesichter.

Samira schaut mich ernst an. „Ja, es kam gut an in den letzten zwei Jahren, aber wir haben auch so genügend Anfragen. Wenn du es nicht möchtest, dann…"

„Doch", unterbreche ich sie, „ich finde es schön, ein paar der ehemaligen Eltern wiederzusehen."

„Auch frisch gebackenen Eltern oder Schwangeren zu begegnen? Was ist, wenn du…" Samira stockt mitten im Satz.

Wenn du wieder nicht schwanger wirst, wollte sie vermutlich sagen…

Ich schlucke. Aus dieser Perspektive klingt es nicht mehr ganz so sehr nach einem freudigen Ereignis… Dennoch lautet meine Antwort: „Ist egal. Ich schaff das schon. Egal wie dieser Versuch endet."

Wieder einmal versuche ich stärker zu wirken, als ich es vermutlich bin…

*****

Fünf Tage später sind wir wieder zurück in Espelstein und werden von der Empfangsdame mit einer merkwürdigen Aufforderung begrüßt…

„Hallo Frau Schilling – wenn Ihre Blase entleert ist, bitte ich Sie, noch mindestens einen Becher Wasser zu trinken. Hier vorne im Flur steht ein Trinkautomat."

Karsten schaut mich irritiert an und ich kann der Dame nur folgen, da ich im Internet schon mehrfach auf die Erfahrung anderer Frauen gestoßen bin, die ihre Embryonen mit voller Blase empfangen sollten. Es geht dabei um einen besseren Sitz der Gebärmutter, die auf diese Weise leichter mit dem Katheter erreichbar sein soll.

Nach einer kurzen Zeit im Wartebereich werden wir zum weiteren Warten auf den Transfer in einen sehr beengenden Raum geführt – hier befindet sich absolut nichts, abgesehen von einem Gynäkologen Stuhl und einer kleinen Ecke des Raumes, in der ein Hocker steht und welche mit einem halb vorgezogenen Vorhang behangen ist.

„So langsam müsste ich mal zur Toilette...", sage ich etwas genervt zu Karsten. „Die haben echt komische Methoden hier... Hoffentlich kommt sie gleich, bevor ich mir in die Hose mache."

Nach einer gefühlten Ewigkeit erscheint Frau Dr. Wohlberg in der Tür und betritt mit ihrem freundlichen Lächeln den Raum. „Familie Schilling! Ein Embryo hat es geschafft – wir haben einen einsamen Kämpfer!"

Karsten und ich sehen uns mit einem erleichterten Lächeln an und ich muss mir eine kleine Träne verdrücken... nicht unbedingt, weil ich traurig bin, dass es nur einer ist, sondern gleichzeitig irgendwie auch, weil ich mich freue, dass genau dieser kleine Kämpfer es soweit geschafft hat. ER ist einer von dreien. Und insgesamt das 13. Baby, das einen Platz in meinem Bauch erhält...

Der Transfer selbst ist ebenso befremdlich für uns, wie es die Punktion und alles andere hier Geschehene war und ist: Frau Dr. Wohlberg bittet mich darum, mich hinter dem Vorhang untenherum zu entkleiden. Dann geht alles noch viel schneller als im alten Kinderwunschzentrum – ab auf den Stuhl, hinein mit der Eizelle, die kurzerhand von einer Helferin in einem Katheter zur Tür hereingebracht wurde. Beim Einführen muss ich mich konzentrieren, der Ärztin nicht auf die Hände zu pinkeln...

„So, mindestens fünfzehn Minuten warten Sie jetzt bitte in genau dieser Position." Frau Dr. Wohlberg legt mir bei diesen Worten eine Decke über die Beine und ich starre sie mit offenem Mund an.

Mit bis zum Rand gefüllter Harnblase soll ich so liegen bleiben...?!

Doch bevor ich diese Worte aussprechen kann, ist sie auch schon wieder mit einem kurzen „Viel Glück, werden Sie endlich schwanger!" aus dem Zimmer verschwunden...

Karsten und ich schauen uns verdutzt an. Ich schließe den Mund wieder.

Leichte Enttäuschung macht sich in mir breit. Es gibt weder ein Bild, noch gibt es ein Ultraschallgerät, auf dem man uns unser kleines einsames Pünktchen hätte zeigen können. Aber wer auch? Hier ist niemand mehr. Wir fühlen uns ziemlich verlassen in diesem Hinterstübchen, in dem uns gerade kurzerhand auf die Schnelle unser Baby überreicht wurde.

Aber trotz alledem:

DU BIST UNSER KIND. Tu uns den Gefallen und niste dich ein – wir zählen auf dich...

Warteschleife 7

Wieder einmal bin ich gefangen in meinem gedanklichen Teufelskreis... und fühle mich zurückversetzt in die Zeit, in der wir diesen Horrortrip fast allmonatlich durchlebt haben. Es ist, als wäre keine Pause dazwischen gewesen. Meine gewohnte Aufregung ist wieder zurück, ich bin unruhig wie eh und je. Und spritze alle paar Tage nach Plan dieses einnistungsunterstützende *Granocyte*, das mir zwar nach all den Warnungen etwas unheimlich ist, aber von dessen Einnahme ich körperlich nichts spüre...

Was ich diesmal jedoch schon vom ersten Tag an mit Gewissheit sagen kann, ist, dass ich nicht auf einen Pipi-Test verzichten möchte oder kann – obwohl er mich oft mehr als verunsichert hat, bin ich inzwischen der Ansicht, er könnte mir helfen, mich auf das was kommt, seelisch vorzubereiten. Ich möchte nicht noch einmal aufgrund eines ungewissen bevorstehenden Bluttestergebnisses kurz vor einem Zusammenbruch stehen. Ich möchte mich vorher in meinen eigenen vier Badezimmerwänden mit meinem Schicksal abfinden, für den Fall, dass dieser Versuch wieder negativ ausgehen sollte...

*****

Gesagt, getan. Ich bestelle mir billige *hCG*-Teststreifen und beginne eine Testreihe...

Ich kann beobachten, wie von Tag zu Tag die zweite Linie, die noch das *hCG* von der Eisprung Auslösespritze anzeigt, immer und immer schwächer wird. Irgendwann, um den NMT herum – den Tag der eigentlich bevorstehenden Periode – müsste der zweite Strich bei Eintritt einer Schwangerschaft wieder stärker werden, sobald der Körper nach der Einnistung selbst wieder *hCG* bildet.

So habe ich es in den Internetforen von den anderen Kinderwunschfrauen gelesen, die erfolgreich waren. Sie konnten auf ihrer Testreihe beobachten, wie der zweite Strich erst immer schwächer und dann wieder von Tag zu Tag deutlicher wurde.

Doch darauf warte ich vergeblich. Es kommt der Tag, an dem ich keinen zweiten Strich mehr ablesen kann. Und er taucht in den folgenden Tagen auch nicht wieder auf...

Innerlich mache ich hinter diesen Versuch also schon einen Haken. So viele Tests Tag für Tag, die erst einmal hervorragend das künstliche *hCG* angezeigt haben, können sich nicht irren. Ich bin nicht schwanger. Ich fühle mich auch nicht so. Aus. Ende. Vorbei. Auch Versuch Nr. 7 ist also gescheitert.

*****

Oktober 2015.

Nur noch wenige Tage bis zum Bluttest.

An einem ruhigen Nachmittag, an dem abgesehen von Amelie bereits alle anderen Kinder abgeholt wurden, haben wir im Küken-Nest einen Termin zur Anmeldung eines kleinen Mädchens. Es klingelt und Samira öffnet die Tür.

Die Mutter – eine junge blonde Frau, die wir bisher nur in Ihrer Schwangerschaft kurz kennengelernt hatten, als sie kam, um sich die Räumlichkeiten anzusehen – betritt den Eingangsbereich, zusammen mit ihren zwei Töchtern: die Große ist etwa drei bis vier Jahre alt und die Kleine Nele, die bei uns für den Herbst des nächsten Jahres angemeldet werden soll, ist gerade einmal vier Wochen auf der Welt...

Allein dieses kleine Bündel im Arm der Mutter zu sehen, versetzt meinem Herzen einen gewaltigen Stich und ich reiße mich zusammen, weder zu weinen, noch vor lauter wütender Eifersucht, auf der Stelle den Raum zu verlassen – Eifersucht darüber, dass diese Frau in ihrem jungen Alter bereits zwei wundervolle Kinder haben darf...

Stattdessen setze ich ein professionelles freundliches Lächeln auf, reiche der jungen Mutter die Hand und begrüße sie herzlich in unserem Küken-Nest.

Wir führen die Familie in den Spielraum an den kleinen Tisch mit Stuhlgruppe und nachdem sich die Mutter gesetzt und ihrer jüngsten Tochter den niedlichen sternförmigen Schneeanzug ausgezogen hat, sieht sie den Vertrag und den Kugelschreiber vor sich auf dem Tisch und drückt mir kurzerhand der Einfachheit halber das winzige Baby in den Arm...

„Ich darf doch, oder? Darin seid ihr hier doch sicher geübt!", äußert sie frech und greift nach dem Stift.

Mir stockt der Atem, als mein Blick diesen klitzekleinen funkelnden Augen in dem wunderbaren kleinen Gesicht begegnet und als ich Nele meinen Finger in die Hand gebe und sie fest zugreift, wird mir so warm ums Herz, dass mir Tränen in die Augen schießen und ich nicht mehr wegsehen kann...

Die kleine Nele ist ein Frühchen. Die Mutter erzählt uns, dass sie einen ganzen Monat zu früh zur Welt gekommen und daher noch sehr klein und zierlich sei.

Während Samira den Papierkram erledigt und die ältere Tochter im Hintergrund mit Amelie zu spielen beginnt, habe ich nur Augen für dieses zarte Püppchen in meinem Arm. Sie ist so wundervoll, dass ich alles um mich herum vergesse.

Kaum sind die drei nach circa einer Dreiviertelstunde wieder aus dem Küken-Nest verschwunden, stehe ich gedankenverloren im Eingangsflur. Mir wird plötzlich klar, dass da in mir – in meinem Bauch – wieder einmal nichts ist. Dieser siebte Behandlungsversuch, der eigentlich für mich bereits so gut wie abgehakt war, ist noch nicht ganz vollendet und doch weiß ich, dass mein Bauch leer ist, wo doch jetzt genau in diesem Moment etwas heranwachsen müsste, nach all den Strapazen – etwas so Wundervolles, wie die kleine Nele...

Amelie reißt mich jäh aus meinen Gedanken, indem sie angerannt kommt und mein Bein umklammert. „Warum bist du so traurig, Mauri?", fragt sie und schaut mit großen neugierigen und mitfühlenden Augen zu mir auf.

Ich schenke ihr ein Lächeln und gehe zu ihr hinunter in die Hocke. „Weißt du, Amelie, ich... habe gerade das Baby gehalten. Auch als du ganz klein warst, habe ich dich gehalten und auf dich aufgepasst. Und jetzt... wünsche ich mir selbst auch ein eigenes Baby. Aber es mag keins zu mir kommen... das macht mich traurig."

Ich weiß in diesem Moment nicht recht, weshalb ich versuche, Amelie kindgerecht meine Lage zu erklären. Mir ist einfach schon länger aufgefallen, dass mein Gemütszustand sie zu beschäftigen scheint.

Erst jetzt bemerke ich, dass Samira um die Ecke in der Küchentür steht und uns beobachtet hat. Sie lächelt, als sich unsere Blicke treffen und möchte etwas sagen, doch in diesem Moment klingelt es und Amelie wird von ihrem Vater abgeholt.

Als sie wenige Minuten später aus der Tür sind, setzt Samira erneut an. „Glaubst du, es ist eine gute Idee, Amelie zu erklären, was bei euch los ist?"

„Ich würde ihr keine Details von irgendeiner Behandlung erzählen, Sami. Aber ich finde, dass ich ihr eine Antwort darauf geben muss, wenn sie mich fragt, weshalb ich traurig bin... wir fragen die Kinder doch auch, was los ist, wenn es ihnen schlecht geht."

Samira nickt. „Du hast Recht. Amelie ist schon fast drei Jahre alt und versteht eine Menge."

„Und sie ist so einfühlsam!", entgegne ich. „Weißt du, manchmal fühle ich mich ihr sehr nah – fast als wäre sie meine eigene Tochter. Sie war so klein, als sie zu uns kam... hat eine Zeit lang *Mama* zu mir gesagt. Und nun weicht sie mir tagsüber kaum von der Seite. Ich... weiß überhaupt nicht, was ich ab nächstem Sommer ohne sie hier machen soll, wenn sie in den Kindergarten geht. Sie kam genau zu dem Zeitpunkt in mein Leben, als mein Wunsch nach einem Kind schon so groß war und ich wusste, dass ich selbst vielleicht nie eins bekommen werde..."

Samira nimmt mich mitfühlend in den Arm. „Du wirst ein eigenes Kind bekommen, Mauri. Gib nicht auf..."

*****

Am nächsten Morgen merke ich, dass mir nicht danach ist, in wenigen Tagen 75 Kilometer zu fahren, bloß um Blut abzugeben. Und dann doch nur ein ganz blödes Telefonat vor mir zu haben... Nein. Das tu ich Karsten und mir nicht mehr an. Ich weiß das Ergebnis sowieso schon. Und diesmal weiß ich es wirklich und habe nicht mal diesen letzten Funken Hoffnung in mir, den es sonst noch so oft gegeben hat.

Daher warte ich auch nicht den vom Zentrum berechneten Tag des Bluttests ab, sondern gehe vier Tage zuvor morgens zu meinem Gynäkologen vor Ort, um mir dort Blut abnehmen zu lassen.

Die Schwester am Empfang sieht mich verwirrt an. „Wieso kommen Sie vier Tage früher, Frau Schilling, wenn der Tag des Bluttests erst kommenden Montag ist?"

„Ich... habe mit einem ausreichenden Abstand zum Eisprung mehrere negative Urintests zu Hause gemacht und möchte nicht länger warten – ich möchte keinen Tag länger unnötig diese ganzen Medikamente einnehmen und spritzen... daher komme ich früher." Ich reiße mich zusammen, nicht in Tränen auszubrechen und füge hinzu: „Ich weiß, dass ich wie-

206

der nicht schwanger bin. Bitte untersuchen Sie mein Blut, damit offiziell für das Kinderwunschzentrum ein Ergebnis vorliegt und ich die Medikamente absetzen kann."

Dafür hat die Arzthelferin Verständnis und nimmt mir sogleich Blut ab. „Auf das Ergebnis müssen Sie leider bis nach 17:00 Uhr warten. Sollen wir Sie anrufen, wenn es vorliegt?"

Ich schüttle energisch meinen Kopf. Ich möchte nicht wieder so ein erschreckendes Telefonat. Ich möchte, dass sie mir das Ergebnis direkt ins Gesicht mitteilt und ich wieder nach Hause fahren kann. Um mich in Ruhe von dem erneuten Negativ zu erholen.

„Nein, bitte nicht. Ich komme nach Feierabend noch einmal persönlich hierhin. Mein Heimweg führt sowieso fast an Ihrer Praxis vorbei." Mit diesen Worten atme ich einmal tief durch und verlasse die gynäkologische Praxis.

Wirklich aufgeregt bin ich diesmal im Laufe des Tages nicht. Es gibt schließlich keinen Anruf, der mich erwartet. Kein Hoffen und Bangen mehr. Ich habe den siebten Versuch abgeschrieben und bin an diesem Tag einfach nur niedergeschlagen und müde. Samira nimmt mir viel Arbeit ab, aber spricht das Thema heute nicht an. Sie lässt mich erst einmal allein damit klarkommen, wofür ich ihr sehr dankbar bin.

Nach der Arbeit fahre ich auf direktem Weg in die Praxis. Und es ist genau, wie ich gesagt habe.

Die Arzthelferin schaut mich voller Mitgefühl an. „Der hCG-Wert war kaum messbar, Frau Schilling. Das bedeutet, er war so niedrig, dass keine Einnistung stattgefunden haben kann. Es tut mir Leid…"

Habe ich ja gesagt. Ich versuche den Kloß in meinem Hals hinunterzuschlucken, bedanke mich knapp und fahre heim.

Zu Hause sitze ich wie gelähmt im Wohnzimmer auf der Couch und starre auf den Fernsehbildschirm, dessen Geflacker mich ablenken soll, aber durch das ich einfach hindurchschaue… Es rollen auch ein paar Tränen. Aber diese

Mal fühlt sich das Ganze anders an. Es ist eine andere Art der Traurigkeit und sie hält nicht lange an.

Meine Gedanken kreisen. Wir haben für diesen Versuch sage und schreibe fast 3.000,- € ausgegeben – die Hälfte dessen, was er eigentlich gekostet hätte, da zum Glück die neue Krankenkasse dieses letzte Mal noch 50% der Kosten beglichen hat.

So viel Geld – für extrem teure Medikamente, die keine gute Ausbeute erbringen konnten. Für einen sehr unangenehmen Aufenthalt in einem fremden, kalten und so weit entfernten Kinderwunschzentrum. Für eine mickrige Blastozystenkultur und eine einzelne daraus entstandene Blastozyste, die scheinbar von Anfang an zu Tode verurteilt war...

Nein. Ich bin nicht nur traurig. Natürlich auch, denn ich weine um unsere kleinen aufs Neue verlorenen Babys. Aber es ist nicht die Traurigkeit, die mich lähmt, da ist auch noch ein anderes Gefühl, das diesmal viel stärker in mir aufflammt – mein Körper ist voller Wut! Meine Hände ballen sich zu Fäusten... ich bin stinksauer, dass es genau so gelaufen ist. Dass man eine Menge Geld bezahlt und am Ende merkt, dass man sich in etwas verrannt hat... dass man nicht einmal die Gelegenheit bekommt, seinen OP-Arzt kennenzulernen, bevor man in Narkose versetzt wird... dass hinterher kaum eine Chance besteht, mit dieser einzelnen Blastozyste ein Positiv zu feiern... dass alles von Anfang an eigentlich so richtig schiefläuft, anstatt nach Plan.

Niemand kann dir im Nachhinein sagen, was genau falsch gelaufen ist – niemand hat angeblich Schuld daran – und absolut niemand kann dir deine erneute Frage nach dem *Warum* beantworten. In diesem Punkt sind sich die Kinderwunschärzte scheinbar alle einig...

Auch Karsten ist wütend, als er nach Hause kommt und mich so erstarrt vor dem Fernseher auffindet. Er nimmt mich zwar in den Arm, aber ich spüre, dass auch in ihm die Wut brodelt, darüber, dass nichts nach Plan gelaufen ist.

„Diese Schweine, die ziehen einem nur das Geld aus der Tasche!! Maureen, das war's... ich werfe denen keinen Cent mehr in den Rachen, das schwör ich dir!!"

Doch als er die funkelnden Tränen in meinen Augen bemerkt, wird er still und breitet erneut seine Arme für mich aus.

*****

Die Traurigkeit ist nicht von langer Dauer und auch die Wut lähmt mich nicht allzu lange – sie treibt mich ebenfalls an. Und so schreibe ich kurze Zeit später einen Brief an die Kinderwunschärztin persönlich.

Ich schreibe Fr. Dr. Wohlberg, dass ich es nicht gut finde, wie alles gelaufen ist – aber dass wir den Plan an sich eigentlich gut fanden, hätte er nur tatsächlich in die Tat umgesetzt werden können! Außerdem schreibe ich, dass ich auf der Stelle einen Termin zur Nachkontrolle, zu einem Gespräch und gleichzeitig zum Startschuss für einen neuen Versuch haben möchte! Ich möchte nicht warten. Dieser Versuch war nichts wert – von Anfang an schien er zum Scheitern verurteilt...

Darum möchte ich es noch einmal versuchen und möchte mich hierfür sogar überwinden und es noch einmal in genau diesem Zentrum versuchen – Frau Dr. Wohlberg und einer guten Blastozystenkultur eine weitere Chance geben. Ich will – nein ich MUSS – einfach weitermachen, bevor ich es mir komplett anders überlege...

Zwangspause

Der Fall, den ich damit fast schon abhaken möchte, führt zunächst noch weiter in die Tiefe, als es mir in diesem Moment bewusst oder lieb ist. Obwohl es fast nicht zu glauben ist, kommt es NOCH schlimmer.

209

Ich liege nur zwei Wochen später auf dem Untersuchungsstuhl und Frau Dr. Wohlberg springt während des Ultraschalls plötzlich auf, um nach einigen Papiertüchern zu greifen...

„Frau Schilling! Sagten Sie nicht, Sie sind mitten im Zyklus?! Diese Blutung ist aber ganz und gar nicht schön..."

Ich bin geschockt und gleichzeitig in Verlegenheit gebracht durch das viele Blut, das ohne Vorwarnung von jetzt auf gleich aus mir herauszufließen beginnt... eine starke Zwischenblutung mitten im Zyklus...

Die Ärztin versucht mit dem Ultraschallgerät nach einem Grund für die plötzliche starke Blutung zu forschen, aber erkennt nicht viel.

„Ich vermute eine Zyste..." Sie schaut überhaupt nicht begeistert drein und schüttelt langsam den Kopf, während Sie noch immer auf den Bildschirm starrt. „So kann ich Sie auf gar keinen Fall weiter behandeln. Nicht, solange Sie keinen regelmäßigen Zyklus haben..."

Für mich bricht erneut eine Welt zusammen. Es bedeutet schon wieder Warten... Ungewissheit macht sich breit, wann es endlich wieder losgehen kann, da der vergangene Versuch so dermaßen unbefriedigend für mich war. Aber es bleibt mir nichts anderes übrig.

„Wir nehmen Ihnen zur Kontrolle noch Blut ab und Sie gehen bitte mit der nächsten Periodenblutung zu Ihrem Gynäkologen vor Ort. Wenn es eine Zyste ist, die diese Zwischenblutung ausgelöst hat, muss kontrolliert werden, ob sie mit der nächsten Blutung abgeht oder ob sie von der hartnäckigen Sorte ist."

Ich bin mehr als enttäuscht. Nicht nur, weil ich wieder zum Warten gezwungen werde, sondern auch einfach enttäuscht von meinem Körper, dass er erst nicht gut mitspielt und mir dann auch noch so eine Nachwirkung beschert und mir damit einen Strich durch die Rechnung macht...

Vielleicht aber ist es auch ein Hilferuf und mein Körper möchte mir damit sagen, dass das alles, was ich ihm zumute, zu viel des Guten ist. Dass er keine Hormonspritzen mehr möchte und auch nicht mehr diese ganzen OP-Strapazen. Dass ich endlich aufhören soll, einem Traum nachzujagen, der sich scheinbar nicht erfüllen lässt...

*****

Nichts desto trotz sitze ich weitere zwei Wochen später – zum neuen Zyklusbeginn – zur Kontrolle bei meinem Gynäkologen, Dr. Alves. Er bestätigt den Verdacht der Kinderwunschärztin:

„Die Zyste ist fast vier Zentimeter groß... und scheint mit dieser Periode nicht von allein zu verschwinden. Tut mir sehr leid, Frau Schilling, aber Sie müssen mindestens 21 Tage lang die Antibabypille einnehmen..."

Ich bin auf ein Neues absolut sprachlos... ich soll die Pille nehmen – die Antibabypille trotz Kinderwunsch?! Welch eine Ironie! Ich weiß nicht, ob mir zum Lachen oder zum Weinen zumute ist. Doch Dr. Alves erklärt mir, dass die Zyste nur mithilfe der Pille schneller wieder kleiner werde und mit etwas Glück sei ich sie mit der nächsten Blutung wieder los.

Na schön. Dann nehme ich also wieder die Pille. Wenn es sonst nichts ist... auch wenn ich mir geschworen habe, dieses Zeug nie wieder zu schlucken, füge ich mich meinem Schicksal und hoffe, dass wir nach diesem Zyklus endlich diese Zwangspause beenden können. Schließlich möchte ich noch vor Weihnachten schwanger werden und nicht schon wieder alles aufs nächste Jahr verschieben!

*****

Im Gegensatz zu meinem Privatleben, läuft wenigstens das Berufliche gut: Der Tag der offenen Tür ist erfolgreich, das Küken-Nest ist an diesem Samstagnachmittag gefüllt wie noch nie – wir beraten und informieren Paare, die kurz vor der Geburt ihres Kindes stehen und ebenso welche, die ihr Kind bereits im Maxi Cosi bei sich tragen über das große Thema der Kinderbetreuung. Der Babyboom, der vor ca. zwei Jahren in unserer Region und in ganz Deutschland begann, ist nicht mehr zu übersehen und ich schlucke erneut jeden Anflug der leisesten Eifersucht hinunter. Immer mehr frage ich mich jedoch an solchen Tagen, ob meine Arbeit mir momentan so gut tut, wie ich bisher immer geglaubt hatte...

Auch Amelie ist mit ihren Eltern gekommen und sie haben gute Freunde, die vor kurzem ebenfalls Eltern geworden sind, mitgebracht, um uns miteinander bekannt zu machen.

Eine ganze Weile später sehe ich, wie sich die beiden Mütter unterhalten und höre, wie die Freundin zu Amelies Mutter sagt: „Man sieht es aber auch noch gar nicht bei dir, wenn man es nicht weiß... wann willst du es verkünden?" Die beiden Frauen strahlen bei dieser Aussage um die Wette und mir ist auf der Stelle klar, worum es bei diesem Gespräch geht...

Mein Blick wandert direkt auf den Bauch von Amelies Mutter und ich bilde mir ein, eine ganz leichte Wölbung unter ihrem Pullover zu erkennen. Ich spüre, wie ich feuchte Augen bekomme – Amelie bekommt ein Geschwisterchen... Sie ist ein so wunderbares, bildhübsches und intelligentes Mädchen und nun darf ihre Mutter ein weiteres Kind zur Welt bringen. Mir geht die Frage durch den Kopf, ob diese Frau weiß, wieviel Glück sie in ihrem Leben hat...

Während mir diese Gedanken kommen, bemerke ich gar nicht, dass ich dabei ihren Bauch anstarre und als sich unsere Blicke treffen, bin ich peinlich berührt und finde keine Worte...

„Tut mir leid, ich... habe es zufällig mitgehört... herzlichen Glückwunsch!", presse ich heraus und verlasse auf der Stelle den Raum. Ich schließe mich kurzerhand im Badezimmer ein und atme ein paar Mal tief durch und zähle bis zehn, um die Tränen zu unterdrücken, die in meinen Augen aufzusteigen drohen.

Plötzlich klingelt mein Handy. Ich ziehe es genervt aus der Hosentasche und lese den Namen meiner Schwester – Stella ruft an.

Sie hat sich schon länger nicht mehr gemeldet und ist ganz aufgeregt am Telefon. „Maureen, hast du einen Moment Zeit? Ich wollte dir was Cooles erzählen!"

Ich bin mir in dieser Situation nicht sicher, ob ich etwas *Cooles* überhaupt hören möchte... „Kannst du mir das später erzählen?! Ich arbeite heute und bin in ein paar Stunden fertig... soll ich danach vorbeikommen, wenn es so wichtig ist??"

Ich hoffe, ich klinge nicht allzu genervt, während ich das ausspreche.

„Ja klar, komm vorbei!", antwortet Stella. „Ich bin Zu-hause."

Der restliche Nachmittag im Küken-Nest wird immer anstrengender. Ich versuche gute Miene zum bösen Spiel zu machen – auf keinen Fall darf ich meine schlechte Laune an den interessierten Familien auslassen. Freundliche Beratung mit positiver und zufriedener Ausstrahlung sind das A und O an einem solchen Tag wie heute. Die Öffentlichkeit soll schließlich ein wunderbares Bild von uns bekommen und wir möchten natürlich den Eindruck hinterlassen, dass ihre Kinder gut bei uns aufgehoben sind.

Doch auch dieser Nachmittag geht vorbei und als die letzte Mutter das Küken-Nest verlassen hat und die Tür hinter ihr ins Schloss gefallen ist, nimmt mich Samira in den Arm. „Du hast das so gut gemacht, Mauri... ich bin stolz auf dich!" Sie sieht mich erschöpft an. „Es war besonders hart für dich, nicht wahr?"

„Zugegebenermaßen ja... hast du die Neuigkeit von Amelies Mutter gehört?"

Samira nickt mitfühlend. „Ja habe ich, Süße... Tut mir Leid. Das hätte ich nicht gedacht bei dieser Frau, die damals so schnell wieder unbedingt Vollzeit arbeiten gehen wollte... Nimm es dir nicht so sehr zu Herzen, Mauri!"

Leichter gesagt als getan. Und nun muss ich nach diesem harten Nachmittag auch noch bei Stella Halt machen – ich bin gespannt, was sie zu sagen hat...

Kaum auf den Hof gefahren und den Motor abgestellt, sehe ich im Rückspiegel Stella fröhlich von der Haustür aus winken. Ich frage mich wirklich, welche wunderbaren Neuigkeiten sie hat.

Ich steige aus dem Wagen und Stella nimmt mich an der Tür zur Begrüßung kurz in den Arm. „Komm rein, ich habe uns schon Wasser für einen Tee aufgesetzt! Oder möchtest du einen Kaffee?"

„Danke, ein Tee ist okay. Erzähl mir lieber, was es so Wichtiges gibt", antworte ich forsch.

„Hey, welche Laus ist dir denn über die Leber gelaufen?!", fragt Stella, als wir das Haus betreten und ich meine Jacke an der Garderobe aufhänge. In der Küche reicht sie mir eine Tasse und eine Auswahl an Teebeuteln und wir setzen uns an den Küchentisch. „Also...", setzt sie an und spannt mich kurz noch einmal auf die Folter. „Wir haben uns für eine Pflegeelternschaft beworben!"

Wow... das kommt nun doch etwas überraschend für mich. Ich bin etwas sprachlos, da sofort der Hintergedanke in mir aufkeimt, dass Stella vor mir Mutter werden könnte. Was an sich nichts Schlimmes ist, aber nach der langen Zeit, die Karsten und ich es nun schon versuchen, doch nicht besonders einfach für mich wäre.

„Okay", sage ich. „Und was bedeutet das nun konkret für euch?"

„Wir müssen an einem Vorbereitungsseminar teilnehmen", erklärt Stella. „David hat uns schon angemeldet. Außerdem müssen wir Fragebögen ausfüllen und demnächst kommt uns jemand vom Jugendamt besuchen, um ein paar Fakten zu klären und unsere Wohnsituation zu begutachten... das ist alles schon irgendwie aufregend, oder?! Sie haben bereits gesagt, dass wir aufgrund unseres noch nicht so hohen Alters gute Chancen auf ein Kleinkind oder sogar ein Baby haben!"

Ich schlucke. Da ist es wieder. Wieder bekommt jemand ein *Baby*. Jemand. Aber nicht ich...

Ich nicke und versuche zu lächeln. Ich versuche auch, mich für Stella zu freuen und bei all meinem Neid zu bedenken, dass sie auch erst versucht hatten, ein leibliches Kind zu bekommen und es auch bei ihnen gesundheitliche Probleme gibt. Aber nun scheint es Stella gelegen zu kommen, dass sie selbst keine Schwangerschaft durchleben muss, weil sie sich das nie richtig vorstellen konnte. Und weil sie sich somit nicht ihre Figur versauen muss...

Gleichgültig, was hinter ihrem Vorhaben steckt – sie haben sich nun mal für einen anderen Weg entschieden als für eine Kinderwunschbehandlung und das muss ich akzeptieren. Gewissermaßen bewundere ich sogar Stellas Art, mit der Kinderlosigkeit dermaßen locker umzugehen und ebenfalls ihre Entscheidung, einen vielleicht schmerzfreieren Weg einzuschlagen.

Sie und David tun das, was sie beide für richtig halten und selbst wenn es sie auf schnellerem Weg zu ihrem Kind führen sollte, kann ich es einfach nicht mit unserem Weg vergleichen. Wir haben uns ebenfalls aus freien Stücken entschieden. Und sind noch nicht auf der Zielgeraden angelangt, sondern vermutlich noch eine Weile unterwegs.

*****

November 2015.

Als ich einen Zyklus später wieder in der gynäkologischen Praxis sitze, stellt Dr. Alves fest, dass die hartnäckige Zyste zwar deutlich kleiner geworden ist, aber sich immer noch nicht verabschieden möchte.

„Bitte sagen Sie mir nicht, dass ich weiterhin die Pille nehmen muss...", sage ich mit einem verzweifelten Blick in Richtung meines Arztes.

Dieser schaut mich nach einem weiteren unzufriedenen Blick auf den Bildschirm mitfühlend an. „Leider ist es genau so, wie Sie sagen. Wir dürfen die Einnahme nicht unterbrechen, bevor sich die Zyste nicht aufgelöst hat. Sonst wird sie schlimmstenfalls wieder größer."

Ich fasse es nicht. Nach dieser Aussage kann ich es mir selbst ausrechnen: Das wird schon wieder nichts mit einem Weihnachten zu dritt. Kein Babybäuchlein unterm Weihnachtsbaum. Wir müssen uns damit abfinden, dass es wieder ein trauriges Jahresende geben wird, fernab von unseren Wünschen und Vorstellungen...

An diesem Abend liege ich mit Karsten im Bett, eingekuschelt in seine Armbeuge und versuche, mich nicht ständig zu fragen, was noch alles schief gehen muss, bevor wir Eltern werden dürfen...

„Als hätten wir das Pech gepachtet... Alle um uns herum bekommen Babys! Es tobt quasi ein Babyboom da draußen seit ein paar Jahren und ich fühle mich so, als würden wir davon absichtlich ausgeschlossen! Als sollten wir nicht dabei sein und niemals glücklich werden dürfen..."

„Ach mein Engel. Ich weiß, dass du wieder ungeduldig bist. Aber du weißt auch, dass ich eigentlich am liebsten gar keine ICSI mehr machen würde... Jetzt werde erst einmal wieder richtig gesund und lass auch den Termin beim Rheumatologen vorübergehen. Warte ab, was er zu dem Antikörper-Wert sagt. Und sieh es mal so: Vielleicht können wir über Silvester für ein paar Tage zusammen irgendwo hinfahren – nur wir beide. Wir genießen noch einmal die Zweisamkeit. Und irgendwann im neuen Jahr wird es funktionieren. Es geht nicht immer alles gleich sofort."

Ich seufze. Aber Karsten hat Recht. Ich habe schon mehrfach solch eine Behandlung übers Knie brechen wollen und scheinbar immer noch nicht daraus gelernt, dass es gerade dadurch auch schiefgehen kann...

*****

Wenige Tage später sitze ich an einem späten Nachmittag nach Feierabend mit Samira über ein paar Seiten mit formellem Papierkram unseres Küken-Nestes.

Während ich versuche, mich darauf zu konzentrieren und meine Gedanken auf diese Weise vom Kinderwunsch abzulenken, habe ich das Gefühl, dass stattdessen Samira heute nicht recht bei der Sache ist. Sie legt die Papiere von A nach B und zurück und streicht jedes Mal danach ihr Haar hinters Ohr.

„Sag mal, Sami… alles okay bei dir? Gibt es etwas, das du vielleicht loswerden möchtest?" Ich sehe sie grinsend an und frage mich, was sie so sehr beschäftigt.

Samira schaut mich nicht an, sondern fixiert das Blatt Papier vor ihr, während sie beginnt, herumzudrucksen. „Naja, ich… ähm… ich wollte dich was fragen…"

Ich spüre die Ernsthaftigkeit des Themas, das Samira nun ansprechen möchte und ahne nichts Gutes… Sie rückt nur ungern mit der Sprache heraus. Doch dann hebt sie ihren Blick und sieht mich an. „Mauri, es geht um das Kinderwunschthema. Ich bin nun auch verheiratet – zwar noch nicht so lange, aber… Paul und Ich… wir wünschen uns auch ein Kind."

Ich schlucke. Genau das hatte ich im vergangenen Jahr befürchtet, als Samira mir die bevorstehende Hochzeit verkündete… „Sami, du brauchst nicht weiterzureden. Es ist in Ordnung", sage ich schnell – irgendwie habe ich einen Kloß im Hals und würde dieses Thema einfach ganz gern wieder beenden.

Samira schaut überrascht. „Wirklich?! Ich meine… wir stehen ja erst ganz am Anfang der Familienplanung und ich habe Paul auch gesagt, dass ich erst mit dir sprechen möchte, bevor wir… nicht mehr verhüten."

In meinem Inneren beginnt es zu brodeln.

Nicht mehr verhüten. So wunderbar einfach hatte es bei uns auch begonnen…

Ich kann meiner besten Freundin plötzlich kaum mehr in die Augen schauen. Wir beide wissen, dass es nicht sinnvoll ist, gleichzeitig ein Kind zu bekommen. Unsere Kindertagespflege weiterzuführen, während wir beide hochschwanger sind, ist nur schwer vorstellbar – eigentlich nicht zu schaffen, je nachdem wie es uns gerade geht. Und unsere Säuglinge beide mit in die Kinderbetreuung zu bringen, funktioniert auch nicht, da nur noch ein letzter Platz frei ist – eigentlich planmäßig freigehalten für MEIN Baby...

Irgendwie ist es für mich, wie ein Schlag ins Gesicht. Vielleicht ist es Samira nicht bewusst, aber da sie genau wie ich weiß, wie ungünstig es wäre, wenn wir beide gleichzeitig schwanger wären, gibt sie hiermit so gesehen offen zu, dass sie es inzwischen für sehr unwahrscheinlich, wenn nicht gar unmöglich hält, dass ich demnächst mit der Fortsetzung der Kinderwunschbehandlung noch Erfolg haben könnte...

Obwohl mir in diesem Moment viele dieser Dinge durch den Kopf gehen, sage ich etwas anderes. „Wie gesagt, es ist okay. Ihr könnt tun und lassen, was ihr möchtet und du musst mich dafür nicht um Erlaubnis bitten. Ich kann euch nicht vorschreiben, wann ihr mit eurer Familienplanung zu beginnen habt!" Ich versuche zu lächeln und Sami nimmt mich kurz dankbar in den Arm.

Was ich zu ihr sage, meine ich ehrlich so. Obwohl es mir in diesem Moment schwerfällt, es mir selbst einzugestehen, weiß ich, dass Samira inzwischen mehrere Jahre mir zuliebe zurückgesteckt und mit mir auf mein Baby gewartet hat – das offensichtlich noch nicht bereit ist, zu mir zu kommen. Jetzt ist sie an der Reihe. Sie hat lange genug meinetwegen gewartet. Ich habe nicht das Recht, über ihren Lebensplan zu bestimmen.

Egal wie schwierig es für mich sein würde, sie als werdende Mutter zu sehen – es ist IHR Leben. Und das hat nichts mit meinem unerfüllten Kinderwunsch zu tun...

Treffen mit Gleichgesinnten

Ich habe keinen Nerv mehr, nur dumm herumzusitzen und nichts, aber wirklich GAR NICHTS tun zu können... diese Warterei und Ungewissheit über den tatsächlichen Ausgang ist und bleibt das Schlimmste am unerfüllten Kinderwunsch – nicht etwa die körperlichen Schmerzen oder das viele Geld, wie die meisten meinen.

In mir steigert sich wieder einmal das drängende Bedürfnis, mit jemandem über all das zu reden... Schon seit längerem besuche ich regelmäßig Kinderwunschforen im Internet, um mich mit Gleichgesinnten auszutauschen. Mit ein paar Frauen habe ich vor einiger Zeit sogar eine Gruppe gegründet, innerhalb der wir uns fast täglich über die neusten Ereignisse informiert haben. Sie sind mir schon ziemlich ans Herz gewachsen. Doch leider musste ich in den letzten Monaten feststellen, dass es immer ruhiger in der Gruppe wird... die meisten von ihnen haben es inzwischen geschafft: Sie sind – zum Teil auch nach langem Kampf – endlich schwanger geworden oder bereits Mutter. Einige von ihnen sind ganz plötzlich doch auf natürlichem Weg schwanger geworden und andere wiederum denken sogar darüber nach, schon mit der Planung eines Geschwisterchens zu beginnen...

Ich gehöre zu den wenigen, die immer noch weit von diesem wunderschönen Ergebnis entfernt zu sein scheinen... das macht mich oft traurig, sodass ich mich dort nicht mehr gut aufgehoben fühle unter all den Schwangeren und Müttern, die sich nun über andere Themen austauschen – Stillen, Wickeln und Schlafrhythmus statt Termine, Medikamente und Befruchtungsrate...

Und auch mit meiner besten Freundin kann ich nicht mehr ganz offen reden – nachdem sie mir nun gestanden hat, dass sie und Paul ebenfalls versuchen werden, ein Baby zu bekommen.

Ich werde einfach das Gefühl nicht los, dass sich die ganze Außenwelt gegen mich verbündet hat und alle gerade jetzt eine Familie gründen...

Allerdings stoße ich im Netz auf eine andere Möglichkeit, mich auszutauschen: Ich finde heraus, dass es in Dornaub – ganz in der Nähe des ersten Kinderwunschzentrums – eine Selbsthilfe Kontaktstelle gibt, an die man sich auch zum Thema Kinderwunsch wenden kann... ich stelle es mir schön vor, tatsächlich Frauen aus dem wahren Leben gegenüberzusitzen, die mit ihren Männern das gleiche durchmachen, wie wir… rufe kurzerhand dort an und melde mich für das nächste Treffen an.

*****

Schon bald ist es soweit.

Als ich im Auto sitze und genau denselben Weg fahre, den ich zwei Jahre lang regelmäßig zu meinem ersten *Wunderzentrum* gefahren bin, überkommt mich eine Wehmut… zu gern würde ich dort anhalten und einfach in das Zentrum hineingehen, um das ganze Ärzte- und Helferteam einmal wiederzusehen und zu fragen, ob sie mich noch kennen und ihnen sagen, dass ich noch immer nicht schwanger bin… das ist natürlich Blödsinn und außerdem ist es viel zu spät und das Zentrum hat bereits geschlossen.

Allerdings entscheide ich aus ebendiesem Grund, den Parkplatz des Zentrums anzusteuern – da es hier keine Schranke oder Ähnliches gibt, spricht sicher nichts dagegen, bei ihnen hintern Haus zu parken.

Es ist ein merkwürdiges Gefühl, wieder hier zu sein. Am liebsten würde ich mich dazu entschließen, in Espelstein abzusagen und wieder hier nach Dornaub zu kommen… aber ich weiß, dass das nicht funktioniert und dass es nun mal so ist wie es ist.

Ich verdränge all diese Gedanken und mache mich auf den Weg zur Selbsthilfe Kontaktstelle – der Grund, weshalb ich eigentlich gekommen bin. Eine junge rothaarige Frau ist schon dort, die mich an der Tür empfängt und mir den Raum zeigt, in dem wir uns gleich zusammensetzen werden – ein kleines gemütliches Zimmer mit einem runden Tisch und etwa zehn Stühlen. Bald schon gesellen sich weitere Frauen zu uns und insgesamt sind wir an diesem Abend zu fünft.

Der Austausch ist genau das Richtige für mich. Die Frauen fühlen sich ebenso, wie ich mich fühle und es tut gut zu wissen, dass man doch nicht allein mit all den Gedanken und

Emotionen ist, die sich um dieses Thema weben. Ganz im Gegenteil – es ist sogar so, dass diese wahnsinnigen Gefühle bei einigen schon viel früher auftreten. Wir stellen fest, dass ich die Jüngste bin und dennoch mit Abstand die meisten Versuche hinter mir habe. Das ist irgendwie erschreckend – für mich selbst in diesem Moment ebenso wie für die anderen...

Sie fragen mich, wie ich es schaffe, damit klarzukommen. Die Rothaarige hat zwei Behandlungsversuche hinter sich und ist seit vielen Monaten dabei, sich dazu zu überwinden, überhaupt den dritten und letzten Versuch zu starten. Eine andere ebenfalls noch sehr junge Frau wiederum steht noch in den Startlöchern und hat ihren allerersten Versuch hier in Dornaub erst noch vor sich. Sie ist neugierig und aufgeregt zu hören, was auf sie zukommen mag. Und die zwei letzten unter uns sind schon „so alt" – um die 40 – dass sie überlegen, den Kinderwunsch einfach ganz aufzugeben...

„Ich weiß nicht, wie ich es schaffe...", sage ich zu ihnen. „Es ist bei mir einfach so, dass die Hoffnung nach jedem Negativ nie lange verschwunden bleibt... es ist ein Wunder, aber jedes Mal, wenn ich glaube, vollends zusammenzubrechen und aufgeben zu müssen, stehe ich doch nach einiger Zeit wieder auf, schaue mich um und wähle den nächsten Pfad – immer und immer wieder! Woher ich die Kraft nehme, kann ich selbst nicht erklären – sie kommt aus meinem Innersten. Sie kommt aus dem sehnlichen und alles überragenden Wunsch nach einem eigenen Kind. Anders kann ich es nicht erklären..."

Und obwohl wir alle so unterschiedlich sind, vollkommen verschiedene Vergangenheiten und Voraussetzungen haben, fühlen wir uns tief miteinander verbunden und ich habe das Gefühl, zum allerersten Mal richtig verstanden und in dieser Runde mitsamt meines innigen Wunsches angenommen zu werden. Niemand, der mir sagt, ich solle in den Urlaub fahren, um entspannt schwanger zu werden. Oder einfach mal ein paar Jahre Pause machen und nicht mehr dran denken, damit es von allein klappt...

Diese Frauen hier verstehen, weshalb genau das eben nicht funktioniert. Daher beschließe ich, diese Selbsthilfegruppe in der nächsten Zeit jeden Monat zu besuchen.

Spiel mit der Gesundheit

Während Karsten und ich weiter warten und warten, sitze ich bei einer erneuten Blutkontrolle bei meinem Hausarzt. Er besteht darauf, mich eine Zeit lang regelmäßig zu sehen, weil ihm diese ganzen merkwürdigen Medikamente, die ich einnehmen musste, überhaupt nicht gefielen. Dabei wird eine neue Entdeckung gemacht...

„Frau Schilling, Ihre Werte gefallen mir ganz und gar nicht. Ihr Lymphozyten-Wert ist mysteriös in die Höhe gestiegen... Was haben Sie in den letzten Wochen noch gespritzt oder eingenommen, das einen Einfluss gehabt haben könnte?" Ich kann mit diesem Wert auf Anhieb jedoch nicht viel anfangen. „Überhaupt nichts...", antworte ich. „Bedeutet es etwas Bedenkliches?"

Die Antwort auf diese Frage, bringt mich beinahe um den Verstand: „Ich werde Ihnen eine Überweisung zur Onkologie ausstellen. Besser noch – ich mache direkt einen Termin für Sie aus, damit Sie nicht so eine lange Wartezeit haben."

Ich schlucke und mir läuft ein Schauer den Rücken hinunter... Onkologie – ist das nicht die Wissenschaft, die sich mit Krebs und Tumoren befasst?!

Nachdem ich bereits beim Endokrinologen war und der Termin beim Rheumatologen noch aussteht, ist dies eine neue böse Nachricht, die mir diesmal tatsächlich etwas Angst einjagt...

Der Arzt sieht meinen Gesichtsausdruck und versucht mich zu beruhigen: „Wenn ich einen Patienten zum Onkologen überweise, bedeutet das nicht automatisch, dass ich davon ausgehe, er hätte Krebs... Der Onkologe kann einfach viel genauere Blutuntersuchungen durchführen, die Aufschluss darüber geben, was genau sich hinter einem erhöhten Wert verbirgt – ob es Grund zur Sorge gibt oder das Ganze harmlos ist."

Ich atme auf, aber als wirklich erleichternd empfinde ich seine Erklärung nicht. Obwohl ich keine Lust auf einen weiteren Arztbesuch habe, zu dem ich eventuell wieder einmal völlig umsonst hinfahre, um mir sagen zu lassen, das sei alles nicht der Rede wert und nur falscher Alarm gewesen, nehme ich dieses Thema ernst. Auch ich mache mir allmählich immer mehr Gedanken um meine Gesundheit. So viele Termine bei so vielen unterschiedlichen Ärzten in so kurzer Zeit hatte ich in meinem ganzen Leben noch nicht...

Natürlich lasse ich mir einen Termin vergeben. Und denke über eine Erklärung für Karsten nach, die ich ihm liefern kann, ohne ihn in seinen Sorgen um mich noch weiter zu bestärken...

Als Karsten an diesem Abend von der Arbeit nach Hause kommt, bin ich dabei sein Lieblingsessen zu kochen. Ich möchte ihm ganz in Ruhe erklären, was der Arzt mir mitgeteilt hat.

„Hi Schatz!", sage ich fröhlich, als er zur Küche hereinkommt und mich mit einem Kuss begrüßt.

„Hey. Mmmh, das riecht gut... machst du etwa meine Lieblings Bolognese Sauce?? Womit habe ich das denn verdient?"

„Die verdienst du jeden Tag!", antworte ich mit meinem charmantesten Lächeln.

„Okay..." Karsten wirft mir einen skeptischen Blick zu. „Jetzt bin ich gespannt, was du ausgefressen hast!"

Nun muss ich wohl mit der Sprache herausrücken. „Ich... komme vom Hausarzt."

„Ach ja, du hattest den Termin zur Blutuntersuchung, stimmt's?"

Ich nicke. „Ja. Er hat mich zu einem Facharzt überwiesen..."

Karsten schaut überrascht. „Was für ein Facharzt? Warst du nicht erst beim Endokrinologen und hast bald den Termin wegen dieser Rheumageschichte? Geht es darum?"

„Setz dich erstmal hin, mein Schatz, das Essen ist gleich fertig..." versuche ich ihn zunächst zu besänftigen.

„Jetzt lenk nicht ab, Maureen." Karsten setzt sich zwar, aber er wartet nicht, bis ich das Essen auftische. „Sag schon, was für ein Facharzt."

Ich atme einmal tief durch. „Ich muss zu einem Onkologen."

Karsten, der gerade einen Schluck von seinem Wasser nehmen wollte, lässt das Glas wieder sinken und starrt mich ungläubig an. „Sind das nicht diese... Krebsärzte?!" Er scheint wirklich geschockt.

„Ja schon, aber...", versuche ich zu erklären, während ich das Nudelwasser abgieße.

Doch Karsten unterbricht mich. „Ach Mann, Maureen!" Er steht wieder auf, reibt sich die Stirn und beginnt, aufgeregt in der Küche auf und ab zu gehen. „Ich hab schon Anfang des Jahres zu dir gesagt, dass das alles nicht gut für dich ist und jetzt haben wir zwei weitere Behandlungen gemacht und es kommt eine Hiobsbotschaft nach der nächsten! Erst die Blutwerte und der Tumorverdacht, dann die Zyste und nun das!" Er stützt sich am Küchentisch ab und schüttelt den Kopf. „Wir dürfen keine ICSI mehr machen..."

Ich stelle den Nudeltopf wieder ab. „Aber Karsten..."

„Hör mir jetzt zu!", unterbricht er mich erneut, nun in einem energischeren Ton und greift dabei mein Handgelenk. „Ich möchte, dass du dich jetzt erstmal gründlich untersuchen lässt und dich wegen deiner Zyste schonst! Und zwar nicht nur ein paar Wochen! Wir sind nervlich am Ende und du inzwischen auch körperlich!"

Ich seufze und befreie mich aus seinem Griff, um die Sauce auf dem Herd noch einmal durchzurühren.

Doch Karsten redet weiter auf mich ein. „Ich habe Angst um dich... was bringt es uns, wenn du durch die Hormone krank wirst? Am Ende stehen wir hier mit einem Kind und

224

dafür bekommst du Krebs oder weiß der Geier was und lässt uns allein! Ich möchte für diesen Wunsch nicht über Leichen gehen!"

„Du verstehst mich anscheinend nicht!", sage ich nun auch etwas lauter und schaue ihn vorwurfsvoll an. „Der Wunsch in mir wird immer stärker und dieses Nichtstun macht mich vollkommen irre! Wenn diese Zyste weg ist, möchte ich sofort..."

„NEIN!!!", brüllt Karsten plötzlich. „Immer geht es nur darum, was DU willst! Meine Sorgen sind dir anscheinend scheißegal! Ich werde keine verdammte ICSI mehr mitmachen und ich will jetzt auch nicht mehr darüber diskutieren!" Mit diesen Worten rauscht er hinaus und ich höre, wie die Haustür laut hinter ihm ins Schloss fällt.

Wieder einmal kämpfe ich mit den Tränen. Durch das Küchenfenster sehe ich Karstens Wagen davon fahren...

Ein unmoralisches Angebot

Wenig später sitze ich allein in der Küche am Tisch vor meinem gefüllten Teller. Aber ich bekomme keinen Bissen hinunter. Stattdessen kullern wieder einmal dicke Tränen meine Wangen hinab. Alles scheint kaputtzugehen – nun bedroht der unerfüllte Kinderwunsch auch noch unsere sonst so harmonische Ehe...

Ich lege die Gabel auf den Tisch und wische mit den Händen über mein nasses Gesicht. Dann nehme ich das Handy und versuche Samira zu erreichen. Ich muss mit irgendjemandem reden...

Doch vergeblich – Samira geht auch nach dem zweiten Versuch nicht ran. Ich starre auf das Display, auf dem mir die Kontaktliste entgegenleuchtet. Eine Zeile oberhalb von Samira fällt mir ein anderer Name ins Auge: *Peer.*

In meiner Verzweiflung rufe ich Peer an. Schließlich hat er mir schon mehrfach angeboten, zu reden, wenn mir danach ist – nun brauche ich ihn tatsächlich.

Als er sich am anderen Ende der Leitung meldet, weiß ich zunächst nicht, was ich sagen soll. „Peer?"

„Maureen, bist du das? Hey! Ist alles in Ordnung bei euch?"

Ich schlucke. „Nein. Ist es nicht... Ich bräuchte... etwas Ablenkung. Hast du Zeit?"

„Für dich immer! Was ist los? Soll ich vorbeikommen?"

„Würdest du mich abholen? Ich muss hier raus für ein paar Stunden..."

„Ich bin sofort unterwegs, Kleine." Und schon hat er aufgelegt.

Ich lasse das Essen einfach stehen und ziehe mir etwas anderes an, schminke mich ein wenig. Und schreibe Karsten einen Zettel, den ich auf dem Küchentisch liegen lasse:

Bin im Kino – mit Sami.

Dann greife ich nach meiner Handtasche und verlasse das Haus.

Bei Peer im Auto fühle ich mich gut aufgehoben. Leise Musik spielt, er fragt erst einmal gar nichts.

„Danke, Knuddelbär", sage ich nach ein paar Minuten. „Wo fahren wir eigentlich hin?"

Peer lächelt. „Wohin du möchtest, Kleine. Hast du schon was gegessen?"

„Ich habe keinen Hunger", antworte ich. „Aber einen Drink könnte ich gebrauchen..."

Peer muss leise lachen. „So schlimm?!"

Obwohl mir nicht nach Lachen zumute ist, steckt er mich kurzfristig damit an. Doch ich werde sofort wieder ernst und seufze. „Wir haben uns gestritten... wegen diesem blöden Kinderwunsch!"

Peers Lächeln verschwindet aus seinem Gesicht. „Ich verstehe. Möchtest du darüber reden?", fragt er vorsichtig.

„Karsten versteht mich einfach nicht!", platzt es aus mir heraus. „Er hat Angst um meine Gesundheit und ist dagegen, dass wir es nochmal mit einer Behandlung versuchen. Aber... ich MUSS es nochmal versuchen, ich MUSS einfach schwanger werden! Ich kann nicht anders, es ist wie... eine Sucht! Ich will es nochmal probieren, weil es muss ja irgendwann klappen! Und in dem neuen Kinderwunschzentrum hatten wir einen schlechten Start, daher möchte ich ihnen noch eine Chance geben... verstehst du?"

Peer nickt. „Okay. Und... worüber genau macht Karsten sich Sorgen?"

Ich senke meinen Blick. „Ich habe auffällige Blutwerte. Schon eine ganze Weile, aber es häuft sich. Ich war schon bei einem Endokrinologen und soll nun zum Rheumatologen und zur Onkologie..."

Peer zieht die Augenbrauen hoch und ich höre, wie er scharf Luft zwischen seinen Lippen einsaugt. „Und du findest... Karsten übertreibt? Ganz ehrlich, für mich klingt das nach ziemlich vielen unangenehmen Arztbesuchen... geht es dir denn körperlich schlecht?"

„Ich merke davon nichts!", beteuere ich. „Also naja... ich habe eine ziemlich große Eierstockzyste und muss jetzt die Pille nehmen, um meine Hormone zu beruhigen."

„Maureen, also wenn ich ehrlich sein soll, klingt das alles nicht gerade harmlos... ich verstehe, dass du noch nicht aufgeben möchtest. Aber gönn deinem Körper eine Pause. Und komm erstmal zur..."

„Ich will aber nicht schon wieder eine Pause!", unterbreche ich ihn. „Wir haben ein halbes Jahr pausiert und es klappt immer noch nicht und das wird es nach einer weiteren oder längeren Pause auch nicht!" Meine Augen füllen sich mit Tränen der Wut...

Peer fährt rechts ran und stellt den Motor ab. Er sieht mich fest an. „Kleine. Wenn du zickig wirst, kommt dein Wunschbaby erst recht nicht zu dir." Er lächelt besänftigend und bringt mich mit seiner Aussage tatsächlich zum Schmunzeln.

Ich atme tief durch. „Ich will einfach…"

„Ich weiß, was du willst. Und ich bin mir sicher, du wirst bald Mutter werden. Aber du kannst nichts erzwingen." Er macht eine kurze Pause und überlegt kurz. „Möchtest du eine echte Ablenkung? Fühlst du dich fit genug für… eine kleine Party?", fragt er und grinst mich an. „Dann hätte ich eine Idee, wo du auch ein paar tolle Drinks bekommst." Mit seinen dunklen Augen hält er meinen Blick gefangen und wartet auf meine Antwort.

Ich nicke kurzerhand.

„Perfekt!" Er startet den Motor wieder, sagt aber nichts weiter.

Ich werde neugierig. „Und was ist das für eine Party?"

„Lass dich überraschen!", antwortet er augenzwinkernd.

Ich lehne mich zurück und atme noch einmal tief durch. Heute Abend möchte ich alles um mich herum vergessen. Ich habe nicht vor, mich zu betrinken – aber ich möchte mal wieder Spaß haben und den unsinnigen Streit mit Karsten einfach hinter mir lassen…

Peer fährt einen merkwürdigen Weg, der durch ganz Mühlborg und den Nachbarort und dann noch über Wiesen- und Waldwege führt, bevor wir an einem alten Schützenvereinsheim zum Stehen kommen.

Hier draußen ist es inzwischen dunkel, aber die große hölzerne Hütte ist hellerleuchtet und als wir aussteigen, höre ich nicht nur die laute Musik, sondern spüre sie auch in der Magengegend vibrieren.

Ich muss automatisch strahlen „Ich habe ewig nicht mehr richtig gefeiert…", sage ich mit einem fröhlichen Blick in Peers Richtung.

Er lächelt breit zurück. „Na dann wird es mal wieder Zeit!" Er hält mir seinen Arm hin, ich hake mich unter und wir betreten das Vereinsheim.

Drinnen ist die Musik wirklich sehr laut, eine Nebelmaschine sorgt für schlechte Sicht und Luft und grelle Lichter erzeugen eine Discostimmung. Peer begrüßt ein paar Leute und stellt mich nur kurz namentlich vor. Viele von ihnen tanzen, einige sitzen an den wenigen Tischen, essen, trinken und lachen. Wenige Gesichter kenne ich vom Sehen, darunter auch Phil – einer von Peers und Karstens damaligen besten Kumpels, der auch mit in Paris war. Es stellt sich heraus, dass es seine Geburtstagsfete ist, die hier gefeiert wird.

Peer und Phil reden kurz miteinander – ich verstehe nichts, aber sehe, dass Phil ein paar Mal zu mir herüberschaut. Dann kommt er näher und begrüßt mich mit einer kurzen Umarmung. „Hey Maureen! Dich hab ich ja seit Ewigkeiten nicht mehr gesehen! Erst recht nicht ohne deine bessere Hälfte!"

„Alles Gute zum Geburtstag! Sorry, dass ich kein Geschenk für dich habe!", schreie ich gegen die Lautstärke an.

Doch Phil winkt ab. „Schon okay!" Er lächelt, beschriftet einen Plastikbecher mit meinem Namen und drückt ihn mir in die Hand. „Dort hinten im Nebenraum sind Getränke. Bedien dich!"

Peer taucht plötzlich neben mir auf, nimmt meine Hand und zieht mich direkt durch die tanzende Menge nach hinten in den anderen Raum. Hier ist es nicht so laut, sodass man sich besser unterhalten kann. In der Ecke steht ein Kühlschrank voller Getränke und neben ihm einige gestapelte Getränkekisten.

Peer nimmt mir den Becher aus der Hand und öffnet den Kühlschrank. „Jetzt mach ich dir erstmal eine gute Mischung", grinst er. „Aber tu mir einen Gefallen und iss eine Kleinigkeit", fügt er mit einer gespielten Strenge hinzu. „Ich will nicht, dass du mir nach dem ersten Schluck unter den Tisch fällst!"

„Ich passe auf, versprochen!" Ich nehme den mit einer dunklen Flüssigkeit gefüllten Becher entgegen. Dies scheint ein entspannter Abend zu werden, wie ich ihn schon lange nicht mehr erlebt habe. Dankbar proste ich Peer zu.

Wenige Stunden später bin ich leicht angetrunken, aber gut gelaunt. Peer hat tatsächlich darauf geachtet, dass ich zwischendurch Wasser trinke, etwas esse und an die frische

Luft komme. Dadurch geht es mir immer noch gut, obwohl die Verführung, mich besinnungslos zu betrinken anfangs sehr groß war...

Wir haben viel getanzt, nun ist es Zeit für eine Pause. Peer nimmt mich erneut an der Hand und zieht mich von der Tanzfläche weg, durch den Nebenraum hindurch und aus einem Seitenausgang nach draußen. Hier hinten ist sonst niemand. Aber es ist ziemlich kalt. Peer sieht, dass ich friere und meine Jacke nicht bei mir habe. Kurzerhand zieht er sein Hemd aus, das er über einem T-Shirt trägt und legt es über meine Schultern. Dabei zieht er mich in seine Arme.

„Ich hoffe, du hast wenigstens ein bisschen Spaß, Kleine", sagt er und gibt mir einen kleinen Kuss auf die Stirn.

Ich lehne mich zufrieden an seine warme Brust. „Ja, Knuddelbär. Es ist so... wie soll ich sagen? Ich bin so sorglos hier... wie früher. Wenigstens für kurze Zeit. Danke dafür." Ich sehe zu ihm auf und schenke ihm ein dankbares Lächeln.

„Gern geschehen." Sanft streicht er mir durchs Haar und ich habe das Gefühl, dass sein Gesicht sich meinem nähert... als plötzlich die Tür auffliegt und ein Typ herausspringt – direkt ins Gebüsch gegenüber, von wo aus wir schließlich würgende Geräusche hören...

Peer lacht laut. „Fiete! Dieser Vollidiot hat mal wieder zu tief ins Glas geschaut!"

Auch ich muss automatisch mitlachen, doch im selben Moment bin ich erschrocken und erleichtert zugleich, welchen Augenblick dieser Fiete durch seinen Würgereiz gerade jäh unterbrochen zu haben scheint...

Ich verwerfe diesen Gedanken und sage: „Lass uns wieder reingehen, es wird doch etwas frisch!", und wende mich schnell von Peer ab, bevor dieser meine Verlegenheit bemerkt...

Allmählich wird es Zeit für den Heimweg. Ich überlege schon eine ganze Weile, was ich Karsten sagen soll, weshalb der angebliche Kinobesuch so lange gedauert hat...

Peer, der selbst keinen Tropfen Alkohol angerührt hat, bringt mich nach Hause. Im Auto herrscht zunächst Stille.

Dann fällt mir etwas ein. „Knuddelbär, könntest du bitte ein paar Meter weiter vom Haus entfernt parken? Denn wenn Karsten dein Auto sieht..." Ich stocke.

Peer wirft mir einen fragenden Seitenblick zu. „Dann was?"

„Ich hab ihm einen Zettel hinterlassen, auf dem stand, dass ich mit Samira unterwegs bin..."

Peer schweigt. Aber ich merke, dass ihn etwas quält. Doch er hält, wie ich ihn darum gebeten habe, ein Stück weiter unten an der Straße und stellt den Motor aus.

Sein Blick senkt sich und er sagt leise: „Ich werde Karsten nichts sagen, wenn du das nicht möchtest."

Stille. Ich möchte mich noch einmal bedanken, doch dann hebt Peer seinen Blick wieder und sieht mich direkt an. Er schaut mir so tief in die Augen, dass ich nicht mehr wegsehen kann und mich durchfährt eine Gänsehaut... Plötzlich berührt seine Hand meine Wange und sein Gesicht nähert sich in einem weiteren Versuch dem meinen. Mein Herz schlägt mir bis zum Hals, als er mich sanft zu küssen beginnt und seine andere Hand sich zärtlich auf mein Knie niederlegt... Ich weiß überhaupt nicht, was mit mir geschieht – während seine Zunge die meine ertastet, bahnt sich die Hand einen langsamen Weg an meinem Innenschenkel entlang und plötzlich wird mein Körper von einer schon so lange nicht mehr dagewesenen Welle der Erregung durchströmt, dass ich, ohne es zu wollen, leise aufstöhne... Peer versucht meinen Hals zu küssen, doch ich öffne jäh meine Augen, als mir bewusst wird, was hier gerade geschieht...

Obwohl es sich so unheimlich gut anfühlt, darf ich das auf keinen Fall zulassen!

„Peer...", flüstere ich mit bebender Stimme, doch er scheint mich nicht zu hören und küsst weiterhin meinen Hals.

„Peer... nein... ich...", setze ich ein zweites Mal an und schiebe ihn dabei energisch ein Stück weit von mir weg. „Was machen wir hier?! Ich kann das nicht!" Ich schaue ihn ernst an und fühle mich auf einmal schmutzig... „Das kann ich Karsten nicht antun…" Tränen steigen in meinen Augen auf und ich sehe ihn durch diesen Schleier hindurch verzweifelt an.

„Maureen, ich…" Peer senkt seinen Blick, als würde er sich ebenfalls schämen für das, was gerade passiert ist. Doch schon nach wenigen Sekunden begegnet er mir erneut mit dem festen Blick seiner tiefdunkelbraunen Augen und hält mich damit gefangen.

„Ich kann dich so nicht sehen, Kleine. Du weißt, dass ich dir das geben könnte, was du mit Karsten wahrscheinlich niemals haben wirst… und was du dir so sehr wünschst."

Ich bin fassungslos – redet er von meinem Wunsch nach einem Kind?! Im ersten Moment bin ich so sehr von dieser Idee entsetzt, dass es mir die Sprache verschlägt…

„Kleine, du hast mir gesagt, dass du dir nichts sehnlicher wünschst als ein Baby. Ich spüre, dass du auch Gefühle für mich hast – nach diesem Kuss gerade, kannst du das nicht mehr leugnen… Maureen, ich möchte dir ein Baby schenken. Wir könnten zusammen glücklich werden, das weiß ich!" Er streicht mit seiner Hand sanft über mein Haar.

Ich weiß nicht, wie ich auf ein derartiges Angebot reagieren soll… der Gedanke ist einfach… absurd! Dass Peer seinen ehemals besten Freund so mit dessen Frau hintergehen würde, hätte ich ihm niemals zugetraut…

Unsere Blicke hängen noch immer aneinander. Dann schüttle ich mit einem neuen Tränenschleier vor meinen Augen den Kopf. Ich bringe immer noch kein Wort hervor, sondern suche mit meiner rechten Hand hinter mir nach dem Griff der Autotür. „Es tut mir leid", flüstere ich, steige aus und gehe mit eiligen Schritten die dunkle Straße zu unserem Haus hinauf, in der Hoffnung, Peer bleibt im Auto sitzen.

„Maureen!", höre ich ihn mir plötzlich nachrufen. „Maureen, bitte!" Seine Stimme hallt durch die Dunkelheit und ich bilde mir ein, Schritte hinter mir zu hören… Doch ich drehe mich nicht um. Tränen laufen in einem Rinnsal meine Wangen hinab, während ich zu laufen beginne. Wenn ich jetzt umkehre, weiß ich, dass ich schwach werden könnte… denn ich bin angetrunken und meine Emotionen spielen verrückt – und er drückt verdammt nochmal genau die richtigen Knöpfe, die eine Lust auf mehr in mir auslösen...

Ich erreiche atemlos die Treppe, laufe hoch und lasse vor Aufregung die Schlüssel vor der Haustür fallen. Mit zitternden Händen nehme ich sie wieder an mich, schließe auf und lasse die Tür hinter mir ins Schloss fallen. Ein erneuter Weinkrampf schüttelt mich und ich gleite langsam mit dem Rücken an der Tür zu Boden... dabei bemühe ich mich, so leise wie nur möglich zu schluchzen, in der Hoffnung, dass Karsten schon schläft und mich so auf keinen Fall sieht...

Mit zerzaustem Haar und tränenverschmiertem Make-Up im Gesicht, ziehe ich meine Schuhe aus und lege sie zusammen mit der Jacke und meiner Handtasche ganz vorsichtig und leise auf dem Fußboden ab, um ins Badezimmer zu schleichen.

Als ich gerade im Begriff bin, die Türklinke herunterzudrücken, öffnet sich auf der gegenüberliegenden Seite des Flures die Schlafzimmertür...

Karsten steht plötzlich im Flur und sieht meine Sachen, die zwischen uns auf dem Boden liegen. Ich wage es nicht, mich umzudrehen, obwohl nur ein leichter Mondschein durch das Küchenfenster den Flur ein wenig erhellt.

„Maureen? Warst du bis jetzt im Kino?!", fragt mich Karsten skeptisch.

Ich zucke bei dieser Frage zusammen, lasse die Türklinke wieder aus meiner Hand gleiten und drehe mich langsam zu ihm um.

Er kommt einen Schritt näher. „Hast du geweint?!"

Ich schaue schnell zu Boden – greife um meine eigenen Arme, als würde es mich frösteln. Starke Schuldgefühle keimen in mir auf und erneut füllen sich meine Augen mit Tränen, als ich zu Karsten aufsehe. „Ich... ja... ich habe noch lange mit Samira geredet...", lüge ich. „Über unseren Streit..." Meine Stimme bebt vor Unsicherheit und Reue.

Karsten steht vor mir und sagt zunächst nichts. Er macht einen Schritt auf mich zu und hebt einen Arm, als würde er mich trösten wollen... Doch im nächsten Moment lässt er ihn wieder sinken. „Vermutlich war ich in deiner Version wieder der Böse." Mit diesen Worten wendet er sich ab, geht wieder ins Schlafzimmer und schließt die Tür hinter sich.

Ich laufe ihm nicht nach. Ich bleibe regungslos vor dem Badezimmer stehen und kann nicht aufhören zu weinen...

Am folgenden Sonntag redet Karsten fast kein Wort mit mir. Er ist zu den Mahlzeiten außer Haus und meidet meine Gegenwart. Betrete ich ein Zimmer, in dem er sich befindet, verlässt er es kurz darauf. Er fragt auch nichts mehr – weder was den gestrigen Abend angeht, noch über den Termin beim Onkologen. Ich versuche, seinen Missmut zu akzeptieren und geduldig abzuwarten, wie sich seine Stimmung in den kommenden Tagen entwickeln wird...

Unheil

Als ich am nächsten Nachmittag von der Arbeit nach Hause komme und die Tür aufschließe, kommt mir Karsten noch in seiner Arbeitskleidung aus der Küche entgegen. Er sieht nicht sonderlich begeistert aus, mich zu sehen...

Mit einem abfälligen Blick mustert er mich. „Du kannst mit deinen Lügen aufhören, Maureen", sagt er in einem ruhigen, aber ernsten Ton.

Mein Herz beginnt zu rasen... meint er etwa... die Sache mit Peer? Aber woher weiß er davon?! Ich bringe kein Wort hervor.

Stattdessen redet Karsten weiter. „Du weißt, wovon ich rede, oder?" Er kommt ein paar Schritte näher auf mich zu und seine Nasenflügel beben vor Wut. „Hattet ihr Spaß? Du und Peer? Du warst doch mit Peer unterwegs am Samstag, oder etwa nicht?!"

Ich weiche ein paar Schritte vor ihm zurück und weiß immer noch nicht, was ich sagen soll... „Schatz, ich...", stottere ich.

„Ich komme gerade aus dem Blumenladen", unterbricht mich Karsten. „Ich Blödmann wollte Blumen kaufen und mich bei dir entschuldigen... Rate mal, wen ich dort getroffen habe! Paul – Samiras Paul! Und weißt du, was er mir erzählt hat? Dass er am Samstagabend schick essen war... mit seiner Frau!!!"

Es wird mir heiß und kalt und mir wird klar, dass es sich um einen dummen Zufall handelt, weshalb meine kleine Notlüge aufgeflogen ist...

„Als ich am Samstagabend nach unserem Streit wieder nach Hause kommen wollte, kam mir in unserer Straße ein schwarzer Peugeot entgegen – Peers Wagen. Maureen, denkst du, ich kann eins und eins nicht zusammenzählen?!" Karstens Stimme wird immer lauter, bis er beinahe schreit: „Also, wo ward ihr und was hast du die halbe Nacht getrieben mit diesem Mistkerl, der sich Freund schimpft?!"

Nun kann ich mich nicht mehr zurückhalten und breche in Tränen aus. „Karsten, wir... Ich wollte mit Samira reden, aber ich konnte sie nicht erreichen", schluchze ich. „Peer hat mich abgeholt, weil es mir nicht gut ging nach unserem Streit... er wollte mich ablenken und wir waren deshalb zusammen auf Phils Geburtstagsfeier." Ich lege meine Handtasche ab und versuche, meine Tränen wegzuwischen.

Karsten schnaubt abfällig. „Ihr ward also feiern, ja? Und warum lügst du mich deshalb an?! Wenn du Ablenkung brauchst und Spaß haben willst, dann würde ich dir das nicht verübeln! Aber warum zum Teufel lügst du mir ins Gesicht?!"

Ich merke an Karstens brechender Stimme, dass auch er kurz davor ist, in Tränen auszubrechen. Er ist extrem enttäuscht von mir und ich kann es ihm nicht mal verdenken...

Ich versuche, einen Schritt auf ihn zuzumachen. „Es tut mir leid... ich wollte nicht, dass du wieder eifersüchtig bist wegen Peer... und weil wir uns sowieso schon gestritten hatten, hab ich mich nicht getraut, es dir zu sagen..." Noch einen weiteren Schritt nähere ich mich Karsten noch immer schluchzend und hebe dabei eine Hand, um ihn zu besänftigen. Doch er schiebt sie energisch von sich.

235

„Sag mir bitte die Wahrheit, Maureen: Läuft da was zwischen dir und Peer oder nicht?!"

Ein Augenblick der Stille. Ich schlucke. So gesehen läuft nichts zwischen uns – nichts, was von mir ausgeht... aber wenn ich ihm JETZT von dem Kuss erzähle und von Peers absurdem Angebot, dann... würde Karsten ihn auf der Stelle umbringen...

Also schüttle ich den Kopf. „Nein. Ich habe nur mit ihm gefeiert und ein bisschen was getrunken. Dann hat er mich wieder nach Hause gebracht."

Karsten sieht mich eine Weile skeptisch an. Dann greift er nach seinem Autoschlüssel, der neben uns auf der kleinen Schuhkommode liegt. „Ich weiß nicht mehr, was ich dir noch glauben kann", sagt er in einem etwas ruhigeren Ton. „Weißt du was? Dann geh doch zu ihm. Vielleicht kann ER dir ja ein Baby machen. Dann brauchen wir alle keine verdammte ICSI mehr..."

Mit diesen Worten rauscht er an mir vorbei und schmeißt die Tür hinter sich zu. Ich lasse mich auf die Kommode sinken und bleibe wieder einmal weinend zurück...

Karsten kommt an diesem Abend nicht mehr nach Hause. Ich bin rastlos vor Sorge und laufe in der Wohnung auf und ab. Alle Versuche, ihn zu erreichen sind vergeblich. Er drückt mich jedes Mal weg...

Um 23:00 Uhr piept mein Handy. Ich starre auf den Bildschirm – eine Nachricht von Karsten:

Bin bei meinen Eltern. Versuch nicht, mich anzurufen.

Ich lese die Nachricht wieder und wieder durch einen Tränenschleier hindurch. Das war's dann wohl – durch meine Ungeduld und die dumme Lügerei habe ich ihn verloren...

Ich nehme die Handtasche und meine Jacke von der Garderobe und verlasse das Haus, steige ins Auto und fahre los. Ich muss zu Peer... wir müssen reden.

Als ich vor der Tür von Peers Elternhaus stehe und die Klingelschilder betrachte, ist mir unwohl zumute und ich be-

236

denke erst jetzt, dass er heute, an einem Montagabend, vielleicht überhaupt nicht hier bei seinem Vater, sondern bei sich zu Hause ist... Aber ich möchte nicht umsonst hierhin gekommen sein und versuche es dennoch.

Lange Zeit nachdem ich geklingelt habe, geschieht nichts. Ich hebe den Finger zu einem erneuten Versuch – doch im nächsten Moment lasse ich ihn wieder sinken. Er ist nicht hier. Enttäuscht drehe ich mich wieder zur Straße um und gehe die Stufen hinab.

Plötzlich erhellt sich die Treppe hinter mir durch ein Licht im Hausflur und ich drehe mich ein weiteres Mal um, als sich doch die Tür öffnet.

Peer erscheint im Türspalt, nur in einer Boxershorts und einem T-Shirt gekleidet. „Maureen?!" Er kommt so schnell er kann die Treppe hinunter und bleibt direkt vor mir stehen. „Bist du okay?" Er sieht meine Tränen und da ich einen erneuten Heulkrampf nicht verhindern kann, nimmt er mich in seine Arme und hält mich einfach fest.

Ich weiß nicht, wie lange wir so da stehen. Spätabends und mitten auf dem Gehweg in der wenig beleuchteten Gasse. Nach einer gefühlten Ewigkeit nimmt Peer mich an der Hand und wir gehen hinein.

Wir schleichen am Erdgeschoss vorbei, wo Peers Vater schläft, nach oben und betreten Peers Wohnzimmer. Dort nimmt er mir meine Jacke ab und führt mich zu dem großen Schlafsofa. Ich lege meine Tasche ab und mein Handy auf den kleinen Tisch. Immer noch kann ich nicht fassen, was geschehen ist.

„Er hat... herausgefunden, dass ich am Samstagabend mit... DIR weg war und nicht mit Samira...", schluchze ich und vergrabe mein Gesicht in den Händen. Peer zieht eine Hose über, setzt sich zu mir und nimmt mich erneut in den Arm.

Ich atme tief ein. „Jetzt ist er zu seinen Eltern. Er hat gesagt... gesagt, dass ich... ich... mit dir..." Ich bringe nicht über meine Lippen, dass Karsten genau DAS in seiner Wut ausgesprochen hat, was Peer mir angeboten hat – ein Baby mit Peer zu machen, anstatt mit ihm...

Peer streichelt meinen Kopf. „Kleine, beruhig dich erstmal. Karsten wird schon wieder runterkommen."

Über eine halbe Stunde lang liege ich wortlos bei Peer in den Armen, bis ich aufhören kann zu schluchzen. Immer wieder streicht er über mein Haar und seine Wärme und allein seine Anwesenheit beruhigen mich zunehmend.

Irgendwann löse ich mich aus seinem Arm und schaue ihn an. „Peer, ich... weiß nicht, wie ich dir danken soll. Du hast mich nun schon zum zweiten Mal... irgendwie gerettet." Ich mache eine kurze Pause. Peer sagt nichts.

„Und das, obwohl ich vorgestern einfach abgehauen bin..."

Peer schweigt noch immer. Er erwidert einfach meinen Blick – ganz intensiv. Dann legt er seine Hand in meinen Nacken und zieht mich sanft an sich heran. Unsere Lippen berühren sich und ein angenehmer Schauer durchläuft meinen Körper bis in die Zehenspitzen. Als seine Hände ihren Weg unter mein Shirt finden, lasse ich es einfach zu und ehe ich etwas dagegen sagen kann, liegen wir unter zärtlichen Küssen und Berührungen halb ausgezogen auf dem Sofa...

Peer weiß genau, welche Knöpfe er drücken muss und ich kann mich einfach nicht dagegen wehren, sondern gebe mich seinen Berührungen hin... und in meinem Kopf glüht ein winziger Funke auf – ein klitzekleiner Gedanke daran, ob ich meinen sehnlichsten Wunsch nicht tatsächlich mit Peer...

Doch wir werden jäh unterbrochen – mein Handy ist zwar auf Stumm geschaltet, aber leuchtet hell auf und vibriert zweimal. Ich schrecke auf und strecke meinen Arm aus, doch Peer hält meine Hand zurück...

„Zerstör nicht den Augenblick, Kleine....", flüstert er.

Aber ich muss wissen, ob es Karsten war, der mir eine Nachricht geschrieben hat. „Peer, ich muss sehen, ob mit Karsten alles okay ist..."

Peer schaut mich ernst an. Dann seufzt er, lässt meine Hand los und erhebt sich.

Ich richte mich auf, streiche mein zerzaustes Haar aus meinem Gesicht und greife nach dem Handy. Doch die Nachricht ist gar nicht von Karsten. Sie ist von Samira – etwas Unbedeutendes... Ich lege das Handy wieder hin und schaue zu Boden.

Peer geht hinüber zum Fenster. Er sieht mit einem starren Blick hinaus. „Maureen, ich dachte, dass wir beide...“ Er verstummt.

Ich erhebe mich und gehe zu ihm. Stelle mich direkt vor ihn hin, um ihm die Chance zu geben, zu erklären, was in ihm vorgeht.

Plötzlich sieht er mich aus feuchten Augen an. „Schon damals, als Karsten dich uns vorgestellt hat, dachte ich: *Wow – was für eine Traumfrau...* Und dann stellte sich heraus, dass du nicht nur wunderschön aussiehst, sondern auch noch total toll bist. Du bist einfühlsam, humorvoll, intelligent... einfach alles, was ich seit Jahren in den Frauen da draußen vergeblich suche.“ Er macht eine kurze Pause und greift nach meinen beiden Händen. „Kleine, ich glaube... ich liebe dich. Und ich kann mir sehr gut vorstellen, mit dir eine Familie zu gründen... Das ist mein Ernst. Wenn Karsten dich nicht mehr will... steht mein Angebot immer noch.“ Eine kleine Träne tropft aus seinem Auge und auch mir ist bei diesem ehrlichen Liebesgeständnis fast wieder zum Heulen zumute. Doch wie ich nun darauf reagieren soll, weiß ich einfach nicht – wir beide sind mit dieser Situation überfordert...

„Ich... wow, Peer... ich wusste nicht, dass...“, stammle ich und meine Worte werden von einem ungläubigen Kopfschütteln begleitet. „Ich weiß nicht, was ich sagen soll. Es ist einfach alles...“

„Sag nichts...“, entgegnet Peer und versucht, mich an meinen Händen ein weiteres Mal näher an sich heranzuziehen... Doch diesmal versteife ich mich automatisch. Obwohl ich tatsächlich für eine Sekunde darüber nachgedacht hatte, ob ich mit Peer glücklich werden könnte, wehrt sich etwas tief in mir gegen diese Vorstellung. Noch habe ich meine Ehe mit Karsten nicht aufgegeben...

Ich löse meine Hände aus Peers festem Griff, sammle meine Klamotten vom Boden ein und beginne zügig, mich wieder anzuziehen.

„Maureen, bitte bleib noch...", bittet mich Peer. Doch ich kann keine Minute länger hierbleiben, sondern muss mir über das was hier gerade geschehen ist und vor allem über meine Gefühle klar werden.

„Ich kann nicht", sage ich und schaue noch einmal zu ihm auf, als ich nach meiner Jacke greife. „Im Moment, weiß ich einfach nicht, was richtig und was falsch ist..."

„Dann denk bitte darüber nach, was ich dir gesagt habe", erinnert mich Peer ein weiteres Mal. „Was auch immer zwischen dir und Karsten nun passiert – ich werde für dich da sein, wenn du mich brauchst."

Es klingt fast, als würde Peer davon ausgehen, dass Karsten sich von mir trennt und ich für ihn frei werde... und als würde er sich darüber freuen, mich entgegennehmen zu dürfen. Ein absurder Gedanke, der ihm zu gefallen scheint...

Ich verlasse schnellstmöglich das Zimmer und Peers Elternhaus.

*****

Drei ganze Tage höre und sehe ich nichts von Karsten... Er kommt nicht nach Hause und meldet sich nicht – kein Anruf, keine Nachricht... nichts.

Ich geistere früh morgens, sowie abends nach der Arbeit und ebenfalls nachts durch unsere Wohnung und weiß nicht, was ich tun kann, um unsere Beziehung zu retten. Wenn er sich tatsächlich solche Sorgen um mich gemacht hat, kann ich ihm doch nicht plötzlich völlig egal sein...

Und auf der anderen Seite gibt es da noch Peer – der scheinbar hoffnungslos verliebt auf mich und meine Antwort wartet. Irgendwie lässt mich das nicht los und ich frage mich von Tag zu Tag mehr, ob es nicht doch mehr als Mitleid ist, was ich für Peer empfinde...

Am vierten Morgen sitze ich nach einer weiteren schlaflosen Nacht gedankenverloren und ziemlich ausgelaugt mit Samira und den Kindern beim Frühstück im Küken-Nest und rühre in meinem Kaffee. Samira beobachtet mich schon eine ganze Weile und sagt schließlich ironisch: „Wenn du so weitermachst, hat die Tasse gleich ein Loch im Boden…" Ich sehe überrascht zu ihr auf und sie fragt vorsichtig und mitfühlend: „Hat er sich immer noch nicht gemeldet?"

Ich schüttle den Kopf und bin den Tränen nahe. „Nein…", antworte ich und seufze tief. „Ich würde gern zu ihm fahren, aber ich weiß nicht, ob ich dadurch nicht alles noch schlimmer mache."

„Ich würde auch nicht unbedingt nach Hause zu seinen Eltern fahren…", stimmt mir Samira zu. „Aber könnt ihr euch nicht irgendwo anders treffen und euch noch einmal aussprechen? Er kann doch nicht einfach von heute auf morgen aus deinem Leben verschwinden!"

Irgendwo anders treffen – mit diesen Worten bringt mich Samira auf eine Idee…

Am Abend sitze ich Zuhause in der Küche und schaue alle paar Minuten auf die Uhr. Etwa um die Zeit um Karstens Feierabend mache ich mich auf den Weg zu unserer Lieblingstalsperre. Ich parke am Straßenrand direkt gegenüber der Weggabelung, mit der der Spazierweg um die Talsperre beginnt, steige aus und schaue mich um. Tatsächlich sehe ich einige Meter weiter vorn Karstens Wagen – er ist also hier, wie ich vermutet habe!

Dann beginne ich zu laufen… ich laufe den scheinbar unendlichen Weg entlang, den ich schon so unzählige Male mit Karsten beschritten habe.

Meine viel zu dünne Jacke ist offen und ein eisiger Wind weht mir um die Ohren, aber es ist mir egal – ich laufe so schnell, wie ich kann, um endlich wieder bei Karsten zu sein. Ein paar Tränen entrinnen mir, doch ich lasse mich nicht beirren. Wenn ich ihn an seinem Rückzugsort finde, ist er vielleicht zugänglich genug, um mit mir zu reden…

Ich nähere mich der Brücke – und tatsächlich steht er dort: Über das Geländer gebeugt, schaut er ins Wasser hinunter. Als ich ihn erblicke, bleibe ich stehen. Ich bin außer Atem. Mein Herz pocht laut und spürbar bis in meinen Kopf hinein. Ich hole tief Luft und gehe langsam auf ihn zu. Alle Gedanken an Peer, die sich in den letzten Minuten noch einmal in meinen Kopf zu schleichen versuchten, lösen sich plötzlich völlig in Luft auf und mir wird klar, dass dieser Mann, den ich vor mir sehe, der Mann ist, den ich wirklich und aus tiefstem Herzen liebe...

Karsten hört scheinbar meine Schritte, denn er dreht seinen Kopf in meine Richtung und als er mich erkennt, richtet er sich auf und dreht sich zu mir um. „Maureen... was...?!" Er ist zunächst einfach nur überrascht und sprachlos.

„Ich wusste..., dass du hier bist...", sage ich immer noch außer Atem mit einem ganz vorsichtigen Lächeln und komme nur wenige Schritte vor ihm zum Stehen. Noch einmal hole ich Luft und versuche nun, die richtigen Worte zu finden, die ihn versöhnlich stimmen könnten.

„Karsten, es tut mir leid... nicht nur, dass ich mit Peer weg war und es dir nicht gesagt habe... ich habe die ganze Zeit nur an mich gedacht und mit meiner Gesundheit gespielt. Dass du dir Sorgen um mich machst, ist eigentlich total verständlich... Und wenn ich ehrlich sein soll, dann habe auch ich es bei meinem letzten Arztbesuch mit der Angst zu tun bekommen..." Ich mache einen weiteren Schritt auf ihn zu und das Wasser rauscht unter unseren Füßen. Ich sehe, wie Karstens Nasenflügel beben und er mit den Tränen kämpft.

Ich möchte weiterreden, doch Karsten unterbricht mich. „Warst du nochmal... bei ihm?", fragt er verletzt. Ich schlucke und mir wird klar, dass ihn die Eifersucht auf Peer viel mehr beschäftigt als allein der Kinderwunsch und meine Gesundheit. Peers Angebot ist für mich keine Option mehr. Aber ich möchte ehrlich zu Karsten sein, damit nichts mehr zwischen uns steht.

„Ja. Wir haben geredet und...", beginne ich. Eine Träne der Reue rollt über meine Wange bei dem Gedanken daran, dass wir nicht nur geredet haben, sondern ich Karsten hintergangen habe... „Er hat auch... also wir haben... uns geküsst..." Jetzt ist es raus.

Nun rollen auch bei Karsten die Tränen und ich sehe, wie neue Wut in ihm aufflammt und er seine Hände zu Fäusten ballt. Doch er sagt nichts.

Stattdessen lässt er mich erklären: „Aber es bedeutet für mich nichts! Ich war so traurig und er war da und ich habe mich in diesem Moment einfach schwach gefühlt, aber mir ist klar geworden, dass ich nur DICH liebe!", sprudelt es aus mir heraus.

Karsten wendet sich von mir ab und lehnt sich über das Brückengeländer. Sein Gesicht vergräbt er unter seinen Händen. „Ich wusste, dass er es schafft...", sagt er leise.

„Karsten, nein!! Er hat überhaupt nichts geschafft, sonst wäre ich nicht hier!", beteuere ich.

Doch Karsten dreht sich nicht mehr zu mir um. „Geh jetzt bitte", sagt er stattdessen, als er seine Hände von seinem Gesicht nimmt.

„Aber...", versuche ich ihn umzustimmen.

Doch ich werde zornig von ihm unterbrochen: „Geh!!!" Wieder ein Tränenschleier vor meinen Augen. Zu allem Übel beginnt es jetzt auch noch zu schneien.

Er möchte, dass ich gehe – also werde ich gehen... Ich ziehe meine Jacke enger um die Schultern, drehe mich um und gehe mit langsamen Schritten davon. Mit einem winzigen Funken Hoffnung, dass er nachkommt oder mich zurückruft. Aber nichts dergleichen geschieht...

Ich kann das Schluchzen nicht kontrollieren, während ich den schlammigen Weg entlang schreite, der nach und nach von einem dünnen weißen Schleier bedeckt wird. Aber ich drehe mich nicht um... ich habe ihm die Wahrheit gesagt und mich entschuldigt und nun kann ich nicht mehr tun als abwarten. Und wenn Karsten seine Entscheidung bereits getroffen hat, werde ich damit leben müssen...

Völlig nass und durchgefroren erreiche ich das Auto und Zuhause angekommen, nehme ich sofort eine heiße Dusche und ziehe mir frische Sachen an. Dann setze ich mich mit einer warmen Decke im Wohnzimmer auf unsere große Fensterbank und sehe dem Schneetreiben draußen zu.

Mein Leben ist gerade genauso chaotisch, wie die wirbelnden Schneeflocken dort draußen vor dem Fenster...

Ich wollte mit dem Mann an meiner Seite eine Familie gründen – und nun sitze ich hier ganz allein. Nach all dem, was wir zusammen durchgemacht haben... Ich fühle mich im Stich gelassen. Andererseits kann ich Karsten verstehen. Anstatt seine Sorgen ernst zu nehmen, habe ich nicht aufgehört von den Behandlungen zu reden und einfach immer weitergemacht. Zusätzlich habe ich ihn durch die Aktion mit Peer unendlich verletzt – denn anstatt kompromissbereit zu sein und gemeinsam mit Karsten den Zeitpunkt für eine neue ICSI zu wählen, bin ich blind weitergerannt und die stets offenen Arme von Peer waren einfach greifbarer für mich gewesen und wie ein Pflaster für meine Seele...

Nun weiß ich, dass ich einen großen Fehler gemacht habe – aber nun ist es vielleicht zu spät, den Fehler wieder gutzumachen. Ich wische meine nassen und geröteten Augen mit einem Taschentuch ab und kuschle mich noch fester in meine Decke. Plötzlich höre ich einen Schlüsselbund klimpern... ich springe sofort auf und meine Augen sind fest auf die Eingangstür am Ende des Flures gerichtet.

Dann kommt tatsächlich Karsten herein. Nasser Schnee bedeckt sein Haar und seine Schultern, von seinen Armen und seinem Gesicht tropft Wasser herab.

Er bleibt tropfend im Flur stehen und sieht mich an. „Bist du dir sicher, dass du nichts für ihn empfindest?", fragt er mich mit heiserer Stimme.

Ich erwidere seinen festen Blick und nicke. „Wenn... ich es rückgängig machen könnte, würde ich es auf der Stelle tun!", beteuere ich und nähere mich langsam ihm und der Pfütze, die auf dem Boden heranwächst. „Ich liebe dich, Karsten. Und die letzten Tage ohne dich waren für mich die Hölle! Bitte verzeih mir..."

Karsten kommt die letzten zwei Schritte auf mich zu und nimmt mich so nass, wie er auch ist, fest in den Arm. „Ich

244

liebe dich auch, mein Engel", flüstert er und obwohl die eisige Nässe nicht angenehm ist, ist dies eine der schönsten Umarmungen meines Lebens…

Nachdem wir beide uns und die Wohnung wieder trocken gelegt haben, sitzen wir an diesem Abend noch lange zusammen und reden. Ich versuche Karsten zu beruhigen, indem ich ihm erkläre, dass es sich bei dem Termin beim Onkologen nur um reine Vorsorge handelt und bestimmt wie beim Endokrinologen überhaupt nichts Schlimmes diagnostiziert wird, da es mir körperlich gut geht. Und auch die Zyste ist auf einem guten Weg, sich aus dem Staub zu machen.

„Trotzdem, mein Engel. Ich bin nach wie vor der Meinung, dass du dich ganz genau untersuchen lassen solltest. Ich möchte alle Arzttermine abwarten, bevor wir uns in die nächste Behandlung stürzen."

Ich glaube meinen Ohren nicht zu trauen… „Hast du gerade gesagt… *nächste Behandlung*?!", frage ich ihn ungläubig.

Karsten lächelt sanft. „Unter zwei Bedingungen! Erstens: Deine Blutwerte haben sich normalisiert und alle Ärzte sagen, dass du gesund bist. Und zweitens: Es wird endgültig die letzte ICSI sein…"

Karstens Bedingungen klingen vernünftig und der Entschluss ist somit gefasst: Auch wenn gesundheitlich weiterhin alles in Ordnung mit mir ist, wird es im neuen Jahr nur noch eine letzte ICSI geben. Eine einzige – nicht mehr und nicht weniger. Wir geben uns und unserem Wunschkind noch diese eine letzte Chance.

Und wenn es wieder nicht funktioniert? Dann ist es so. Dann müssen wir akzeptieren, dass es vorbei ist. DANN können wir über einen Plan B nachdenken. Vorher war ich nicht dazu in der Lage, bin es auch immer noch nicht. Natürlich geht mir hin und wieder schon ein immer lauter werdender Gedanke zum Thema Adoption durch den Kopf… aber richtig an mich heranlassen möchte ich diesen immer noch nicht. Nicht solange noch nicht alle Möglichkeiten ausgeschöpft sind, ein leibliches Kind zu bekommen und solange wir noch nicht alles versucht haben, was in unserer Macht steht – nicht so lange noch ein Funke Hoffnung und ein kleiner Rest Kraft in uns vorhanden ist.

So entsteht also diese Entscheidung: Die nächste ICSI wird die letzte sein. Sie wird uns zum Ziel führen – oder uns zum endgültigen Fall bringen...

Wir reden außerdem noch über Peer, auch wenn es nicht angenehm ist. Eine Aussprache ist für mich unumgänglich, wenn wir wieder ehrlich zueinander sein möchten. Daher erzähle ich Karsten alles – fast alles.

„Ich will, dass du etwas über Peer weißt", beginne ich. „Er... hat mir gesagt, dass er in mich verliebt ist..."

Ich höre, wie Karsten tief durchatmet und sich scheinbar zusammenreißt. Aber er sagt vorerst nichts.

„Du hattest Recht, er hat sich schon vor langer Zeit in mich verliebt und trägt das die ganze Zeit mit sich herum... alles, was er damals in Paris gesagt hat, stimmt wohl. Und er hat mir angeboten,..." Ich stocke.

„Bitte sag, dass das nicht wahr ist!", sagt Karsten laut und fasst sich mit beiden Händen an den Kopf. „Er hat dir nicht ernsthaft vorgeschlagen, dir ein Kind zu machen!"

Ich nicke und finde diesen Gedanken jetzt im Nachhinein fast noch absurder als zu Beginn. Dass ich ernsthaft auch nur einen Gedanken darüber verschwendet habe, kann ich nun selbst nicht mehr nachvollziehen...

„Doch. Hat er. Und ich muss unbedingt morgen noch einmal zu ihm, Karsten..."

„Wie bitte?! Was willst du noch von ihm?! Der Mistkerl soll bleiben, wo der Pfeffer wächst!! Er soll zurück in seine Großstadt und sich hier am besten nie wieder blicken lassen!!"

Ich schüttle energisch den Kopf. „Nein, bitte rede nicht so! Peer war mir eine Stütze in den vergangenen Wochen und... ja, er hat meine Verzweiflung ausgenutzt, um sich mir zu nähern, aber er ist ehrlich verliebt und ich muss ihm ganz in Ruhe erklären, warum ich sein Angebot nicht annehmen kann... weil ich DICH liebe. Das muss er wissen, um es zu verstehen!" Ich schaue Karsten mit fragendem Blick an, um zu erfahren, ob er mich mit gutem Gewissen für dieses Vorhaben zu Peer gehen lässt – damit es keine neuen Missverständnisse gibt...

Karsten seufzt tief. „Ja, mein Engel. Dann musst du das wohl tun..."

„Danke für dein Verständnis! Und dein Vertrauen." Ich kuschle mich eng an ihn und bin zutiefst erleichtert, endlich wieder offen mit Karsten über alles reden zu können.

Die Entscheidung

Gleich am nächsten Morgen möchte ich es hinter mich bringen. Also rufe ich Samira an, um ihr zu sagen, dass ich etwas später komme, weil ich noch etwas sehr Wichtiges zu erledigen habe...

Mein Herz klopft wild, als ich vor Peers Haustür stehe und den Klingelknopf drücke. Vor nur wenigen Tagen stand ich ebenfalls hier und habe ihn gebraucht – nun muss ich ihm vorsichtig erklären, dass es nicht er, sondern Karsten ist, den ich wirklich brauche...

In der Gegensprechanlage ertönt seine Stimme: „Ja bitte?"

„Ich bin es – Maureen."

Stille. Kurz darauf öffnet sich die Tür und er steht strahlend vor mir. „Kleine... du bist zurückgekommen!"

Ich sehe seinen glänzenden Augen an, dass er diesen Besuch zunächst in den völlig falschen Hals bekommt... dieser Gang wird schwer. Für mich auch, aber in erster Linie für ihn.

„Darf ich reinkommen?", frage ich.

„Natürlich!" Er öffnet die Tür weit und nimmt mich bei der Hand, die ich ihm sofort wieder entziehe, um mit gesenktem Blick vor ihm die Treppe hinaufzugehen.

Oben ziehe ich erst gar nicht meine Jacke aus, sondern setze mich einfach auf das große Sofa. „Wir müssen reden."

Peer setzt sich zu mir und ich sehe, dass er nun ahnt, dass ich mit keiner guten Nachricht zu ihm komme.

„Peer – du bist ein toller Mann. Und ich verstehe die Frauen nicht, die dich nach einer Nacht wieder abservieren... weil ich glaube, dass du einer Frau, die du liebst, die Welt zu Füßen legen würdest."

Peer nickt. „Dir, meine Kleine. DIR würde ich die Welt zu Füßen legen. Das weißt du..."

„Du würdest sie auf Händen tragen", lasse ich mich nicht beirren. „Und ich gebe zu, ich... bin schwach geworden... aber das mit uns beiden funktioniert nicht..." Ich atme tief durch, bevor ich zum Punkt komme. „Mein Herz schlägt für Karsten. Deshalb kann ich dein Angebot nicht annehmen... Ich wünsche mir zwar aus tiefstem Herzen ein Baby – aber nur mit meinem Ehemann... und selbst wenn es nicht so sein soll, möchte ich ihn trotzdem nicht verlieren." Ich sehe Peer ernst an und warte seine Reaktion ab.

Doch Peer senkt seinen Blick. „Ihr habt euch wieder versöhnt?"

„Ja." Ich nicke.

„Wenn das so ist... dann kannst du ja jetzt wieder gehen."

Ich sehe, wie ihm eine winzige Träne entrinnt, die er verlegen wegwischt und er erhebt sich, um mit eiligen Schritten ins Badezimmer zu verschwinden. Er schließt die Tür hinter sich.

Ich habe kurz das Bedürfnis, zur Badezimmertür hinüberzugehen, um ihn zu fragen, ob er okay ist – aber im nächsten Augenblick glaube ich, dass es keine gute Idee ist, nun die Rolle der Beschützerin von ihm zu übernehmen...

Also verlasse ich das Haus und mache mich auf den Weg zur Arbeit.

Neues Jahr, neues Glück

Dezember 2015.

Und wieder neigt sich ein Jahr dem Ende.

Zum Glück darf ich die Pille endlich wieder absetzen... die nächste Untersuchung bei Dr. Alves zeigt, dass die Zyste so gut wie nicht mehr zu sehen ist und die Reste mit dieser Blutung abgehen werden. Ich atme tief durch und kann mich nun auf den Jahreswechsel besinnen.

Natürlich ist es wieder nicht leicht. Wieder geht es auf Weihnachten zu und uns wird bewusst, dass sich unser viertes Kinderwunschjahr dem Ende neigt...

Drei von diesen vier Jahren befinden wir uns bereits in Behandlung. Fünf künstliche Befruchtungen liegen erfolglos hinter uns, zwei zusätzliche Kryo-Versuche. Sieben Mal haben wir insgesamt gebangt, so sehr gehofft und sind am Ende doch immer leer ausgegangen.

Wir merken, wie sehr diese Geschichte an unseren Nerven zerrt. Auch unsere Beziehung leidet unter diesem ständigen Hin und Her, den Uneinigkeiten über weitermachen oder es sein lassen, dem emotionalen Chaos in unseren Köpfen... Andererseits schweißt uns all das auch von Tag zu Tag immer mehr zusammen – der Zwischenfall mit Peer hat uns zwar hart getroffen, aber wir haben uns wieder zusammengerauft. Wir haben schon so viel gemeinsam durchgemacht – wir hoffen und beten jedes Mal gemeinsam... und weinen gemeinsam.

Doch ewig so weiterzumachen, ist nicht möglich. Das schaffen wir psychisch nicht... Irgendwann geht uns die Puste aus. Wir haben bis hierhin schon einen langen Atem gehabt, aber noch viel weiter können auch wir nicht.

Das ganze Leben wird nach dem Kinderwunsch ausgerichtet... du kannst nicht jederzeit in den Urlaub fliegen – denn du könntest ja zu dem geplanten Zeitpunkt schwanger sein. Du kannst nicht während einer Behandlung feiern und Alkohol trinken – denn du könntest ja die Eizell- bzw. Spermienqualität beeinflussen oder nach dem Transfer den Embryo schädigen. Du kannst abends nicht mehr spontan das Haus verlassen – denn du musst ja gleich die nächste Spritze setzen, wie es im Plan steht. Du fährst alle paar Tage eine lange Strecke für einen kurzen Ultraschall – um dann zu erfahren, dass die Stimulation der Eierstöcke vielleicht trotz aller Bemühungen doch wieder nicht so läuft, wie geplant und es weniger als eine Hand voll Eizellen geben wird...

Du gibst letztendlich dein ganzes Erspartes aus und steckst all deine Hoffnung in die Medizin, obwohl dir niemand eine Garantie für einen erfolgreichen Ausgang geben kann. Dann fällst du in ein tiefes Loch, weil das ganze Hoffen umsonst war, das ganze Geld für Nichts weg ist und keiner kann dir etwas davon zurückgeben – weder die Zeit, die du mit vorsichtig sein und Grübeln verbracht hast, noch die vielen Stunden auf der Autobahn und im Wartezimmer, noch das Geld, das du investiert hast.

Keiner kann die Tränen wieder gutmachen, die du geweint hast, vor körperlichen und seelischen Schmerzen, vor lauter ungebremster Gefühlsachterbahn und dann am Ende beim Erfahren des nächsten Negativ... all das kann niemand. Nicht die Ärzte, die doch eigentlich gute Arbeit leisten und auch nicht die Menschen um dich herum, die überhaupt nicht ahnen, was du gerade durchmachst, auch wenn sie vielleicht von der ein oder anderen Behandlung wissen und glauben, es irgendwie nachvollziehen zu können.

Doch auch das kann niemand. Niemand, der das nicht einmal selbst durchgemacht hat – am eigenen Leib erfahren hat.

Ebenso wenig hilft dir eine psychologische Unterstützung. Natürlich tut es gut, sich den Schmerz von der Seele zu reden, um nicht komplett durchzudrehen – doch am Ende stehst du wieder allein da, mit deinen Tränen und mit deinem leeren Bauch.

Andererseits muss ich mir eines immer wieder vor Augen halten: Mit meinem geliebten Mann an der Hand und meiner ganzen lieben Familie im Rücken geht es mir besser als vielen anderen Menschen auf dieser Welt, denen lebenswichtige Dinge fehlen. Ich führe ein wunderschönes und eigentlich sorgloses Leben – ich bin gut versorgt, behütet, werde geliebt und sollte mich bewusst an dem erfreuen, was ich habe. Nur dieser einzige unerfüllte Wunsch möchte nicht aus meinem Kopf verschwinden. Vielleicht kann man einfach nicht alles im Leben haben, das man sich wünscht.

Doch man kann sich sein Leben im Hier und Jetzt auch schön machen und bewusst genießen. Deshalb verbringen Karsten und ich Heiligabend im Kreise unserer lieben Familie und entscheiden, im Anschluss über den Jahreswechsel zu zweit wegzufahren, so wie es Karsten vorgeschlagen hatte. Wir möchten den Alltag und alles, was geschehen ist, wenigstens eine kurze Zeit lang hinter uns lassen – nur wir beide, Karsten und ich.

Wir suchen uns ein schönes Hotel in Hamburg aus und verbringen dort ein paar wunderschöne Tage zwischen traumhaften Weihnachtsmarktständen, in gemütlicher Zweisamkeit und zum Abschluss mit einem fantastischen Feuerwerk über den Landungsbrücken…

Ich stehe in dieser Nacht dort am funkelnden Wasser, angelehnt an Karsten, der dicht hinter mir steht – so wie er es immer tut und weiterhin immer tun wird. Und ich schaue in den strahlend bunten Himmel und kann nichts dagegen tun: es entwischen mir doch schon wieder ein paar Tränen.

2016 – Vielleicht magst du endlich zu unserem Glücksjahr werden…

*****

Januar 2016.

Nach diesem erneuten „Tankstopp", bei dem wir wieder Kraft sammeln konnten, können wir auf ein Neues nach vorn blicken. Dass die Hoffnung mit absoluter Sicherheit immer wieder zurückkehrt – daran hat sich scheinbar nichts geändert.

Meine Temperaturkurve, die ich aufgezeichnet habe, um zu prüfen, ob ich nach dieser ganzen Zystengeschichte wieder einen normalen Eisprung habe, zeigt mir an, dass alles in bester Ordnung ist und sich mein Zyklus wieder eingependelt hat – sodass ich guter Dinge sein darf.

Als Erstes steht in diesem Jahr der Besuch beim Rheumatologen an. Mein Blut habe ich dort schon Ende November abgegeben und sitze nun vor ihm, um die Ergebnisse mit ihm zu besprechen.

In meinem Blut wurden erneut diese besagten Antikörper gefunden, die auf Rheuma hindeuten. Aber Beschwerden in dieser Hinsicht habe ich nicht. Ich werde von Kopf bis Fuß untersucht – jedes einzelne Gelenk tastet der Rheumatologe ab: ohne Befund.

„Wissen Sie... nicht jeder, der Antikörper im Blut aufweist, muss auch automatisch an Rheuma erkranken", erklärt mir der Arzt. „Mit Ihren 28 Jahren haben Sie, da Sie bislang beschwerdefrei sind, recht gute Chancen, bis zu Ihrem Lebensende beschwerdefrei zu bleiben, weil bei vielen die ersten Symptome lange vorher auftreten. Ebenso könnte es aber auch sein, dass die Krankheit im Laufe Ihres Lebens doch noch ausbricht, vielleicht schon bald, vielleicht aber auch erst im Alter. Das kann niemand vorhersagen."

Diese Aussage beruhigt mich ein wenig – bedeutet es doch, dass es gut für mich aussieht, gesund zu bleiben. Die zweite Frage jedoch, die sich mir aufgrund der Werte gestellt hatte, ist hiermit noch nicht beantwortet...

„Können Sie mir denn auch sagen, ob ich vielleicht aufgrund der hohen Werte nicht so einfach schwanger werden kann? Die ganzen Untersuchungen, die mir Auskunft über mein Einnistungsversagen geben sollen, haben mich ja schließlich zu Ihnen geführt!"

Der Arzt schüttelt den Kopf. „Ich sehe keinen Zusammenhang zwischen den Antikörperwerten und Ihrem Einnistungsproblem. Viele meiner Patientinnen, die hochgradiges Rheuma haben, haben dennoch ganz natürlich und selbstverständlich Kinder bekommen."

Ich nicke, wenn auch ich mir von diesem Gespräch ein wenig mehr erhofft hatte.

„Frau Schilling, ich wünsche Ihnen viel Erfolg bei der nächsten Behandlung. Leider kann ich Ihnen hierbei nicht weiterhelfen... ich denke, das Rheuma steht Ihnen jedoch vorerst nicht im Weg. Alles Gute."

Er reicht mir seine Hand und ich verlasse die rheumatologische Praxis mit einem zwiegespaltenen Gefühl: Einerseits bin ich beruhigt, dass ich vorerst keine Anzeichen für Rheuma habe – andererseits bin ich an dieser Stelle kein Stück vorangekommen, was den Kinderwunsch angeht und genauso schlau wie vorher. Doch daran kann ich jetzt erst einmal nichts ändern.

*****

Nur wenige Tage später sitze ich zur Besprechung einer weiteren Blutprobe beim nächsten Arzt, vor dem ich noch viel mehr Respekt habe: dem Onkologen.

Der Mann ist ziemlich alt – vermutlich kurz vor seiner Rente. Aber er macht mir einen sehr aufmerksamen Eindruck und als ich vor ihm am Schreibtisch sitze und er die Akte auf dem Tisch noch einmal überfliegt, lese ich großes Interesse in seinen Augen.

„Hallo Frau Schilling! Ich habe gelesen, dass Sie aus einem spannenden Grund hier sind... Ihr Hausarzt schickt Sie und hat einen Vermerk aufgeschrieben – Sie nehmen Medikamente für eine Kinderwunschbehandlung ein?"

Ich finde es erfreulich, dass er an meinem Fall solch ein Interesse zeigt und muss lächeln. Alle anderen Ärzte haben Mitleid – dieser alte Herr findet meinen Weg spannend...

„Ja, wir haben schon mehrere ICSIs durchführen lassen und ich habe während der letzten Behandlung *Granocyte* gespritzt. Es soll angeblich die Einnistung unterstützen. Und nun ist mein Lymphozyten-Wert enorm angestiegen und mein Hausarzt macht sich Sorgen... ich mir nun zugegebenermaßen auch! Daher bin ich hier."

Doch auch dieser Arzt kann mir meine und allen voran Karstens Sorge nehmen. „Die Blutwerte sind zwar leicht abweichend, aber kein Grund zur Besorgnis. Meistens legt sich so etwas von ganz allein wieder. Auf eine ernste Erkrankung weisen sie jedenfalls nicht hin. Leider müssen Sie die endgültigen und detaillierten Befunde abwarten, um Genaueres zu erfahren. Das nimmt in unserem Labor noch einige Wochen Zeit in Anspruch."

Die Vorstellung von weiterem Warten gefällt mir ganz und gar nicht, wenn es bedeutet, dass ich die letzte bevorstehende ICSI aufgrund von vermutlich harmlosen Befunden erneut verschieben müsste.

Daher beschließe ich, den Arzt in der Hinsicht einfach direkt um Rat zu fragen. „Dieses *Granocyte*... sehen Sie einen Zusammenhang zwischen diesem Medikament und dem zu hohen Lymphozyten-Wert? Ich würde so gern schon bald eine weitere Behandlung mit meinem Mann angehen – aber nicht, wenn Sie mir sagen, dass ich es aufgrund der Werte lieber lassen sollte... verstehen Sie?"

Der Onkologe lächelt und nickt verständnisvoll. „Aus meiner Sicht spricht nichts dagegen, mit einer weiteren ICSI zu beginnen, da ich keinen Zusammenhang der erhöhten Werte mit den Hormonbehandlungen sehe und auch nicht mit diesem kuriosen *Granocyte*."

Ein erleichtertes Lächeln macht sich in meinem Gesicht breit und ich bedanke mich herzlich. Ein Grund mehr, erst einmal aufzuatmen...

Auch Karsten ist mehr als erleichtert und umarmt mich fest, als er an diesem Abend nach Hause kommt und ich ihm sofort von den guten Neuigkeiten berichte.

„Du glaubst gar nicht, wie froh ich bin, mein Engel… dass alle Ärzte bestätigen, dass du gut davon gekommen bist – trotz diesem ganzen Teufelszeug!" Er gibt mir einen Kuss, bevor wir uns zum Abendessen an den Tisch setzen.

„Doch, ich glaube es dir, mein Schatz. Mir geht es genauso! Nun spricht nichts mehr dagegen, dass wir es noch einmal versuchen!"

Karsten sieht mich streng an: „Du erinnerst dich noch, was wir abgemacht haben? Das hier…"

„Wird die letzte ICSI, ich weiß", unterbreche ich ihn. „Ich habe es dir versprochen. Und ich sehe es selbst auch ein… ich möchte meine Gesundheit nicht länger aufs Spiel setzen. Aber dieses eine Mal möchte ich es noch versuchen! Mit dieser Intralipid-Infusion, die als zweiter Behandlungsvorschlag aus dem immunologischen Labor auf dem Plan steht. Ich bespreche alles sobald wie möglich mit Frau Dr. Wohlberg!" Ich strahle Karsten an, doch er schüttelt verständnislos den Kopf.

„Du lässt dir auch jedes Mal was Neues einfallen… Ist das nicht dieses Soja Zeug, von dem uns Dr. Neumann damals abgeraten hat?"

„Ja, schon… aber Dr. Neumann hat mir auch von dem Cortison abgeraten und eigentlich von jedem zusätzlichen Medikament… Wenn es nach ihm gegangen wäre, hätte ich noch zwanzig weitere Behandlungen bei ihm nach dem gleichen Schema machen können und hätte mir vermutlich in vielen Jahren immer noch die Augen aus dem Kopf geheult! Aber in meinem Blut wurde einiges nachgewiesen, was mein Immunsystem betrifft und ohne medikamentöse Hilfe werde ich wahrscheinlich niemals schwanger! Daher: Besorgen wir dieses Intralipid und versuchen es. Wenn es tatsächlich nur Sojabohnenfett ist, kann es ja nicht so gefährlich sein…"

*****

255

Wieder einige Tage später sitze ich am späten Nachmittag in Espelstein zur weiteren Besprechung in Frau Dr. Wohlbergs Büro. Ich befinde mich am Ende meines Zyklus und die vorangegangene Untersuchung hat ergeben, dass ein Eisprung stattgefunden hat, keine neuen außerordentlichen Blutungen in Sicht sind und dem Start unserer endgültig letzten ICSI nun nichts mehr im Weg steht...

Die Ärztin holt Ihre Unterlagen zum Vorgehensplan hervor und ich bin mir diesmal ziemlich sicher, dass ich nicht einfach nur tun möchte, was sie mir sagt, sondern über den Plan mitbestimmen möchte, da ich die Reaktionen meines Körpers inzwischen selbst sehr gut kenne.

„So. Dann wollen wir doch mal sehen. Wieviel haben Sie noch von dem *Pergoveris* für die Stimulation?"

„Nicht mehr ausreichend", antworte ich. „Mir wäre es ehrlich gesagt auch lieber, wieder *Puregon* zu verwenden... Darauf hat mein Körper immer am besten reagiert. Mit bis zu 13 Eizellen im langen Protokoll."

Frau Dr. Wohlberg schaut überrascht auf. „Wir könnten beide Medikamente mischen – dann hätten Sie das teure Zeug nicht umsonst gekauft und müssten weniger nachkaufen..."

Ich wusste nicht, dass man die Hormone zur Stimulation auch mischen kann, aber hiermit bin ich einverstanden. Der Großteil an Hormonen würde aus dem „guten alten" *Puregon* bestehen und das teure *Pergoveris* müsste ich nicht wegwerfen. „Wenn das keine Nachteile bringt, machen wir es so."

„Absolut nicht!", beruhigt mich die Ärztin. „Im Gegenteil. Es vereint viele Vorteile. Gute Eizellqualität, gute Verträglichkeit, wenn Sie meinen, dass Ihr Körper auf das *Puregon* gut reagiert hat. Und Sie haben Recht. Ich sehe in Ihrer Akte, dass mit diesem Hormon im langen Protokoll die besten Ergebnisse erzielt wurden." Noch ein weiteres Mal überfliegen ihre Augen die Unterlagen und sie nickt zufrieden, als sie am PC eingibt, welche Medikamente noch besorgt werden müssen.

Gedanklich schon wieder im Stimulationsfieber, atme ich unruhig auf. „Irgendwie bin ich nervös, obwohl ich das Ganze doch schon so oft durchgemacht habe...", sage ich.

„Bleiben Sie ganz ruhig, Frau Schilling. Es wird diesmal sicher alles nach Plan laufen. Vergessen Sie den letzten Versuch einfach, auch wenn es schwerfällt."

Diese Aussage finde ich leichter gesagt, als getan… diesmal weiß ich, dass es endgültig das allerletzte Mal sein wird. Dass es entweder gelingen muss – oder es das Aus für unseren größten Wunsch bedeutet…

Der Besuch im Zentrum dauert diesmal insgesamt ein wenig länger. Denn bevor ich wieder nach Hause fahren darf, bekomme ich nach Untersuchung und Gespräch meine erste Intralipid-Infusion. Diese Infusion wurde als weitere Möglichkeit zusätzlich zum Cortison von der Immunologin vorgeschlagen und soll mein Immunsystem *modulieren"* – es so gesehen herunterfahren und somit die störenden Antikörper lahmlegen, damit alles in meinem Bauch gut vorbereitet ist, wenn der Transfer bevorsteht und dann nichts mehr unsere Babys von der Einnistung abhalten kann! Ich finde, dass das ziemlich gut klingt und warte in der…

…*„Abstellkammer"* – denn ich erkenne diesen Raum wieder: Hier bin ich nach der letzten Punktion zu mir gekommen. Nun erscheint er mir gar nicht mehr so abwegig. Es ist zwar ein sehr kleines Zimmer und neben dem Bett steht nach wie vor diese weiße Trennwand – aber das Bett, in dem ich nun auf meine Infusion warte, ist mit frischer bunter Bettwäsche bezogen und die Tür bleibt zunächst geöffnet. So kann ich das rege Treiben draußen auf dem Flur beobachten und schon bald kommt die Anästhesistin herein, die ich von der Punktion her kenne – die mir in diesem Fall aber keine Narkose, sondern die Infusion legt. Während sie die Nadel in meine Vene einführt, denke ich insgeheim an das lange und ehrliche Gespräch mit Dr. Neumann zurück und an seinen Vergleich zwischen mir und seiner etwa gleichaltrigen Tochter und spüre einen bitteren Beigeschmack. Doch ich schiebe das leicht unbehagliche Gefühl mit allen Gedanken an das *Wunderzentrum* in Dornaub beiseite.

Die Anästhesistin ist sehr nett. Sie kommt hin und wieder herein, um zu schauen, ob alles in Ordnung ist und die Infusion reibungslos läuft. Insgesamt darf sie nicht zu schnell durchlaufen, sondern soll zwei Stunden benötigen, damit es zu keiner Komplikation kommt. Nach kurzer Zeit fühle ich mich in diesem kleinen gemütlichen Raum eigentlich ziemlich geborgen, lehne mich zurück und atme auf.

Etwa eine Stunde später wird ein zweites Bett hereingeschoben... eine Frau liegt darin, sie kommt gerade aus dem OP und hat scheinbar eine Punktion hinter sich. Noch ist sie nicht ansprechbar, aber als wenige Minuten später ihr Mann ebenfalls das kleine Zimmer betritt, kommt sie schon bald zu sich und ich kann hören, wie die beiden sich leise unterhalten. Dem Gespräch kann ich entnehmen, dass es ihr erster Versuch ist...

Ich muss ein wenig traurig in mich hinein lächeln und denke an unsere eigene erste ICSI zurück – wie optimistisch wir waren und voller Hoffnung und Vorfreude auf das, was kommen mag. Weil wir nicht wussten, was uns erwarten würde... Dass diese beiden Menschen hinter der Trennwand genauso denken und fühlen, kann ich ihnen nicht verübeln. Sie haben mein tiefstes Mitgefühl und ich wünsche ihnen ganz ehrlich, dass dieser Versuch ihr letzter bleibt und sie bald schon ihr Wunschkind empfangen dürfen. Dass sie nicht dazu verdammt sind, so einen Weg gehen zu müssen, wie wir ihn bis hierhin gegangen sind...

Als der Mann seiner Frau einen Becher mit Wasser holt, bringt er mir einen mit und reicht ihn mir ans Bett – das finde ich sehr lieb und ich bedanke mich herzlich.

Die beiden verlassen das Kinderwunschzentrum noch vor mir, sobald es der Frau besser geht und sie aufstehen kann. Als sie durch die Tür gehen, wünschen wir uns gegenseitig alles Gute – und ich meine es wirklich und aus tiefstem Herzen so.

Bald schon darf auch ich mich aus dem Bett erheben und fahre wieder Richtung Heimat. Ich habe alles gut vertragen

und dass es mit diesen Infusionen noch richtig Stress und Ärger geben würde, kann ich zu diesem Zeitpunkt noch nicht
ahnen...

Unheil 2

Nachdem ich mich auf den Heimweg begeben habe, setzt
draußen bereits die Dämmerung ein. Mir fällt ein, dass ich noch
eine Überweisung zu erledigen habe. Also mache ich kurz vor
dem Ziel noch an der Bank halt und hole vor der Schiebetür
meine EC-Karte hervor, um sie damit automatisch zu öffnen.

Es ist niemand mehr hier und nur ein dämmriges Licht
brennt vorn an der Tür. Hinten bei den Service-Automaten
scheint die Leuchte ausgefallen zu sein. Ich gehe trotzdem zur
Service-Station hinüber, da die Überweisung wichtig ist. Das
Licht des Automaten beleuchtet notgedrungen die Ziffern der
Tastatur, sodass eine Eingabe möglich ist.

Plötzlich höre ich hinter mir ein Geräusch und drehe
mich ruckartig um. Ein dunkel gekleideter Mann mit Kapuze
steht dicht vor mir und erst im zweiten Moment, bevor ich los-
schreien kann, erkenne ich ihn: Es ist Peer...

Mir wäre beinahe das Herz in die Hose gerutscht und
nun schlägt es mir bis zum Hals... „Peer – was machst du
hier?! Macht es dir irgendwie Spaß, mich jedes Mal in der Bank
fast zu Tode zu erschrecken?!" Ich versuche erleichtert zu
lachen.

Doch Peer schaut mich mit seinen traurigen, dunklen
Augen ernst an. „Tut mir leid, Kleine", sagt er und kommt noch
einen Schritt näher. „Ich wollte dich nicht erschrecken."

Einen weiteren Schritt kommt er auf mich zu und nun
sind es nur noch wenige Zentimeter, die unsere Gesichter
voneinander trennen. Dann greift er fest meine beiden Hände.
Mein Puls geht immer schneller und ich weiß, dass es hier
irgendwo eine Überwachungskamera geben muss, über die

uns nur vermutlich in dieser Dunkelheit niemand erkennen würde... Daher überlege ich kurzfristig zu schreien, doch ich möchte zunächst abwarten, was Peer mir sagen möchte, bevor ich alle Pferde scheu mache... mein Knuddelbär würde mir doch nichts antun?!

„Maureen. Karsten und du, ihr... habt euch wieder vertragen, ich weiß. Aber das kann auf Dauer nicht gut gehen, weil ihr werdet zusammen niemals ein Kind bekommen...“

Ich bin verwirrt und weiß nicht, worauf Peer hinaus möchte. „Was sagst du da? Ja, wir haben uns vertragen und wir haben einen wunderschönen Urlaub in Hamburg zusammen verbracht... Ich liebe Karsten! Und wir werden noch eine ICSI machen, Peer.“

Ich sehe die Enttäuschung in Peers Augen. „Kleine... wir beide – WIR sind füreinander geschaffen. WIR sollten gemeinsam dieses Kind bekommen!“

Ich bin entsetzt und merke, dass Peer nicht ganz klar im Kopf ist. Außerdem riecht sein Atem stark nach Bier...

„Peer, ich möchte bitte ein anderes Mal mit dir darüber reden und nicht hier, okay? Kannst du mich jetzt bitte loslassen?!“

Peer schüttelt den Kopf und durch das blasse Licht, das der Automat hinter mir ausstrahlt, sehe ich Tränen in seinen Augen glitzern. „Nein.“ Er schiebt mich in den Spalt zwischen zwei Automaten und lässt dann eine meiner Hände los, um mit seiner rechten Hand mein Kinn anzuheben. „Ich kann dich nicht loslassen. Da ist was zwischen uns... das musst du doch auch spüren...“

Mit diesen Worten presst er seine Lippen auf meine und erstickt damit meinen Schrei. Ich versuche, ihn mit meiner freien Hand von mir zu schieben, doch gegen seine Masse komme ich nicht an und als er aufhört, mich zu küssen, geht mein Atem schnell und ich beginne zu weinen...

„Peer! Was tust du hier?! Du hast getrunken... das bist nicht du!“, schreie ich ihn verzweifelt an.

Er erwidert meinen festen Blick. „Kleine, es war so schön mit uns... ich habe gespürt, dass du...“

„Lass mich los!", unterbreche ich ihn energisch und versuche, mit Gewalt meine Handgelenke zu lösen, die er mit festem Griff umklammert hält. „Wir können doch in Ruhe nochmal miteinander reden! Peer, du tust mir weh!!!"

Bei diesem letzten Satz lässt er mich erschrocken los und ich stürze – mein Kopf stößt hart an eine Metallstange der Ablage des Automaten neben mir und ich gehe zu Boden. Ein starker Schmerz durchfährt meinen Kopf und mir wird kurz schummerig... dann spüre ich etwas Warmes an meinem Hinterkopf herabfließen und als ich in meinem Nacken eine Flüssigkeit ertaste, bekomme ich Panik...

Ich starre erst meine blutigen Finger an, dann Peer. Das wenige Licht reicht gerade aus, um in seinem Gesicht ebenfalls pures Entsetzen zu erkennen und er stammelt: „Kleine... das... das wollte ich nicht... ich..." Er kommt näher und wühlt in seinen Jackentaschen, bis er eine Tempopackung hervorholt. Mit zittrigen Händen, versucht er diese zu öffnen und kniet sich zu mir hinunter. „Bitte Maureen... entschuldige..." Er holt ein Taschentuch nach dem anderen aus der Packung und ich drücke den Papierknäuel an meinen Hinterkopf, während ich versuche aufzustehen.

Peer möchte mich stützen, aber mit meiner freien Hand schiebe ich ihn energisch von mir. „Fass mich nicht an!", fauche ich schluchzend, nehme meine Handtasche von der Ablage und drücke sie an mich. „Ich weiß nicht, was ich sagen soll, Peer..."

Nun weicht Peer selbst einen Schritt zurück und senkt seinen Blick. „Ich weiß auch nicht... ich wollte dich nicht... es tut mir Leid, Kleine..."

Hinter mir blinkt und piept schon eine ganze Weile der Automat. Ich werfe meine Tasche über die Schulter und greife nach der ausgeworfenen EC-Karte, die andere Hand immer noch mit dem Papier an meinem verletzten Hinterkopf.

Dann schaue ich Peer noch einmal verständnislos an. „Ich dachte, wir sind Freunde", bringe ich enttäuscht hervor und verlasse eiligen Schrittes das Bankgebäude, ohne mich noch einmal umzusehen...

Zuhause empfängt mich Karsten kurze Zeit später voller Sorge. „Wo warst du so lange, mein Engel?!" Dann erst bemerkt er mein zerzaustes Haar und etwas getrocknetes Blut an meiner Schulter. Er schaut mich entsetzt an. „Was zum..."

„Peer...", rutscht es mir heraus und ich bin den Tränen nahe. „Er hat... es war ein Unfall..."

„Wir fahren sofort ins Krankenhaus!", erwidert Karsten, nimmt mich kurz aber fest in den Arm und küsst meine Stirn. Er nimmt seinen Schlüssel und seine Jacke von der Garderobe und wir machen uns auf den Weg ins Krankenhaus.

Unterwegs erzähle ich Karsten alles und er hört mir sprachlos zu. Wir beide sind geschockt und hätten unserem ehemaligen Freund und Trauzeugen all das Geschehene niemals zugetraut.

Noch immer bin ich der festen Ansicht, dass etwas nicht stimmte – er stand vollkommen neben sich und eindeutig unter Alkoholeinfluss... Doch was passiert ist, ist damit nicht zu entschuldigen. Peer trägt die Verantwortung für sein Handeln und ob ich ihm jemals verzeihen und wieder vertrauen kann, bin ich zu diesem Zeitpunkt noch nicht imstande zu entscheiden...

*****

Nachdem ich mich von dem Schock erholt und Karsten davon überzeugt habe, dass ich Peer nicht anzeigen, sondern zunächst einfach Abstand nehmen möchte, neigt auch der Januar sich dem Ende.

Ich sitze an einem ruhigen Freitagnachmittag allein mit Amelie in der Kuschelecke und wir sehen gemeinsam Bilderbücher an, während draußen ein weißer Schneesturm tobt. Amelie schaut mich plötzlich mit leuchtenden Augen an – ihr ist etwas eingefallen: „Mauri, Sonntag habe ich Geburtstag!"

Ich schenke ihr ein warmes Lächeln und nicke. „Stimmt. Übermorgen wirst du schon drei Jahre alt. Mein großes Mädchen!"

Dabei wird mir bewusst, wie lange ich selbst schon auf mein eigenes Kind warte... als wir damals von Karstens Zeugungsunfähigkeit erfuhren, wurde Amelie gerade geboren. Nun sind drei Jahre vergangen und wir sind kein Stückchen weiter... Im Gegenteil. Es ist so viel passiert in den letzten Monaten, dass jeder Gedanke daran schmerzt.

Amelie sieht in mein nachdenkliches Gesicht und bemerkt meine Traurigkeit. „Mauri, bist du schon wieder traurig? Hast du wieder ein Baby gesehen?"

Ich bin überrascht, dass sich Amelie noch daran erinnert, worüber ich ihr vergangenen Herbst erzählt hatte und ein trauriges Lächeln erscheint auf meinem Gesicht. „Nein, ich habe kein Baby gesehen, in letzter Zeit. Nur den dicken Bauch von deiner Mama."

Amelie schaut mich erschrocken an. „Bist du davon auch traurig??"

„Nur ein kleines bisschen. Aber ich freue mich auch, dass du bald eine kleine Schwester bekommst! Das wird für euch alle schön und wenn die Kleine zu uns ins Küken-Nest kommt, können wir beide uns auch oft sehen, wenn ihr sie bringt oder abholt."

„Sei nicht traurig, Mauri. Ich sehe dein Baby!"
Ich verstehe nicht, was sie meint und werfe ihr einen fragenden Blick zu. „Wie meinst du das? Welches Baby kannst du sehen, das es nicht gibt?!"

Amelie grinst und sagt: „Aber es kommt bald zu dir, das weiß ich! Nicht mehr lange! Noch... fünf Wochen! Dann ist auch ein Baby in deinem Bauch!" Sie lacht gekünstelt und nimmt dann noch ein Buch aus der Bücherkiste. „Können wir das noch lesen?"

Ich nicke, aber Amelies Worte hallen in meinem Kopf wider... Ich verstehe noch immer nicht, was sie mir damit sagen möchte. Gedanklich rechne ich nach, wann mein nächster Zyklus beginnt, wann die Stimulation endet, die Punktion in etwa stattfinden könnte... und mir fällt es wie Schatten von den Augen: Der nächste Transfer wird ganz grob gerechnet in etwa fünf Wochen sein... Aber woher weiß sie...?! Sie kann nicht wissen, dass in nächster Zeit eine neue Behandlung geplant ist, da ich ihr in dieser Hinsicht nie etwas erzählt habe...

Ich schüttle meinen Kopf und besinne mich wieder auf das Hier und Jetzt. Sie ist ein Kind und hat herumgesponnen, irgendetwas gesagt... Sie weiß nicht, was und wann es geschieht und ebenso kann sie schließlich nicht wissen, ob bei diesem, unserem letzten Versuch, ein Baby in meinem Bauch entstehen wird oder nicht...

*****

Zum Geburtstag meiner Mama – der zufällig auf denselben trifft wie Amelies – findet wieder einmal die gesamte Familie zueinander. Stella und David kommen ebenfalls. Es ist anfänglich ein gemütlicher Nachmittag, wir stoßen auf die Gesundheit und viele weitere Jahre unserer Mama an.

Plötzlich räuspert sich Stella verlegen. „Wir wollten euch heute, da wir alle beisammen sitzen, etwas mitteilen..."
Ich habe eine böse Vorahnung...

„David und ich haben die Zusage für ein mögliches Pflegekind erhalten! Wir bekommen nun Informationen über das Kind, über seine Vorgeschichte und seine leibliche Familie und dürfen es bald schon kennenlernen! Wir hoffen, dass ihr euch genauso freut und euch vorstellen könnt, falls alles klappt, vielleicht schon bald ein Kind in unserer Familie willkommen zu heißen!"

Dieser Schritt – von der Bewerbung beim Jugendamt zu einer Pflegschaft bis zur Zusage – ging verdammt schnell...

Stella erzählt noch, dass es ein Mädchen ist und gerade einmal ein Jahr alt. Es schmerzt ein wenig das zu hören, aber sie erzählt mit solch einer Vorfreude davon, dass sie mich damit in gewisser Weise ansteckt. Die Kleine wird es gut haben bei meiner Schwester, davon bin ich überzeugt.

Und auch wir treten nun den nächsten – den letzten – Gang auf unserem Weg zu unserem Wunder an.

Die sechste ICSI

Februar 2016.

Anfang des neuen Monats gibt es zunächst die endgültige Entwarnung aus dem onkologischen Labor: Meine Werte sind in Ordnung und wir brauchen uns keine Sorgen mehr zu machen – es kann also nicht nur wieder losgehen, sondern ein riesiger Stein fällt uns vom Herzen!

Ein letztes Mal also…

Wir kratzen unser übriges Erspartes zusammen. Nachdem ich alle Rechnungen addiert habe, die wir bisher bezahlt haben, wird mir klar, dass diese letzte ICSI – je nachdem wie viele Eizellen sie bringt und wie teuer die vielen geplanten Medikamente diesmal sind – so ziemlich unseren finanziellen Rahmen sprengen wird: Wir werden dann insgesamt deutlich über 20.000 € ausgegeben haben…

Aber den Gedanken an das Geld habe ich ja schon einmal abgehakt und tue es diesmal wieder. Natürlich ist es viel Geld. Aber das, was wir hoffentlich am Ende dafür bekommen, ist tausendmal mehr wert. Punkt.

Ich nehme zur Downregulierung wieder dieses grauenhafte Nasenspray – das mir diesmal zum Glück etwas weniger Kopfschmerzen bereitet.

Dieses Mal beginne ich damit auf meinen eigenen Wunsch im langen Protokoll, also schon im Vorzyklus – so wie wir es in Dornaub auch schon mehrmals versucht hatten. In der Hoffnung, dass dann meine körpereigenen Hormone nicht so durchdrehen, sondern alle Eizellen in beiden Eierstöcken gleichmäßig heranreifen.

Noch in diesem Vorzyklus soll die zweite Intralipid-Infusion stattfinden. Doch plötzlich droht der gesamte Plan erneut aus den Fugen zu geraten:

Frau Dr. Wohlberg streikt… Wir führen ein Telefonat, bei dem sie mir eine Erklärung liefert, weshalb es Probleme zu geben scheint. „Frau Schilling, diese Infusionen sind ja schön und gut, aber sie können nicht mehr in unserem Kinderwunschzentrum stattfinden..."

Ich weiß zunächst nicht, wie sie das meint und bin etwas sprachlos. „Aber... wieso?? Ich meine... wo liegt das Problem?! Es hat doch wunderbar funktioniert beim letzten Mal und ich..."

„Es hat bei der letzten ärztlichen Teamsitzung eine riesige Krisendiskussion darum gegeben", unterbricht sie mich. „Sie sind die erste Patientin gewesen, die eine solche Infusion sozusagen mal eben zwischen all den Punktionsterminen bei uns im Zentrum bekommen haben – und da Sie in diesem Stress nicht ausreichend beaufsichtigt werden können, wird das so nicht mehr funktionieren – nicht bei uns. Das ist viel zu riskant."

„Riskant? Was kann denn großartig passieren? Ich bin doch erwachsen und kann auf mich und die Nadel aufpassen und Bescheid sagen, wenn irgendwas..."

„Es geht nicht um die Nadel, Frau Schilling! Scheinbar sind Sie sich der Risiken nicht bewusst. Da es sich bei dem Intralipid um eine Fettemulsion handelt, kann es bei einer zu schnellen Verabreichung zu einer lebensgefährlichen Embolie führen!"

Ich bin sprachlos... dass diese Infusionen so gefährlich sein könnten, habe ich nicht gewusst und hätte ich niemals gedacht! Darüber hatte mich das Labor für Immundiagnostik so genau nicht aufgeklärt. Wieder schwirren mir Dr. Neumanns Worte durch den Kopf... aber auch er hatte nur drum herum geredet, wenn auch er mir letztendlich doch klar davon abgeraten hatte. Ein beklemmendes Gefühl überkommt mich und ein Schauer läuft mir den Rücken hinunter, als mir klar wird, was alles hätte passieren können, als ich vor wenigen Wochen in Espelstein unter nur weniger Beaufsichtigung mit der Infusionsnadel in der Vene in diesem kleinen abgelegenen Raum gelegen habe...

Natürlich kann ich die Entscheidung des Ärzteteams nachvollziehen und finde es gewissermaßen auch gut, dass sie kein weiteres Risiko eingehen möchten. Andererseits muss ich mich nun darum kümmern, jemanden zu finden, der mir diese Infusionen weiterhin legt, und zwar risikofrei...

Ich frage noch am selben Tag bei meinem Gynäkologen Dr. Alves nach und bin erleichtert, dass er sich sogleich bereit erklärt, die nächsten Infusionen zu übernehmen. Schließlich hat er im Laufe der letzten Jahre mitbekommen, wie hart wir um unser Wunschkind kämpfen und möchte uns gern unterstützen.

Nur wenige Tage später nehme ich in der kleinen Kabine auf der Liege Platz und Dr. Alves legt mir die Infusion. Er lässt mich allein, mit der Aussage, ich solle rufen, wenn etwas wäre.

Doch schon bald habe ich ein ungutes Gefühl und meine Unsicherheit wächst... Die Infusion läuft ziemlich schnell. Zwar wird hier viel regelmäßiger durch die Arzthelferinnen nach mir geschaut, als es im Kinderwunschzentrum der Fall war, aber eigentlich haben sie ja von der Materie gar keine Ahnung... was ist, wenn doch etwas schiefläuft??

Eine weitere Tatsache treibt mich beinahe in den Wahnsinn – in der zweiten Kabine nebenan ist viel los: Es werden Schwangere dort hereingebeten, die an den Wehenschreiber angeschlossen werden... das bedeutet für mich: Ich höre von nebenan ununterbrochen den Herzschlag kleiner Bauchbabys...

Ich kann nicht anders: Wieder einmal spüre ich, wie ein paar Tränen über meine Wangen kullern. Verschämt wische ich über mein Gesicht, als eine Arzthelferin nach kurzem Klopfen an der Tür in meiner Kabine nach dem Rechten schaut.

„Ist alles in Ordnung, Frau Schilling?", fragt sie freundlich und ich bin nicht sicher, ob sie die Infusion meint oder meine Tränen und meinen Unmut bemerkt haben könnte.

„Ja", nicke ich und lächle traurig zurück. „Obwohl... können Sie die Laufzeit der Infusion irgendwie überprüfen?! Ich befürchte, dass sie zu schnell durchläuft..."

Die Arzthelferin stellt die Tropfgeschwindigkeit niedriger ein und verlässt lächelnd die Kabine.

So ist es mir lieber. Zwar bin ich den Babyherztönen so noch eine ganze Weile länger ausgesetzt, aber sicher ist sicher...

Ich bete, dass all das hier – alles, was wir zum achten Mal an Kraft und Geld in unseren größten Wunsch investieren – mich auch in wenigen Wochen dort in diese zweite Kabine zum CTG bringen mag. Damit auch wir das kleine Herzchen von unserem eigenen Wunder hören dürfen...

*****

Mein neuer Zyklus beginnt und damit die abendlichen Hormonspritzen. Diesmal ist es also die Mischung aus den restlichen Ampullen des teuren *Pergoveris*, die ich noch zu Hause habe und dem altbekannten *Puregon*, das mir schon in Dornaub mehrmals Glück gebracht hat. Zusammen mit der Tatsache, dass wir das lange Protokoll anwenden, bin ich relativ ruhig und sage mir, dass diesmal eigentlich nichts schiefgehen dürfte...

Nebenbei beginne ich nach ein paar Tagen die Cortison-Therapie, die höher dosiert als beim letzten Mal zusammen mit den Intralipid-Infusionen den Antikörpern den Kampf ansagen soll!

Zur Sicherheit lasse ich schon nach der dritten Hormonspritze bei Dr. Alves Blut abnehmen und die Ergebnisse per Fax unserer Kinderwunschärztin zukommen. Das Eizellwachstum läuft diesmal laut meines Hormonstatus langsamer ab und somit kann ich beruhigt noch einige Abende weiterspritzen, bevor ich mich zu den *Folli-TVs* auf den Weg ins Zentrum mache.

Nach neun Spritzen ist es soweit – ich darf ein letztes Mal meinen Eisprung auslösen und Frau Dr. Wohlberg ist guter Dinge: Diese Punktion wird eine bessere Ausbeute für eine größer angelegte Blastozystenkultur erbringen.

*****

Diesmal kann die Punktion von Frau Dr. Wohlberg selbst durchgeführt werden. Ich freue mich nicht gerade, wieder in diesem kalten OP-Raum zu liegen und das Ganze erneut über mich ergehen lassen zu müssen... Aber ich sage mir:

Das hier ist das allerletzte Mal. Es kann sein, dass diesmal alles gut wird. Also lehn dich jetzt zurück und entspann dich. Wenn das Baby zu dir kommen möchte – dann wird es das tun.

Als ich in dem kleinen, inzwischen doch als recht gemütlich empfundenen Aufwachraum zu mir komme, blinzle ich gegen das Licht und bemerke, dass Karsten noch nicht hier ist. Die Tür steht einen etwa dreißig Zentimeter breiten Spalt offen und ich wundere mich kurz, kann aber noch keinen ganz klaren Gedanken fassen und habe das Bedürfnis, meine Augen wieder zu schließen. Bevor sich meine Lider vollends senken, sehe ich einen dunkel gekleideten Mann an der Tür vorbeirauschen, der aussieht wie...

Ich glaube meinen Augen nicht zu trauen: Ich bin mir fast sicher, es war... aber das kann nicht sein! Dieser Mann sah aus wie Peer! Ich versuche meine müden Augen offen zu halten und mich zu konzentrieren, aber schüttle dann energisch den Kopf, weil ich glaube, durch die vielen Narkosen endgültig den Verstand verloren zu haben. Vermutlich ähnelte er Peer, aber er kann es nicht gewesen sein. Was sollte er hier wollen?! Weder weiß er Details über unsere Behandlungstermine noch könnte ihm das in irgendeiner Hinsicht nützen. Mithilfe dieser Gedanken versuche ich mich selbst zu beruhigen und schließe ein letztes Mal erholend die Augen.

Karstens Stimme holt mich wenige Minuten später vollends ins Hier und Jetzt zurück. „Mein Engel, möchtest du diesmal überhaupt nicht zu dir kommen?" Er schenkt mir ein sanftes Lächeln, aber vor meinem inneren Auge erscheint wieder der Mann, den ich vor der Tür gesehen habe.

Ich muss Karsten fragen, auch wenn er mich möglicherweise für vollkommen durchgeknallt hält..."Bist du da draußen zufällig Peer über den Weg gelaufen?"

Karsten sieht mich verwirrt an. "Peer?? Wieso – was soll denn bitte Peer hier in Espelstein im Kinderwunschzentrum machen?!"

Ich schaue noch einmal nachdenklich zur Tür hinüber und gebe Karsten Recht. Auch ich habe mir bereits gedacht, dass es Blödsinn ist und ich mich einfach vertan habe. So wird es auch sein.

Wenigstens erwartet uns eine gute Nachricht an diesem Tag, die uns nur kurze Zeit später von einer Laborantin verkündet wird: Fr. Dr. Wohlberg behält Recht – ganze 13 Eizellen konnten gewonnen werden! Ich schlucke, denn diese Anzahl an Eizellen hatten wir schon mehrmals... vielleicht ist die 13 nicht gerade unsere Glückszahl?! Aber diesen Gedanken schiebe ich beiseite und wir freuen uns stattdessen über die gelungene Ausbeute.

*****

Fünf Tage lang sollen wir uns nun wieder in Geduld üben, bevor wir zum Transfer kommen dürfen. Und in der Zwischenzeit kommt es, wie es irgendwann scheinbar kommen musste...

Der Tag nach der Punktion ist ein Sonntag und ich bin froh, dass ich mich noch ein wenig ausruhen und die Unterleibschmerzen auskurieren darf. An diesem Tag bekomme ich eine E-Mail – von Samira...

Ich habe ein ungutes Gefühl, als ich sie öffne. Normalerweise besprechen wir alles, was mit unserer Arbeit zu tun hat, kurzer Hand über unser Handy, meist per Kurznachricht. Eine E-Mail schreibt Samira mir nur, wenn es sich um eine ausführlichere Nachricht oder etwas spannendes Privates handelt... Ich schlucke, weil ich es fast schon ahne... und meine Vorahnung bestätigt sich:

Samira ist schwanger.

Noch während ich ihre Mail zu Ende lese, füllen sich meine Augen mit Tränen. Ich versuche, mich für sie zu freuen – ich versuche es ganz ehrlich und mit aller Macht. Aber es gelingt mir nicht…

Das, was ich seit Jahren versuche zu bekommen, in das ich mein Herzblut und meine ganze Kraft investiere – bekommt sie innerhalb weniger Wochen. Ich kann nicht verhindern, dass eine Welle von Neid in mir aufsteigt.

Sie hat versucht, es mir schonend beizubringen… vermutlich wusste sie überhaupt nicht, wie sie es mir am besten sagen soll und hat sich daher für die schriftliche Variante entschieden. Und egal wie neidisch ich in diesem Moment bin – sie ist meine beste Freundin. Und ich gönne ihr ihr Glück. Auch wenn es mir sehr, sehr schwer fällt. Von *Freude* jedoch kann bei aller Freundschaft, wenn ich ehrlich zu mir selbst bin, nicht die Rede sein…

Ich weiß am kommenden Tag nicht, wie ich mich ihr gegenüber verhalten soll. Ich schaffe es nicht, auf sie zuzugehen und ihr meinen Glückwunsch auszusprechen… ich schaffe es einfach nicht, obwohl ich es mir vorgenommen hatte.

Als nach dem Mittagessen die Kinder schlafen, kommt sie stattdessen auf mich zu. Aber auch sie ringt nach passenden Worten. „Mauri, wir müssen reden… ich…"

„Bitte", unterbreche ich sie knapp. „Sag bitte einfach nichts. Ich kann jetzt nicht darüber reden, okay? Versuch das zu verstehen…" Ich sehe sie ungewollt scharf an und gehe ins Badezimmer, um die Tür hinter mir zu schließen. Weil ich das gerade einfach nicht hören möchte – egal, was sie zu diesem Thema zu sagen hat… und weil ich kurz vor meinem achten Transfer stehe und überhaupt nicht weiß, wie das Ganze für mich ausgehen wird! Schließlich ist sie *mal eben* schwanger geworden und ich stehe kurz vor dem Moment der endgültigen Entscheidung, ob ich jemals ein eigenes Kind bekomme oder nicht…

Einen Moment lang zweifle ich sogar daran, ob es richtig ist, genau jetzt den Transfer anzugehen – ich könnte unsere

Blastos einfrieren lassen und zu einem anderen, günstigeren Zeitpunkt schwanger werden, damit wir nicht gleichzeitig...

NEIN!

Nein, auf gar keinen Fall! Genauso, wie es IHR Leben ist und sie beschlossen hat, trotz unserer letzten schon begonnenen Behandlung ihre Familienplanung durchzuziehen, kann ich mich in MEINEM Leben dafür entscheiden, auch unseren Plan weiterzuverfolgen! Wenn wir die Blastos jetzt einfrieren, werden wir es vielleicht ewig bereuen, dass nicht alle irgendwann beim Auftauvorgang wieder erwachen...

Also ist es beschlossene Sache: Wir werden in wenigen Tagen zwei unserer Babys abholen. Wenn Samira und ich tatsächlich gleichzeitig schwanger sein sollten, werden wir auch diese Herausforderung meistern. Wir werden uns nach einer zweiten Vertretungskraft umsehen und es irgendwie schaffen.

Und wer weiß – vielleicht haben wir ja ausnahmsweise mal Glück und es können noch übrige Blastos eingefroren werden. Dann könnte ich im Fall eines achten Negativs immer noch den Zeitpunkt eines weiteren Transfers auf eine Zeit nach Samiras Schwangerschaft verschieben...

*****

Noch vor dem Transfer soll ich die dritte Intralipid-Infusion bekommen. Leider ist Dr. Alves im Urlaub und ich bin hin und hergerissen, wo ich die Infusion legen lassen kann... schließlich frage ich telefonisch in der gynäkologischen Klinik in unserer Nachbarstadt nach, wo Dr. Alves auch Geburten betreut und OPs durchführt. Dort gibt es sogar einen sogenannten Infusomaten – hiermit kann genau eingestellt werden, wie schnell und mit wie vielen Tropfen pro Minute oder Stunde die Infusion laufen soll und damit ist die Gefahr ausgeschlossen, dass es zu schnell und damit irgendetwas schief laufen könnte. Ich bin beruhigt und bekomme dort meine dritte Infusion, nachdem sich der Chefarzt der Klinik erkundigt hat, wofür diese Infusionen sein sollen und ich ihm die Hintergründe erläutert habe. Die Schwestern sind sehr freundlich und ich habe ein Stationszimmer für mich allein. Wenn etwas sei, solle ich den roten Notruf-Knopf betätigen und es wäre sofort jemand zur Stelle. Das gefällt mir und so brauche ich keine Angst mehr zu haben!

Ich beschließe für mich, dass ich die Infusionen ab sofort jedes Mal hier durchführen lassen könnte, falls ich schwanger werde... schließlich würde ich sie in dem Fall bis zur zwölften Schwangerschaftswoche regelmäßig verabreicht bekommen müssen.

*****

März 2016.

Wir sitzen erneut in diesem kleinen Transfer Stübchen. Und warten und warten... es scheint eine Ewigkeit zu dauern bis eine der Biologinnen aus dem Labor zu uns hereinschaut. Sie schließt die Tür hinter sich, um uns vorsichtig mitzuteilen, dass es leider nur zwei Blastozysten gebe... und um uns zu fragen, ob sie bei einer der beiden ein *„Assisted Hatching"* (die Laser-Schlüpfhilfe) durchführen soll, weil sie eine ziemlich dicke Zell-wand besitze.

Karsten und ich schauen uns kurz an – ich sehe, was in seinem Kopf vorgeht, genau wie in meinem:

Nur zwei...

Unsere Enttäuschung können wir nicht verbergen. Aber natürlich unterschreiben wir die Zustimmung zum *Hatching*. Unsere Embryonen sollen beide eine Chance auf die Einnistung haben...

Kurz darauf kommt freundlich grüßend Frau Dr. Wohlberg zur Tür herein und schaut in unsere etwas traurigen Gesichter. „Ich kann Ihre Enttäuschung verstehen", teilt sie uns sofort mit. „Ich war selbst etwas überrascht, da ich mit einer höheren Anzahl an Blastozysten gerechnet hatte. Von den 13 Eizellen waren zwar zwölf reif – aber nur sieben ließen sich erfolgreich befruchten. Ob dies an der Eizell- oder an der

Spermienqualität gelegen hat, können wir leider nicht sagen. ABER", fügt sie lächelnd hinzu, „Sie sollten sich trotzdem über die beiden Blastos freuen! Eine von ihnen sieht wunderbar aus – die zweite hinkt in der Entwicklung ein kleines bisschen hinterher und ist auch etwas kleiner, aber das muss nichts bedeuten! Außerdem ist noch eine weitere Eizelle im Rennen!", bestätigt sie nach einem kurzen Blick in die Unterlagen. „Sie hat es leider bisher nicht zur Blastozyste geschafft... sie liegt also etwas außerhalb des normalen Zeitrahmens, aber sie entwickelt sich langsam aber stetig weiter. Morgen bekommen Sie einen Anruf mit der Info, ob sie es geschafft hat und eingefroren werden kann – oder ob sie verworfen werden muss."

Wir sind sehr gespannt. Also doch noch ein dritter Kämpfer in diesem Rennen! Ich habe ein gutes Gefühl, dass wir ihn für später auf Eis legen dürfen!

Jetzt dürfen wir uns aber erst einmal freuen, unsere fertigen beiden Blastos mit nach Hause zu nehmen. Ich begebe mich ein allerletztes Mal voller Hoffnung auf diesen Gynäkologen-Stuhl und lasse mir unsere beiden kleinen Goldschätze einsetzen.

Ihr beiden Lieblinge. Ihr seid unsere letzte Hoffnung! Ich möchte euch nicht unter Druck setzen, aber... wenn ihr es nicht schafft, wer dann?? Ihr beiden seid zwei wahre Kämpfer – von ganzen zwölf reifen Eizellen gehört ihr zu den letzten drei daraus entstandenen Embryonen! Ihr seid so stark – bleibt es bitte weiterhin! Neun Monate dürft ihr es euch bei mir in meinem bisher so leeren Bauch gemütlich machen, wenn ihr das möchtet...

Also bitte! Bitte werdet zu unseren Babys...

Warteschleife 8

Wir möchten diese letzte Warteschleife mit etwas Schönem beginnen. Gleich nach dem Transfer, der gegen Mittag stattgefunden hat, machen wir Halt in dem schönen Lokal an unserer Talsperre, um unseren Hunger zu stillen, noch einmal unsere Zweisamkeit zu genießen und diesen Moment voller Hoffnung auszukosten.

Wir setzen uns direkt ans Fenster, von wo aus ich die stille Wasseroberfläche beobachten kann. Ich bestelle eine frische Waffel mit einem großen Klecks Sahne.

Die hier ist für euch. Und wenn euch das hier schmeckt, dann bleibt bei uns – und wir werden euch noch viel mehr von diesem wunderbaren Erdenleben kosten lassen...

*****

Den nächsten Tag habe ich mir frei genommen. Ich habe Samira gesagt, dass ich mich nach dem Transfer ein paar Tage lang schonen möchte, um den Embryonen eine bessere Chance zu ermöglichen. Denn ich erinnere mich, dass Blastozysten, wenn sie es einmal soweit geschafft haben, innerhalb der nächsten Stunden oder spätestens am nächsten Tag bereits mit der Einnistung beginnen.

Am Folgetag bin ich wieder einmal auf der Lauer – warte auf den Anruf aus der Klinik, um zu erfahren, wie es unserem dritten Kämpferlein geht. Doch bis zum Mittag bleibt das Telefon still. Darum entscheide ich mich, nach der Mittagspause des Zentrums, selbst anzurufen, denn ich kann die Nachricht nicht mehr abwarten!

Doch wieder einmal endet ein Telefonat in einer bitteren Enttäuschung – unser dritter kleiner Kämpfer sei nicht stark genug gewesen: Er sei leider über Nacht in der Entwicklung stehen geblieben und sie konnten ihn nicht einfrieren...

Traurig lege ich den Hörer auf und kämpfe erneut mit den Tränen. Aber ich schlucke sie hinunter und versuche an unsere beiden Krümel in meinem Bauch zu denken.

Ihr seid nicht in der Entwicklung stehen geblieben, oder? Euch gibt es noch und euch geht es gut. Davon bin ich fest überzeugt...

*****

Die Tatsache, über Samiras Schwangerschaft Bescheid zu wissen, macht die Warteschleife nicht gerade einfacher. Manchmal frage ich mich, warum sie mir diese Neuigkeit nicht erst nach unserem Ergebnis hätte mitteilen können... Denn meine Gedanken kreisen nun um die Frage: *Was wird sein, wenn ich jetzt auch schwanger bin...???*

Ich weiß es nicht. Soweit möchte ich jetzt ehrlich gesagt auch noch nicht denken... wenn wir beide so kurze Zeit hintereinander schwanger werden, bedeutet das, dass wir auch kurze Zeit hintereinander entbinden würden...

Es würde unmöglich sein, ohne Unterbrechung zu arbeiten, ohne uns wenigstens eine kurze Zeit vor und nach der Geburt erholen zu können. Daher müssten wir eine zweite Vertretungskraft finden, die uns gemeinsam mit der ersten über einen gewissen Zeitraum eine zeitgleiche Babypause ermöglichen könnte...

Aber wie gesagt, möchte ich darüber jetzt nicht grübeln müssen! Wenn ich schwanger werde, möchte ich mich ungehalten freuen dürfen! Die Schwangerschaft genießen können, ohne Angst vor der Zukunft unserer Tagespflege... Daher verdränge ich den Gedanken.

Eine weitere Frage taucht jedoch zusätzlich auf: *Was wird sein, wenn ich NICHT schwanger bin...???*

Darüber möchte ich erst recht nicht nachdenken... Es bräche dann nicht nur eine Welt für mich und meinen endgültig unerfüllten Kinderwunsch zusammen. Sondern ich müsste Tag für Tag zusehen, wie Samiras Bauch wächst – wie sie sich auf ihren kleinen Sonnenschein freut – wie sie strahlend das Küken-Nest an ihrem letzten Tag verlässt und ihr neues Leben als Mama in Angriff nimmt. Wovon ich selbst die ganzen Jahre lang träume... Dann würde sie ihren kleinen Schatz mit zur Arbeit bringen – ich würde ihn Tag für Tag sehen und daran erinnert werden, dass er den Platz eingenommen hat, der für MEIN Baby geplant war...

Diese Gedanken – die Antworten auf die zweite, viel schlimmere Version – setzen mir mächtig zu... Ich liebe meine Arbeit mit den Kindern über alles. Ich finde es auch toll, mein eigener Chef zu sein und mit meiner besten Freundin zusammenzuarbeiten... aber ich treffe in diesen Tagen der letzten Warteschleife eine wichtige, wenn auch traurige und sehr harte Entscheidung:

Wenn ich in diesem letzten Versuch NICHT schwanger werde, muss ich meine Arbeit in unserem Küken-Nest beenden... Ich weiß, dass ich das sonst psychisch nicht schaffen würde. Das durchzustehen, dafür hätte ich keine Kraft mehr übrig und daran würde ich zerbrechen. Dessen bin ich mir bewusst und das müsste ich gar nicht erst ausprobieren.

All diese Gedanken teile ich jedoch nicht mit Samira. Sie soll ihre Schwangerschaft vorerst genießen. Wenn es tatsächlich so kommen sollte, wird es früh genug sein, ihr diese Entscheidung mitzuteilen. Und wenn ich doch schwanger werden sollte, werden wir gemeinsam eine Lösung finden...

*****

In den nächsten Tagen bete ich. Ich bete zu Gott. Das habe ich als Kind regelmäßig getan und mir wird bewusst, dass es in letzter Zeit sehr, sehr selten geworden ist...

Mich überkommt ein schlechtes Gewissen, als ich mir eingestehe, dass ich immer erst den Kontakt zu Gott suche, wenn es mir schlecht geht und ich seine Hilfe benötige. Aber dann wird mir klar, dass Gott mir trotzdem helfen wird und mich nicht im Stich lässt. Also zünde ich ab sofort jeden Abend vor dem Zubettgehen eine Kerze an und gehe in mich. Ich spreche zu Gott und genauso spreche ich zu den beiden kleinen geliebten Babys in meinem Bauch. Keiner von ihnen antwortet mir – aber ich weiß, dass sie mich hören können...

Ich beschließe außerdem, in dieser unerträglichen Wartezeit wieder eine Testreihe durchzuführen... Die halbe Packung Teststäbchen vom vergangenen Versuch lacht mich aus dem Badezimmerschrank an und ich erinnere mich, dass die absolute Gewissheit über das Negativ, die ich schon vor dem eigentlichen Bluttest hatte, mich wirklich innerlich beruhigt und vor einem weiteren Nervenzusammenbruch bewahrt hat. Daher werden diese Stäbchen in den kommenden täglichen Morgenstunden erneut zu meinem ständigen Begleiter...

An den ersten drei Tagen nach dem Transfer, ist eine zweite Linie zu sehen, die von Tag zu Tag immer schwächer wird – der Rest von der *hCG*-Spritze.

Am dritten Tag kommt außerdem ein kleiner Tropfen Blut in meinem Slip hinzu... Ich atme tief durch – ich weiß ja, dass das nichts heißen muss und bevor ich mich wieder komplett hängen lasse, denke ich sofort an die sagenumwobene *„Einnistungsblutung"*. Aber versteifen möchte ich mich darauf nicht. Da es bei einem winzigen Tropfen bleibt, schiebe ich alle aufreibenden Gedanken einfach beiseite, so gut es mir gelingt...

An Tag vier ist die zweite Linie überhaupt nicht mehr zu sehen. Puuh, ist das aufregend... Noch ist nichts entschieden. Ich habe diese „Technik" der Testreihen lange in den Internetforen studiert und weiß, dass vor dem ca. achten oder neunten Tag nach dem Transfer noch keine zweite Linie zwangsläufig auftauchen muss – spätestens danach aber schon... Da der vierte Tag aber so gar keine zweite Linie mehr anzeigt, weiß ich, dass, sobald sie wieder auftauchen sollte, es kein *hCG* mehr von der Auslösespritze, sondern nur von einer Einnistung sein kann – das ist der Vorteil einer Testreihe. Du weißt mit ziemlicher Sicherheit, dass der Test Recht hat – im Vergleich zu einem einzelnen, den du nicht einordnen kannst...

Am nächsten Morgen ist die Spannung, die in der Luft liegt, unerträglich. Es ist ein Dienstag und ich bin mehr als froh, dass Karsten in dieser Woche Spätschicht hat – so ist er in der Nähe, wenn ich morgens die Tests durchführe!

Das Teststäbchen liegt auf der Badezimmer Fensterbank, während ich mir die Zähne putze und versuche nicht hinzuschauen. Aber irgendwann halte ich es nicht mehr aus. Spucke die Zahnpasta aus und wage einen Blick...

Ich muss ein zweites Mal hinsehen... irgendwie ist da, wo eine zweite Linie sein sollte, ein leichter Schatten – ein zarter Hauch von... einer Linie???

Ich laufe mit dem Test ins Schlafzimmer, wo Karsten noch etwas verpeilt im Bett liegt und im Schein seines Nachtlichts natürlich überhaupt nichts sieht... Männer! Wie können sie in so einem Moment einfach weiter ans Schlafen denken?!

Jedenfalls bin ich mir unsicher. Ja, man kann etwas erahnen, aber was ist, wenn das doch nur immer noch Reste von der Spritze sind oder es sich um eine Verdunstungslinie handelt?! Mir bleibt nichts anderes übrig, als den morgigen Test abzuwarten... auch wenn mich das Kribbeln in meinem Bauch den Rest des Tages und auch in der folgenden Nacht nicht mehr loslässt...

Und wieder geht die Sonne auf – es ist der sechste Tag nach dem Transfer und ich stehe erneut angespannt im Badezimmer... diesmal kann ich gar nicht erst wegsehen, sondern schaue beim Zähneputzen die ganze Zeit auf die Stelle des Teststäbchens, wo gestern dieser kuriose Schatten aufgetaucht war.

Und? UND??

Es kann mir gar nicht schnell genug gehen... Aber... ja! Da ist was... die Linie wird immer deutlicher... ich hüpfe vor Aufregung fast wie ein Flummi im Badezimmer auf und ab und als ich diesmal ins Schlafzimmer gestürmt komme, kann sogar

Karsten in seinem Schlummerlicht die zarte zweite Linie erkennen!

WAS IST DAS? SIND WIR SCHWANGER?? SIND WIR TATSÄCHLICH ENDLICH SCHWANGER??? NACH FAST VIER JAHREN DES WARTENS UND UNZÄHLIGEN, MÜHEVOLLEN, HERZZERREIßENDEN, SCHMERZVOLLEN UND KOSTSPIELIGEN BEHANDLUNGEN???

Eine kleine Freudenträne kullert über meine Wange… Doch meine Freude wird plötzlich gebremst… ich muss an Püppi und Estelle denken und mein Lächeln erstirbt bei einem weiteren Blick auf den positiven Schwangerschaftstest.

Karsten sieht meine Sorgenfalten. „Was ist, mein Engel? Irgendetwas nicht okay? Hey, du bist schwanger! Es ist vielleicht endlich soweit und du freust dich gar nicht richtig?!"

„Doch, aber… ich denke an Püppi und Estelle… es ist inzwischen über ein Jahr her, aber… wir haben uns genauso über einen leicht positiven Pipi-Test gefreut, weißt du noch?! Ich möchte mich nicht wieder in ein womöglich falsch positives Ergebnis hineinsteigern… auch wenn es diesmal ziemlich gut aussieht."

Ich atme tief durch, während mich Karsten fest in seine Arme nimmt – wir sind gefangen in einem Zwiespalt zwischen Freude und Angst und hoffen, dass es dieses Mal keine verfrühte Blutung geben wird…

*****

Zwei Tage später – die Linie ist inzwischen noch deutlicher geworden – liege ich wieder in der gynäkologischen Klinik, um mir meine vierte Infusion abzuholen. Doch irgendwie soll es heute wohl nicht so einfach sein…

Die Schwester – eine andere als beim letzten Mal – kommt mit der fertig gemischten Infusion herein, aber sieht etwas angespannt aus.

„Frau Schilling, packen Sie die Flasche bitte wieder ein und fahren Sie zu Ihrem Gynäkologen... ich habe sicherheitshalber mit ihm telefoniert und er sagte, er ist überhaupt nicht darüber informiert... die Infusion soll heute und hier nicht stattfinden."

Ich sehe sie entsetzt an. „Was soll das heißen?! Ich brauche diese Infusion... ich meine, ich habe möglicherweise endlich ein Baby im Bauch, das diese Infusion braucht!!!"

Nach all den Ängsten der vergangenen Tage bin ich wieder einmal extrem nah am Wasser gebaut und breche auf der Stelle in Tränen aus... „Hören Sie, beim letzten Mal hat man mir hier zugesichert, dass ich jederzeit zu diesem Zweck wiederkommen kann! Dass ich meine Infusionen, wann immer ich sie brauche, ganz ohne Termin hier verabreicht bekomme! Ich... habe heute Morgen einen positiven Schwangerschaftstest gemacht, nach vier langen Jahren des Wartens... das hier ist meine ACHTE Kinderwunschbehandlung und ich bin mit den Nerven völlig am Ende! Und mein Baby, das da vielleicht gerade in meinem Bauch versucht, sich weiter einzunisten, braucht diese Infusion zur Hilfe gegen die Antikörper!"

Ich sehe in ihrem Gesicht ihr Mitleid, sehe wie sie beinahe weich wird. Aber sie schüttelt ihren Kopf. „Es tut mir leid. Fahren Sie bitte zu Dr. Alves und klären Sie das mit ihm."

Mir bleibt nichts anderes übrig. Ich muss mich in mein Auto setzen und zu ihm fahren – mit einer ziemlichen Gewissheit, dass heute keine Infusion mehr stattfinden kann, da er in wenigen Minuten seine Praxis schließt.

Mit geröteten Augen treffe ich ihn in der bereits fast leeren Praxis an und stehe fragend und erschöpft vor ihm.

Er sieht mich streng an. „Frau Schilling! Wie kommen Sie auf die Idee, in die Klinik zu fahren, obwohl wir abgemacht hatten, dass ich Ihnen die Infusionen jederzeit hier in der Praxis legen kann?! In der Klinik kann so etwas gar nicht regulär abgerechnet werden..."

„Beim letzten Mal waren Sie im Urlaub und ich habe mich mit dem Infusomaten in der Klinik einfach so sicher gefühlt... und außerdem wurde ich zu weiteren Infusionen herzlich willkommen geheißen!"

Er wirft einen Blick auf seine Armbanduhr und seufzt. „Meine Praxis schließt gleich... hier können wir jetzt keine zweistündige Infusion mehr beginnen!"

Und wieder breche ich ungewollt in Tränen aus und erzähle auch ihm von dem positiven Test – die Arzthelferinnen hinter dem Empfang hören mit große, mitfühlenden Augen das ganze Drama mit an...

„Dr. Alves, ich habe heute Morgen positiv getestet! Wenn ich tatsächlich schwanger bin, möchte ich das nicht aufs Spiel setzen – die Infusion ist so wichtig für mich! Außerdem..."

Ich hole die fertig vorbereitete Infusionsflasche mit dem Gemisch aus meiner Tasche hervor und er schaut erst die Flasche, dann mich mit ungläubigen Augen an. „Nun ja, diese Infusion ist nicht mehr zu verschieben... fahren Sie bitte zurück in die Klinik, damit die Schwester von vorhin ihren Schlamassel selbst ausbaden kann..."

Etwa 20 Minuten später liege ich also wieder in dem Stationszimmer und lasse mir von der Schwester die Infusion endgültig legen. Sie entschuldigt sich noch einmal bei mir – und kommt dann die ganzen zwei Stunden nicht ein einziges Mal herein, um nach mir zu schauen...

Das ist mir allerdings ganz recht, ich muss sie nicht unbedingt weiterhin um mich haben. Mit dem Infusomaten funktioniert es auch ohne weitere Kontrolle. Stattdessen liege ich dort in dem einsamen Bett und bete, dass es den Krümelchen in meinem Bauch trotz dieser Aufregung und dem ganzen Stress noch gut geht und sie sich weiter schön festbeißen mögen...

In diesem Augenblick muss ich an Amelies Worte denken: *Es kommt bald zu dir, das weiß ich! Nicht mehr lange! Noch... fünf Wochen!*

Und ganz tief in mir drinnen werde ich plötzlich ruhiger. Die fünf Wochen sind vergangen. Sie hat es gespürt. Und nun ist da tatsächlich etwas in mir... ich weiß nicht, woher sie es wusste, aber Amelies Vorahnung, die sich nun zu erfüllen scheint, schenkt mir ganz plötzlich solch eine innere Ruhe und Kraft, dass eine Freudenträne auf meinem Kissen landet und ich zu Gott bete, dass dieses Kind in mir endlich bei uns bleibt...

*****

Die nächsten Tage mit den Teststäbchen machen es mir fast unmöglich, meine Freude zu unterdrücken... diese zweite Linie wird einfach immer stärker! Ich kann es nicht glauben, aber sie wird bis zum zehnten Tag nach dem Transfer so dick und fett, dass sie von niemandem mehr zu übersehen ist und ich es kaum mehr bis zum Bluttest abwarten kann!!!

Allem voran kann ich kaum mehr vor meiner Außenwelt schweigen und erzähle mittags, während die Kinder schlafen, Samira bei einem Tee von dem ziemlich eindeutig positiven Test.

„Mauri, siehst du, diesmal hat es mit Sicherheit geklappt!", sagt Samira strahlend zu mir. „Stell dir vor – wir sind beide gleichzeitig kugelrund!", träumt sie vor sich hin. „Und unsere beiden Babys kennen sich seit ihrer Geburt und werden richtig dicke Freunde und können Tag für Tag hier zusammen spielen!"

Ich wundere mich über ihren unschlagbaren Optimismus... „Sag mal, Sami... ist ja toll, wie du dir das ausmalst, aber... du weißt schon, dass erstmal alles nicht ganz so einfach wird, wenn ich tatsächlich auch schwanger bin, oder?? Erstens kann eine Schwangerschaft anstrengend sein und keiner von uns darf die größeren Kinder heben... und unsere Entbindungstermine liegen sehr dicht beieinander – wenn wir beide gegen Ende der Schwangerschaft und anfangs mit den Babys weg sind, wer soll dann hier die Stellung halten?! Unsere Vertretungskraft kann nur stundenweise..." Ich sehe sie fragend an.

Doch Samira winkt ab. „Mauri, du machst dir wie immer viel zu viele Gedanken über Dinge, die noch in so weiter Ferne liegen... Unsere Vertretung wird schon ein paar Stunden länger können und eine zweite brauchen wir vielleicht nicht mal. Wenn du drei Wochen nach mir entbindest, kann ich ja schon mit meinem Würmchen wiederkommen."

„Nach drei Wochen?!" Ich starre Samira entsetzt an... „Und ich soll bis zur vierzigsten Woche allein hier arbeiten und zusehen, wie mitten auf dem Spielteppich meine Fruchtblase platzt, oder wie?!"

Samira bricht in schallendes Gelächter aus. „Mauri, du bist so süß! Komm, das kriegen wir schon hin! Wir werden notfalls auch noch eine zweite Vertretung finden!"

Ich weiß nicht, ob mir nach Lachen oder nach Heulen zumute ist. Diese Frau ist einfach dermaßen optimistisch, dass mir dazu nichts mehr einfällt...

Aber ich lasse mich zunächst einmal von ihrem Optimismus anstecken und versuche die aufkommenden organisatorischen Fragen weit von mir zu schieben und mich stattdessen noch einmal auf meine Hoffnung zu besinnen... denn der einzig und allein 100% wahre Bluttest liegt noch vor mir.

*****

Und endlich ist dieser Tag gekommen.

Ich fahre morgens in die gynäkologische Praxis und lasse mir von der Arzthelferin Blut abnehmen. Das Ergebnis möchte ich am Nachmittag wieder persönlich hier abholen.

Die Stunden kriechen wieder einmal dahin, wie eine langsame Schnecke... da ich nach Feierabend um 16:00 Uhr immer noch mit keinem sicheren Ergebnis rechnen kann, sondern erst frühestens eine Stunde später, nutze und vertreibe ich mir die Zeit mit einem kleinen Einkauf im Supermarkt.

An der Kasse lege ich die Ware auf das Band, doch ein Knoten einer meiner Obsttüten löst sich und die Mandarinen kullern quer über den Boden... Ich fluche und bücke mich, um sie wieder einzusammeln. Plötzlich kommt mir jemand zu Hilfe und ich möchte mich gerade bedanken – doch als ich aufschaue, hockt Peer vor mir und unsere Blicke treffen sich.

Ich erschrecke und richte mich auf. Mit Peer habe ich weder gerechnet, noch freue ich mich besonders, ihn hier anzutreffen. Sofort bin ich gedanklich bei dem Abend, an dem er mich in der Bank überrascht und handgreiflich mir gegenüber geworden ist...

Wie erstarrt stehe ich da und sehe ihm zu, wie er den Rest meiner Mandarinen vom Boden aufsammelt und aufs Band legt. Ich blinzle und versuche, wieder einen klaren Gedanken zu fassen, um sie zügig wieder in die Tüte zu packen.

„Danke", sage ich leise und ohne ihm in die Augen zu sehen.

Doch Peer sieht mich schüchtern an. „Ich muss mich ebenfalls bedanken. Dafür, dass du mich nicht angezeigt hast..." Er nimmt eine Schachtel Zigaretten aus dem Fach und legt sie auf das Band. „Hast du... Zeit für einen Kaffee – um die Ecke bei *Bosco*?"

Ich erwidere seinen fragenden Blick und bin mir unsicher, was ich davon halten soll...

Doch Peer hebt entschuldigend seine Hände und lächelt vage. „Ganz ohne Hintergedanken! Versprochen..."

Ich hole tief Luft und irgendetwas weckt in meinem Inneren das Bedürfnis, mich tatsächlich mit Peer auszusprechen. „Okay...", antworte ich und beginne an der Kasse meinen Einkauf wieder in den Wagen zu packen. „Ich habe eine halbe Stunde – dann muss ich weiter."

Wieder lächelt Peer – diesmal vor Erleichterung und als ich zahle und den Einkaufswagen zu meinem Auto schiebe, bin ich mir unschlüssig, ob es richtig ist, Peer eine Chance für eine Aussprache zu geben. Andererseits hatte er noch keine Gelegenheit, sich zu entschuldigen und eine Erklärung zu liefern – auf diese bin ich gespannt.

Peer wartet am Eingang des Cafés mit einer Zigarette in der Hand und nachdem ich meine Einkäufe im Auto verstaut habe, überquere ich den Parkplatz und gehe langsam auf ihn zu.

„Seit wann rauchst du wieder?", frage ich ihn, als er die Kippe in den Aschenbecher vor der Tür wirft, bevor wir hineingehen und einen ruhigen Platz aussuchen.

Peer schaut zu Boden und hängt seine Jacke über einen Stuhl an einem Platz nahe am Fenster. „Noch nicht so lange. Sorry, wenn dich das stört."

Ich schüttle meinen Kopf. „Quatsch, das ist deine Sache. Ich frage nur... weil es dir so wichtig war, schnell damit aufzuhören, als dein Vater damals erkrankte..."

Peer seufzt. „Du hast Recht. Aber mein Vater ist nicht mehr... Grund genug, wieder anzufangen." Er schaut nicht zu mir auf, während er es ausspricht.

„Dein Vater lebt nicht mehr??", frage ich entsetzt. Und ich kann nicht anders – ich nehme ihn voller Mitgefühl in den Arm und Peer erwidert diese Umarmung. Lang und innig...

Nach einer Weile löse ich mich vorsichtig wieder aus seinen Armen und als ich ihn verlegen ansehe, erwidert er meinen Blick aus feuchten Augen. „Ist schon okay", flüstert er, räuspert sich und nimmt am Tisch Platz. „Eigentlich wollte ich das gar nicht erzählen, Kleine..."

Am liebsten hätte ich ihm gesagt, dass er mich nicht mehr so nennen soll... es gefällt mir nicht, dass er so tut, als wäre alles so wie früher und als stünde nichts zwischen uns.

„Ich wollte dich auf einen Kaffee einladen, weil ich dir noch einmal sagen möchte, dass es mir leidtut, was passiert ist... Ich war völlig neben der Spur. Meinem Dad ging es schon sehr schlecht, ich hatte was getrunken und dann hab ich dich da in der Bank gesehen und du warst so..." Er seufzt. „Du bist immer noch wunderschön..." Wieder räuspert er sich verlegen und wendet seinen Blick ab.

In dem Moment wird mir bewusst, dass Peer noch immer große Gefühle für mich zu haben scheint. Ich versinke erneut in starkem Mitgefühl und ein paar Tränen rollen über mein Gesicht... In meiner Handtasche suche ich nach Taschentüchern. Sind das irgendwelche Hormone, die mich so empfindlich machen?!

„Maureen… hab ich was Falsches gesagt?!", fragt Peer und wischt sich nervös seine Hände an der Hose ab.

Ich schüttle den Kopf und tupfe mir die Tränen von den Augen. „Nein, ich… es ist nur… Ach, Peer! Es tut mir auch leid! Ich hatte mich in etwas verrannt und dir falsche Hoffnungen gemacht! Ich wusste nicht, dass du so sehr in mich verliebt bist und als es mir schlecht ging, warst du für mich da… ich war dir so dankbar und habe mich einfach wohl bei dir gefühlt, weil du mir so viel Geborgenheit geschenkt hast, als ich sie so dringend brauchte…"

Ich atme tief durch und erkenne in diesem Moment meine Mitschuld an allem, was geschehen ist… „Peer, du bist nicht allein Schuld an allem… ich habe dich sozusagen fallen lassen, weil ich dich nicht mehr brauchte, aber ich wusste nicht, dass es dir in dem Moment nicht gut ging… du hattest Sorge um deinen Vater und ich blöde Kuh…"

„Maureen, das konntest du ja nicht wissen… Jetzt dreh nicht den ganzen Spieß um, ICH wollte mich bei DIR entschuldigen, nicht umgekehrt!!" Er grinst und reicht mir ein weiteres Taschentuch. Ich muss tatsächlich leise lachen, als ich merke, dass er Recht hat. Er wollte sich für seinen Fehler bei mir entschuldigen und ich heule ihm hier etwas vor!

„Entschuldige bitte…", sage ich schniefend und schenke ihm ein zurückhaltendes Lächeln.

„Fang nicht wieder an!", schimpft er gespielt. „Jetzt bin ich dran mit entschuldigen! Also…" Er spricht nun etwas leiser und ganz ernst: „Es tut mir leid, dass ich dich in der Dunkelheit erschrocken und dich gegen deinen Willen geküsst habe… Und noch mehr tut es mir leid, dass ich dir wehgetan habe… das wollte ich nicht. Ich hoffe, du weißt, dass ich dir niemals absichtlich wehtun würde…" Dabei senkt er erneut seinen Blick.

Und irgendetwas in meinem Inneren sagt mir, dass ich meinem Knuddelbär verzeihen muss…

„Ich weiß", sage ich. „Oder besser gesagt: Jetzt weiß ich es wieder… danke, dass du mich daran erinnert hast." Nun schenke ich ihm ein offenes Lächeln. Und denke plötzlich an die Situation im Aufwachraum des Kinderwunschzentrums vor zwei Wochen...

„Sag mal... du warst nicht zufällig am Samstag vor zwei Wochen in Espelstein, oder?", frage ich ihn augenzwinkernd und bin mir sicher, dass er nicht mal diesen Ortsnamen kennt. Doch anders als erwartet, entgegnet er mir mit einem verlegenen Blick – genau in diesem Moment kommt jedoch die Bedienung, um uns zu fragen, ob wir schon etwas bestellt haben.

Peer sieht auf seine Armbanduhr und sagt zu mir: „Die halbe Stunde ist fast um – du musst gleich los, nicht wahr?" Und mit einem Blick zu der Bedienung: „Bitte einen *Coffee To Go* für die junge Dame." Dann erhebt er sich von seinem Stuhl und ignoriert meinen fragenden Blick. „Danke, dass du dir die Zeit genommen hast", sagt er. „Der Kaffee ist ein Entschuldigungskaffee!" Er lächelt, legt einen Fünf-Euro-Schein auf den Tisch und verschwindet blitzschnell aus dem Café, bevor ich noch irgendetwas sagen kann...

Auf dem Weg zur gynäkologischen Praxis, jagen mir zigtausend Gedanken durch den Kopf – Peers Reaktion erschien mir so, als wäre er tatsächlich doch im Zentrum gewesen, als ich glaubte, ihn dort gesehen zu haben... was aber doch völlig unlogisch ist, denn was hatte er dort verloren?! Ich werde aus meinen eigenen Gedanken und Fragen nicht schlau... Und falls es doch so war – weshalb möchte er es verheimlichen? Das eben im Café war doch eine eindeutige Flucht vor meiner Frage! Was also hat Peer zu verbergen?!

Hinter mir ertönt eine energische Hupe – vor lauter Vertiefung in meine Gedanken, habe ich nicht bemerkt, dass die Ampel, an der ich stehe, längst wieder grün geworden ist...

Ich parke an der Arztpraxis und atme einmal tief durch. Egal was das nun eben mit Peer zu bedeuten hatte – jetzt gehe ich dort hinein und hole das Ergebnis meines ewig unerfüllten und sehnlichsten Traumes ab. Und egal wie dieses Ergebnis ausfällt – es ist das letzte. Es ist endgültig...

Ich betrete den Eingangsbereich und als ich mich dem Empfangsschalter nähere, werde ich bereits von der lächelnden Arzthelferin begrüßt. „Bitte nehmen Sie noch kurz im Wartezimmer Platz, Frau Schilling – der Doktor möchte gleich etwas zu dem Ergebnis sagen!"

Ich betrete das Wartezimmer, setze mich und weiß nicht wohin mit meinen Gedanken. Dieser Moment ist so aufregend... Ich male mir aus, was geschieht, wenn sie mir erneut ein Negativ verkünden – und ein leises Zittern durchläuft meinen Körper. Aber das kann diesmal nicht sein – die ganzen positiven Tests sprechen doch für sich, oder?

Andererseits habe ich schon so oft falsch gelegen... Wieso müssen sie mich nur wieder so lange auf die Folter spannen?!

Endlich werde ich aufgerufen. Ich komme zurück zum Empfang, wo mich Dr. Alves bereits lächelnd erwartet. Die Arzthelferin legt einen Zettel vor uns auf den Schalter – darauf steht eine dreistellige Zahl, die ich vermutlich in meinem Leben nicht mehr vergessen werde: 638...

Ich schaue diese Zahl an – dann die Helferin – dann erneut die Zahl. Dann den Gynäkologen. Er streckt mir lächelnd die Hand entgegen: „Herzlichen Glückwunsch zu Ihrer Schwangerschaft!"

Lang ersehntes Wunder

Ich kann es kaum glauben... alles um mich herum dreht sich... Plötzlich habe ich das dringende Bedürfnis, die ganze Welt zu umarmen! Ich muss gestrahlt haben, wie ein Honigkuchenpferd denn auch alle Anwesenden, die das Szenario mitbekommen haben, lächeln breit.

Ich bin schwanger... ich bin schwanger... – es will gar nicht in meinen Kopf hinein...

ICH BIN SCHWANGER!!!

Dr. Alves hält jedoch noch einen weiteren kleinen Adrenalinschub für mich bereit: „Frau Schilling – der *hCG*-Wert ist ziemlich hoch... ich möchte ihnen keinen Schrecken einjagen, aber möglicherweise erwarten Sie Zwillinge!"

Irgendwie schockt mich diese Nachricht jedoch überhaupt gar nicht. Wichtig ist erst einmal nur, dass ich schwanger bin!

SCHWANGER!!!

Die Arzthelferin macht einen ersten Ultraschall-Termin für nächste Woche mit mir aus. Den Zettel mit der 638 stecke ich in meine Tasche und verlasse freudestrahlend die Praxis.

Ich möchte auf der Stelle nach Hause, möchte es allen erzählen – am liebsten soll es die ganze Welt erfahren, jetzt sofort!!!

Nachdem ich mein Auto vor dem Haus geparkt habe, laufe ich die Treppen hoch, so schnell ich kann und stürme in unsere Wohnung. Karsten sitzt im Wohnzimmer und schaut auf, als ich stürmisch die Tür öffne – ich lege meine Tasche ab, strahle ihn an... fange vor Freude an zu tanzen und singe dabei die ganze Zeit „638, 638, ..."

Er kommt grinsend zu mir, wir nehmen uns fest in den Arm und möchten uns am liebsten niemals wieder loslassen...

DAS HIER ist der bis hierhin schönste Augenblick in meinem Leben... ich meine, wir hatten es ja geahnt durch die Testreihe, aber erst jetzt, wo ich die Bestätigung durch den Arzt habe, kann oder will ich es richtig wahrhaben...

In meinem Bauch ist ein kleines Baby... noch ist es nur ein winzig kleines Pünktchen, nicht größer als ein Quadratmillimeter... aber es ist UNSER kleines Pünktchen und wir lieben es jetzt schon mehr als alles andere auf dieser Welt!!!

*****

290

Eine Woche später sitze ich mit Karsten beim Ultraschall im Untersuchungszimmer. Dr. Alves kann eine schöne etwa einen Zentimeter große Fruchthöhle erkennen. Mehr leider noch nicht.

Aber das macht nichts, denn eine Schwangerschaft ist hiermit zunächst einmal offiziell klinisch bestätigt!

Du bist einfach noch zu winzig, als dass man dich hätte sehen können, aber wir wissen ja, dass du da drinnen bist!

Endlich. Wir haben so lange auf diesen Moment gewartet! Unendlich viele Tränen vergossen. Und nun sind wir die glücklichsten werdenden Eltern auf dieser Welt... Meine Freude und mein Glück sind so groß, dass ich sie nicht in Worte fassen kann. Ich bin sprachlos und fühle mich schwerelos. Dieses Gefühl in meinem Bauch werde ich nie wieder vergessen...

Das erste Ultraschallbild – selbst wenn man darauf nur die Fruchthöhle in Form eines schwarzen Flecks erkennt – bewahre ich sorgfältig auf. Es ist für mich wie ein kleiner Beweis, dass sich mein Herzenswunsch endlich erfüllt, was ich irgendwie selbst an diesem Tag so wirklich noch nicht begreifen kann...

Als wir zufrieden und glücklich strahlend aus der Praxis in Richtung Parkplatz schlendern, kommt uns eine Dame entgegen. Erst bei genauerem Hinsehen erkenne ich sie: Uletta – die Leitung der ersten Kita, in der ich gearbeitet habe. Über sechs Jahre ist unser Gespräch her, in dem sie mich auf das mögliche Leben ohne Kinder ansprach – ohne von unserer Problematik tatsächlich jemals zu wissen.

Sie erwidert mein Lächeln, während sie uns entgegenkommt. „Maureen! Schön, dich zu sehen. Wie geht es dir?"

Aus meinem Lächeln wird ein helles Strahlen. „Hallo Uletta!" Ich überlege kurz, was ich ihr sagen soll... „Ich sage es mal so: Mein Leben verläuft ganz nach *Plan*!"

Uletta runzelt die Stirn, als könnte sie sich an unser Gespräch von damals nicht erinnern. Doch plötzlich ändert sich ihr Gesichtsausdruck – sie lächelt vage, kneift die Augen zu schmalen Schlitzen zusammen und betrachtet meinen Bauch. Und ich sehe, dass sie weiß, wovon ich rede.

Dann sieht sie mich fragend an. Ich nicke leicht und sie sieht es in meinen Augen, ohne dass ich es aussprechen muss. Uletta nimmt mich in den Arm und flüstert mir einen vorsichtigen Glückwunsch ins Ohr. Denn noch ist es eigentlich viel zu früh für eine solche Verkündung. Aber unter Uletta und mir ist es etwas anderes.

Fast hätte ich sie gefragt, weshalb sie damals ahnte, dass es alles andere als einfach für uns wird, ein Kind zu bekommen. Aber ich behalte diese Frage für mich. Letztendlich ist es egal, was, wie oder warum. Hauptsache wir dürfen unser Kind gesund zur Welt bringen!

*****

Wie schnell du in den kommenden Wochen wächst, meine Hormone durcheinander wirbelst und für Übelkeit sorgst, ist für uns völlig irreal…

Du bist ein Wunder und stecktest jahrelang fest, in einer scheinbar unendlichen Warteschleife – doch nun bist du endlich da, wo du hingehörst: mitten in meinem Bauch!

Du warst unser größter Wunsch für so lange Zeit. Und gehst nach so vielen schmerzvollen Jahren endlich in Erfüllung…
Du in meinem Bauch bist unser kleiner Kämpfer. Und was für einer! Von all den Embryonen hast du dich als Einziger durchgeboxt und dich tatsächlich festgebissen!

Danke!
Danke, dass es dich gibt.
Danke, dass du bei uns bleiben möchtest.
Danke, dass du unsere Welt wieder mit einem Lächeln erfüllst.
Danke, dass ich deinetwegen dieses wunderbare Happy End schreiben darf…

Wir lieben dich! Jetzt schon, obwohl wir dich noch überhaupt nicht kennen – aus tiefstem Herzen.
Du bist ein Teil von uns, ab jetzt und bis in alle Ewigkeit!

UNSER ÜBER ALLES GELIEBTER SCHATZ.

*****